U0097333

古典詩歌研究彙刊

第二七輯

龔鵬程 主編

第1冊

近體詩形成之過程探索

管靜儀 著

國家圖書館出版品預行編目資料

近體詩形成之過程探索／管靜儀 著 — 初版 — 新北市：花木蘭文化事業有限公司，2020〔民109〕

目 2+280 面；17×24 公分

（古典詩歌研究彙刊 第二七輯；第1冊）

ISBN 978-986-485-971-9（精裝）

1. 近體詩 2. 詩評

820.91　　109000183

ISBN-978-986-485-971-9

古典詩歌研究彙刊

第二七輯　第一冊　　ISBN：978-986-485-971-9

近體詩形成之過程探索

作　　者　管靜儀

主　　編　龔鵬程

總 編 輯　杜潔祥

副總編輯　楊嘉樂

編　　輯　許郁翎、張雅淋　美術編輯　陳逸婷

出　　版　花木蘭文化事業有限公司

發 行 人　高小娟

聯絡地址　235 新北市中和區中安街七二號十三樓

電話：02-2923-1455／傳真：02-2923-1452

網　　址　http://www.huamulan.tw 信箱 hml 810518@gmail.com

印　　刷　普羅文化出版廣告事業

初　　版　2020年3月

全書字數　183245字

定　　價　第二七輯共19冊（精裝）新台幣32,000元　

近體詩形成之過程探索

管靜儀　著

作者簡介

管靜儀，民國五十五年生，台灣新北市人。私立中國文化大學中國文學系文學組學士、碩士。從事文字與教學工作二十餘年，現仍持續中。

提　要

中國是一個詩的國度，在諸多文體中，詩是最早發展的體裁。尤其到了唐代，唐人對於詩歌的熱愛，可說超越了中國歷史上的任何一個時代。

在唐代諸多形式的詩歌中，又以絕句和律詩最能代表唐詩的精神。但這種新形式的詩歌，卻非在短時期丕變而成，它從萌芽乃至於成熟，實歷經了南朝到初唐，三、四百年來無數文人對詩歌形式與聲律和諧的追求與實踐。因此，即便衛道人士對南朝的綺靡文風多所抨擊，但無可否認的，若非該時期文人對文學的自覺與聲律的講求，那麼傳唱千古的近體詩格律便無由形成。

本論文第一章爲緒論：說明撰寫本論文之動機、目的與研究方法、範圍。

第二章爲近體詩產生之背景：以六朝至初唐時期，文學之自然演進與思想、文化上之激盪爲論述內容，以明近體詩產生之內外緣因素。第三章探討齊梁時期文學集團之發展與永明聲律論之內容，並論及當代文人對聲律論的態度與對後世詩歌之影響。第四章介紹南朝到初唐新體詩人及作品，例舉近體詩格律形成前，由形式接近到通篇合律的過程中，具有代表性的作品。第五章爲沈、宋近體詩格律之制定：介紹沈、宋二人之生平與作品，與制定近體詩格律的原因與成果。第六章爲回顧與總結，並論及近體詩格律制定後之影響。

目　次

第一章　緒　論

第一節　研究動機與目的

中國是一個詩的國度，在所有文體中，詩是最早發展的文學體裁。因此在唐代以前，詩歌在中國便已發展了兩千多年，這期間既有眞實反應人民心聲的《詩經》及漢代樂府，又有充滿唯美浪漫的《楚辭》；既有漢魏詩人慷慨悲涼、剛健有力的作品，又有六朝講求聲律、對偶的駢麗詩篇。唐代詩人學習了這些傳統，並對南北朝時期的各種詩風，進行了承繼和改革，正如王竟時在《中國古代詩歌史》中所說的：

> 以南朝的「文」裝飾北朝的「質」，以北朝的「質」充實南朝的「文」。〔註1〕

如此經過四百年多年來詩人們的不斷努力，將這兩種不同風格的詩風融合後，開創了中國詩歌史上最壯麗的時代。

唐代是我國詩歌的黃金時代。在體制上，除了因襲前代之古體詩與樂府詩外，近體詩的格律，也在唐初完成。清、焦循《易餘籥錄》在論及文藝變遷時有云：

〔註 1〕 王竟時《中國古代詩歌史》（瀋陽：遼寧教育出版社，1994 年 8 月第 1 版），頁 277。

> 齊梁者，樞紐於古律之間者也；至唐遂專以律傳。杜甫、劉長卿、孟浩然、王維、李白、崔顥、白居易、李商隱之五律七律，六朝以前所未有也；若陳子昂、張九齡、韋應物之五言古詩，不出漢魏人之範圍。故論唐人詩以七律五律爲先，七古七絕次之；詩之境至是盡矣。〔註 2〕

這段話說明當一種新的文體由萌芽、生長、改革乃至成熟的過程中，必定對前代的文學有所承襲與改革，絕非在短時期便能丕變而成。而在新文體成熟的過程中，必然保留舊文體的些許要素。因此，即便衛道人士對六朝時期綺靡的文風有諸多批評，甚而極力詆毀，認爲江左文學實爲亡國之音，但無可否認，若非該時期，文人對聲律的自覺及對辭藻、對偶之講求與自六朝到初唐期間詩人們不斷的改良、嘗試，那麼唐人便無法歸納、整理而制定律詩之格律，進而造就出唐代的律絕詩體，並使唐詩能在中國文學史上大放異彩。本論文之作，即試圖從六朝到初唐詩律制定前，其間詩歌由古體詩發展到近體詩的內、外緣原因中，找尋出它得以形成之軌跡。

關於近體詩之形成，前輩學人亦多有論述，如台灣大學方瑜 1969 年所撰碩士論文《唐詩形成的研究》、〔註 3〕師範大學黃盛雄 1972 年所撰博士論文《唐人絕句研究》、東海大學林繼博 1993 年所撰碩士論文《五言近體格律形成研究》、中山大學向麗頻 1995 年所撰碩士論文《南北朝至初唐五言律詩格律形成之研究》、清華大學楊文惠 2004 年所撰博士論文《五言律詩聲律的形成》等，各家之論述均十分精闢深入，各有其發明與創見，然其中除方瑜所撰之論文外，其他四位的研究，或針對於絕句的內容形式，或著重在五言近體詩之格律發展，但對於近體詩整體形成之歷史與社會背景之論述較爲簡略。

除上述五位之著作外，對於探討近體詩形成之論述，若非簡短

〔註 2〕（清）焦循《易餘籥錄》（台北：文海出版社，1967 年），頁 340。

〔註 3〕方瑜《唐詩形成的研究》（台北：嘉新水泥公司文化基金會出版，1972 年），此書亦爲方瑜 1969 年，台大中研所之碩士論文。

的附於各文學史、詩史與批評史中，就是以單篇論文的方式呈現。單篇論文方面，如羅錦堂〈唐詩溯源〉〔註 4〕、徐韻梅〈論唐詩的「因」與「革」〉〔註 5〕等，然限於篇幅，作者只能做重點式之論述，未能對近體詩之形成作全面的探討。因此，本文博採前賢諸說，並詳加比較、歸納，以期能對近體詩形成之過程作一較為全面與詳盡之論述。

第二節 研究方法與範圍

本論文所選用的資料，在史書方面包括《史記》、《漢書》、《後漢書》、《三國志》、《晉書》、《宋書》、《南齊書》、《北齊書》、《梁書》、《魏書》、《周書》、《陳書》、《南史》、《北史》、《隋書》、《新唐書》、《舊唐書》、《二十二史劄記》等。在專書方面則有鍾嶸《詩品》、蕭統《文選》、逯欽立《先秦漢魏晉南北朝詩》、張溥《漢魏六朝百三家詩》、郭茂倩《樂府詩集》、清聖祖御敕《全唐詩》等。文學史方面有劉師培《中古文學史》、葉慶炳《中國文學史》、劉大杰《中國文學發展史》、羅宗強《魏晉南北朝文學思想史》、張仁青師《魏晉南北朝文學思想史》等。文學批評史方面，包括郭紹虞《中國文學批評史》、王運熙、顧易生《中國文學批評史》、朱東潤《中國文學批評史大綱》、羅根澤《魏晉南北朝文學批評史》等。在詩史方面有陸侃如、馮沅君《中國詩史》、張建業《中國詩歌簡史》、王竟時《中國古代詩歌史》、吉川幸次郎《中國詩史》等。在學術論文方面有方瑜《唐詩形成的研究》、黃盛雄《唐人絕句研究》、林繼博《五言近體格律形成研究》、向麗頻《南北朝至初唐五言律詩格律形成之研究》、楊文惠《五言律詩聲律的形成》等。在期刊雜誌方面，包含了論及南北朝與唐代詩

〔註 4〕羅錦堂〈唐詩溯源〉，收入《大陸雜誌》第 11 卷第 9 期（1955 年 11 月），頁 10～18。

〔註 5〕徐韻梅〈論唐詩的「因」與「革」〉收入《中華詩學》第 2 卷第 3 期（1970 年 2 月），頁 29～38。

歌、文學集團、聲律論、詩律學等相關之資料。研究之時間範圍則自南朝以迄初唐，即近體詩格律制定完成爲止，約自西元四二〇（南朝宋開國）到西元七一四年（沈、宋二人皆歿）止。〔註6〕研究方式則以近體詩形成之時代背景爲開端，將自永明聲律說興起後，由南齊到初唐詩人新體詩作品中略具近體詩格律之五、七言詩歌，作一整理與分析，並將沈、宋歸納前人詩作，制定近體詩格律的過程、影響及初唐詩人對近體詩格律所抱持的態度等，作一分析說明。本論文分爲六章，其提要說明如下：

第一章　緒論：此篇先對本論文整體之研究動機作一說明，包括研究動機、目的與研究方法、範圍。

第二章　近體詩產生之背景：本章以文學之自然演進與思想文化上之激盪爲論述內容，以探討近體詩產生之內、外緣因素。

第三章　南朝文學與永明聲律：本章首論南朝文學集團發展之背景，並將齊梁時期文學集團林立之盛況與參與文士、論文內容作一說明。接著探討永明聲律論之內容，並討論聲律論昌盛後對文學創作之影響與當時文人對聲律論所抱持的態度。

第四章　南朝到唐初新體詩人及其作品概況：此章介紹南朝齊、梁、陳乃至隋、唐初時期重要之新體詩人生平，並將這段時期內已具近體詩形式之作品分別列舉說明，以明詩歌由古體發展到近體之軌跡。

第五章　沈、宋近體詩格律之制定：本章介紹沈佺期、宋之問之生平及其詩作，並論述二人制定近體詩格律之原因與成就。

〔註6〕宋之問的生卒年，有幾種說法。聞一多《唐詩大系》認爲宋之問生於西元656年，卒於西元712年。蘇雪林的《唐詩概論》認爲宋之問約生於西元650年，卒於西元712年。沈佺期的生卒年，也有幾種說法。劉大杰《中國文學發展史》認爲他生於西元656年，卒於西元714年。馮沅君、陸侃如《中國詩史》認爲生於西元650年，卒於西元714年。本處採各家說法之最晚者，即以西元714年爲沈、宋皆歿之年代。

第六章　結論：此章爲本文研究之總結與回顧，並討論近體詩格律制定以後之影響；包括格律制定初期詩人所抱持的態度與此一格律對中國詩歌之影響等。

第二章　近體詩產生之背景

要了解一個時代的文學作品，應該先從兩個地方著手，一是作品本身的內在結構，二是作品產生的環境與時代背景。文學與時代及環境之關係密切，正如同劉勰《文心雕龍・時序篇》中所說：「時運交移，質文代變。」又說：「文變染乎世情，興廢繫乎時序，原始以要終，雖百世可知也。」一個時代的政治、社會、經濟、地理等外在的環境因素以及因之產生之文學思潮，必然在一定的程度上影響了當代的文學創作。除此之外，文體內在的演進與改革，對該時期的文學內容與形式也同樣扮演了重要的角色。今分別就文學之演進、思想與文化上的影響兩方面加以闡述。

第一節　文學之自然演進

某一種文體在某一時代特別興盛，其內在的歷史成因固然極爲複雜，然該文體在形式的發展上，也有著重要的影響。王國維曾說：

> 凡一代有一代之文學：楚之騷，漢之賦，六代之駢語，唐之詩，宋之詞，元之曲，皆所謂一代之文學，而後世莫能繼焉者也。〔註 1〕

〔註 1〕王國維《宋元戲曲史》（台北：台灣商務印書館，1994 年二版），頁 1。

文學的內容通常決定了文學形式，正如曹丕《典論・論文》中所說：「奏議宜雅，書論宜理，銘誄尚實，詩賦欲麗。」只有適合於文學內容的要求，形式才能得到充分的發揮。就如四言詩萌芽於周初，全盛於西周、東周之際，但到了秦、漢時期，便逐漸式微，期間雖偶有優秀的作品出現，如曹操的〈短歌行〉，但終究因不能適應時代的需求而漸漸爲新的形式所取代。漢賦的命運也是如此，隨著國勢的衰微、政治與社會的動盪，那些洋洋灑灑，動輒千字的逞辭大賦已不再能表達人們的心聲，這時篇幅小且宜於表達情感的抒情小賦便應運而生，其中如張衡的〈歸田賦〉，篇幅雖小，但表現出人生的理想，使人感受到作者眞切的情感。至於五言詩興起於漢代，盛於魏、晉、南北朝；七言古詩及律體、絕句的新形式詩歌，一直要到了六朝，由於形體與聲律逐漸爲文人所重視，詩歌的形式才開始有了大致的規模。

根據王夫之《古詩評選》中所收之六朝新體詩，其中便包括了「小詩」與「近體」兩類，其中的「小詩」雖格律稍異於唐人絕句，然大致上已接近近體詩，應是唐代絕句之前身，至於「近體」則在劉宋詩人謝莊的集中已可找到，他的〈侍宴蒜山〉、〈侍東耕〉等，皆爲五言八句的作品，但一直要到永明時期開始重視聲律，且制定了「四聲」、「八病」以後，才使詩歌有了平仄音韻上的限制，形成一種特殊的風格。此外，駢文中講求對仗的形式，也影響了文人詩歌上的創作，《文心雕龍・麗辭》中說：「魏晉群材，析句彌密，聯字合趣，剖毫析釐。」魏、晉以降，南朝詩歌中，運用對偶之手法愈來愈精巧縝密，通篇對仗的篇章比比皆是，這對日後初唐「律詩」體制的完成，亦有極大的影響。所以六朝之「近體」，當可稱爲律詩的先聲。

到了唐代，詩人面對的社會生活日趨複雜，感情也更加豐富，在詩歌的創作上，便有了更多元的內容，因此新的詩歌形式需求十分殷切。唐初的詩人們在舊有的形式上求發展，他們既承襲了前代詩歌的形式，又改革了永明時期對聲律過多的束縛，使得唐代詩歌無論在形式、內容上都有很大的突破。他們用新興的形式，施展自身的才華，更因當時辭賦一類的文體，久已僵化，失去了新鮮感，而傳奇文學，在唐初尚未興起，於是初唐文人的創作，主要集中於詩歌。這對唐詩的興盛繁榮，特別是唐詩多樣且優美的詩歌形式上，有著重大的意義。

由上述可知，在文體之演進中，除永明時期對聲律的重視與研究外，南北朝樂府詩的律化與駢文對仗之盛行，對近體詩體制之完成亦有密不可分的關係，故以下就樂府詩的律化與駢文對仗之盛行二端分述如下。

一、樂府詩的演進與律化

南北朝時期的樂府民歌承繼了《國風》和漢代樂府的優良傳統，反映了南北朝社會的風貌，內容和實際的生活產生緊密的聯繫，特別是北歌，在此一特色的表現上更爲明顯。這些民歌在當時只重視形式之美而忽視內容的文學環境裡，是非常難能可貴的。在詩歌的體裁方面，南朝樂府民歌另闢蹊徑，開啓抒情小詩的道路，爲詩歌藝術創造了新的形式，那便是五、七言絕句體。

南朝宋時期的小詩，五言四句或七言四句形式的佔有很大的數量，內容則多以抒情和寫景爲主，可說是唐人五、七言絕句的先河。其實早在漢樂府中，便出現過五言四句形式的小詩，如著名的小詩〈枯魚過河泣〉便是一例。到了晉、南朝宋時期，著名的詩人如郭璞、陸機、陸雲、孫綽、謝靈運等都有這類形式的作品出現。而這期間流行民間的歌謠，更多半是五言四句的形式。

南朝和漢代一樣設有樂府機關，專負責民歌的採集與配樂演唱。而南朝民歌，以清商曲辭爲主，根據郭茂倩《樂府詩集・清商曲辭》中將漢以後的清商曲辭分爲六小類，其中以《吳聲歌》與《西曲》最爲風行。我們由《吳歌》、《西曲》的盛行，到逐漸影響文人作品的過程，可觀察五、七言絕句體的發展實與樂府民歌密不可分。

至於「絕句」一詞的由來，也源自於南朝，當時也稱「斷句」。清代趙翼的《陔餘叢考》中，關於「絕句」一條中的考證說：

> 楊伯謙云：「五言絕句，唐初變六朝〈子夜〉體也。七言絕句，初唐尚少，中唐漸甚。然梁簡文〈夜望單雁〉一首，已是七絕云云。今按《南史》宋晉熙王昶奔魏，在道慷慨爲「斷句」，詩曰：「白雲滿鄣來。黃塵半天起。關山四面絕。故鄉幾千里。」梁元帝降魏，在幽逼時製詩四絕，其一曰：「南風且絕阻。西陵最可悲。今日還蒿里。終非封禪時。」曰「斷句」，曰「絕句」，則宋梁時已稱絕句也。」〔註 2〕

根據趙翼所引楊伯謙一說，我們可知「斷句」便是「絕句」，二者意義相同，代表聯句未成的意思。劉昶起兵不成，連夜奔魏時留下的一首「斷句」，給絕句的名稱留下線索。南朝梁徐陵所編《玉臺新詠》中，便有一卷專收錄「絕句」，這其中之「絕句」指的是古體詩，因爲六朝時，稱兩句爲「聯」，而四句者便稱爲「絕」。至於「絕句」的起源，各有其說法，明代楊慎《升庵詩話》說：

> 絕句者，一句一絕，起於〈四時詠〉，「春水滿四澤。夏雲多奇峰。秋月揚明輝。冬嶺秀孤松。」是也。〔註 3〕

這首詩的特點在於每句各表一意，作者已不可考。到了清代，論詩者認爲絕句是由古樂府發展演變而來，例如清人宋犖《漫堂說詩》說：

> 五言絕句，起自古樂府，自唐而盛。〔註 4〕

而清代之李重華《貞一齋詩話》則說：

〔註 2〕（清）趙翼《陔餘叢考》，卷 23（台北：世界書局，1960 年），頁 8 下～9 上。

〔註 3〕（明）楊慎《升庵詩話》，卷 11，收丁福保輯《歷代詩話續編》（台北：木鐸出版社，1983 年），頁 853。

〔註 4〕（清）宋犖《漫堂說詩》收嚴一萍輯「百部圖書集成」，據（清）曹溶輯，陶越增訂之「學海類編本」影印（台北：藝文印書館，1967 年），頁 6。

> 五言絕發源〈子夜歌〉，別無謬巧，取其天然，二十字如彈丸脫手爲妙。七絕乃唐人樂章，工者最多。〔註 5〕

至於七言絕句，王夫之在《薑齋詩話》中說：

> 五言絕句，自五言古詩來，七言絕句，自歌行來，此二體本在律詩之前，律詩從此而出，演令充暢爾。〔註 6〕

依上述各家看法可知五言絕句乃是唐人依南朝〈子夜〉體逐漸轉變而來的，七言絕句則由歌行體演進而來。

關於律體形式的出現，大概要到齊梁時期，永明聲律論出現以後，文人將樂府民歌改良並加以「律化」，才約略完成它的雛型，例如梁簡文帝的「宮體詩」便大多是五言八句的形式。至於七言律體則在庾信以後，才開始有了唐人七律的形式，但格律上仍有很大的差別，且韻味上仍不脫樂府民歌的風格，一直要到隋煬帝〈江都宮樂歌〉的出現，才有了七律的規模。以下茲根據王夫之《古詩評選》之分法，將六朝時期盛行之新體詩分爲「小詩」和「近體」兩大類並試將其發展、過程分述如下。

（一）小詩的興起與發展

1. 五言小詩的興起與發展

《吳歌》、《西曲》乃屬地方性的民歌，它最早流行於吳地，到了晉室東遷之後，由於商旅的往來，《吳歌》便逐漸從長江下游（江東一帶）擴展到長江中游及漢水間之荊楚一帶，進而影響了該地之民歌，因而促成了《西曲》的興盛。它們的形式大多爲五言四句的短歌，詞句淺白通俗，但音調柔美和諧，內容多以抒情的情歌爲主，而這種短歌的體裁，幾乎已成南北朝樂府的通例。

正因這些俗豔的小曲，和六朝時期唯美浪漫的文風相吻合，因此

〔註 5〕（清）李重華《貞一齋詩話》收入王夫之等撰《清詩話》（上海：上海古籍出版社，1978 年），頁 925。

〔註 6〕（清）王夫之《薑齋詩話》卷下，收丁仲祐訂《清詩話》（台北：藝文印書館，出版年代不詳），頁 10。

得到當時廣大人士的喜好，久之，遂逐漸影響當時南朝文人的詩歌創作。從晉宋以至齊梁，文人仿民歌所做的小詩，數量雖不多，但技巧日益成熟，當中較好的作品，大體上與唐代的五絕十分近似。其中較早期的如晉代的陸機、陸雲、孫綽等都有五言四句小詩的作品，以下列舉數例：

（1）肅肅素秋節，湛湛濃露凝。
太陽夙夜降，少陰忽已升。
（陸機〈爲顧彥先作詩〉）〔註7〕

（2）遲遲暮春日，天氣柔且嘉。
元吉隆初巳，濯穢遊黃河。
（陸機〈三月三日詩〉）〔註8〕

（3）綠房含青實，金條懸白璆。
俯仰隨風傾，煒燁照清流。（陸雲〈詩〉）〔註9〕

（4）碧玉小家女，不敢攀貴德。
感郎千金意，慚無傾城色。
碧玉破瓜時，相爲情顛倒。
感郎不羞赧，回身就郎抱。
（孫綽〈情人碧玉歌〉二首）〔註10〕

這些五言四句的小詩，在格律上尚未成熟，只能說是文人擬樂府小詩的嘗試之作，可以視爲五言小詩到唐代絕句間過渡時期的作品。其後以寫山水詩著稱的謝靈運，他作有〈東陽溪中贈答詩〉二首：

可憐誰家婦？緣流洒素足。明月在雲間，迢迢不可得。

可憐誰家郎？緣流乘素舸。但問情若爲，月就雲中墮。

〔註11〕

這兩首詩明顯的模擬了《吳歌》裡行歌互答的形式。另外，鮑照的

〔註7〕逯欽立《先秦漢魏晉南北朝詩》，「晉詩」卷5（北京：中華書局，1998年），頁692。

〔註8〕同註7。

〔註9〕同註7，卷6，頁718。

〔註10〕同註7，卷13，頁902。

〔註11〕同註7，「宋詩」卷3，頁1185。

〈吳歌〉三首：

夏口樊城岸，曹公却月戍。但觀流水還，識得儂流下。

夏口樊城岸，曹公却月樓。觀見流水還，識是儂淚流。

人言荊江狹，荊江定自闊。五雨了無聞，〔註 12〕風聲那得達。〔註 13〕

亦爲文士擬作之樂府民歌，其風格神韻都與《吳歌》、《西曲》神似。至於王融〈奉和代徐詩〉、蕭衍〈子夜冬歌〉、吳均〈有所思〉等詩，皆爲情境俱佳的作品，置於唐人五絕中亦毫不遜色。以下列舉數詩以爲例：

（1）自君之出矣，芳蕖絕瑤巵。
思君如形影，寢興未曾離。
自君之出矣，金爐香不燃。
思君如明燭，中宵空自煎。

（王融〈奉和代徐詩〉二首）〔註 14〕

（2）寒閨動黻帳，密筵重錦席。
賣眼拂長袖，含笑留上客。　（其一）
一年漏將盡，萬里人未歸。
君志固有在，妾軀乃無依。

（其四）（蕭衍〈冬歌〉四首）〔註 15〕

（3）薄暮有所思，終持淚煎骨。
春風驚我心，秋露傷君髮。

（吳均〈有所思〉）〔註 16〕

除了上述幾位詩人外，在齊梁詩人中，五言小詩寫得最好的當推謝朓，他的五言小詩，音韻和諧，用語自然，非常有情致，如：

〔註 12〕「五雨了無聞」一句，郭茂倩《樂府詩集》作「五兩了無聞」，「五兩」爲測風器，故依其詩意應作「五兩」才是。

〔註 13〕逯欽立《先秦漢魏晉南北朝詩》，「宋詩」卷 7（北京：中華書局，1998 年），頁 1270。

〔註 14〕同註 13，「齊詩」卷 2，頁 1404。

〔註 15〕同註 13，「梁詩」卷 1，頁 1518。

〔註 16〕同註 13，「梁詩」卷 10，頁 1726。

（1）綠草蔓如絲，雜樹紅英發。
無論君不歸，君歸芳已歇。（〈王孫遊〉）〔註 17〕

（2）佳期期未歸，望望下鳴機。
徘徊東陌上，月出行人稀。
（〈同王主簿有所思〉）〔註 18〕

（3）落日高城上，餘光入繐帷。
寂寂深松晚，寧知琴瑟悲。（〈銅雀悲〉）〔註 19〕

（4）夕殿下珠簾，流螢飛復息。
長夜縫羅衣，思君此何極！（〈玉階怨〉）〔註 20〕

這些詩頗有南朝樂府民歌的風味，顯然是模仿民歌而作，但在藝術表現與技巧上則更趨成熟，除了平仄還未能符合近體詩的標準外，幾乎已得唐人絕句之神韻。南朝小詩在民間風行、醞釀了二百多年，一直到了謝朓，才有更進一步的發展，唐人的絕句就是在這樣的基礎上繼續發展而成，這可說是謝朓在中國詩歌史上的重要成就。

2. 七言小詩的興起與發展

七言小詩其實就是五言小詩發展的延伸，《西曲》中出現過七言兩句的句法，到了齊梁時期，文人擬樂府民歌而作的詩歌，已有七言四句、七言六句、七言八句的形式，其中仍以七言四句所佔的比例較大。由此可知唐人近體詩，無論五、七言絕句，其實都濫觴於南北樂府民歌，其發展的軌跡可說極爲明確。

七言詩的創作，在六朝時並不如五言那般流行，鮑照當是七言詩醞釀時期較著名之作家，他有八十多首擬古樂府而作的五、七言詩，其中七言和雜言詩，筆調自由狂放、善用比興、格調高昂、骨氣遒勁、詞采華麗，正如《南齊書》所言：「發唱驚挺」、「傾炫心魂」，可惜他

〔註 17〕逯欽立《先秦漢魏晉南北朝詩》，「齊詩」卷 3（北京：中華書局，1998 年），頁 1420。
〔註 18〕同註 17。
〔註 19〕同註 17。
〔註 20〕同註 17。

在詩歌上的主要成就在古風歌行方面，現存之詩集中並無七言小詩的作品。但我們仍可在北朝樂府民歌中找到一些例子，例如在橫吹曲辭中有〈捉搦歌〉四首：

粟穀難舂付石臼，弊衣難護付巧婦。
男兒千凶飽人手，老女不嫁只生口。

誰家女子能行步，反著裌禪後裙露。
天生男女共一處，願得兩個成翁嫗。

華陰山頭百丈井，下有流水徹骨冷。
可憐女子能照影，不見其餘見斜領。

黃桑拓屐蒲子履，中央有絲兩頭繫。
小時憐母大憐壻，何不早嫁論家計？〔註21〕

這四首民歌，口吻直爽明朗，和南朝樂府的綺麗婉約大異其趣，反應了北方民族豪爽的性格與愛情生活。另外〈隔谷歌〉，也是純粹七言四句式的小詩：

兄爲俘虜受困辱，骨露力疲食不足。
弟爲官吏馬食粟，何惜錢刀來我贖。　　（其二）〔註22〕

在北朝長期兵荒馬亂、戰爭頻繁、社會動盪的狀況下，這類描寫戰爭的詩歌也特別多，在〈隔谷歌〉中，兄弟在戰爭裡全然不同的際遇，便反應了這種現象。

除了民歌外，文人作品中，最早出現七言小詩的當屬南朝宋之湯惠休，他的〈秋思引〉：

秋寒依依風過河，白露蕭蕭洞庭波。
思君末光光已滅，眇眇悲望如思何？〔註23〕

整首詩雖然在藝術技巧方面尚未成熟，但已爲文人擬做七言小詩之開端。其後梁簡文帝、梁元帝與蕭子顯、庾信的詩集中，都有七言四句

〔註21〕（宋）郭茂倩《樂府詩集》卷25（台北：里仁書局，1981年），頁369。

〔註22〕同註21，頁368。

〔註23〕逯欽立《先秦漢魏晉南北朝詩》，「宋詩」卷6（北京：中華書局，1998年），頁1245。

的小詩，茲列舉如下。

（1）織成屏風金屈膝，朱脣玉面燈前出。
相看氣息望君憐，誰能含羞不自前。
（其四）（梁簡文帝〈烏棲曲〉）〔註24〕

（2）可憐淮水去來潮，春堤楊柳覆河橋。
淚痕未燥詎終朝，行聞玉珮已相要。
（其三）（〈和蕭侍中子顯春別〉）〔註25〕

（3）沙棠作船桂爲檝，夜渡江南採蓮葉。
復值西施新浣紗，共向江干眺月華。
（其一）（梁元帝〈烏棲曲〉）〔註26〕

（4）天霜河白夜星稀，一雁聲嘶何處歸？
早知半路應相失，不如從來本獨飛。
（梁簡文帝〈夜望單飛雁詩〉）〔註27〕

（5）銜悲攬涕別心知，桃花李花任風吹。
本知人心不似樹，何意人別似花離。
（其四）（蕭子顯〈春別詩〉）〔註28〕

（6）日募徒倚渭橋西，正見涼月與雲齊。
若使月光無近遠，應照離人今夜啼。
（其四）（梁元帝〈春別應令〉）〔註29〕

（7）失群寒雁聲可憐，夜半單飛在月邊。
無奈人心復有憶，今暝將渠俱不眠。
（庾信〈秋夜望單飛鴈詩〉）〔註30〕

梁簡文帝的〈夜望單飛雁〉、梁元帝〈春別應令〉和庾信〈秋夜望單飛雁〉，皆押平聲韻且爲同韻，第三句都是仄聲，這和唐人七絕已很

〔註24〕逯欽立《先秦漢魏晉南北朝詩》，「梁詩」卷20（北京：中華書局，1998年），頁1922。
〔註25〕同註24，「梁詩」卷22，頁1977。
〔註26〕同註24，「梁詩」卷25，頁2036。
〔註27〕同註24，「梁詩」卷22，頁1978。
〔註28〕同註24，「梁詩」卷15，頁1820。
〔註29〕同註24，「梁詩」卷25，頁2059。
〔註30〕同註24，「北周詩」卷4，頁2410。

接近了，在技巧與用韻上有明顯的進步。〔註31〕這些文人所作的詩多沿用樂府舊題，可見受樂府詩的影響是很深的。一直要到陳代江總〈怨詩〉、北朝魏收〈挾瑟歌〉與隋代無名氏〈送別歌〉的出現，這些詩在音調與韻味上都與唐人七絕頗爲相似，無怪高棅在《唐詩品彙》中說：

> 七言絕句，始自古樂府〈挾瑟歌〉、梁元帝〈烏棲曲〉、江總〈怨歌行〉等作，皆七言四句。〔註32〕

此一時期（六朝）的小詩雖在平仄、格律上仍和唐人絕句有所差異，但就其緣起與蛻變的過程看來，其脫胎於六朝時期的樂府民歌，當無庸置疑。

（二）近體的發展與演進

1. 五言近體的興起與發展

六朝民歌對唐人律詩的形成，雖不如絕句那般明顯，但律詩八句的體式是由兩首絕句拼合而成的，所以在形式上仍是由樂府民歌加以改良而成。六朝新體詩的「近體」和小詩最大的不同，除了篇幅上由四句增長爲八句外，其中二、三兩聯（即三、四句和五、六句）必須對仗，而且在音律上有特別的規定。

其實早在謝朓的詩集中，已有五言八句形式的作品，而這種形式的作品經過南北朝時期的嘗試與創作，達到快要成熟的階段。到了謝莊的〈侍宴蒜山〉、〈侍東耕〉二首已具備五律雛形，而這些五言八句形式的詩，一直要到永明時期提倡聲律論後，文人開始對詩歌的音韻格外講求，漸漸使「近體」有了特殊的格式。此外，由於當時盛行的駢體文講求對偶工整，這種重視對偶的形式，轉而運用到「近體」上，

〔註31〕梁簡文帝的《夜望單飛雁》一首，其一、二、四句皆押平聲支韻；而梁元帝的《春別應令》，其一、二、四句也同押平聲齊韻；庾信《秋夜望單飛雁》第二、四句押仙韻，第三句則爲仄聲。

〔註32〕（明）高棅《唐詩品彙・七言絕句敘目・正始》收《明詩話全編》第一冊（南京：鳳凰出版社，1997年），頁359。

使得「近體」發展成爲唐代的「律詩」時，形成二、三聯對仗的格式。關於聲律的部份，容將置於第三章詳述。

自從永明聲律論興起後，許多文人紛紛嘗試創作這種形式的新體詩，其中王融、沈約、謝朓、范雲等都有這一類的作品，到了梁朝宮體詩盛行時，梁簡文帝等文士創作了爲數甚多的五言八句式作品。其後，何遜、陰鏗、徐陵、庾信等人的作品中，五言律體幾乎已達到完全成熟的狀態。其中如范雲的〈巫山高〉、沈約的〈洛陽道〉就是當中很有代表性的作品，茲錄其詩如下：

巫山高不極，白日隱光輝。靄靄朝雲去，溟溟暮雨歸。
巖懸獸無跡，林暗鳥疑飛。枕席竟誰薦，相望空依依。

（范雲〈巫山高〉）〔註 33〕

洛陽大道中，佳麗實無比。燕裙傍日開，趙帶隨風靡。
領上蒲萄繡，腰中合歡綺。佳人殊未來，薄暮空徒倚。

（沈約〈洛陽道〉）〔註 34〕

由上舉二詩可以看出，當時的作品已達對偶工整，音韻優美、除平仄尚有不協外，與唐人之五律已無差別。

齊梁時期還有一個現象値得注意，當時一些詩人，他們將民歌加以「律化」，在梁簡文帝的宮體詩中，幾乎全是五言八句的律體詩，然其格律未能全同於唐人律詩，且內容也多是範圍狹窄的輕豔之作。經過齊、梁、陳幾代詩人大膽嘗試的結果，到了何遜、陰鏗、徐陵和庾信幾位詩人手裡，使得六朝之「近體」詩，無論在對仗、音韻上都爲日後唐人的五言律詩打下了良好的基礎。

2. 七言近體的興起與發展

相較於五言律體，七言律體在六朝的發展極爲有限，只能在極少的詩人作品中發現這一形式的作品，例如：

〔註 33〕逯欽立《先秦漢魏晉南北朝詩》，「梁詩」卷 2（北京：中華書局，1998 年），頁 1543。

〔註 34〕同註 33，「梁詩」卷 6，頁 1620～1621。

蝶黃花紫燕相追，楊低柳合露塵飛。
已見垂鈎挂綠樹，誠知淇水沾羅衣。
兩童夾車問不已，五馬城南猶未歸。
鶯啼春欲駛，無爲空掩扉。

（梁簡文帝蕭綱〈雜句春情詩〉）〔註35〕

這首詩除最末兩句爲五字外，前六句皆爲七字句，看得出是七言律體嘗試階段的作品，而蕭綱的另一首作品〈烏夜啼〉則已是純爲七字、八句的形式了，其詩爲：

綠草庭中望明月，碧玉堂裏對金鋪。
鳴弦撥捩發初異，挑琴欲吹衆曲殊。
不疑三足朝含影，直言九子夜相呼。
羞言獨眠枕下淚，託道單棲城上烏。〔註36〕

到了庾信仿樂府民歌所作的〈烏夜啼〉出現，這首七言八句排律形式的詩，每兩句成一聯，且各自對仗，雖風味仍不脫樂府詩的格調，但形式已近唐人七律。其後隋煬帝有〈江都宮樂歌〉：

揚洲舊處可淹留，臺榭高明復好遊。
風亭芳樹迎早夏，長皐麥隴送餘秋。
淥潭桂檝浮青雀，果下金鞍躍紫騮。
綠觴素蟻流霞飲，長袖清歌樂戲州。〔註37〕

本詩無論在平仄、押韻、對偶各方面，都較庾信〈烏夜啼〉來的成熟，以形式而言，又向唐代七律大大邁進了一大步。

由上之敘述可知，南北朝時代的詩歌，在形式方面，上承漢、魏，下啓唐、宋，除唐人近體詩外，其他各種詩歌的形式，都在此一時期逐漸嘗試完成，所以六朝時期的詩歌，實具有承先啓後的地位。

〔註35〕逯欽立《先秦漢魏晉南北朝詩》,「梁詩」卷22（北京：中華書局，1998年），頁1978。

〔註36〕同註35,「梁詩」卷20，頁1922。

〔註37〕同註35,「隋詩」卷3，頁2664。

二、駢文對仗之盛行

對仗又稱爲對偶，是一種文章修辭的方式，運用對偶來構句，可以將文字組織成一種整齊優美的形式，產生具有格律的美感。「對仗」一詞的來源，是由於古代的儀仗，皆爲左右兩兩相對，因此我們便將兩兩相對的辭句稱爲對仗、對句或對偶。

至於對仗這種修辭的形成，業師張仁青先生在其《六朝唯美文學中》中說：

> 言乎對仗之用，蓋與文字以俱來，茍無對仗，不但文有不美，亦且意有不達，故上自群經諸子，下逮小說白話，旁及語錄佛書，無論聖賢豪傑，英雄兒女，但欲爲文，但欲達意，必求利用對仗。而唯美文學固以對仗爲第一要件，匪惟字字相稱，句句相儷者，將對稱之整齊美發揮至於極峰，風行中國文壇達四百年之久。〔註 38〕

可見對仗這種修辭的方式，其實起源甚早，只不過在六朝以前，文學中的對仗形式皆本於自然，而非刻意爲之，因此在許多詩文中都可看到這種修辭的方式，其中如《詩經‧小雅‧采薇》:「昔我往矣，楊柳依依；今我來思，雨雪霏霏。」、《楚辭‧九歌‧湘君》:「令沅湘兮無波，使江水兮安流。」、《易經‧乾文言》:「同聲相應，同氣相求。」、《古詩十九首‧行行重行行》:「胡馬依北風，越鳥朝南枝。」等皆爲兩兩對仗之形式，但這種修辭的方式在當時並未普及，只能視爲文人偶一得之的作品，這一點我們由這類作品的數量不大，且未見固定之格式可知。至於中國詩歌何以會出現對仗的現象，朱光潛曾說：

> 本來各種藝術都注重對稱。……美學家以爲這種排偶對仗的要求像節奏一樣，起於生理作用。人體各器官以及筋肉的構造都是左右對稱。……文字的排偶與這種生理的自然傾向也有關係。〔註 39〕

〔註 38〕見張仁青《六朝唯美文學》(台北：文史哲出版社，1980 年 11 月初版)，頁 41。

〔註 39〕朱光潛《詩論》第 11 章〈中國詩何以走上「律」的路（上）——賦

朱光潛先生以美學的觀點，提出對仗的形式帶給讀者感官上的美感，因此追求這種愉悅的感覺，來自人的自然本能。雖然這種對稱的美感源自本能，但在中國文學史上，眞正有意識的使用對仗，則要到魏晉之際，其中如：

翩若驚鴻，婉若遊龍。榮曜秋菊，華茂春松。
髣髴兮若輕雲之蔽月，飄颻兮若流風之回雪。
（曹植〈洛神賦〉）〔註40〕

山岡有餘映，巖阿增重陰。
（王粲〈七哀詩〉三首之二）〔註41〕

微風起閨闥，落日照階庭。（徐幹〈情詩〉）〔註42〕

溯溪終水涉，登嶺始山行。野曠沙岸淨，天高秋月明。
憩石挹飛泉，攀林搴落英。（謝靈運〈初去郡〉）〔註43〕

石淺水潺湲，日落山照曜。荒林紛沃若，哀禽相叫嘯。
（謝靈運〈七里瀨詩〉）〔註44〕

除上述幾例外，此一時期文人創作運用對仗修辭的例子甚多，比較值得注意的是，這種對仗的形式，先由意義上的對仗開始，其後逐漸推衍到聲音上對仗。在上面所舉的數例中便可發現，有很多文人開始在文字的意義外，留意起韻腳的部分，因此採取一種句尾使用同韻字的現象，這種形式的發展，影響了其後唐代律體的形成。

在六朝文士中，以陸機之於對仗格律形成的影響尤爲重要。正如他在〈文賦〉中所說：「其會意也尚巧，其遣言也貴妍。」他爲使文章格式更加華贍工整，遂大量的使用對仗，此後便逐漸形成一種特有的格律，沈德潛《說詩晬語》中說：

對於詩的影響〉（台北：漢京文化事業公司，1982年），頁211。

〔註40〕（梁）蕭統《昭明文選》，卷19（台北：啓明書局，1960年），頁255。

〔註41〕逯欽立《先秦漢魏晉南北朝詩》，「魏詩」卷2（北京：中華書局，1998年），頁366。

〔註42〕同註41，「魏詩」卷3，頁376。

〔註43〕同註41，「宋詩」卷3，頁1171。

〔註44〕同註41，「宋詩」卷2，頁1160。

士衡舊推大家，然通贍自足，而絢彩無力，遂開出排偶一家。降自齊、梁，專攻對仗，邊幅復狹，令閱者白日欲臥，未必非陸氏之濫觴也。〔註45〕

文人將對仗的修辭形式用於文章，固然令文章工整優美，卻令西京以來空靈矯健之風不復存矣。現觀陸機〈贈弟士龍詩〉：

行矣怨路長，惄焉傷別促。指途悲有餘，臨觴歡不足。我若西流水，子爲東跱岳。慷慨逝言感，徘徊居情育。安得攜手俱，契闊成騑服。〔註46〕

本詩對仗工整，幾乎全篇皆爲對句，故陸機被稱爲排偶一體的先驅者，實是信而有徵。自陸機以降，文人辭采更加綺麗，對偶也愈加工穩。到了謝靈運、顏延之以後文人的作品，則更爲駢儷，故「儷采百字之偶，爭價一句之奇」成了當時文人創作詩歌時的重要依據。南朝駢儷之文，亦與詩體同一步調，而徐陵、庾信且開四六間隔作對之風。〔註47〕這種講求辭藻華麗、音調優美、對仗工整、用典繁多的文體，將對仗這種修辭方式發揮到了極致，逐漸形成了詩歌特有之格律。今試舉數例如下：

悲落葉於勁秋。喜柔條於芳春。

心懍懍以懷霜，志眇眇而臨雲。　（陸機〈文賦〉）〔註48〕

野有歸燕，隰有翔隼。游氛朝興。槁葉夕殞。

（潘岳〈秋興賦〉）〔註49〕

稜稜霜氣，蔌蔌風威。孤蓬自振，驚砂坐飛。

（鮑照〈蕪城賦〉）〔註50〕

〔註45〕（清）沈德潛《說詩晬語》收王夫之等撰《清詩話》（上海：上海古籍出版社，1978年），頁532。

〔註46〕（梁）蕭統，（唐）李善注《文選》，卷24（台北：啓明書局，1960年），頁337。

〔註47〕張仁青《六朝唯美文學》第3章（台北：文史哲出版社，1980年），頁45。

〔註48〕（梁）蕭統《昭明文選》，卷17（台北：啓明書局，1960年），頁224。

〔註49〕同註48，卷13，頁176。

〔註50〕同註48，卷11，頁150。

天與水兮相逼，山與雲兮共色。
山則蒼蒼入漢，水則涓涓不測。

（蕭繹〈蕩婦秋思賦〉）〔註51〕

風蕭蕭而異響，雲漫漫而奇色。
舟凝滯於水濱，車逶遲於山側。　（江淹〈別賦〉）〔註52〕

申包胥之頓地，碎之以首。蔡威公之淚盡，加之以血。

（庾信〈哀江南賦〉）〔註53〕

中國文字由於具有單音節，且一字一音一義的特色，加上中文字句構造可以自由伸縮顛倒，且冠詞、前置詞、主詞、動詞亦可省略。而這些簡省，非但甚少造成意義上的曖昧，有時反而使詩歌產生一種特殊的美感，如溫庭筠〈商山早行〉中後二句「雞聲茅店月，人跡板橋霜。」兩句中只用了六個名詞，但卻將意象傳達得很成功。再如杜甫〈秋興〉中有「香稻啄餘鸚鵡粒，碧梧棲老鳳凰枝。」之句，這種顛倒字序的方式，看似不通，但營造了錯綜複雜的詩句結構，反而展現的作者深邃的情思與美感。而中國文字也因爲有這樣的特性，所以特別容易連綴成簡潔工整的辭句，形成上、下句字數相同，且意義、詞性、音韻皆爲對稱的形式。關於對仗的方法，《文心雕龍・麗辭篇》中說：

> 言對者，雙比空辭者也；事對者，並舉人驗者也；反對者，理殊趣合者也；正對者，事異義同者也。……凡偶辭胸臆，言對所以爲易也；徵人之學，事對所以爲難也；幽顯同志，反對所以爲優也；並貴共心，正對所以爲劣也。……〔註54〕

文中舉出了「四對」，並以言對爲易，事對爲難，反對爲優，正對爲

〔註51〕（清）陳元龍《歷代賦彙》外集卷15「美麗」（北京：北京圖書館出版社，1999年），頁780。
〔註52〕（梁）蕭統《昭明文選》，卷16（台北：啓明書局，1960年），頁221。
〔註53〕同註51，外集卷4「言志」，頁196。
〔註54〕（梁）劉勰著，（清）黃淑琳注、紀昀評《文心雕龍・麗辭篇》（台北：金楓出版社，1988年），頁290。

劣，可算是最精簡的對仗分類法。而這種分類法，只是針對對仗所作之分析，故爲一種對仗的原則，而非對仗的方法。其後文人的技巧更爲精密遂衍生出許多不同的對仗方式。今參酌業師張仁青先生《駢文學》第四章第一節之說，歸納出六朝時期比較重要之七種對仗的方式列舉如下：

（一）異類對

指不同類的物相對。又稱異名對、平頭對、普通平對。如：

花飛低不入，鳥散遠時來。　　（王融〈臨高臺〉）〔註 55〕

遠聽雀聲聚，回望樹陰沓。

（謝朓〈落日同何儀曹煦〉）〔註 56〕

馬鞭聊寫賦，竹葉暫傾杯。

（庾肩吾〈奉和藥名詩〉）〔註 57〕

（二）動、植物對

即動物與動物相對，植物與植物相對。如：

1. 動物對

獨鶴方朝唳，飢鼯此夜啼。　　（謝朓〈遊敬亭山〉）〔註 58〕

魚戲新荷動，鳥散餘花落。　　（謝朓〈遊東田〉）〔註 59〕

花塢蝶雙飛，柳堤鳥百舌。

（梁武帝〈子夜四時春歌〉）〔註 60〕

2. 植物對

風生竹籟響，雲垂草綠饒。　　（張率〈楚王吟〉）〔註 61〕

〔註 55〕逯欽立《先秦漢魏晉南北朝詩》，「齊詩」卷 2（北京：中華書局，1998 年），頁 1389。

〔註 56〕同註 55，「齊詩」卷 4，頁 1450。

〔註 57〕同註 55，「梁詩」卷 23，頁 1995。

〔註 58〕同註 55，「齊詩」卷 3，頁 1424。

〔註 59〕同註 55，「齊詩」卷 3，頁 1425。

〔註 60〕同註 55，「梁詩」卷 1，頁 1517。

〔註 61〕同註 55，「梁詩」卷 13，頁 1782。

風振蕉蓬裂，霜下梧楸傷。　（謝朓〈秋夜講解〉）〔註62〕

葉濃知柳密，花盡覺梅疏。　（梁元帝〈望春詩〉）〔註63〕

（三）無生物對

指無生命之物相對仗。如：

白雲山上盡，清風松下歇。　（張融〈別詩〉）〔註64〕

燕裙傍日開，趙帶隨風靡。　（沈約〈洛陽道〉）〔註65〕

平臺寒月色，池水愴風威。　（張率〈詠霜〉）〔註66〕

（四）音韵對

早在先秦詩歌，如《詩經》、《楚辭》中已有多見，如「巧笑倩兮，美目盼兮」（《衛風・碩人》）、「高余冠之岌岌兮，長余佩之陸離」（《離騷》）等但直到陸機才將這種語辭大量用於五言詩。運用此法對仗時，往往雙聲對雙聲，疊韻對疊韻，或雙聲、疊韻互對。例如：

1. 雙聲對

旅客長憔悴，春物自芳菲。　（何遜〈贈諸遊舊〉）〔註67〕

玲瓏類丹檻，苕亭似元闕。

（謝朓〈雜詠〉三首之一鏡臺）〔註68〕

參差大戾發，搖曳小垂手。

（梁簡文帝〈執筆戲書〉）〔註69〕

〔註62〕逯欽立《先秦漢魏晉南北朝詩》，「齊詩」卷3（北京：中華書局，1998年），頁1435。

〔註63〕同註62，「梁詩」卷25，頁2056。

〔註64〕同註62，「齊詩」卷2，頁1410。

〔註65〕同註62，「梁詩」卷6，頁1620。

〔註66〕同註62，「梁詩」卷13，頁1785。

〔註67〕同註62，「梁詩」卷8，頁1685。

〔註68〕同註62，「齊詩」卷4，頁1452。

〔註69〕同註62，「梁詩」卷21，頁1940。

2. 疊韻對

帳望心已極，惝怳魂屢遷。

（謝朓〈宣城郡內登望〉）〔註 70〕

古樹衡臨沼，新藤上挂樓。　（梁簡文帝〈山池〉）〔註 71〕

嬋娟入綺窗，徘徊鶩情極。　（沈約〈詠雪應令〉）〔註 72〕

3. 雙聲、疊韻交錯相對

朱騏步躑躅，玄鶴舞蹉跎。　（王融〈明王曲〉）〔註 73〕

△其中「躑躅」爲雙聲，「蹉跎」爲疊韻。

飛鳥發差池，出雲去連綿。

（梁武帝〈遊鍾山大愛敬寺〉）〔註 74〕

△其中「差池」爲雙聲，「連綿」爲疊韻。

風動露滴瀝，月照影參差。　（沈約〈詠簷前竹〉）〔註 75〕

△其中「滴瀝」爲疊韻，「參差」爲雙聲。

（五）色彩字、數字對

即以色彩對色彩、數字對數字。

1. 色彩對

朱霞拂綺樹，白雲照金楹。

（王融〈遊仙詩〉五首之四）〔註 76〕

餘雪映青山，寒霧開白日。　（謝朓〈高齋視事〉）〔註 77〕

碧玉奉金杯，綠酒助花色。　（梁武帝〈碧玉歌〉）〔註 78〕

〔註 70〕逯欽立《先秦漢魏晉南北朝詩》，「齊詩」卷 3（北京：中華書局，1998 年），頁 1432。
〔註 71〕同註 70，「梁詩」卷 21，頁 1933。
〔註 72〕同註 70，「梁詩」卷 7，頁 1645。
〔註 73〕同註 70，「齊詩」卷 2，頁 1385。
〔註 74〕同註 70，「梁詩」卷 1，頁 1531。
〔註 75〕同註 70，「梁詩」卷 7，頁 1651。
〔註 76〕同註 70，「齊詩」卷 2，頁 1398。
〔註 77〕同註 70，頁 1433。
〔註 78〕同註 70，「梁詩」卷 1，頁 1519。

2. 數字對

綿綿九軌合，昭昭四區明。　　　（丘遲〈望雪〉）〔註79〕

獻君千里笑，紓我百憂嚬。

（任昉〈答到建安餉杖〉）〔註80〕

黃金九華發，紫蓋六英通。　　（庾肩吾〈芝草〉）〔註81〕

（六）方向對

即方位對方位。例如：

訪宇北山阿，卜居西野外。　　（蕭子良〈行宅〉）〔註82〕

枝分柳塞北，葉暗榆關東。（王融〈春遊迴文詩〉）〔註83〕

艾葉彌南浦，荷花遶北樓。　（沈約〈休沐寄懷〉）〔註84〕

（七）聯綿對

指將疊字運用於對仗中，又稱聯珠對。例如：

春盡風颯颯，蘭凋木脩脩。　　（王融〈思公子〉）〔註85〕

衰柳尚沈沈，凝露方泥泥。（謝朓〈始出尚書省〉）〔註86〕

團團珠暉轉，炤炤漢陰移。　　　（吳均〈秋念〉）〔註87〕

對偶在修辭方面的運用，從魏晉以前之「妙手偶得」，經過六朝文人的嘗試與改良後逐漸成熟，到了唐代，文人便在六朝的基礎上，發展出一套特定的形式，且愈來愈見精密。以初唐時期而論，對偶的方式就有上官儀、元兢之六種對（二者的六種對並不相同）、崔融的三種對，其後，《文鏡祕府論》中所收錄的對偶類別，竟多達二十九

〔註79〕逯欽立《先秦漢魏晉南北朝詩》，「梁詩」卷5（北京：中華書局，1998年），頁1604。

〔註80〕同註79，頁1599。

〔註81〕同註79，「梁詩」卷23，頁1993。

〔註82〕同註79，「齊詩」卷1，頁1383。

〔註83〕同註79，「齊詩」卷2，頁1400。

〔註84〕同註79，「梁詩」卷7，頁1641。

〔註85〕同註79，「齊詩」卷2，頁1392。

〔註86〕同註79，「齊詩」卷3，頁1431。

〔註87〕同註79，「梁詩」卷10，頁1738。

種之多。〔註 88〕隨著唐人的不斷研究，到了盛唐時期，律句中之對偶已十分的完美、成熟，因此六朝文人在對偶修辭技巧上，堪稱唐代律詩的先驅。

第二節　思想與文化上之激盪

自司馬炎於泰始元年十二月（266 年 12 月）篡魏代立起，到楊堅滅陳（589 年 2 月）統一南北，前後共歷三百二十三年。這三百多年間，除西晉有過二十多年短暫承平的歲月外，軍閥的割據與大小規模之混戰，幾乎從未間斷過。加以漢魏以後，廣納異族降者，使他們移居至塞內，甚至遷至腹地，時日既久，胡人大量繁衍，到了西晉初期，中原地區除漢人外，以五胡的人數最多，雜處日久，衝突頻傳，遂漸爲晉室之患。其後西晉在歷經賈后之亂與八王之亂後，元氣大傷，五胡便趁隙於永嘉五年（311）及建興四年（316）兩度入寇，終導致西晉覆亡。今人沈起煒在其《細說兩晉南北朝》一書中曾提及此一時期戰爭之頻繁與慘烈：

> 數十萬以至上百萬人顛沛流離的慘狀竟屢屢出現，長安、洛陽、鄴、建康、江陵等名城都曾茂草叢生，有的還發生過多次。大片古代文明被毀滅，相當發達的地區竟變得與洪荒的原野不相上下。人口也大面積銳減，記錄的數字還不到漢代盛世的三分之一……〔註 89〕。

由上述一段文字可知，當時戰爭數量之頻繁，且波及的地區甚爲廣闊，人民死傷不可數記，甚至造成百萬人民流離失所，而終六朝之世，在軍事上，漢民族始終無法與胡人抗衡。然而失之於此者，往往得之於彼，誠所謂「失之東隅者，必收之桑榆」，魏晉南北朝正因胡人入

〔註 88〕關於上官儀的對偶方式，在李淑《詩苑類格》中分爲六對，而在《詩人玉屑》中則少連珠對、同類對，而多增異類對、回文對、隔句對、聯綿對而成爲八對。

〔註 89〕沈起煒《細說兩晉南北朝》（上海：上海人民出版社，2002 年 10 月第 1 版），頁 3。

侵，且對峙局面長達三百多年之久，遂使胡、漢有了接觸的機會，無形中在文化上得以交流。表現在文學上，即呈現出一種全新之氣象，故此一時期是中土民族與胡人文化之大融合時期，也正因爲這個時期之融合，才得以締造日後唐詩豐富多樣的風貌。

漢人隨晉室渡江以後，其初尚有新亭之泣，但隨著政治黑暗，君主昏聵，復國無望，文人在身逢亂世卻無力改變的狀況下，只得相率苟安，不問政事，他們崇尚的是老莊的清靜無爲、逍遙齊物，其後更因佛教東來，遂與老莊等思想相互結合，成爲一種新興的思潮。該時期文人間流行的是蔑視禮法、放浪形骸的生活哲學，談玄說理成了當時士人間一種流行的風尚，這些情形從《世說新語》等描述當時士人生活的典籍中即可得知。

佛教在漢末東來，到了六朝便十分昌盛，除了在思想上影響了當代文人，而大量佛經翻譯的結果，間接的也影響了文人對聲律上的發現與重視，對於詩歌的發展有著重大的影響。以下便就經學之衰微、玄學與佛教之昌盛、南北文化之融合三方面對近體詩發展在思想、文化上的影響分述如下。

一、經學的衰微

自漢武帝罷黜百家，獨尊儒術以來，到了東漢中、晚期，儒學逐漸由權威、定型、僵化，到流於重視繁文縟節，拘泥在支離破碎的訓詁上；加以桓、靈二帝以後，宦官、外戚、黨錮、黃巾之亂接踵而來，殺戮連綿，兵燹匝地，人民生活困苦，原本適用於治世的儒學，既不能消弭亂事，又不能撫慰人心，遂喪失了維繫社會文化的功能，而走向了衰微之途。其中如王充作《論衡》，書中鄙薄末流之儒學與儒生，只知支解經文，在繁瑣破碎的訓詁中鑽研，其實是知古不知今，根本是一群無益於國計民生之腐儒，〔註 90〕其言論尖刻，絲毫不留餘地。

〔註 90〕參見（漢）王充《論衡・謝短篇》（台北：鼎文書局，2001 年），頁 131～134。

其後曹操雖曾運用政治力量，以圖挽救，例如在《三國志・魏武帝紀》建安八年秋七月令中記載了曹操提振儒學之方式：

> 喪亂以來，十有五年，後生不見仁義禮讓之風，吾甚傷之。其令郡國各脩文學，縣滿五百戶置校官，選其鄉之俊造而教學之，庶幾先王之道不廢，而有以益于天下。〔註 91〕

政令中雖表示朝廷振興儒學的態度，目的在改善日益敗壞之士風，但亂世之中，人人皆懷苟且之心，因此未能使衰微中的儒學得以復興。加以曹操本人重刑名，輕儒學，所頒建安四令於前，明白標示朝廷用人，只重其才，不拘流品，又如何能因寥寥數語之詔而扭轉已衰微之儒學？其中如建安二十二年（217）令：

> ……今天下得無有至德之人放在民間，及果勇不顧，臨敵力戰，若文俗之吏，高才異質，或堪爲將守，負汙辱之名，見笑之行，或不仁不孝而有治國用兵之術。其各舉所知，勿有所遺。〔註 92〕

政府詔令，強調朝廷用人，兼容並包，不以品德爲唯一的考量，這雖與曹操本人出身寒族、閹官階級，因此不以儒學爲務有關，但最重要的還在曹操欲取代漢室之天下，必得先摧毀漢代儒家豪族視爲精神象徵的「仁孝」有關。〔註 93〕其影響所及，使得自兩漢以來培養的淳美風俗與士人氣節，爲之破壞殆盡。

到了魏朝，文帝雖曾重師父智，亦有尊經詔令，然由於本人雅好黃老之術，所謂上有所好，下必從焉，流風所致，士人皆好老、莊玄學，如王弼注《易》雜以玄言，受到當時士人之喜愛，便可得知文帝的尊經詔令毫無實效。自此以後，儒學遭魏晉名士百餘年來之打擊，早已失去了領導學術與維繫社會道德的力量，故終六朝之世，政風敗

〔註 91〕（晉）陳壽撰，（宋）裴松之注《三國志》，卷 1〈魏武帝紀〉（台北：鼎文書局，1980 年），頁 24。

〔註 92〕陳健夫《三國新紀》第 2 部（台北：新儒家雜誌社，1979 年），頁 120。

〔註 93〕萬繩楠整理《陳寅恪魏晉南北朝史講演錄》，第 1 篇〈魏晉統治者的社會階級〉（台北：知書房出版，2003 年初版三刷），頁 1～33。

壞，人心澆薄，這不可不說是曹氏父子不重氣節，鄙視名教之過。

南朝時期之經學，由於當政者並不重視，因此遠不如北朝來的興盛。趙翼《二十二史劄記．南朝經學》中曾說：

> 南朝經學，本不如北，兼以上之人，不以此爲重，故習業益少。統計數朝，惟梁蕭之初，及梁武四十餘年間，儒學稍盛。〔註 94〕

梁武帝表面上崇尚經學，儒學似有復興的機會，但正如趙翼《二十二史劄記．六朝清談之習》中指出，當時之「談義之習已成」，所謂經學者，只是提供清談時所需的材料罷了。且當時除五經外，亦尊崇老、莊之學，武帝曾親自在重雲殿講述老子，甚至連佛經教義亦爲講述之內容。由此可知，梁武帝的崇尚經學與兩漢時期是不同的。而在北朝方面，自北魏孝文帝遷都洛陽以後，實施漢化，特別尊崇儒學，因此經師雲集，於儒學一道，反較漢人統治的南朝來的興盛。其中如徐遵明能通《易》、《三禮》、《春秋》、《尚書》，〔註 95〕劉焯、劉炫皆爲當代大儒。〔註 96〕

二、玄學與佛學的昌盛

反觀道家學說在此一時期，卻大爲興盛，尤其在晉室南渡以後，許多高門世族，處於「世亂相乘，河清難俟」的局面，見政風敗壞，篡弒頻仍，對於功名早不存指望，他們揚棄了儒學，相率遁入玄虛的世界，或避居山林而寄情煙霞，或舞動麈尾而談玄說理，將和光同塵的觀念，視爲立身處世之準則。當時之士人將周易、老、莊之說合稱「三玄」，主張的是適性自然的人生哲學。我們從名士清談之題材不難發現，當時士人的思想早已脫離漢儒詁經的範疇，根據林麗眞《魏

〔註 94〕（清）趙翼撰，杜維運考證《二十二史劄記》卷 13（台北：華世出版社，1977 年 9 月），頁 313。

〔註 95〕（唐）李延壽《北史》，卷 81〈徐遵明傳〉（台北：鼎文書局，1980 年），頁 2720～2721。

〔註 96〕同註 95，卷 82〈劉炫、劉焯傳〉，頁 2763～2767。

晉清談主題之研究》論文中，對魏晉時期清談主題之研究，其涵蓋面便包括了經、史、子、文學與藝術、佛學五大類，而各大類之下又包含許多子項，例如在史學之下又細分對人物之品評與政事上之辯論，可見範圍極廣。〔註 97〕

這個時期的士人還有一個特色，那便是開始重視個人之內在價值，並將其視爲品評人物的重要標準，這個標準也同樣影響了文學。自曹丕的《典論・論文》起，到曹植的〈與楊德祖書〉、應瑒的〈文質論〉、陸機的〈文賦〉及南朝梁劉勰的《文心雕龍》與鍾嶸的《詩品》，皆將品評人物的態度運用到文學上，其不以經世教化爲先，而以文學本身的價值爲本的態度，使文學得以脫離經學的箝制，有了獨立的生命，因此六朝又被稱爲文學的自覺時代。

除玄學外，佛教也在六朝日益昌盛，其教義與講論之方式，對當時士人的思想產生重大的影響。佛教本自漢末東來，起初不甚流行，但到了晉代，由於西域名僧連袂來華，而中土也高僧輩出，使得佛經的翻譯日漸興盛。這些僧人與當時的名士，相互講論佛學義理，使得雙方的文化得到交流，而佛家講求心性與眾生平等的觀念，恰與老莊自然無爲與齊物逍遙的論點相契合，在當時談玄之風大盛的環境下，極易爲人們所接受，遂激盪出新的火花。因此佛教在六朝，除在思想外，其在文學、音樂、藝術、建築等方面的影響也極其深遠。至於文學方面的影響，主要在運用聲韻與對偶方式之啓發。華文本以形體爲主，雖也有形聲字，但只是「六書」的一種，起初並無字母，而梵文則是以三十四聲母與十六韻母相組合，產生一切文字，而其文又以四字成一句，聲韻調和，十分優美。佛教傳入後，這種切韻的方法，也隨同傳入中國，魏朝孫炎所撰之《爾雅音義》，便是根據梵文切韻的方式而創造了「反切」。在這之前，中國並無「反切」的名稱和方法，這個方式的建立，其實是在佛經翻譯的過程中得到的啓發。到了南朝

〔註 97〕林麗眞《魏晉清談主題之研究》（台北：台灣大學中國文學研究所博士論文，1978 年）。

時期沈約、謝朓、王融等人，又將它運用在詩文創作上，使得中國文學邁向了一個新的紀元。

三、南、北文化之交流融合

西晉亡於永嘉之亂後，晉室南渡，史稱東晉。而此一時期的北方，則陷入長期的混戰之中，爲五胡十六國時期。由於此時之北方各地，皆爲群雄割據的局面，因此還不能被稱爲「北朝」，一直到了鮮卑人拓拔圭崛起，並於東晉孝武帝太元十一年（386）建立了北魏（元魏），北方歸於統一，方得以稱爲北朝。而南方在劉裕於東晉恭帝元熙二年（420）篡晉自立，建國號爲「宋」後，也進入了一個新的時期，此後便是歷時一百六十九年之南北朝對峙時期。

南朝之學術，基本上延續了東晉時期崇尚老莊玄言之勢，而對於佛理之喜好則更甚前代。在南朝四代中，除齊高帝與梁武帝時期，經學較受到重視外，其餘各代君主，除易理之外，早將經學束之高閣。而南朝少數尊經的君主像梁武帝，除五經外，又參雜老莊、佛理，持論支雜，其實早已不純，南朝君主所好者，實在文學方面。

南朝宋文帝首先設立儒、玄、文、史四館；到了文帝時期，則分儒、道、文、史、陰陽五科，不論四館、五科，皆已將「文學」獨立，可見當時對文學一道之重視。齊高帝愛好文學，宗室子弟如竟陵王子良、鄱陽王鏘、江夏王鋒、豫章王嶷、衡陽王鈞等，均以能文見稱，其中竟陵王西邸集團之「竟陵八友」，皆爲一時之傑。梁蕭時期，文運更盛，肇因武帝父子之大力提倡，武帝本人即博學多才，其詩歌作品多綺麗淫靡，可見當時之文風。陳後主好詩酒，不理政事，《南史．陳後主本紀》稱其：「荒於酒色，不恤政事，……君臣酣飲，從夕達旦，以此爲常。〔註98〕」可知當時南朝由於君主、貴族對文學的重視與大力倡導，以致士人皆投其所好，以文學爲晉身之階，使得南朝文

〔註98〕（唐）李延壽《南史》，卷10〈陳本紀〉（台北：鼎文書局，1979年3月），頁306。

風一時大盛。

至於北朝時期，雖也重視文學與信仰佛教，但對儒家的經學，卻比南朝來的重視，《北史・儒林傳序》中說：

> 周文受命，雅好經典。于時西都板蕩，戎馬生郊，先王之舊章，往聖之遺訓，掃地盡矣。於是求闕文於三古，得至理於千載，黜魏晉之制度，復姬旦之茂典。盧景宣學通群藝，修五禮之缺，長孫紹遠才稱洽聞，正六樂之壞。由是朝章漸備，學者嚮風。明皇纂歷，敦尚學藝，內有崇文之觀，外重成均之職。握素懷鉛，重席解頤之士，間出於朝廷，員冠方領，執經負笈之生，著錄於京邑。濟濟焉，足以踰於向時矣。〔註 99〕

由此段記載可知當日北朝尊經重儒的情況。北朝各朝君主之所以如此看重經學，其原因不外乎胡人以游牧民族入主中原，其初既無文字，亦乏典章制度，故北朝自北魏孝文帝以來，為了適應社會經濟的發展（從游牧戰鬥式到農業封建的生活方式），及解決國內階級與民族間之磨擦，因此不得不徹底實行漢化政策以鞏固政權。這些政策，使得北朝歷朝君主，多留心政治制度之考訂，而體現在學術上，就是重視經學、禮敬儒士，其盛況正如《北史・儒林傳》中所說：

> 負笈追師，不遠千里，誦讀之聲，道路不絕，中州之盛，自漢魏以來，一時而已。〔註 100〕

學術在南北朝還有另一項特徵，那便是重視家學。正如陳寅恪先生的《隋唐制度淵源略論稿・禮儀》中論及蘇綽和宇文泰之遇合時，曾有下面一段論述：

> 蓋自漢代學校制度廢弛博士傳授之風氣止息後，學術中心移至家族，而家族復限於地域，故魏晉南北朝之學術宗教皆與家族地域兩點不可分離。〔註 101〕

〔註 99〕（唐）李延壽《北史》，卷 81〈儒林傳序〉（台北：鼎文書局，1980 年），頁 2706。

〔註 100〕同註 99，頁 2707。

〔註 101〕陳寅恪《隋唐制度淵源略論稿・儀禮》（台北：臺灣商務印書館，

南朝之世族，承兩晉以來之趨勢，在政治、社會、經濟地位上依然處於優越，但他們不屑於政事，所留意者乃在談玄與辭章二事。而留在北朝之漢人世族，受異族統治，為了維持家風不墜，因此對於世傳之家學特別重視，他們恪守漢儒傳統，因此在解經上多遵循漢注，重視章句訓詁。

依上之論述可知，在傳統經學上是南不如北，但在文學與詩歌方面的成就，則是北不如南，為此北朝上下均對南朝文風十分嚮往。但一直到了北周滅梁後，大批南朝的文士來歸，才使北朝詩歌得以蓬勃發展，其中影響最大的文人當屬庾信和王褒。王褒曾為北周校書，庾信也為北周制禮作樂，均受到北朝君主的重用，《周書・庾信傳》中說：

> 陳氏與朝廷通好，南北寓流之士，各許還其舊國，陳氏乃請王褒及信等十餘人，高祖惟放王克、殷不害等，信及褒並留而不遣。〔註 102〕

這些文士將南方的文風帶入北方，影響了北朝的文學創作，充實了北朝文壇。北周文人學庾信體，也是受了南朝人物影響所致，例如《北史・王昕傳》裡說北齊文人「好詠輕薄之篇」即是一例。〔註 103〕相形之下，北朝對南朝的影響雖不如彼，但仍是存在的，其中以梁代比較重要，例如申宣、申永以幹才受到宋高祖（劉裕）的重用；齊代之吳包、梁代之盧廣、崔靈恩、孫祥、蔣顯，陳代的宋懷方，都以儒學見稱於當世，而王僧辨、胡僧祐等人，甚至與梁朝命運攸契相關。

到了隋代，由於煬帝愛好詩歌，且為太子時曾在揚州任大總管，受到南方文風影響，詩風較為綺豔，即位後另設進士科，使天下

1998 年 7 月三版），頁 19。

〔註 102〕（唐）令狐德棻《周書》，卷 41〈庾信傳〉（台北：鼎文書局，1980 年），頁 734。

〔註 103〕（唐）李延壽《北史》，卷 24，〈王昕傳〉（台北：鼎文書局，1980 年），頁 884。

文風爲之大盛。到了唐初，爲了調和國內各民族間的矛盾衝突，遂使文學、經學並重。但許多大臣有鑒於南朝之亡，反對江左那些淫靡綺麗，徒有形式而毫無內容的作品，《全唐詩話》中記載了這樣一段故事：

> 帝嘗作宮體詩，使虞世南賡和。世南曰：「聖作誠工，然體非雅正。上有所好，下必有甚焉，恐此詩一傳，天下風靡，不敢奉詔。」帝曰：「朕試卿爾。」〔註 104〕

虞世南本身雖長於徐庾體，卻拒絕相和，以其宮體詩非雅正以諫太宗。在這種情勢下，雖太宗本人喜好徐庾體，但爲求治國，仍不得不以振興儒學爲先。其後他在貞觀八年（634），下詔令進士加讀經史一部，又於貞觀二十二年（648），有獎勵王師旦抑文之論，〔註 105〕可見當時朝廷所重者在於經史。但一個時期的文風，絕非幾個詔令能立即改變，我們從初唐盛行的上官體便可知其消息。唐代科舉考試分明經、進士兩科，明經考的是貼經與記誦，進士科則考對策，文學眞正在唐朝取得優勢，是在高宗時，接受了考功員外郎劉思立的建議，於進士科加考「雜文」〔註 106〕。所謂的雜文其實就是詩賦，由於科舉考試的加持，詩歌遂在唐朝人才輩出，得到良好的發展機會。

總之，唐代調和了南、北、胡、漢間文化的歧異，因此充滿了樂觀進取與博大輝煌的氣象。此外，六朝以來的各種思想（佛、道、儒）都在唐代得以承續並平衡的發展，這讓唐詩因此而有了更開闊的境界，且充滿了自由浪漫的精神與豐富的生命力。最後，在唐初幾位雅好詩歌帝王的提倡下，詩賦漸成爲取試的科目，文士爲求表現以登青

〔註 104〕（宋）尤袤《全唐詩話》卷 1，收嚴一萍輯「百部圖書集成」，據（明）崇禎毛晉校刊「津逮秘書本」影印（台北：藝文印書館，1967 年），頁 1～2。

〔註 105〕（宋）王溥《唐會要》，卷 76〈貢舉中進士〉（台北：世界書局，1960 年），頁 1379。

〔註 106〕同註 105。

雲之階，遂使詩賦的創作盛況空前。受到以上因素的影響，各種類型的詩歌體裁都在唐代得到充分的發揮，誠可謂各自精彩。唐代總結了六朝以來對詩歌的各種理論，而近體詩的體制也在這種情況下，在初唐沈佺期、宋之問的手中被歸納、整理制定而成。

第三章　南朝文學與永明聲律

南朝自劉裕代晉自立到楊堅滅陳建隋，歷經宋、齊、梁、陳四朝，共計一百六十九年（420～589）。其間每個朝代雖國祚不長，但由於此一時期的政權遞嬗皆以禪讓形式，並未發生大規模的戰役，因此社會大抵能保持安定。加上江南地廣田豐，沃野千里，自然地理條件十分優越，經濟因此有了穩定發展的機會，於是產生了許多經濟繁榮的大城市，其中如建康、京口、江陵、襄陽等，都是當時人文薈萃的重要城市。尤其是建康城，梁朝時期的建康城區規模與人口數量均居江南之冠，城中有二十八萬餘戶，〔註1〕按每戶六口計算，數量已接近一百七十萬，而這只是居民人口，還不包括京城駐軍、朝廷屬臣、後宮嬪妃，以及數量龐大的僕役、婢妾和部曲。〔註2〕由於此時期在經濟上，出現了幾個短暫的小康時期，且南渡文人大量集中於江左，加以南朝各君王對文學的愛好，甚至他們當中，有許多本身就是優秀的文學創作者，在他們對文學不遺餘力的提倡下，使得各種詩歌創作

〔註1〕（宋）樂史《太平寰宇記》，卷90〈金陵記〉：「梁都之時，（建康）城中二十八萬户，西至石頭城，東至倪塘，南至石子岡，北過蔣山，東西各四十里。」（北京：北京中華書局，2000年），頁95。

〔註2〕朱大渭等《魏晉南北朝社會生活史》中說：「西晉武帝太康時期，全國户口比是1：6.57。」以上述二十八萬户計，每户六口，可估計當時建康人口約一百七十萬人左右。（北京：中國社會科學出版社，1998年），頁154。

的理論及作品，都在此時得到充份的發展而蔚爲大觀。

當時的皇室貴族，招攬了江左最優秀的文士以充實朝廷藩府，而文人亦樂於攀附皇族，投其所好，在飲宴狎遊之際，賦詩爲文藉以取樂權貴，期能得到賞識，藉此增加聲名，甚至獲得權位，故此一時期，不少士人以文才遊走於諸皇室門下，逐漸形成一些以皇室爲中心的文學集團。在這些文學集團中，又以齊、梁時期文學集團所產生之文學理論，對後世之詩歌發展影響最大，尤其是永明聲律說興起之後，詩人們開始追求形式和聲律之美，進而帶動了詩歌的演進。其中如五言詩開始嘗試二句或四句一換韻，使詩歌的節奏更爲活潑；而七言詩的創作也在此時開始流行，且如同此一時期之五言詩，開始注意到用韻間隔的疏密對詩歌所產生之變化，故此一時期，堪稱詩歌創作的革命時期。以下茲就南朝文學集團發展之背景、齊梁文學集團及永明體與聲律之關係三方面加以論述。

第一節　南朝文學集團發展之背景

南朝時期的君王，雖然在政治上的表現並無可喜之處，但對於文學的提倡，卻是十分熱心。加上自東晉永嘉以來，中原人口隨晉室南渡，許多才俊之士集中於江左，杜佑在《通典》中說：

> 永嘉之後，帝室東遷，衣冠避難，多所萃止，藝文儒術，斯之爲盛。〔註 3〕

人才的集中、帝王的提倡，這樣的環境給了文學發展極好的機會。而對於南朝文學集團在此一時期，爲何得以高度發展之內、外緣因素很多，現試申述如下：

一、偏安江左之環境

自東晉元帝建武元年（317）晉室南渡，定都建康以來，南北對

〔註 3〕（唐）杜佑《通典》，卷 182〈州郡志〉（台北：新興書局，1963 年），頁 969。

立的局勢已然顯現，而在穆帝永和三年（347）桓溫取得巴蜀後，自此便進入了南北方長期對峙的局勢。此後雖有數次的北伐，但終東晉一代，始終未能收復北土，而北人南侵，也未能併吞南方，雙方便長期處於一種勢均力敵的狀態。

到了南朝時期，在對北方戰事的態度上，漸由主動積極之攻伐，轉為被動消極之卻敵保境，《南齊書・王融、謝朓傳論》中說：

> 晉室遷宅江表，人無北歸之計，英霸作輔，芟定中原，彌見金德之不競也。元嘉再略河南，師旅傾覆，自此以來，攻伐寢議。雖有戰爭，事存保境。〔註4〕

邊防的範圍也逐步由劉宋時期之河南、淮北、淮南，漸漸往南退移，到了陳代，便只能退守江陵一帶。

南方在武備上雖遠遜於北方，卻依然能維持東晉以來南北勢力平衡的狀態，造成這種狀態的原因非常複雜，根據呂光華〈南朝貴遊文學集團的發展背景〉〔註5〕及陳寅恪先生在〈南北對立形勢分析〉一文的看法，〔註6〕大致上不外乎以下幾個重要因素：

（一）緣於南北地理環境之隔絕

長江為天然界線，分隔了南北兩岸，在地形上，江北為平原，宜於鐵騎驅馳，江南則為水鄉，利於舟楫縱橫，二者各有所長，造就了北方長於騎射，南方善於水師的戰鬥形態，《宋書・索虜傳論》中說：

> 夫地勢有便習，用兵有短長。胡負駿足，而平原悉車騎之地；南習水鬬，江湖固舟楫之鄉。代馬胡駒，出自冀北；楩柟豫章，植乎中土，蓋天地所以分區域也。若謂氈裘之

〔註4〕（梁）蕭子顯《南齊書》，卷47〈王融、謝朓傳〉（台北：鼎文書局，1975年），頁828。

〔註5〕呂光華《南朝貴遊文學集團研究》，第2章〈南朝貴遊文學集團的發展背景〉（台北：政治大學中國文學研究所博士論文，1990年），頁63～89。

〔註6〕萬繩楠整理《陳寅恪魏晉南北朝史講演錄》，第14篇〈南北對立形勢分析〉（台北：知書房出版，2003年初版三刷），頁255～268。

> 民，可以決勝於荊、越，必不可矣；而曰樓船之夫，可以爭鋒於燕、冀，豈或可乎！〔註 7〕

因此無論南北兩方，在攻伐上皆無法取得絕對之優勢，故使二者得以保持長期勢力上的平衡。

（二）緣於北方的民族與文化矛盾

北朝的民族問題十分複雜，陳寅恪先生在其〈南北對立形勢分析〉一文中指出，北朝歷朝君主均未能妥善處理境內各民族間的衝突，這是導致北朝雖在武備上遠勝南朝，卻始終無法統一南北的主因。其中如後趙之石勒以羯人爲「國人」，這種以人爲方式區分國人與非國人的方式，引發彼此間嚴重的矛盾，到了石虎時期，更將沉重的勞役與兵役都落在非國人的胡人和漢人身上，最後導致冉閔的反撲，後趙因此覆亡。苻堅之不能成功也在於此，他爲取得正統地位而攻取東晉，淝水一役大敗之後，使得鮮卑人慕容氏與羌人姚萇坐收漁翁之利，歸究其因即在於各民族間的分配與組織有了嚴重的缺口。北魏孝文帝遷都洛陽，推行漢化，其目的在與南朝爭奪文化地位上之正統，他的做法十分成功。因爲自秦漢以來，漢人即以長安、洛陽爲北方的文化中心，在北方漢人的心中，能問鼎長安、洛陽者即爲正統，爲了確保北魏的統治權，他厲行漢化以調合胡漢間之矛盾，此乃不得不然之政策，但此舉卻並未使民族衝突獲得解決，因爲被遷到洛陽的鮮卑人漢化了，而留在北鎮的鮮卑人卻依舊保有舊俗，這便使洛陽漢化的文官集團與六鎮鮮卑化的武人集團發生了尖銳的衝突，結果導致了六鎮皆叛，使北魏分裂成兩個部份。在這種情況下，北魏自顧尙且不暇，因此實無力統一南北。

（三）緣於南北國力之不足

關於國力不足這個問題，南北皆然；因爲不論哪一方吞併對方，

〔註 7〕（梁）蕭子顯《南齊書》，卷 95〈索虜傳論〉（台北：鼎文書局，1975 年），頁 2359。

都必須有賴良好的國力，而國力的強弱則體現在國家的經濟能力上。南北朝之戶口嚴重耗減，非但使國家稅收減少，也使兵源短缺。南方在東晉時期，全國戶口不及漢朝之一郡，且賦稅繁苛，人民不堪負荷，便四處流徙，依附大姓以爲客，《南齊書・州郡志・南兗州序》中曾指出：

> 時百姓遭難，流移此境，流民多庇大姓以爲客。元帝大興四年，詔以流民失籍，使條名上有司，爲給客制度，而江北荒殘，不可檢實。〔註8〕

這些投身大姓富戶的百姓，名字登記在豪勢之家的戶籍上，便成爲世家大族或豪勢之家的庇蔭戶口，史稱「給客制度」。除此之外，當時甚至有些小農，爲求躲避勞役及賦稅而「假慕沙門，實避調役」，成了僧侶大地主的庇蔭戶。這些庇蔭戶，已非政府所編戶之齊民，而根據上引《南齊書》所載「江北荒殘，不可檢實」一段可以得知，當時合法給客制度的人數可能遠低於實際受庇蔭之人口。這些已爲佃客之人，自然無須負擔政府的課役，這使得政府無論在財政與兵力來源上皆十分困窘。因此到了南朝時期，即便是國力較強的宋、元嘉時期與梁、天監年間，遇到戰事時，常常還得依靠王公捐輸或借貸於富室。此外，齊民人口的銳減，使南朝政府只得臨時強拉民伕以充當士卒。南朝之國力不足可見一斑，所以自然缺乏統一北方的能力。

在北朝方面，其境況較諸南朝也好不了多少，自西晉末年以來，中原大亂，之後歷經北方部族多次兼併的戰爭，人民大量遷移，造成土地荒蕪，而人民蔭附大族形成人口耗減的情況實與南朝無異。《魏書・食貨志》載：

> 魏初不立三長制，故民多蔭附。蔭附者皆無官役，豪強徵斂，倍於公賦。〔註9〕

〔註8〕（梁）蕭子顯《南齊書》，卷14〈州郡志・南兗州序〉（台北：鼎文書局，1975年），頁255。

〔註9〕（北齊）魏收《魏書》，卷110〈食貨志〉（台北：洪氏出版社，1977年），頁2855。

可見在北魏孝文帝施行均田制度與三長制之前，其豪室隴斷國家稅收的情形十分嚴重，且這種現象到了後魏中期依然存在。這使得北魏孝文帝即位之初，想要發兵南侵，卻苦於國家之稅收不足，只好強迫人民抽丁輸糧。其後遷都洛陽，花費更大，甚至到了必須削減官員俸祿以充國庫的程度。而孝明帝主政時，財政更加拮据，其後的六鎮叛變，引起了爾朱之亂，遂將國家分爲東、西魏，此後中原大地征戰不息，北國糜爛，實難有餘力經略南方。南北朝之國力不足，亦成爲構成兩方長期對峙的原因之一。

（四）緣於南朝政府無心北伐

基於上述幾個因素，南朝政府對於北伐統一的功業，早已不復希望，正如東晉孫綽所說：

> 播流江表，已經數世，存者長子老孫，亡者丘隴成行，雖北風之思感其素心，目前之哀實爲交切。〔註10〕

偏安日久，南朝人逐漸接受了事實，遂相率苟安，但求保住南朝半壁江山，因此並不熱心北伐，在這樣的風氣下，朝政腐敗奢靡，較之前朝（東晉）有增無減。雖然如此，但南朝在偏安的一百多年中，仍出現了幾個短暫太平的時期，例如宋武帝到文帝時期，《南史・宋本紀・武帝本紀》：

> 上（武帝）清簡寡欲，嚴整有法度，未嘗視珠玉輿馬之飾，後庭無紈綺絲竹之音。……制諸主出適，遣送不過二十萬，無錦繡金玉。內外奉禁，莫不節儉。（武帝本紀）〔註11〕

> 帝（文帝）聰明仁厚，雅重文儒，躬勤政事，孜孜無怠，加以在位日久，惟簡靖爲心。于時政平訟理，朝野悅睦，自江左之政，所未有也。（文帝本紀）〔註12〕

〔註10〕（唐）房玄齡等《晉書》，卷56〈孫綽傳〉（台北：鼎文書局，1980年），頁1545。

〔註11〕（唐）李延壽《南史》，卷1〈宋武帝本紀〉（台北：鼎文書局，1979年3月），頁28。

〔註12〕同註11，卷2〈文帝本紀〉，頁54。

由此可見，在武帝到文帝時期，其治國嚴謹有法度，所以政治清平，呈現出小康治世的局面。此外，齊高帝、梁武帝乃至陳宣帝幾個時期，也都曾出現過這般太平的局勢，這些間歇短暫的承平時期，使得人才大量匯聚，提供了文化發展有利的條件。南朝文學集團的形成和發展，便主要集中在這些小康治世時期。

至於小康治世的環境，之所以成爲南朝文學集團得以形成與發展的主要條件，其首因不外乎當時文學集團的主導與贊助人，大多具有帝室王侯的身分，所以他們的存亡便直接影響了該文學集團的存廢。而這些具有政治身分的皇室成員，又常常捲入敏感的政治紛亂中，尤其南朝皇室彼此間的猜忌屠戮，實勝於他朝，如南朝宋孝武帝（劉劭）殺弟劉義恭及義恭十二子與宗室劉瑾、劉曄等多人，在位短短十年間，殺了許多親人。其後明帝即位，又將孝武帝諸子殺盡，王室傾軋的結果，使得大權旁落，終致亡國。而這種宗室人倫的悲劇，到了南齊依舊上演，齊明帝在位五年專事屠殺，將高帝、武帝一系，除蕭嶷（高帝次子）全部殺絕。處在這種環境當中，愈有才幹者，愈容易引起猜忌，也愈容易見殺，像《南齊書・隨郡王子隆傳》中載：

> 高宗輔政，謀害諸王，世祖諸子中，子隆最以才皃見憚，故與鄱陽王鏘同夜先見殺。〔註 13〕

在這種狀況下，文學集團自然難以長期發展，因此惟有在穩定的政治與經濟環境之下，文學集團才能獲得良好的發展。

除此之外，文學發展的性質問題也是南朝文學集團集中於小康治世時代的原因之一；由於集團文學所側重者不在個人，其特質具有強烈的集體性，因此受到政治環境的影響較個人創作者來得大（前已提及集團發起人與贊助人多具有政治身分），這使得政治環境的穩定與否，對集團文學的發展顯得格外重要，這也是南朝文學集團大多集

〔註 13〕（梁）蕭子顯《南齊書》，卷 40〈隨郡王子隆傳〉（台北：鼎文書局，1975 年），頁 710。

中在幾個特定時期的重要原因。〔註 14〕

二、士族崇文之風尚

南朝的世家大族，承繼兩晉以來之優勢，依舊可憑藉著世傳之資望，「平流進取，坐至公卿」。他們無論在政治、經濟與社會地位上，都享有絕對的優勢，因此這一個時期之社會型態為典型的世族門閥社會。當時的世族與寒門間有著極為嚴格的界限，即便同為世族，又細分為高門、甲姓、乙姓各種等級，而這些等級的區分又表現在婚配、仕宦與經濟等個各方面。

在婚配方面：當時世族為了顯示自家門第族望格外矜貴，在婚姻的選擇上，特別重視門第，高門必與高門連姻，他們將「營事婚宦」，「不得及其門流」視為恥辱，因為「婚宦失類」，就會受到同階級人士的排斥與非難，使自家門第受辱，連帶宦途也會受到影響。例如《晉書・楊佺期傳》中說：

> 弘農華陰人，漢太尉震之後也。曾祖準，太常，自震至準七世有名德。……佺期……自云門户承藉，江表莫比。……而時人以其晚過江，婚宦失類，每排抑之。〔註 15〕

另外，如東海王源（王朗七世孫）將女兒嫁給富陽滿璋之子滿鸞，而滿氏「下錢五萬，以為聘禮」，卻遭南齊御史中丞沈約上表彈劾，以為王源曾祖位至尚書右僕射，且王源與其父祖都位列清顯，滿璋雖任王國侍郎，其子滿鸞任吳郡主簿，然滿氏的「姓族，士庶莫辨」，因此「王、滿連姻，實駭物聽」，認為此舉玷辱世族，故請朝廷革去王源官職，將其剔出士族，且「禁錮終身」。〔註 16〕由上述二事不難看

〔註 14〕呂光華《南朝貴遊文學集團研究》，第 2 章〈南朝貴遊文學集團的發展背景〉（台北：政治大學中國文學研究所博士論文，1990 年），頁 68。

〔註 15〕（唐）房玄齡等《晉書》，卷 84〈楊佺期傳〉（台北：鼎文書局，1980 年），頁 2200。

〔註 16〕（梁）蕭統撰、（唐）李善注《昭明文選》，卷 40〈沈休文奏彈王源〉（台北：啓明書局，1960 年），頁 559～561。

出當時世族在婚配上，門第之間的界線有多麼嚴格。

除了婚配外，世族豪門在仕宦上也享有特別的待遇，其中如宋、齊、梁時期，政府明令「甲族以二十登仕，後門（寒門）以過立試吏」〔註 17〕，這些規定明顯的保障著世族從政的優勢。而且這些士族子弟，一開始爲官，多先從秘書郎或著作佐郎做起。秘書郎之員額爲四名，俸祿爲六百石，官拜四品，分掌中外三閣的四部書籍；著作佐郎定額爲八人，俸秩四百石，爲七品官，掌修國史和皇帝的起居注，這兩種官，職閒廩重，地望清美，是世家大族、高門子弟開始做官的最好階梯。〔註 18〕但由於秘書郎的員額不多，爲使士族子弟都能有機會遞補空額，因此擔任秘書郎的任期，多則百日少則幾十天，一旦期滿，便可依次昇遷。〔註 19〕此外，依當時的規定，吏部郎可以參掌大選，而選詮大權與世家大族的利益有切身的關連，因此除了吏部尚書外，連吏部郎的官職也多被世族壟斷。

而在經濟利益上，世族也有種種特權。南朝的經濟資源，主要來自土地與人口。在土地方面，自西晉以來，政府本有占田制度，本期以政府的力量，公平的分配土地給人民，使人民有足夠的土地耕種，以增加國庫之稅收。但占田制度卻並未制定土地持有之上限，甚至政府爲隴絡世族，還明文制定規章，允許世族可依其貴賤等級，合法的占田，而世族實際所占土地的數量，又遠遠超過政府的規定，其結果是導致嚴重的土地兼併問題。除占田法外，又有「品官蔭親戚及蔭戶」的規定，被蔭者享有免賦稅與免服役的特權，人民爲了逃賦役，多投身大族以爲蔭戶，致使國家稅收減少，而大族又吸收人口

〔註 17〕（唐）姚思廉《梁書》，卷 1〈武帝本紀〉（台北：鼎文書局，1975 年），頁 23。

〔註 18〕王仲犖《魏晉南北朝史》，第 6 章〈南朝的政治與經濟〉（台北：仲信書局，1990 年），頁 398～414。

〔註 19〕（唐）李延壽《南史》，卷 56〈張纘傳〉：「起家秘書郎，時年十七。……秘書郎有四員，宋、齊以來，爲甲族起家之選，待次入補，其居職例數十百日便遷任。」頁 1385。

以充實莊園內之生產，並藉政治上之特權，從事商業活動，以坐收厚利。

這些世族在各方面都有其優越的地位，因此如何常保家門富貴，才是他們亟欲之事，至於君統之變易，朝代之更迭，便顯得不是那麼重要了。此所以南朝每遇禪代廢立之際，世家大族不是不預聞，便是以如何轉移門第利益爲優先考量而協助篡位。例如《南齊書・王延之傳》：

> 宋德既衰，太祖（蕭道成）輔政，朝野之情，人懷彼此。延之與尚書令王僧虔中立無所去就，時人爲之語曰：「二王持平，不送不迎。」太祖以此善之。〔註 20〕

像上述王延之、王僧虔遇事時尚能置身事外，保持中立。但有些世族則不然，他們爲了家族利益，甚至反助強者篡位。其中如王儉助齊高帝篡宋便是絕好的例證。《南史・王儉傳》：

> 儉素知帝（蕭道成）雄異，後請間言於帝曰：「功高不賞，古來非一，以公今日地位，欲北面居人臣，可乎？」帝正色裁之，而神采內和。儉因又曰：「儉蒙公殊眄，所以吐所難吐，何賜拒之深。宋以景和、元徽之淫虐，非公豈復寧濟；但人情澆薄，不能持久，公若小復推遷，則人望去矣，豈惟大業永淪，七尺豈可得保？」〔註 21〕

觀此段記載可知，王儉思助高帝篡位以收擁立之功，藉以保障自家在改朝換代後依然享有富貴，其意不言可知。而蕭道成半推半就、裝腔作勢，雖「正色裁之」，實「神采內和」，簡直把國家遞嬗當成一椿買賣。難怪史學家們稱其爲「殉國之感無因，保家之念宜切。市朝亟革，寵貴方來，陵闕雖殊，顧眄如一。」〔註 22〕除此之外，當朝代更迭之際，主謀勸進、受禪奉璽之人，也非世家大族的參與不可，例如宋受

〔註 20〕（梁）蕭子顯《南齊書》，卷 32〈王延之傳〉（台北：鼎文書局，1975 年），頁 585。

〔註 21〕（唐）李延壽《南史》，卷 22〈王儉傳〉（台北：鼎文書局，1979 年 3 月），頁 591。

〔註 22〕同註 20，卷 23〈楮淵、王儉傳〉，頁 438。

晉禪，謝澹（謝安之孫）授璽，王弘（王導曾孫）、王曇首（王弘之弟）、王華（王導曾孫）均爲佐命元勳；南齊代宋，褚淵（褚裒五世孫）授璽，王儉、王晏均爲謀首；蕭梁代齊，王亮（王導六世孫）、王志（王導五世孫）授璽；而陳代梁時，則由王通（王導九世孫）、王瑒（王弘六世孫）授璽。在他們以爲，禪代受璽一事，不過是把一家之物給與另一家而已。〔註23〕

由上述可知，這些世族豪門無論在政治、經濟與社會地位上都佔有極大之優勢，且不因朝代更迭而有所改變，他們過著不耕而食，不織而衣的優渥生活。此外，自東漢以迄南朝，世族各自有其家傳之學術，即所謂之「家學」，故世族子弟在經籍文史上，皆有一定的程度與修養。又因世族多有能力聚藏書籍，在這樣的環境下，對於學業上之修習相當有利。其中的經史之學固不容廢，然文學一道才實是當時士人所特重者，這點我們可從《隋書・經籍志》中所載別集的數量可一窺端的。《隋書・經籍志》集部所列，由漢至隋別集有四百三十七部，其中漢人的著作有三十八部，隋人著作共十八部，而出於六朝時代文人的作品則多達三百八十一部，佔了總數的百分之八十五以上。〔註24〕而其中南朝人所著之二百五十七部別集中，又以梁人的作品最多，凡八十餘種，約佔了南朝別集的百分之三十以上，可見南朝辭人之眾，實冠於前代。而《隋書》所載南朝人之別集中又以世族子弟的作品佔了極大部份，這和當時世族愛尚文學的風氣有很大的關係。《通典》中云：

> 自宋以來謝靈運、顏延年以文章彰於代，謝莊、袁淑又以才藻係之，朝廷之士及閭閻衣冠，莫不仰其風流，競爲辭

〔註23〕（唐）李延壽《南史》，卷28〈褚裕之傳從父弟炤附傳〉：「……彥回子賁往問訊炤，炤問曰：『司空今日何在？』賁曰：『奉璽紱，在齊大司馬門。』炤正色曰：『不知汝家司空將一家物與一家，亦復何謂。』……」（台北：鼎文書局，1981年），頁756～757。

〔註24〕張仁青《魏晉南北朝文學思想史》，第5章〈魏晉南北朝文學思想之內因外緣（三）〉（台北：文史哲出版社，2003年9月初版），頁408。

賦之事，五經文句，無復通其義者。〔註 25〕

而劉師培《中古文學史》中也說：

自江左以來，其文學之士，大抵出於世族，而世族之中，父子兄弟各以能文擅名。〔註 26〕

這是因爲當時教育尚未普及，知識的獲得，多有賴父兄，於是詞藝一道，就成了一門世襲的學問，這也是六朝文學的一大特色。而當時門第越尊貴的世族，培養出來的文人也就越多，而優秀的文人，得令族門增添光彩，因此又使門第更添尊榮。其中如梁代之劉孝綽即爲一例：

孝綽兄弟及羣從諸子姪，當時有七十人，並能屬文，近古未之有也。其三妹適琅邪王叔英、吳郡張嵊、東海徐悱，並有才學，悱妻文尤清拔。悱，僕射徐勉子，爲晉安郡，卒，喪還京師，妻爲祭文，辭甚悽愴。勉本欲爲哀文，既覩此文，於是閣筆。〔註 27〕

深閨婦女，都能有如此的好才情，得令當代文豪爲之擱筆，可見世族之家對於文學的愛好與修養是如何的不凡。再如王筠之族門，累世皆有文彩出眾的子弟，無怪連沈約這般知名的文學家都豔羨不已而曾對人說：

吾少好百家之言，身爲四代之史，自開闢已來，未有爵位蟬聯，文才相繼，如王氏之盛者也。〔註 28〕

至於當時之世族何以特別看重文學，主要的原因有幾項：其一、自魏晉以來文學便獨立於經學之外，具有獨立的生命與價值，在這種進步的文學觀與思潮之下，文學已非壯夫不爲的雕蟲小技，而是值得士人畢生致力追尋的目標。南朝宋文帝立「儒、玄、文、史」四館，明帝

〔註 25〕（唐）杜佑《通典》，卷 16〈選舉四〉（台北：新興書局，1963 年），頁 91。

〔註 26〕劉師培《中古文學史・宋齊梁陳文學概略》（台北：文海出版社，1972 年），頁 91。

〔註 27〕（唐）姚思廉《梁書》，卷 33〈劉孝綽傳〉（台北：鼎文書局，1975 年 1 月），頁 484。

〔註 28〕同註 27，卷 33〈王筠傳〉，頁 487。

分「儒、道、文、史、陰陽」五科，都明白地將文學與其他學術並立，在在顯示出當朝對文學的愛好與重視。因此世族若想保持家門之聲望與地位不墜，就必須服膺當代的社會價值，而事實上，從上述劉孝綽與王筠的例子看來，這些世族子弟不但是當時價值標準的遵循者，也同時是其標準的創造者。〔註29〕其二、由於當時的社會特重文學，這樣的社會價值觀，便強烈的影響了當代人才選拔的標準與方式。以下試舉二例以爲佐證：

> 庾信幼而俊邁，聰敏絕倫。博覽羣書，尤善《春秋左氏傳》。……父肩吾，爲梁太子中庶子，掌管記。東海徐摛爲右衛率。摛子陵及信，並爲抄選學士。父子東宮，出入禁闥，恩禮莫與比隆。既文並綺豔，故世號爲徐庾體焉。當時後進，競相模範。每有一文，都下莫不傳誦。累遷通直散騎常，聘於東魏。文章辭令，盛爲鄴下所稱。還爲東宮學士，領建康令。〔註30〕

由庾肩吾、庾信與徐摛、徐陵父子，皆以文才得到朝廷重用的情形看來，文學已成爲當時任官與選取人才的一大標準。再如劉孝綽：

> 孝綽免職後，高祖數使僕射徐勉宣旨慰撫之，每朝宴常引與焉。及高祖爲〈籍田詩〉，又使勉先示孝綽。時奉詔作者數十人，高祖以孝綽尤工，即日有敕，起爲西中郎湘東王諮議。〔註31〕

這又是一個因長於文學而得以出仕的例子。由此可見，世族藉著文學才華，可以增加參與政治的機會，而爲保障家族在政治上之利益，「文學」便成爲世族子弟仕途最好的憑藉。其三、從魏晉南北朝的歷史文獻看來，在眾多公私社交場合中，酒酣耳熱之際，必須即興賦詩或唱

〔註29〕呂光華《南朝貴遊文學集團研究》，第2章〈南朝貴遊文學集團的發展背景〉（台北：政治大學中國文學研究所博士論文，1990年），頁75。

〔註30〕（唐）李延壽《北史》，卷83〈庾信傳〉（台北：鼎文書局，1976年），頁2793。

〔註31〕（唐）姚思廉《梁書》，卷33〈劉孝綽傳〉（台北：鼎文書局，1975年1月），頁482。

和他人作品的機會非常多，因此文學創作的能力與技巧，被當時士人視爲一項必要且必須具備之修養。在這樣的風氣下，若不能在社交場合上適時表現這項才華，被認爲是件丟臉的事。爲此鍾嶸《詩品序》中即言：

> 使窮賤易安，幽居靡悶，莫尚於詩矣。故詞人作者，罔不愛好。今之士俗，斯風熾矣。纔能勝衣，甫就小學，必甘心而馳騖焉。于是庸音雜體，人各爲容，至膏腴子弟，恥文不逮，終朝點綴，分夜呻吟。〔註 32〕

連剛接受啓蒙教育的孩童，都孜孜於創作詩歌，作品雖不見得優秀，卻可見得當時文士對文學創作的熱衷程度，富貴人家之子弟更以不能文爲恥。這也就是當時文士殷殷訓誡家中子弟勤學的原因，尤其是世族門第中人更是如此，《顏氏家訓》中便說：

> 多見士大夫恥涉農商，差務工伎，射不能穿札，筆則纔記姓名，飽食醉酒，忽忽無事，以此銷日，以此終年。或因家世餘緒，得一階半級，便自爲足，全忘修學；及有吉凶大事，議論得失，蒙然張口，如坐雲霧；公私宴集，談古賦詩，塞默低頭，欠伸而已。有識旁觀，代其入地。何惜數年勤學，長受一生愧辱哉！〔註 33〕

某些士人遇公私宴集而不能爲文的窘態，甚至連旁觀者都恨不能「代其入地」，可見當時不能即興賦文者如何地受到他人之嗤笑。

賦詩爲文既已成爲當時之社會風尚，則世族子弟爲光耀自身或族門，便不能不勉力爲之，而影響所及，致使上自君王，下自庶人，皆以能文爲榮，這種風氣使得南朝文人的數量大增，並爲當時的文學集團提供了充足的文學人才。

三、帝室王侯之提倡

一個時代主政者的好尚，決定了各朝代文化之走向，而單以文學

〔註 32〕（梁）鍾嶸《詩品》（台北：三民書局，2003 年），頁 12。

〔註 33〕（北齊）顏之推撰，王利器集解《顏氏家訓集解》，卷 3〈勉學篇〉（台北：明文書局，1982 年），頁 141。

一項而論，文學之所以盛衰，也視乎上位者之重視與否。正如劉禹錫所說：「八音與政通，而文章與時高下。」張方平也說：「文章之變與政通。」這些都說明施政者的態度與文學是否得以蓬勃發展實有密不可分的關係。

南朝時期之所以文風鼎盛，自然也和此一時期君王對文學的支持有關。當時各種文學集團林立，其盛況唯曹魏父子時期可相比擬，我們由這些文學集團的贊助者與發起人，都是當代之帝室王侯，便可得知該時期君王對文學活動是如何的愛好與重視了。而南朝諸帝中，又以宋文帝與梁武帝父子對文學的推廣最爲熱心。《南史・文帝本紀》：

> （元嘉）十五年，立儒學館於北郊，命雷次宗居之。……十六年，又命何尚之立玄素學，何承天立史學，謝元立文學，各聚門徒，多就業者。江左風俗，於斯爲美，後言政化，稱元嘉焉。〔註 34〕

其後到了明帝泰始六年，又立聰明觀，分儒、道、文、史、陰陽五部，此爲文學從他科獨立之始，《南史》稱明帝曰：

> 帝好讀書，愛文義，在藩時撰《江左以來文章志》，又續衛瓘所注《論語》二卷。及即大位，舊臣才學之士多蒙引進。〔註 35〕

自此各種集部與文學批評之著述遂大爲興盛。宋之宗室如臨川王劉義慶等，皆以招攬才士，愛好文學而著稱，成爲推動文學的重要力量。至於梁武帝，其於即位之初，便刻意獎勵詞藝，而昭明太子、簡文帝、元帝，均以能文爲傲，其餘宗室子弟能文者，不知凡幾，而影響所及，使士人無不以致力於文學爲要務。《南史・文學傳序》：

> 自中原沸騰，五馬南渡，綴文之士，無乏於時。降及梁朝，其流彌盛，蓋由時主儒雅，篤好文章，故才秀之士，煥乎

〔註 34〕（唐）李延壽《南史》，卷 2〈文帝本紀〉（台北：鼎文書局，1979 年 3 月），頁 45～46。

〔註 35〕同註 34，卷 3〈明帝本紀〉，頁 84。

俱集。於時武帝每所臨幸，輒命群臣賦詩，其文之善者賜以金帛。是以縉紳之士，咸知自勵。〔註 36〕

及至陳代，後主爲人風流自賞，他大力延攬文士以充實朝廷，流風所致，使宗室子弟與宮中后妃，莫不能爲文。若據《隋書‧經籍志》集部別集所載之作品做一統計，便可發現南朝時期帝室王侯的作品數量有多麼可觀。以下試依《隋書‧經籍志》所載南朝帝室王侯所作別集表列如下：

朝代名	人　　物	集　　名	卷　數
宋	武帝（劉裕）	《宋武帝集》	二十一卷
	文帝（義隆）	《宋文帝集》	十卷
	孝武帝（駿）	《宋孝武帝集》	三十二卷
	前廢帝（子業）	《宋廢帝景和集》	十一卷
	明帝（彧）	《明帝集》	三十三卷
	長沙王（道憐）	《長沙王道憐集》	十一卷
	臨川王（道規）	《宋臨川王道規集》	五卷
	臨川王（義慶）	《臨川王義慶集》	八卷
	江夏王（義恭）	《江夏王義恭集》 《江夏王集別本》	十六卷 十五卷
	衡陽王（義季）	《衡陽王義季集》	十一卷
	南平王（鑠）	《南平王鑠集》	五卷
	竟陵王（誕）	《竟陵王誕集》	二十卷
	建平王（休度）	《建平王休度集》	十卷
	新渝縣侯（義宗）	《新渝惠侯義宗集》	十二卷
	建平王（景素）	《建平王景素集》	十卷

〔註 36〕（唐）李延壽《南史》，卷 72〈文學傳序〉（台北：鼎文書局，1979 年 3 月），頁 1762。

齊	文帝（長懋）	《齊文帝集》	十一卷
	晉安王（子懋）	《晉安王子懋集》	五卷
	隨郡王（子隆）	《隨王子隆集》	七卷
	竟陵王（子良）	《竟陵王子良集》	四十卷
	聞喜公（蕭遙欣）	《蕭遙欣集》	十一卷
	蕭幾（遙欣之子）	《蕭幾集》	二卷
	蕭子暉	《蕭子暉集》	九卷
	蕭子範	《蕭子範集》	十三卷
	蕭子雲	《蕭子雲集》	十九卷
梁	武帝（蕭衍）	《梁武帝集》 《梁武帝詩賦集》 《梁武帝雜文集》 《梁武帝別集目錄》 《梁武帝淨業賦》	三十二卷 二十卷 九卷 二卷 三卷
	簡文帝（綱）	《梁簡文帝集》	八十五卷
	元帝（蕭繹）	《梁元帝集》 《梁元帝小集》	五十二卷 十卷
	昭明太子（統）	《昭明太子集》	二十卷
	安成王（秀）	《梁安成王集》	三十卷
	岳陽王（詧）	《岳陽王詧集》	十卷
	蕭巋（蕭統孫）	《梁王蕭巋集》	十卷
	邵陵郡王（綸）	《邵陵郡王綸集》	六卷
	武陵王（紀）	《武陵王紀集》	八卷
	蕭琮（蕭巋子）	《蕭琮集》	七卷
	安成煬王（機）	《安成煬王集》	五卷
	西昌侯（藻）	《蕭深藻集》	四卷
	安成蕃王（欣）	《蕭欣集》	十卷

	蕭撝（蕭秀子）	《蕭撝集》	十卷
	臨安公主（令嫃）	《臨安恭公主集》	三卷
陳	陳後主（叔寶）	《陳後主集》	三十九卷
	陳後主沈后（婺華）	《陳後主沈后集》	十卷

由上表可以看出，南朝帝室王侯之作品數量非常豐富；總計南朝宋二三〇卷、齊一一七卷、梁三三六卷、陳四十九卷，這樣的成就，即較之當時之高門世族，如王、謝兩家亦毫不遜色。〔註37〕誠所謂「上之化下，如風靡草」，在這樣一片倡導、獎掖文學的風氣下，遂使南朝文風達於極盛，而圍繞著這貴族所成立的文學集團紛立，成為此一時期文學之特色。

至於南朝帝室對於文學特別熱衷的原因，大概不外乎以下幾個因素；其一、受到曹魏父子的影響：中國歷來便有文士會文之傳統，故曾子說：「君子以文會友，以友輔仁。」可見文士間藉著聚會彼此論文的風氣起源很早。《史記・田敬仲完世家》中就曾提及齊國稷下學宮人才畢集之盛況：

> 宣王喜文學游說之士，自如騶衍、淳于髡、田駢、接予、慎到、環淵之徒七十六人，皆賜列第，爲上大夫，不治而議論。是以齊稷下學士復盛，且數百千人。〔註38〕

這些文士會集於稷下，性質雖同於會文，但論及之內容卻不可得知。其後楚襄王禮敬宋玉、唐勒、景差之徒；吳王招鄒陽、莊忌、枚乘；梁孝王延攬羊勝、公孫詭、司馬相如；武帝優遇徐樂、嚴安、枚皐、王褒等人，人才彬彬可謂一時之盛。然襄王之文會，所論何事，史所未載；吳王、梁孝王則皆文采不足以領導文壇；武帝文采雖佳，然為

〔註37〕（唐）魏徵等撰《隋書》，卷35〈經籍志〉，載南朝時琅邪王氏家族之文集總數爲三三五卷；陳郡陽夏謝氏則爲一二七。（台北：洪氏出版社，1974年），頁1056～1081。

〔註38〕（漢）司馬遷《史記》，卷46〈田敬仲完世家〉（台北：新陸書局，1964年），頁636。

人量狹，文人惟以阿諛奉承爲事，因此未能使文學得到獨立發展的機會。〔註 39〕及至建安時代，魏武文韜武略，他本人便是一位優秀的詩人，《文心雕龍・時序篇》說：「魏武以相王之尊，雅愛詩章。」〔註 40〕《魏書》也說他：「登高必賦，及造新詩，被之管弦，皆成樂章。」而其子文帝與陳思王皆天資英敏，愛才若渴，於是天下優秀之文士盡入其門。他們父子不但是政治上的領袖，且親身參與當時的文學活動，在文學創作上，也有傲人的表現。這樣的成就，在一定的程度上影響了南朝各君主，使他們對魏武父子產生強烈的欽羨之情。他們不再滿足於單方面對詩賦的玩賞，他們除了要當政治上的支配者，還要成爲文學上的領導人，因爲惟有如此才能讓他們的領袖意識得到滿足。魏武父子的出現，展現了政治以外的權力，對後世產生了重大的影響。這個影響使南朝時代之君王即便不善詩賦，也具備了相當程度的文學欣賞與批評能力，並以無此素養爲恥，例如梁武帝即對此十分縈懷，《南史・劉峻傳》：

> 梁武帝招文學之士，有高才者多被引進，擢以不次。峻率性而動，不能隨眾沉浮。武帝每集文士策經史事，時范雲、沈約之徒皆引短推長，帝乃悅，加其賞賚。會策錦被事，咸言已罄，帝試呼問峻，峻時貧悴冗散，忽請紙筆，疏十餘事，坐客皆驚，帝不覺失色。自是惡之，不復引見。〔註 41〕

其餘如沈約、江淹也皆爲此等事件，而不被武帝重用，〔註 42〕實緣於

〔註 39〕參考張仁青《魏晉南北朝文學思想史》，第 5 章、第 3 節〈文人集團林立〉之說（台北：文史哲出版社，2003 年），頁 414。

〔註 40〕（梁）劉勰《文心雕龍・時序篇》（台北：金楓出版社，1988 年），頁 343。

〔註 41〕（唐）李延壽《南史》，卷 49〈劉峻傳〉（台北：鼎文書局，1979 年 3 月），頁 1219～1220。

〔註 42〕同註 41，卷 57〈沈約傳〉：「約嘗侍宴，會豫州獻栗，徑寸半。帝奇之，問栗事多少，與約各疏所憶，少帝三事。約出謂人曰：『此公護前，不讓即羞死。』帝以其言不遜，欲抵其罪，徐勉固諫乃止。」頁 1413。

《南史》，卷 59〈江淹傳〉中載江淹晚年夜宿禪靈寺渚，夜夢張景陽

武帝賦性褊狹，自覺身爲文壇領袖的尊嚴被侵犯的心態所致。帝室王侯的這種意識，說明了齊、梁間君王多有才學，一方面延攬文士但卻又相當忌才的原因。

而南朝帝室王侯尚文的另一個原因，則是帝室王侯世族化的結果。南朝的政權主要建立在門閥世族的支持上，因此世族是南朝社會最具影響力的階層。前面曾提及世族階層在南朝社會上的特殊地位，這樣特別的身份，不單爲他們自身與社會上一般人所接受、認同，就連君王也不能不承認他們的獨特性，因此天子可授與人政治上的名位，卻無法使寒門提升爲世族，因此當時有「士大夫故非天子所命」的說法。〔註 43〕

相較之下，南朝帝室卻都出身寒門，如宋武帝劉裕微時曾伐荻新州，又曾負刁逵社錢，被縛執甚急，其出身寒素可知。齊高帝蕭道成在宋時與褚淵及袁粲書，稱「下官常人，志不及遠」〔註 44〕。後來他的遺詔說：「吾本布衣素族，念不到此，因籍時來，遂隆大業。」〔註 45〕既稱「常人」，又云「素族」，其非高門可知。梁武帝蕭衍爲蕭

索錦，而後淹文章躓矣。

又說淹曾夜宿冶亭，夢郭璞討回五色筆，自此爲詩絕無美句，時人謂之才盡。其實「江郎才盡」乃江淹深知梁武帝性格偏狹，爲求避禍所編的故事。正如張溥所說：「江文通遭逢梁武，年華望暮，不敢以文凌主，意同明遠，而蒙譏『才盡』，史臣無表而出之者，沈休文竊笑後人矣。」

〔註 43〕（唐）李延壽《南史》，卷 36〈江斆傳〉。原文爲：「先是中書舍人紀僧眞幸於武帝，稍歷軍校，容表有士風。謂帝曰：『臣小人，出自本縣武吏，邀逢聖時，階榮至此，爲兒昏，得荀昭光女，即時無復所須，唯就陛下乞作士大夫。』帝曰：『由江斆、謝瀹，我不得措此意，可自詣之。』僧眞承旨詣斆，登榻坐定，斆命左右曰：『移吾牀讓客。』僧眞喪氣而退，告武帝曰：『士大夫故非天子所命。』時人重斆風格，不爲權倖降意。」頁 943。

〔註 44〕（梁）蕭子顯《南齊書》，卷 23〈褚淵傳〉（台北：鼎文書局，1975 年），頁 427。

〔註 45〕勞榦《魏晉南北朝史》第 6 章（台北：中國文化大學出版部，1980 年），頁 74～75。

道成爲同族，因此亦非高門。至於陳霸先早年出身寒微，當過油庫吏，後得新喻侯蕭映的賞識，薦之梁武帝才逐漸在政治上嶄露頭角。〔註46〕這些出身寒門的帝室王侯，對高門世族的文采風流十分羨慕，他們一旦登上帝位，便與這些世族有了更頻繁的接觸，因此開始學習世族之家，重視起家風、家學，漸漸有了世族化的傾向。南朝帝室中世族化最成功的，大概要數蘭陵蕭氏（齊、梁帝室）〔註47〕，錢穆在〈略論魏晉南北朝學術文化與當時門第之關係〉一文中說：

> 今捨政治而專言門第，專注重當時門第中人之私生活及其內心想望，則蕭氏一家，終是可資模楷，堪成風流也。〔註48〕

這些帝室王侯士族化之後，便同世族高門中人一般，開始留心文藝、招攬文士，並培養族中子弟，使其在學術的領域中求取表現。而其結果使得文學活動在世族與帝室的推波助瀾下，成爲當時最風行的活動，許多的文學集團便在這樣的環境下成立。這些文學集團提供了文士觀摩切磋的機會，使得文學作品的品質日益提升，並因此帶動了研究文學創作理論與文學評論之風氣。在理論與實踐二者相互激盪之下，使得此一時期的文壇顯得生氣勃勃。

四、地方制度之改變

南朝文學集團十分發達，但這些集團的發展並非完全集中於中央，一些督刺地方的王侯，也常常成爲文學集團發展的重鎮，這種現象和當時地方制度的改變不無關係。

漢代自武帝起，地方實施郡、縣二級制度，《漢書・地理志》說：「天下凡郡國一百三，縣邑千三百一十四。」〔註49〕這樣的轄區分配，

〔註46〕（唐）李延壽《南史》，卷9〈陳武帝本紀〉（台北：鼎文書局，1979年3月），頁257～258。

〔註47〕蘭陵蕭氏的來源有二：一來自今之山東嶧縣、一來自今江蘇武進。齊、梁帝室皆出自江蘇武進。

〔註48〕錢穆〈略論魏晉南北朝學術文化與當時門第之關係〉，收入《中國學術思想史論叢（三）》（台北：東大圖書公司，1981年），頁180。

〔註49〕（漢）班固《漢書》，卷28〈地理志〉（台北：鼎文書局出版，1986

使各郡在財政方面得以自給自足，且有足夠的兵力維持地方治安，推行郡務有餘，卻無力謀反，因此朝廷無須擔心封建諸侯勢力過大而危及中央。〔註 50〕但這樣的制度到了西漢末年有了變化，主要是由於負責監督各郡國的刺史，其隸屬中央的特性，久爲地方所畏忌，時日既久，遂使其權限凌越了各郡縣首長，甚至橫跨了軍、政、民、刑、貢士等各方面，幾與行政官無異。因此西漢末年，便將刺史一職改爲州牧，成了實際的最高地方行政首長。這樣的情況維持到東漢初年光武中興後，因爲擔心地方勢力過大而難以約制，因此又廢州牧，回復漢初刺史制度；及至東漢末年，兵燹又起，爲安撫地方，遂將一部分的刺史又改回州牧，且加領將軍職，而其後之三國以迄南朝政治使終紛擾不安，於是這樣的制度便一直維持到南朝終了。

州刺史成爲地方官後，除了原有的監察權外，又因其爲地方首長且加領將軍職之故，因此也同時具有行政與治軍的權力，但影響比較大的，還在於各州刺史享有自行用人的權力。南朝的刺史有州、府二個系統，州吏自別駕、治中以下可由刺史自行任用，因此二者的關係如同君臣；而府系之佐吏雖由中央選任，然刺史卻有舉薦之權，且地位較低的參軍及所屬郡守之縣令，均不須透過中央，便可由刺史自行任用，這樣的結果使得各州刺史與僚屬間形成極爲緊密的連結，成爲一種強大的地方勢力。而除了官吏之任用以外，刺史尚有察舉秀才之權，南朝士人，除世族高門外，秀才是得登仕途的重要門徑，刺史之具有察舉秀才的權限，也充分顯示南朝時期之州刺史，已成爲地方之行政官。由上可知，魏晉南朝時期的地方制度，已由漢初的郡、縣二級制，改爲州、郡、縣三級制。這種改變直接削弱了中央的勢力，而其後都督制度的形成，則使地方勢力更加強大，許多的叛變也因此而產生。

年），頁 1639～1640。

〔註 50〕參見嚴耕望《中國地方行政制度史・上編》，卷上〈秦漢地方行政治制度・上冊・序言〉（台北：中研院歷史語言研究所，1961 年），頁 3～4。

至於都督制度之起源，本爲漢順帝用以督察軍事而設，性質上亦屬中央。到了曹魏時期，都督雖統轄刺史，但刺史仍理民政而有其獨立性。但到了西晉，都督的權力提升，逐漸奪取了刺史之權，至西晉末，則形成以都督兼領治所州刺史，遂於州、郡、縣制度之上，又加上都督一級，成爲都督、州、郡、縣四級的地方制度。根據上述自漢以迄南朝之地方制度沿革如下圖所示：

時代	西漢	東漢	三國	兩晉	南朝
地方制度	郡、縣二級	郡、縣二級	郡、縣二級	都督、州、郡、縣四級	都督、州、郡、縣四級
變遷過程	武帝時設郡、縣二級制→西漢末刺史改州牧。	光武帝將州牧改回刺史→東漢末部分刺史改爲州牧，並加將軍號。	1. 刺史加將軍號，掌民政與軍政。 2. 都督統屬一至三州，單掌軍事。	1. 一度恢復漢制（罷刺史將軍職）→改回三國時期舊制，刺史加將軍號並成爲正式之地方官。 2. 西晉末以都督兼掌刺史。	1. 承兩晉制度。 2. 都督完全控制本州之軍、民、刑、政，對於其他屬州有統領、指揮、督察、徵調物力之權。

這種地方制度的改變，直接削弱了中央的勢力，許多的叛變也因此而產生，因此南朝自劉宋起，皆以宗室子弟爲刺史、都督，目的便是希望藉此減少地方叛亂的機會，因此較爲重要之方鎭，如荊、揚等地，其州治權多掌握在宗室子弟手中。〔註 51〕

由於地方制度的改變，使得原本的官僚體系也跟著起了變化。漢代無論是郡、縣長官或州部，其官吏均出自一個系統。郡、縣除上佐丞尉由中央任命外，只有功曹主簿及諸曹掾史一個系統；州部官吏只有別駕、治中及諸曹從事一個系統，皆由州郡長官自行任用本地人士

〔註 51〕（梁）沈約《宋書》，卷 51〈宗室傳〉中載：「荊州居上流之重，地廣兵強，資實兵甲，居朝廷之半，故高祖使諸子居之。」（台北：鼎文書局，1975 年），頁 1476。

擔任。但到了三國時期，刺史郡守有加將軍號者，可另置長史、司馬。而魏和西晉時，中央有時亦派員參與軍事，但尚未形成固定的制度。一直到了東晉時，凡刺史加領將軍號者，都得以開衙建府，另外設置佐吏，遂使得軍府僚佐體系成爲定制，並與漢代以來的州吏並列，稱爲府佐與州吏，形成府州僚佐雙軌制度。州吏的系統，其僚佐大致有別駕從事史、治中從事史、主簿、西曹書佐、祭酒從事史、議曹從事史、文學從事史等，此系統承自漢代，由刺史自行任用本地人士擔任；府佐系統則大約包括長史、司馬、諮議參軍、錄事參軍、記室參軍等，此系統非地方官吏，不限本州人士擔任，乃由中央任命，但府主對於長吏以下之官員有推舉之權，並可直接徵召諸參軍職等之官員。其府州僚佐雙軌制之官員與任用方式圖示如下：

系統	府　　　佐	州　　　吏
官員職稱	長史、司馬、諮議參軍、錄事參軍、記室參軍等。	別駕從事史、治中從事史、主簿、西曹書佐、祭酒從事史、議曹從事史、文學從事史等。
任用方式	1. 長史由中央任命。 2. 可直接徵召參軍職等之官員。	由刺史自行任用本州人士擔任。
備註	於長史以下官員有推舉之權。	

南朝的刺史與都督具有極大的權力，所以這些出鎮地方的宗室子弟，挾其皇親貴冑之勢，具有足夠招攬人才的雄厚資本。加上府州僚佐雙軌制度的形成，使得鎮守地方的州刺史，在僚佐的需求上大爲增加，各州府因此得以吸納更多的人才。另外，因爲府佐系統的官員本屬中央指派，並不限於本地人士，這致使中央之優秀人才，得由朝廷選用的方式，進入各藩府，因此在人才的素質上也有了比較好的選擇。地方制度的改變，使地方的人才，無論在質與量上都有了很大的提升，加上府系僚佐不屬各州，因此多隨府主遷移，遂使府主與集團文士間的集團性相對的增強，南朝文學集便在這種環境下得以有了持續發展的機會。

第二節　齊梁文學集團

在南朝世族高門與帝室王侯的倡導下，文學逐漸脫離了經學，有了獨立的風貌。尤其是齊、梁時期，由於社會與政治穩定，經濟也相對地較為繁榮，《南齊書・良政傳序》曾記載此一時期南齊之社會狀況說：

> 永明之世，十許年中，百姓無雞鳴犬吠之警，都邑之盛，士女富逸，歌聲舞節，袨服華粧，桃花綠水之間，秋月春風之下，蓋以百數。〔註52〕

到了梁代，由於武帝本人博學多藝，具有文才武略，故在其即位之初，便廣求人才致力於文教發展，加上政治安定，正是庾信所謂「五十年間，江表無事」的時代。在齊、梁兩代幾個安定小康的環境下，使文人得以潛心於文學創作與活動，遂大大地提升了文人創作詩歌的興趣與技巧。更因為當時帝室王侯對文學集團的支持與重視，使許多組成形式不同之文學集團林立，其中有兩種文學集團較為人重視。一種是依附著政治勢力或圍繞著權貴而形成之文學集團，可稱其為政治性之文學集團。例如文惠太子長懋、竟陵王蕭子良、隨郡王蕭子隆、梁武帝蕭衍、安成王蕭秀、南平王蕭偉、昭明太子蕭統、簡文帝蕭綱、元帝蕭繹、臨川王蕭宏文學集團等。第二種則以世族文士所組成的文學集團，可能由單一家族或數個世族聯合組成，這類之集團通常較少，甚至不具政治功利色彩，其組成多以才華、趣味或血緣上之關連，因此組織規模比較小，可稱為世族文學集團。〔註53〕例如衛軍將軍王儉、張氏五龍、張氏家族、何氏三高、永明聲律、蕭子恪家族、劉孝綽親族、四張文學集團等。今據業師張仁青先生《魏晉南北朝文學思想史》第六章所列齊、梁時期之文學集團稍加

〔註52〕（梁）蕭子顯《南齊書》，卷53〈良政傳序〉（台北：鼎文書局，1975年），頁913。

〔註53〕參見程章燦《世族與六朝文學》，第2章〈世族及世族文學集團對六朝文學批評的影響〉（哈爾濱：黑龍江出版社，1998年），頁22～25。

增益如下〔註 54〕：

集團名稱	時代	地點	領導人	參 與 者	備 註
竟陵八友	齊	建康	蕭子良	謝朓、王融、任昉、沈約、陸倕、范雲、蕭琛、蕭衍	梁書武帝紀
西邸學士	齊	建康	蕭子良	劉繪、張融、周顒、王僧儒、范縝、孔休源、江革、何倜、虞羲、丘國賓、謝璟、陸慧曉、蕭文琰、丘令楷、江洪、劉孝孫、謝顥、張充、王思遠、王亮、宗夬、何昌寓、竟陵八友	南齊書、梁史、南史各本傳
文惠太子	齊	建康	蕭長懋	沈約、周禺、虞炎、袁廓、范岫	南史本傳
隨郡王	齊	荊州	蕭子隆	謝朓、宗夬、庾於陵、張欣泰、蕭衍、王秀之、荀丕、宗哲、虞雲、呂僧珍	南齊書、梁書、南史各本傳
王　儉	齊	建康	王儉	孔逷、何憲、王融、王瀉、王澄	南齊書各本傳
張氏家族	齊	吳郡	張鏡	張氏五龍（張鏡、張寅、張岱、張永、張辨）、張緒、張融	南齊書、梁書、南史各本傳
何氏三高	齊			何胤、何求、何點	南齊書、梁書、南史各本傳
永明聲律	齊			沈約、謝朓、王融、周顒	南齊書陸厥傳
梁武帝	梁	建康	蕭衍	沈約、江淹、任昉、到沆、丘遲、王僧儒、張率、劉苞、劉孝綽、劉孺、到溉、到洽、陸倕、謝覽、周興嗣、袁峻、劉峻、何思澄、謝徵、劉之	梁書各本傳、文學傳

〔註 54〕增加「文惠太子」、「隋郡王」文學集團，並將「張氏五龍」、「張氏家族」文學集團合併爲「張氏家族」文學集團。

				遴、劉顯、殷芸、阮孝緒、顧協、袁棱	
昭明太子	梁	建康	蕭統	王規、殷鈞、王錫、張緬、張纘、劉孝綽、王筠、殷芸、陸倕、到洽、謝舉、張率、劉勰、明山賓、徐勉、陸襄、到溉、劉孺、庾於陵、徐悱、謝幾卿、到沆、劉苞、何思澄、謝覽	梁書各本傳
梁簡文帝	梁	建康	蕭綱	庾肩吾、庾信、徐摛、徐陵、劉孝威、鮑至、張長公、劉遵、江華、、陸杲、蕭子顯、王褒、殷不害、庾於陵、徐防、孔鑠、鍾嶸、周弘正、傅弘、吳郎、蕭子雲、劉孺、劉潛、到洽、張勉、王規、張纘、劉苞	梁書各本傳
梁元帝	梁	江陵	蕭繹	王籍、臧嚴、顧協、裴子野、劉顯、劉之遴、周弘直、鮑泉、宗懍、劉緩、陸雲公、劉杳、劉孝勝、劉孝儀、陰鏗、顏之推、顏之儀、何思澄、徐悱、徐羨之、劉孝綽、劉潛、到溉、孔奐	梁書各本傳
玄圃遊宴	梁	建康	蕭統	王筠、劉孝綽、陸倕、到洽、殷芸	梁書王筠傳
高齋學士	梁	雍州	蕭綱	庾肩吾、徐摛、劉孝威、江伯搖、孔敬通、申子悅、徐防、王囿、孔鑠、鮑至	南史庾肩吾傳
文德省學士	梁	建康	蕭衍 蕭綱	庾肩吾、庾信、徐摛、徐陵、張長公、傅弘、鮑至、張率	梁書庾肩吾傳、張率傳
西省學士	梁	建康	蕭衍	劉峻、賀蹤	梁書劉峻傳
蘭臺聚	梁	建康	任昉	劉孝綽、劉苞、劉孺、陸倕、張率、殷芸、劉顯、到溉、到洽	南史到溉傳

龍門之遊	梁	建康	任昉	劉孝綽、劉苞、劉孺、陸倕、殷芸、劉顯、到溉	梁書陸倕傳
蕭子恪家族	梁	蘭陵	蕭子恪	蕭子範、蕭子顯、蕭子雲、蕭子暉、蕭滂、蕭確、蕭愷、蕭特等十六人	梁書蕭子恪傳
劉孝綽家族	梁	彭城	劉孝綽	劉孝綽、劉孝儀、劉孝先、劉孝威、劉孝勝、徐勉、徐悱、張嵊、王叔英、劉孺、劉覽、劉遵、劉苞、劉令嫻	梁書、南史各本傳
四　張	梁	吳郡		張充、張融、張卷、張稷	南史張嵊傳
臨川王	梁	臨川	蕭宏	王僧孺、周捨、殷芸、伏挺、劉勰、鍾嶸、劉苞、劉顯、王筠、丘遲	梁書各本傳
安成王	梁		蕭秀	劉峻、王僧孺、陸倕、劉孝綽、裴子野、庾仲容、謝徵、何遜、夏侯亶	梁書各本傳
南平王	梁		蕭偉	江革、謝覽、張率、吳均、何遜、蕭子範	梁書各本傳

根據上表羅列可知齊、梁時期文學集團林立的盛況。由於集團數量眾多，且有些文學集團還有複重的情形，例如「永明聲律」、「竟陵八友」、「西邸學士」文學集團其實都包含在竟陵王蕭子良的文學集團之內。因此，本文為行文之便，皆以「竟陵王文學集團」以涵蓋敘述之，不再另行分述，以免重複。而其他遇有同樣複重狀況者，亦以相同方式處理。以下僅分別就齊、梁兩代，對詩歌之創作與理論較具影響力之文學集團、參與文士與集團活動概況加以論述如下。

一、南朝齊文學集團

（一）文惠太子文學集團

1. 集團召集人

文惠太子蕭長懋（458～493），字雲喬，小字白澤，武帝長子也。

武帝年未弱冠而生太子，姿容豐美，爲祖父高帝所愛。宋昇明三年（479），任雍州刺史，加都督、北中郎將、寧蠻校尉。齊建元元年（479）封南郡王，江左嫡皇孫封王，自長懋開始。建元二年（480），徵爲侍郎、中將軍，鎮守石頭城。武帝即位後（482），立爲皇太子，爲人從容有風儀，音韻和辯，引接朝士，人人自以爲得意。對於文士多所招集，如會稽虞炎、濟陽范岫、汝南周顒、陳郡袁廓，皆以學行才能，應對左右。永明三年（483），於崇文殿講《孝經》，少傅王儉令太子樸周顒撰爲義疏。五年冬，太子臨國學，親臨策試諸生。六年，武帝將訊丹陽所領囚及南北二百里內獄，詔長懋於玄圃園宣猷堂錄三署囚，原宥各有差。武帝晚年好游宴，尚書曹事，亦分送太子省視。十一年春正月，長懋有疾，薨于東宮崇明殿，時年三十六，謚曰文惠，葬崇安陵。

2. 集團活動

文惠太子蕭長懋文學集團主要的活動時期，爲他任東宮當太子的十一年間，也就是永明元年至永明十一年（483～493）的十一年間，剛好也正是齊武帝在位的那段時期。齊武帝在位約十一年，是南朝齊政經較爲穩定的時代，《南史・武帝本紀》對永明時期曾有這樣的評論：

> 武帝雲雷伊始，功參佐命，雖爲繼體，事實艱難。御衮垂旒，深存政典，文武授任，不革舊章，明罰厚恩，皆由己出。外表無塵，內朝多豫，機事平理，職貢有恒，府藏內充，人鮮勞役。宮室苑圃，未足以傷財，安樂延年，眾庶所同幸，亦有齊之良主也。〔註55〕

南朝齊重要的文學集團，大約都集中在這一段時期。而參與東宮集團的文士，依其曾任長懋東宮僚佐的先後順序，就有沈約、王秀之、周顒、蕭穎胄、范岫、伏曼容、王儉、張緒、孔稚珪、王融、劉璡、謝

〔註55〕（唐）李延壽《南史》，卷1〈宋武帝本紀〉（台北：鼎文書局，1979年3月），頁127。

朓、劉繪、孔逷、許懋、何僴、袁廓之、何昌寓、王思遠、顧暠之、謝諭、王晏、王諶、張稷、徐孝嗣、庾杲之、庾蓽、崔慧景、王僧孺、蕭子範、張融、王僧祐、范述曾、蔡約、袁彖、何胤等人，〔註 56〕可見當時人才畢集中東宮之盛況。

由於太子是國家未來之儲君，因此自古對太子的教育就極爲重視，因此東宮的職僚及太子所接遇的賓客，在文學道德與才智能力上都是極一時之選，這樣不但能爲太子塑造一個良好的師友環境，也可藉此提高太子之聲望。尤其自魏晉以後，東宮儼然成爲具有獨立性的特殊勢力集團，因此在南朝，東宮也往往因此成爲發展文學集團的重鎭。

文惠太子爲人善立名尙，好士愛文，加以性頗奢華，大肆開拓玄圃園與東田小苑，作爲他和文士們講談遊宴的場所，《南齊書・文惠太子傳》云：

> （太子）風韻甚和而性頗奢麗。宮內殿堂，皆雕飾精綺，過於上宮。開拓玄圃園，與臺城北塹等。其中樓觀塔宇，多聚奇石，妙極山水。慮上宮望見，乃傍門列脩竹，內施高鄣，造游牆數百間，施諸機巧，宜須鄣蔽，須臾成立，若應毀撤，應手遷徙。……以晉明帝爲太子時立西池，乃啓世祖引前例，求東田起小苑，上許之。永明中，二宮兵力全實，太子使宮中將吏更番役築，宮城苑巷，制度之盛，觀者傾京師。〔註 57〕

這當中的玄圃園尤其値得注意，此園自文惠太子經營開拓後，便成爲南朝東宮文學集團談論學義與遊宴賦詩的主要場所。而文惠太子在玄圃園所從事的文學活動主要有二：一爲遊宴賦詩，二爲收集詩人作品

〔註 56〕呂光華《南朝貴遊文學集團研究》，第 2 章〈南朝貴遊文學集團的發展背景〉（台北：政治大學中國文學研究所博士論文，1990 年），頁 129～136。

〔註 57〕（梁）蕭子顯《南齊書》，卷 21〈文惠太子傳〉（台北：鼎文書局，1975 年），頁 401。

及編纂文集。其中如王儉作有〈侍太子九日宴玄圃詩〉：

明明儲后，沖默其量。徘徊禮樂，優游風尚。
微言外融，幾神內王。就日齊暉，儀雲等望。
本茂條榮，源澄流潔。漢稱間平，周云魯衛。
咨我藩華，方軼前軌。秋日在房，鴻雁來翔。
寥寥清景，靄靄微霜。草木搖落，幽蘭獨芳。
眷言淄苑，尚想濠梁。既暢旨酒，亦飽徽猷。
有來斯悅，無遠不柔。〔註 58〕

《南史・袁彖傳》中也載：

于時何僩亦稱才子，爲文惠太子作〈楊畔歌〉，辭甚側麗，太子甚悅。〔註 59〕

〈楊畔歌〉爲樂府清商曲辭雜曲中之西曲，今存其不知名作者所作歌曲八首，內容皆爲男女情思之豔辭。吳歌、西曲因受到當時貴族文士的喜好，因此宴會時常以此歌舞取樂。除了遊宴賦詩外，文惠太子集團也曾收集詩人作品以編纂文集。其中如鮑照的文集，就是由集團當中的文士虞炎所編纂，虞炎在文集的序中說：

（照）身既遇難，篇章無遺。流遷人間者，往往見在。儲皇博採群言，遊好文藝，片辭隻語，罔不收集。照所賦述，雖乏精典，而有超麗，爰命陪趨，備加研訪。年代稍遠，零星者多，今所存者，儻能半焉。〔註 60〕

虞炎編纂鮑照的文集是奉文惠太子之命，序中說文惠太子「博採群言，尤好文藝，片辭隻語，罔不收集。」可見該集團除鮑照的文集外，可能還編纂過其他的文集，只是限於資料，未能盡知當時的情況。

〔註 58〕逯欽立《先秦漢魏晉南北朝詩》，「齊詩」卷 1（北京：中華書局，1998 年），頁 1378。

〔註 59〕（唐）李延壽《南史》，卷 26〈袁彖傳〉（台北：鼎文書局，1979 年 3 月），頁 709。

〔註 60〕（南朝齊）虞炎《鮑參軍集注・序》（台北：木鐸出版社，1982 年），頁 5。

（二）竟陵王文學集團

1. 集團召集人

竟陵王蕭子良（460～494），字雲英，爲武帝次子，文惠太子之同母弟。宋順帝昇明三年（479），爲會稽太守，都督五郡。齊高帝踐阼，封聞喜縣公。建元二年（480），爲征虜將軍、丹陽尹。武帝即位，封竟陵郡王、南徐州刺史，加都督。永明元年（483），徙爲侍中、征北將軍、南兗州刺史。二年，入爲護軍將軍，兼司徒，鎮西州城。四年，進號車騎將軍。五年，正位司徒，給班劍二十人，侍中如故，移居雞籠山西邸。十年，領尚書令，不久爲揚州刺史，本官如故。尋解尚書令，加中書監。十一年（493），武帝不豫，詔子良甲仗入延昌殿侍醫藥，物議疑立子良，後立太孫鬱林王，遺詔子良輔政。武帝崩，進位太傅，增班劍爲三十人，本官如故，解侍中。隆昌元年（494），加殊禮，劍履上殿，入朝不趨，贊拜不名。進督南徐州。其年疾篤，尋薨，年三十五。

2. 集團活動

子良爲人少有清尙，敦義愛古，喜愛文學，禮賢文士。《南史・蕭子良傳》云：

> 子良少有清尚，禮才好士，居不疑之地，傾意賓客，天下才學皆游集焉。善立勝事，夏月客至，爲設瓜飲及甘果，著之文教。士子文章及朝貴辭翰，皆發教撰錄。〔註61〕

武帝在位的永明年間，除文惠太子的文學集團外，竟陵王子良的文學集團是當時京邑中另一個文人匯集的中心。而在這段時期，曾爲子良幕僚或其所禮接的文士很多，當時出現在此集團中的文士有范雲、周顒、蔡約、劉繪、何昌寓、謝顥、王思遠、謝超宗、江祐、張融、蕭衍、江斆、蔡撙、謝朏、陸慧曉、蕭穎冑、蕭子恪、張充、范岫、王僧孺、虞羲、丘國賓、蕭文琰、丘令楷、江洪、劉孝孫、徐夤、

〔註61〕（唐）李延壽《南史》，卷44〈蕭子良傳〉（台北：鼎文書局，1979年3月），頁1102。

孔休源、江革、范縝、謝璟，王瞻、何憲、孔廣、江淹、虞炎、何僩、任昉、謝朓、王融、蕭琛、陸倕、傅昭、王亮、宗夬、沈約、柳惲、謝綸、賈淵、袁彖、顧暠之、庾杲之、殷叡、何胤、陸杲、王峻等人。〔註62〕由以上所臚列之文士可以發現，其中有許多同爲文惠太子集團的文士，可見當時文人頻頻遊走在各王府邸之間，談藝論文之風極爲盛行。

竟陵王文學集團是齊代發展最盛且最具影響力的文學集團，該集團發展的時間，幾乎涵蓋了整個永明時代。永明二年（484），子良任護軍將軍並兼司徒，當時他便居住在西州（即揚州）府城內，因此這個集團早期即以西州府城做爲聚集的中心。《南史》、《南齊書》本傳中說他：「少有清尙，禮才好士，居不疑之地，傾意賓客，天下才學皆遊集焉。」便是自此時此地開始。其後，於永明五年（487）子良正位司徒後，即遷居雞籠山，開西邸，自此竟陵王文學集團進入了極盛時期，並持續到永明末。雞籠山在建康城西北，自劉宋以來即爲名山勝地，宋元嘉十五年（438），文帝設儒、玄、史、文四學，當中的儒學觀即開館於雞籠山。

由於竟陵王文學集團的人數眾多，所留下的作品與資料比較豐富，因此整個集團的活動情形相對也比較清楚，其活動內容大致包括三方面：其一爲詩賦與遊宴酬唱的創作，這方面的作品，由現今留存與該集團相關的作品看來，其題材有遊仙詩、遊覽詩、樂府詩、詠物詩賦、餞別詩等。其中遊仙詩本盛行於晉代，到了南朝雖聲勢不再，但創作者仍代不乏人。〔註63〕如「竟陵八友」中的沈約便有〈和竟陵王遊仙詩〉二首：

天矯乘絳仙，螭衣方陸離。玉鑾隱雲霧，溶溶紛上馳。

〔註62〕呂光華《南朝貴遊文學集團研究》，第2章〈南朝貴遊文學集團的發展背景〉（台北：政治大學中國文學研究所博士論文，1990年），頁141～151。

〔註63〕參見洪順隆《六朝詩論・試論六朝的遊仙詩》（台北：文津出版社，1978年），頁89～124。

瑤臺風不息，赤水正漣漪。崢嶸玄圃上，聊攀瓊樹枝。
（其一）〔註 64〕

朝止閶闔宮，暮宴清都闕。騰蓋隱奔星，低鑾避行月。
九疑紛相從，虹旌乍升沒。青鳥去復還，高唐雲不歇。
若華有餘照，淹留且晞髮。（其二）〔註 65〕

本詩的和作者尚有王融、范雲，但蕭子良本詩及范雲和作之詩皆已亡佚。除了這首詩外，集團文士中如陸慧曉〈遊仙詩〉、袁彖〈遊僊詩〉、蕭衍〈遊仙詩〉都是這個題材的作品。

在遊覽詩的創作方面，蕭子良有〈登山望雷居士精舍同沈右衛過劉先生墓下詩〉，文士中沈約、謝朓、虞炎、柳惲、隨郡王蕭子顯諸人均有和作，其中如謝朓即作有〈奉和竟陵王同沈右率過劉先生墓詩〉一詩：

嘉樹因枝條，琢玉良可寶。若人陵曲臺，垂帷茂淵道。
善誘宗學原，鳴鐘霽幽抱。仁焉徂宛洛，清徽夜何早。
歲晚結松陰，平原亂秋草。不有至言揚，終滯西山老。
〔註 66〕

在樂府詩方面，《南齊書‧樂志》云：

〈永平樂歌〉者，竟陵王子良與諸文士造奏之，人為十曲。
〔註 67〕

而郭茂倩《樂府詩集》卷七十五中引《南齊書‧樂志》曰：

〈永平樂歌〉者，竟陵王子良與諸文士造奏之，人為十曲。道人釋寶月辭頗美，武帝常被之管弦，而不列於樂官。按此曲永明中造，故曰永明樂。〔註 68〕

〔註 64〕逯欽立《先秦漢魏晉南北朝詩》，「梁詩」卷 6（北京：中華書局，1998 年），頁 1636。

〔註 65〕同註 64，頁 1637。

〔註 66〕同註 64，「齊詩」卷 4，頁 1439。

〔註 67〕（梁）蕭子顯《南齊書》，卷 11〈樂志〉（台北：鼎文書局，1975 年），頁 196。

〔註 68〕（宋）郭茂倩《樂府詩集》卷 75（台北：里仁書局，1984 年），頁 1063。

可見永平樂歌其實就是永明樂歌，屬於樂府中之雜曲歌辭，爲竟陵王與諸文士作以上奏武帝者，共作此詩的有蕭子良、王融、謝脁、沈約、釋寶月等人，其中子良與釋寶月之作已亡，沈約所作也僅存一首。以下茲各舉一首爲例：

朱臺鬱相望，青槐紛馳道。秋雲湛甘露，春風散芝草。

（謝脁）〔註69〕

崇文晦已明，膠庠雜復整。弱臺留折巾，沂川詠芳穎。

（王融）〔註70〕

聯翩貴遊子，侈靡千金客。華轂起飛塵，珠履竟長陌。

（沈約）〔註71〕

除上述作品外，王融所作的〈齊明王歌辭〉七首，也屬於樂府詩一類。

至於詠物詩賦方面，此集團所作極多，如蕭子良〈梧桐賦〉、沈約〈桐賦〉、王融〈應竟陵王教桐樹賦〉等，多是同時同題之作。在詩方面，有「同詠樂器詩」、「同詠坐上器玩詩」等，多是即席詠物之作，《南史・王僧孺傳》中有：「竟陵王子良嘗夜集學士，刻燭爲詩，四韻者則刻一寸，以此爲率。」〔註72〕可見集團活動中這類的活動很頻繁。茲舉沈約二詩爲例：

梢風有勁質，柔用道非一。平織方以文，穹成圓且密。
薦羞雖百品，所貴浮天實。幸承歡醑餘，寧辭佳宴畢。

（〈詠竹檳榔盤詩〉）〔註73〕

秦箏吐絕調，玉柱揚清曲。絃依高張斷，聲隨妙指續。
徒聞音繞梁，寧知顏如玉。　　　　（〈詠箏詩〉）〔註74〕

〔註69〕逯欽立《先秦漢魏晉南北朝詩》，「齊詩」卷3（北京：中華書局，1998年，頁1419。

〔註70〕同註69，「齊詩」卷2，頁1393。

〔註71〕同註69，「梁詩」卷6，頁1624。

〔註72〕（唐）李延壽《南史》，卷59〈王僧孺傳〉（台北：鼎文書局，1979年3月），頁1463。

〔註73〕同註69，「梁詩」卷7，頁1651。

〔註74〕同註69，「梁詩」卷7，頁1656。

在餞別詩方面，該集團文士的作品也不少，其中如劉繪的〈餞謝文學〉、謝朓的〈和別沈右率諸君〉，便是這一類的作品。

這個文學集團除了遊宴賦詩或相互酬唱外，還做了一些文集編纂的工作。蕭子良好文，因此對於文人作品的收集、整理工作極有興趣。因此《南齊書・蕭子良傳》就說他對於「士子文章及朝貴辭翰，皆發教撰錄。」〔註 75〕而事實上，他除了辭翰文章之外，也編撰了其他類別的書，其中如沈約即有〈謝齊竟陵王教撰高士傳啓〉一文，〔註 76〕可見當日沈約曾受命編過「高士傳」，只不過《隋書經籍志》未載此書，顯見此書已亡。此外，該集團還編纂過一些類書，其中以千卷的《四部要略》最爲重要。《南齊書・蕭子良傳》云：

> 移居雞籠山邸，集學士抄《五經》、百家，依《皇覽》例爲《四部要》千卷。〔註 77〕

這部類書乃繼魏文帝《皇覽》之後的一部鉅製，卷帙竟達千卷之眾，想見當時集團中參與編纂的文士人數當甚多，其中如王融便有〈抄眾書應司徒教〉詩，而沈約則有〈和竟陵王書抄〉詩，所詠者爲同一事，可見二人均參與了當時的編纂工作。

除上述兩項活動外，論文審音也是這個集團重要的活動項目，而其中聲律論的提出，爲該集團影響後世文壇最重要的貢獻。前已提及，竟陵王文學集團乃齊代最重要的文學集團，他門下的文士人數甚眾，幾乎網羅了當時所有文學界的名士，對此《南齊書・劉繪傳》中就曾提到：「永明末，京邑人士盛爲文章談義，皆湊竟陵王西邸。」〔註 78〕在這樣的環境中，文士齊聚一堂，以文會友的情形當是極普通的事。聲律論在此時得以受到重視並多所研究，主要和竟陵王崇尚佛

〔註 75〕（唐）李延壽《南史》，卷 44〈蕭子良傳〉（台北：鼎文書局，1979 年 3 月），頁 1102。

〔註 76〕（明）張溥《漢魏六朝百三家集・沈隱侯集》（台北：新興書局，1963 年），頁 2920。

〔註 77〕（梁）蕭子顯《南齊書》，卷 40〈蕭子良傳〉（台北：鼎文書局，1975 年），頁 698。

〔註 78〕同註 77，卷 48〈劉繪傳〉，頁 841。

法，常於西邸召集學者名僧講論佛法有關。《南史・蕭子良傳》就曾提到他移居雞籠山邸，並「招致名僧，講語佛法，造經唄新聲，道俗之盛，江左未有。」〔註 79〕《高僧傳》云：

> 永明七年二月十九日，司徒竟陵文宣王夢於佛前詠維摩一契，同聲發而覺，即起至佛堂中，還如夢中法，更詠古維摩一契，便覺韻聲流好，著工恒日。明旦，即集京師善聲沙門龍光普智、新安道興、多寶慧忍、天保超勝及僧辯等。集第作聲。〔註 80〕

竟陵王文學集團中本多知曉音理的文士，其中如沈約、周顒、王融、謝脁等，而當中沈約還撰有《四聲譜》，周顒也撰有《四聲切韻》。就在這樣的因緣際會下，文士在佛經轉讀的啓發下完成了聲律論。陳寅恪先生在〈四聲三問〉一文中便說：

> 南齊武帝永明七年二月二十日竟陵王子良大集善聲沙門於京邸，造經唄新聲。實爲當時考文審音之一大事。在此略前之時，建康之審音文士及善聲沙門討論研求必已甚眾而且精。永明七年竟陵京邸之結集不過此新學說研求成績發表耳。此四聲之成立所以適值南齊永明之世，而周顒、沈約之徒又適爲此新學說代表人物之故也。〔註 81〕

由陳寅恪先生的這段話可知，當時審音文士與善聲沙門同集於西邸，乃促成永明聲律說得以成立的主因。自此，聲韻之學大昌，講求聲病遂成一時風尙。《南史・陸厥傳》曾云：

> 時盛爲文章，吳興沈約、陳郡謝脁、琅邪王融以氣類相推轂，汝南周顒善識聲韻。約等文皆用宮商，將平上去入四聲，以此制韻，有平頭、上尾、蜂腰、鶴膝。五字之中，音韻悉異；兩句之內，角徵不同，不可增減。世呼爲「永

〔註 79〕（唐）李延壽《南史》，卷 44〈蕭子良傳〉（台北：鼎文書局，1979 年 3 月），頁 1103。

〔註 80〕（齊）釋慧皎《高僧傳全集》，卷 13〈經師・齊安樂寺釋僧辯〉（上海：上海古籍出版社，1991 年），頁 92。

〔註 81〕陳寅恪〈四聲三問〉收入「景印本」《清華學報》第 9 卷第 2 期（北平：清華大學出版，1934 年 4 月），頁 276。

明體」。〔註 82〕

聲律說興盛後，對於南朝文士在文學創作的限制上，除講究辭藻與隸事外，又增添了聲律一項規則：其好處是可以使詩文讀來更具音樂性，增加了誦讀時的美感；而缺點則是過度講求聲病，使詩文徒增華麗，而缺少深刻的內容。但無論如何，聲律論的成立，對於後世文學的貢獻還是不可抹煞的。

二、南朝梁文學集團

（一）梁武帝文學集團

1. 集團召集人

梁武帝蕭衍（464～549），字叔達，小字練兒，南蘭陵中都里（今江蘇常州）人。其人博學能文，早年在齊爲竟陵王蕭子良之幕僚，亦爲竟陵王文學集團中有名的「竟陵八友」之一。到了齊永明末年，他曾在隨郡王蕭子隆鎭西府中任職，文章與學術之造詣頗佳。鍾嶸讚美其「昔在貴遊，已爲稱首」。〔註 83〕而除文章學術外，蕭衍亦頗具將才，善於用兵，於齊明帝時屢建戰功，建武四年（497），授輔國將軍雍州刺史，成爲手握重兵，鎭守一方的將領。其後，他便以雍州爲根據地，逐步奪取政權。齊東昏侯永元三年（501），南康王蕭寶融在江陵爲相國，以蕭衍爲征東將軍，自襄陽出發移檄建業。三月，南康王即位於江陵，是爲和帝，改永元三年爲中興元年（501），遙廢東昏侯爲涪陵王，以蕭衍爲尚書左僕射，加征東大將軍、都督征討諸軍事。蕭衍奉和帝爲傀儡，挾天子以令諸侯，中興元年十二月順利攻陷建康城，被授爲中書監、都督揚南徐二州諸軍事、大司馬、錄尚書、驃騎大將軍、揚州刺史，封建安郡公。中興二年，蕭衍爲相國，進位爲梁王，不久和帝下詔禪位。四月，蕭衍應時乘運在建康即帝位，建國號

〔註 82〕（唐）李延壽《南史》，卷 48〈陸厥傳〉（台北：鼎文書局，1979 年 3 月），頁 1195。

〔註 83〕（梁）鍾嶸《詩品序》（台北：三民書局，2003 年），頁 15。

爲梁，改元天監。

蕭衍在位的期間，自天監元年（503）起到太清三年（549）止，長達了四十八年之久，可惜晚年開門揖盜，在侯景之亂中憂忿而亡。蕭衍在位的這段時間裡，他致力於整理文獻、制禮作樂、崇學興館、敦獎儒術，使該時期成爲南朝最盛的一個時代，因此《南史》云：「自江左以來，年踰二百，文物之盛，獨美于茲。」〔註84〕這個結果和蕭衍本人的文化素養有很大的關係。他的聰敏好學，博於學藝，加上他早年曾在齊竟陵王、隨郡王文學集團的經歷，促使他對於文章學術的發展極爲關心，影響所及，連帶諸王室子弟亦紛紛摹仿。因此梁代的文學集團得以蓬勃發展，和梁武帝的提倡獎掖有很大的關係。

2. 集團活動

由於蕭衍在齊時，曾在竟陵王與隨郡王文學集團門下遊走，尤其是竟陵王文學集團，它是齊代最重要的文學集團，遂與當時著名的文士有過廣泛的接觸，且保持著友好的關係。到他登上帝位，無論西邸舊友或後進文士，他都多所援引，因此，它的文學集團自是人才濟濟，十分可觀。《梁書・文學傳序》云：

> 高祖聰明文思，光宅區宇，旁求儒雅，詔采異人，文章之盛，煥乎俱集。每所御幸，輒命群臣賦詩，其文善者，賜以金帛，詣闕庭而獻賦頌者，或引見焉。其在位者，則沈約、江淹、任昉，并以文采妙絕當時。至若彭城到沆、吳興丘遲、東海王僧孺、吳郡張率等，或入直文德，通宴壽光，皆后來之選也。〔註85〕

由上可知武帝對於當時優秀文士之援引，可謂不遺餘力。而當時活動於梁武帝文學集團之文士有沈約、范雲、任昉、陸倕、蕭琛、江淹、王僧孺、柳惲、徐勉、周捨、周興嗣、張率、丘遲、蕭介、袁峻、王

〔註84〕（唐）李延壽《南史》，卷 7〈武帝本紀〉（台北：鼎文書局，1979 年 3 月），頁 226。

〔註85〕同註《梁書》，卷 49〈文學傳序〉（台北：鼎文書局，1975 年 1 月），頁 685。

泰、到溉、到洽、到沆、蕭子顯、劉苞、劉孝綽、裴子野、劉之遴、顧協、劉顯、劉孺、王規、謝微、褚翔、王訓、到藎等人。〔註86〕

梁武帝文學集團的主要活動有二：一爲遊宴、應詔詩賦的創作；二爲編纂文集。在遊宴、應詔詩賦方面：由於梁武帝對於遊宴賦詩的活動極感興趣，因此自他即帝位起，終其一生，樂此不疲，這由他晚年（大通十年春），回故鄉展敬園陵，回程路過京口時，登北顧樓詔群從賦詩一事可知。〔註87〕而這方面的詩可分爲三類：

其一爲侍從遊宴詩賦的創作：這類的詩如柳惲作有〈從武帝登景陽樓詩〉：

> 太液滄波起，長楊高樹秋。翠華承漢遠，雕輦逐風游。〔註88〕

此詩武帝的原作已佚。再如丘遲也作有〈侍宴樂遊苑送徐州應詔詩〉：

> 詰旦閶闔開，馳道聞鳳吹。輕荑承玉輦，細草藉龍騎。
> 風遲山尚響，雨息雲猶積。巢空初鳥飛，荇亂新魚戲。
> 實爲北門重，匪親孰爲寄。參差別念舉，肅穆恩波被。
> 小臣信多幸，投生豈酬義。〔註89〕

除上述二詩外，其餘尚有沈約的〈應詔樂遊苑餞呂僧珍詩〉，劉孝綽也有〈侍宴餞庾於陵應詔詩〉、〈侍宴餞張惠紹應詔詩〉，可見這類侍從餞宴飲酒賦詩的應詔作品數量不少。而這些場合，爲了增加賦詩的樂趣，表現文人敏捷的才思，還會刻意加上時間的限制，如做不出詩來，可能便會被罰酒，如《梁書・蕭介傳》云：

〔註86〕呂光華《南朝貴遊文學集團研究》，第2章〈南朝貴遊文學集團的發展背景〉（台北：政治大學中國文學研究所博士論文，1990年），頁183～192。

〔註87〕（唐）姚思廉《梁書》，卷40〈到藎傳〉：「嘗從高祖幸京口，登北顧樓賦詩，藎受詔便就，上覽以示溉曰：『藎定是才子，翻恐卿從來文章假手于藎。』」頁569。

〔註88〕逯欽立《先秦漢魏晉南北朝詩》，「梁詩」卷8（北京：中華書局，1998年），頁1677。

〔註89〕同註88，「梁詩」卷5，頁1602。

> 高祖招延后進二十余人，置酒賦詩。臧盾以詩不成，罰酒一斗，盾飲盡，顏色不變，言笑自若；介染翰便成，文無加點。高祖兩美之曰：「臧盾之飲，蕭介之文，即席之美也。」〔註90〕

遊宴、應詔詩賦的另一個類別即爲樂府詩的創作。梁武帝善於做樂府詩，曾製襄陽白銅蹄歌，〔註91〕《隋書．音樂志》云：

> 初武帝在雍鎮，有童謠云：「襄陽白銅蹄，反縛揚州兒。」識者言，白銅蹄謂馬也。白，金色也。及義師之興，實以鐵騎，揚州之士，皆面縛，果如謠言。故即位之後，更造新聲，帝自爲之詞三曲，又令沈約爲三曲，以被之絃管。
>
> 〔註92〕

武帝所作之三曲爲：

> 陌頭征人去，閨中女下機。含情不能言，送別沾羅衣。
> 草樹非一香，花葉百種色。寄語故情人，知我心相憶。
> 龍馬紫金鞍，翠眊白玉羈。照耀雙闕下，知是襄陽兒。
>
> 〔註93〕

此曲沈約亦有創作，其作爲：

> 分手桃林岸，送別峴山頭。若欲寄音信，漢水向東流。
> 生長宛水上，從事襄陽城。一朝遇神武，奮翼起先鳴。
> 蹀鞚飛塵起，左右自生光。男兒得富貴，何必在歸鄉。
>
> 〔註94〕

武帝又曾敕沈約改白紵舞辭爲〈四時白紵歌〉，分爲春、夏、秋、冬、夜白紵歌，共爲五章。各章末兩句皆同，爲武帝自撰之辭。〔註95〕以

〔註90〕（唐）姚思廉《梁書》，卷41〈蕭介傳〉（台北：鼎文書局，1975年），頁580。

〔註91〕本詩逯欽立《先秦漢魏晉南北朝詩》，題名爲〈襄陽蹋銅蹄歌〉。

〔註92〕（唐）魏徵《隋書》，卷13〈音樂志〉（台北：洪氏出版社，1974年），頁305。

〔註93〕逯欽立《先秦漢魏晉南北朝詩》，「梁詩」卷1（北京：中華書局，1998年），頁1519～1520。

〔註94〕同註93，「梁詩」卷6，頁1624。

〔註95〕同註94，本詩於題下注：《古今樂錄》曰：『沈約云：「白紵五章。敕

下茲舉〈秋白紵〉一首：

白露欲凝草已黃，金管玉柱響洞房。
雙心一影俱回翔，吐情寄君君莫忘。
翡翠羣飛飛不息，願在雲間長比翼。
佩服瑤草駐容色，舜日堯年歡無極。〔註 96〕

除上述外，劉苞也曾奉詔作〈採菱調〉，〔註 97〕可見樂府詩是他們侍宴詩賦中常作的一類。

除上述兩種性質的詩賦外，該集團還創作了許多詠物詩賦。梁武帝現存的幾首詠物詩，是否是入梁以後的作品，已不可考。其中如有〈詠舞詩〉、〈詠燭詩〉、〈詠筆詩〉、〈詠笛詩〉等，下舉〈詠燭詩〉一首：

堂中綺羅人，席上歌舞兒。待我光泛灩，爲君照參差。〔註 98〕

除武帝外，文學集團中文士張率也作有〈詠躍魚應詔詩〉。此外，武帝曾作七夕詩，又詔任昉同作，可惜二詩均已亡佚，然任昉有〈奉答勑示七夕詩啓〉一首。〔註 99〕在賦方面，如任昉的〈靜思堂秋竹應詔〉即爲此一類的作品。

這個集團另一項重要的活動爲文集的編纂，所編纂的文集以類書爲主。其中如《華林遍略》即是當時武帝敕命集團文士所編纂的類書，該書的總編輯爲徐勉，手下的編輯群，包括了何思澄、顧協、劉杳、王子雲、鍾嶼等五人。《南史》云：

天監十五年，敕太子詹事徐勉舉學士入華林撰《遍略》，勉

臣約造。武帝造後兩句。」』（北京：北京中華書局，1998 年），頁 1626。

〔註 96〕逯欽立《先秦漢魏晉南北朝詩》，「梁詩」卷 6（北京：中華書局，1998 年），頁 1626～1627。

〔註 97〕（唐）李延壽《南史》，卷 39〈劉苞傳〉（台北：鼎文書局，1979 年 3 月），頁 1008。

〔註 98〕同註 96，「梁詩」卷 1，頁 1536。

〔註 99〕（梁）蕭統《文選》卷 39（台北：啓明書局，1960 年），頁 552～553。

> 舉思澄、顧協、劉杳、王子雲、鍾嶼等五人以應選。八年乃書成，合七百卷。〔註 100〕

類書的編纂，一開始是爲了當時置酒賦詩時，受限於時間，爲免於做不出詩來的困窘，所發展出一套以典故、對仗即席成詩的方式。但以此法作詩必須熟記典籍、典故，因此文士便以收藏書籍異本，多用新事，以誇耀其博學多聞。但人的記憶畢竟有限，久之即編纂類書，以蒐羅典籍、典故。武帝文學集團所編纂的這部書，流行得很快，對後世的影響也很大，其後二十年，北齊祖珽等人爲北齊後主高緯所編的《修文殿御覽》，便以《華林遍略》爲藍本所編。〔註 101〕

（二）昭明太子文學集團

1. 集團召集人

昭明太子蕭統（501～531），字德施，小字維摩，爲武帝長子也。他生而聰睿，三歲受《孝經》、《論語》，五歲遍讀五經，悉能諷誦。其人美姿貌，善舉止。讀書數行并下，過目皆憶。每游宴祖道，賦詩至十數韻。或命作劇韻賦之，皆屬思便成，無所點易。天監元年（502），立爲皇太子。自加元服，武帝便使省萬機，內外百司奏事者塡塞於前。他明於庶事，纖毫必曉，每所奏有謬誤及巧妄，皆即就辯析，示其可否，徐令改正，未嘗彈糾一人。平斷法獄，多所全宥，天下皆稱其仁。中大通三年（531）寢疾，四月薨，謚曰昭明。

2. 集團活動

昭明太子好文，援引才學之士，賞愛無倦，東宮又藏書豐富，是以名才並集，其盛況爲前代所未有。《梁書‧昭明太子傳》云：

> 性寬和容眾，喜慍不形於色。引納才學之士，賞愛無倦。恆宇討論篇籍，或與學士商榷古今；閒則繼以文章著述，

〔註 100〕（唐）李延壽《南史》，卷 72〈何思澄傳〉（台北：鼎文書局，1979 年 3 月），頁 1782～1783。

〔註 101〕（唐）李百藥《北齊書》，卷 39〈祖珽傳〉（台北：鼎文書局出版，1975 年），頁 515。

率以爲常。于時東宮有書幾三萬卷，名才並集，文學之盛，晉、宋以來未之有也。〔註 102〕

當時活動於其文學集團的文士有到洽、蕭琛、殷鈞、明山賓、到沆、柳惔、王筠、沈約、徐勉、謝舉、蕭介、陸倕、蕭子範、劉孝綽、殷芸、周捨、蕭洽、劉孺、謝覽、柳憕、王峻、庾仲容、庾於陵、劉苞、許懋、王錫、張纘、王規、張緬、陸襄、王僉、張率、劉勰、蕭淵藻、庾黔婁、到溉、陸煦、江蒨、徐悱、蕭子恪、劉杳、杜之偉、張綰、何思澄、蕭子雲等人。〔註 103〕

昭明太子文學集團主要的活動有三：一爲遊宴賦詩、二爲文籍編纂、三爲談詩論文。在遊宴賦詩方面分幾個類別，如佛理、侍從餞宴、詠物等，不外乎一些應詔詩，與前所述文學集團所作形式大致無異。而該集團在文籍編纂方面，爲必較值得注意的活動，昭明太子的著作，《梁書》云：

所著文集二十卷，又撰古今典誥文言，爲《正序》十卷；五言詩之善者，爲《文章英華》二十卷；《文選》三十卷。〔註 104〕

上述這些著作，當得力於當時文學集團之文士所協助完成，其中昭明太子的文集，最初係普通三年（522）劉孝綽所纂輯，共有十卷。《南史》云：

太子文章，群才咸欲撰錄，太子獨使孝綽集而序之。〔註 105〕

除上述兩種活動外，該集團在談詩論文方面的活動也很頻繁，尤其對於文學創作的討論，對後世影響較大。該集團所選錄之《文選》

〔註 102〕（唐）姚思廉《梁書》，卷 8〈昭明太子傳〉（台北：鼎文書局，1975 年），頁 167。

〔註 103〕呂光華《南朝貴遊文學集團研究》，第 2 章〈南朝貴遊文學集團的發展背景〉（台北：政治大學中國文學研究所博士論文，1990 年），頁 207～216。

〔註 104〕同註 102，頁 171。

〔註 105〕（唐）李延壽《南史》，卷 39〈劉孝綽傳〉（台北：鼎文書局，1979 年 3 月），頁 1011。

一書，標舉了該文學集團對文學創作之態度與典範。而其中蕭統的序言，即代表了該文學集團之文學宣言。歸納其要點大約有三：一、文章的發展從有至無，由簡而繁，一直不斷的在改變中；二、文體的演變，自《詩經》、《離騷》以下，雖有各種不同類型的作品與源流出現，但娛耳悅目的功能，則是不變的功能；三、文學之體用與經典不同，與子部、集部的著作亦自不同，離開文學體用的文學著作，非所謂文學。從以上的見解看來，該集團對文學體用的認知，相當有見解，這是該集團與其他集團不同之處。

（三）梁簡文帝文學集團

1. 集團召集人

簡文帝蕭綱（503～551），字世讚，小字六通，爲武帝第三子，昭明太子之同母弟。他幼而聰睿，六歲便能屬文。及長，器宇寬弘，未嘗見喜慍色，尊嚴若神。讀書十行俱下，九流百氏，經目必記，篇章辭賦，操筆立成。博綜儒書，善言玄理。自年十一便能親庶務，歷試藩政，所在稱美。中大通三年（531），昭明太子薨，詔立綱爲太子。太清三年（549），武帝崩，太子在侯景的控制下即帝位。不到兩年，又被廢，幽於永福省。不久侯景命人用土囊壓殺，崩於永福省。及蕭繹平侯景，追崇爲簡文皇帝，廟號曰太宗。

2. 集團活動

蕭綱愛好文學與引納文士的熱誠，幾與昭明太子無異，在他任晉安王歷試諸藩期間，府中文士即和昭明太子不相上下；及繼爲太子，入居東宮，更大力的援引文士，其盛況幾乎超越昭明太子當日的文學集團。當時活動於梁簡文帝文學集團的文士有張率、韋粲、庾仲容、劉杳、庾於陵、劉孺、庾肩吾、周弘正、孔休源、劉之遴、樂法才、徐摛、江革、陸倕、司馬褧、劉遵、鍾嶸、蕭子雲、王規、徐陵、劉孝威、劉潛、江伯搖、孔敬通、申子悅、徐防、王囿、孔鑠、鮑至、陸罩、蕭子顯、蕭序、蕭愷、謝舉、謝禧、王褒、庾信、張長公、傅弘、許懋、韋稜、王訓、王僉、沈文阿、鄭灼、紀少瑜、王穉、蕭塡、蕭清、沈眾、蕭暎、蕭曄、蕭正立、蕭推、褚澐、江總、王質、蕭允、王元規、李鏡遠、孔燾、諸葛嵦、王臺卿、王冏等人。〔註 106〕

簡文帝早年先以晉安王的身分旅鎮諸州，後又繼任爲太子，在他任太子的十八年間（531～549），是該集團文學活動最爲頻繁的時期，《梁書》說他：

引納文學之士，賞接無倦，恒討論篇籍，繼以文章。〔註 107〕

蕭綱的文學集團活動大致有二：一爲侍從遊宴與唱和詩賦的創作；一爲文籍的編纂。在侍從遊宴的作品方面，從題材上又約略可分爲佛理、遊宴、詠物、宮體等四方面。前三項與南朝其他文學集團大致相類，惟宮體詩一類，雖非自該集團時才產生，然其名稱卻爲梁簡文帝文學集團所創。論其內容實爲詠物詩的一類，惟其所詠者，特指美女、孌童之容顏舉止，以及其他與女性有關之事物。《梁書》曾說蕭綱：

雅好題詩，其序云：「余七歲有詩癖，長而不倦。」然傷於輕豔，當時號曰「宮體」。〔註 108〕

而《梁書・徐摛傳》則云：

摛文體既別，春坊盡學之，「宮體」之號，自斯而起。〔註 109〕

可見宮體詩的興起，實自蕭鋼入主東宮後，與其集團中之文士如徐摛等人，大力倡導而蔚爲風尙的體類。除蕭綱本人外，該集團文士如徐摛、庾肩吾等人，都有不少這一體類之詩。其中如蕭綱作有〈孌童詩〉：

孌童嬌麗質，踐董復超瑕。羽帳晨香滿，珠簾夕漏賒。

〔註 106〕 呂光華《南朝貴遊文學集團研究》，第 2 章〈南朝貴遊文學集團的發展背景〉（台北：政治大學中國文學研究所博士論文，1990 年），頁 222～231。

〔註 107〕 （唐）姚思廉《梁書》，卷 4〈簡文帝本紀〉（台北：鼎文書局，1975 年），頁 109。

〔註 108〕 同註 107。

〔註 109〕 同註 107，卷 30〈徐摛傳〉，頁 447。

翠被含鴛色，雕牀鏤象牙。妙年同小史，姝貌比朝霞。
袖裁連璧錦，牋纖細種花。攬袴輕紅出，回頭雙髻斜。
嬾眼時含笑，玉手乍攀花。懷猜非後釣，密愛似前車。
足使燕姬妬，彌令鄭女嗟。〔註 110〕

庾肩吾則有〈詠美人看畫應令〉：

欲知畫能巧，喚取眞來映。並出似身分，相看如照鏡。
安釵等疏密，著領俱周正。不解平城圍，誰與丹青競？
〔註 111〕

這一類的詩遣字華麗綺靡，多爲直覺美感的描述，其中並無深刻的內容，是以歷來論詩者皆嗤其爲浮豔。

除詩賦的創作外，梁簡文帝文學集團的另一項活動，便是文籍的編纂。而所編纂的書大致有文士文集、詩選與類書這三類。其中在文士文集編纂方面，如庾肩吾編纂了司馬褧之文集。《梁書．司馬褧傳》云：

（天監）十七年，遷明威將軍、晉安王長史，未幾卒。王命記室庾肩吾集其文爲十卷，所撰《嘉禮儀注》一百一十二卷。〔註 112〕

而在詩選編纂方面，徐陵編纂了十卷之《玉臺新詠》，編纂的時間現已不詳，但研判至晚也應在太清二年（548）以前，因爲在這年之後，徐陵以兼通直散騎侍郎的身分出使北魏，被拘留北方，不可能有機會編書。至於類書的編纂，《梁書．簡文帝本紀》云：

（綱）所著《昭明太子傳》五卷，《諸王傳》三十卷，《禮大義》二十卷，《老子義》二十卷，《莊子義》二十卷，《長春義記》一百卷，《法寶連壁》三百卷，并行于世焉。〔註 113〕

〔註 110〕 逯欽立《先秦漢魏晉南北朝詩》，「梁詩」卷 21（北京：中華書局，1998 年），頁 1941。

〔註 111〕 同註 110，「梁詩」卷 23，頁 1995。

〔註 112〕 （唐）姚思廉《梁書》，卷 40〈司馬褧傳〉（台北：鼎文書局，1975 年），頁 568。

〔註 113〕 （唐）姚思廉《梁書》，卷 4〈簡文帝本紀〉（台北：鼎文書局，1975 年），頁 109。

這當中的《法寶連璧》三百卷，即爲一本關於佛教語彙美辭典故的類書。此書之成，實爲佛教自東漢傳入中國後，歷魏、晉兩代，到了南朝，已逐漸爲社會各階層廣泛的接受，而其中梁室王朝，尤爲篤好。當時文士於公私應酬場合，常有機會寫作一些與佛教有關的詩文，這部書的編纂，便是爲了因應當時的環境與實際寫作的需要。梁簡文帝文學集團在類書的編纂工作，可能早在蕭綱任雍州刺史時即已開始，《南史・庾肩吾傳》云：

> （肩吾）在雍州被命與劉孝綽、江伯搖、孔敬通、申子悅、徐防、徐摛、王囿、孔鑠、鮑至等十人抄撰眾籍，豐其果饌，號高齋學士。〔註 114〕

可惜文獻上並沒有說明當時他們所編的書究竟爲何？至於合十人之力而成之《法寶連璧》，也是於雍州時期便開始了編纂的工作，且一直延續到蕭綱入主東宮，直到大通六年（534）才完成，《南史・陸罩傳》便對此事有所記載：

> 初，簡文在雍州，撰《法寶連璧》，罩與群賢並抄掇區分者數歲。中大通六年而書成，命湘東王爲序。其作者有侍中國子祭酒南蘭陵蕭子顯等三十人，以比王象、劉邵之《皇覽》焉。〔註 115〕

可惜這部書現已亡佚，但《廣弘明集》中還收錄了蕭繹所作之序文。〔註 116〕

南朝齊、梁兩代之文學集團，提供了文士談詩論文的環境。雖然當時這些投身於各集團的文士，或爲本身的利益；或爲政治上的目的，皆以迎合主人之喜好爲意。因此，作品風格上甚難突破，令人有千人一面的感覺。但透過王室對文藝的愛好與提倡，使得南朝文士在文學理論的發掘與創新上，提供了極佳的土壤。其中如昭明太子文學

〔註 114〕（唐）李延壽《南史》，卷 50〈庾肩吾傳〉（台北：鼎文書局，1979 年 3 月），頁 1246。

〔註 115〕同註 114，卷 48〈陸罩傳〉，頁 1205。

〔註 116〕（唐）釋道宣《廣弘明集》卷 20（京都：中文出版社，1978 年），頁 291～293。

集團對文學發展演變的掌握與文學體用的認識；竟陵王文學集團對聲律論的研究；梁簡文帝文學集團對文學所持之創新理念等，都給後世的文學發展提供了新的啓迪與方向。尤其是聲律論的研究，對於其後近體詩格律的完成，提供了必要的養分。

第三節　永明體與聲律之關係

中國文學自建安以後，由於遭逢亂世，加上經學衰微，文學得以擺脫經學之束縛，因此唯美主義與浪漫思潮在此時大爲興盛。到了晉太康年間，文學創作愈來愈重視字句、形式之美，而這種趨勢尤其體現在詩歌創作方面。逮永嘉之亂，晉室南渡、偏安江左後雖暫告停止，但一到了南朝，由於內部政治安定，經濟得以發展，士大夫也逐漸接受了偏安江表的事實，多沉醉於安逸的生活中，不再以收復北土爲念，於是相率苟安，紛紛以鋪采摛文爲要務，於是太康時期重視文學形式之美的風氣復熾。

較諸太康時期，南朝時代的作家們對文學形式更爲講求，只可惜多數在內容上較爲貧乏空洞，因此我們將此一時期視爲中國文學史上之唯美文學時代。以南朝而論，元嘉時期之文學，除了在追求形式美的程度上更勝於太康外，基本上承襲太康時期而並無新變。但永明文學則不然，這個時期的文人，逐漸將注意力擴展到聲律的研究，且將之運用在詩歌的創作上，使得聲律說在此一時期大爲興盛。

漢語四聲對中國文學的發展，有其重大的意義。永明時期沈約等人根據四聲和雙聲、疊韻來研究詩句中調、韻、聲的配合，並指出詩歌創作時必須避免平頭、上尾、蜂腰、鶴膝、大韻、小韻、正紐、傍紐八種聲病。雖然沈約本人的作品，未必能完全依照他所主張的理論來創作。但這種有意識的運用聲律來創作詩歌，在中國詩歌史上，實爲前所未有之事。其後聲律論又與晉、宋以來詩歌中對偶之形式相結合，形成一種講求對偶、聲病的文體，此即爲永明體（即新體詩）。永明體對人爲聲律的講求，成爲中國詩歌由「古體」過渡到「近體」

一個重要的階段。因此我們可以說，「永明體」不但爲唯美文學提供了新的方向，也對後世文學產生了深遠的影響。以下就聲律論之起源、永明聲律論之內容、聲律論之反響與聲律論對文學創作之影響四方面加以論述。

一、聲律論之起源

聲律對於文學的影響，古人雖也曾注意到，但所重者乃在音韻的自然和諧，並沒有特別制定出一套可依循的標準。直到魏朝的李登撰《聲類》十卷，而晉之呂靜仿《聲類》而撰《韻集》五卷後，才開始對聲律有了比較清楚的認識。〔註 117〕但當時還尚未有四聲的觀念，四聲的被發現，應該是受到佛經轉讀的啓發。所謂的佛經轉讀，是指以漢語誦讀佛經，並傳達其美妙的音節，這和翻譯佛經同爲傳教的一種方式。梁《高僧傳・經師》云：

> 自大教東流，乃譯文者眾，而傳聲蓋寡。良由梵音重複，漢語單奇。若用梵音以詠漢語，則聲繁而偈迫；若用漢曲以詠梵文，則韻短而辭長。是故經言有譯，梵響無授。〔註 118〕

又云：

> 天竺方俗，凡是歌詠法言，皆稱爲唄。至於此土，詠經則稱爲轉讀，歌讚則號爲梵音。〔註 119〕

南朝佛教興盛，自劉宋以來，佛經轉讀的風氣漸盛，爲使漢語得以配合梵文，於是便有了以「反切」來誦讀佛經的方式，漢語的四聲也因此爲人們所發現。到了齊永明時代，反切的運用愈來愈廣泛，四聲的分析也隨之明確，永明時期之文人，於是集結前人對聲律學的研究，整理歸納出一個可依循的規則，而制定了一套聲律論。此論一出，使

〔註 117〕（唐）魏徵《隋書》，卷 76〈潘徽傳〉云：「李登《聲類》，呂靜《韻集》，始判輕濁，纔分宮商。」（台北：洪氏出版社，1974 年），頁 1745。

〔註 118〕（梁）釋慧皎《高僧傳全集》，卷 13〈經師〉（上海：上海古籍出版社，1991 年），頁 93。

〔註 119〕同註 118，頁 93。

得後世文人在創作時，得以有一個明確可遵循的規則。

蓋文學之表現有賴語言文字，而聲音則爲語言文字之本，爲使語言文字表達更具有美感，就必須講求聲音之和諧與優美，此爲聲律爲文人所重視的理由。聲律之研究盛行於南朝，而永明時得以制定聲律論的原因，各家皆持不同之論點，但大體上不外乎兩種說法：

（一）歸納整理了永明以前之聲律說

其實早在永明之前，學者便開始了對聲律之研究，其中如陸機、顏延之、范曄等人均有關於聲律方面的論述，而專門著作方面則以魏初孫炎《爾雅音義》爲最早。試分別論述如下：

1. 陸機之聲律論

陸機對聲律方面的理論可在〈文賦〉中得知，其賦有云：

> 方天機之駿利，夫何紛而不理。〔註 120〕

這段話的本意是指，靈感旺盛時，思緒就不會紛亂而理不出頭緒。「天機駿利」本指突如其來的靈感。後來沈約引述這段話，作爲構成自然音律的先決條件。沈約在〈答陸厥書〉中云：

> 天機啓，則律呂自調，六情滯，則音律頓舛也。〔註 121〕

沈約以爲創作時若靈思泉湧，平仄音律自然而然便能諧調；相反時，音律就會停頓不順暢。永明時期的文人便依照這個說法而創造了聲律論，論其源流，當是受陸機思想之啓發。因此，顧炎武《音學五書》中云：

> 文學家之研究聲律，或謂始於曹植，然事無確證，疑爲釋家所假託。其信而有徵者，莫先於陸機之〈文賦〉。〔註 122〕

〈文賦〉中又說：

〔註 120〕（梁）蕭統《昭明文選》卷 17（台北：啓明書局，1960 年），頁 228。

〔註 121〕（唐）李延壽《南史》，卷 48〈沈約傳〉（台北：鼎文書局，1979 年 3 月），頁 1197。

〔註 122〕（清）顧炎武撰《音學五書・音論卷上》（出版地不詳，1882 年，觀稼樓仿刻），頁 2。

暨音聲之迭代，若五色之相宣。雖逝止之無常，故崎錡而難便，苟達變而識次，猶開流以納泉。如失機而後會，恆操末以續顛，謬玄黃之秩敘，故淟涊而不鮮。〔註 123〕

這段文章的重點有四：一、寫作詩文時，聲調（平仄）必須交錯（文中之一到四句）；二、若要使聲調能和諧穩妥，必須掌握變化的規律（五、六兩句）；三、聲調的運用要配置得當（七、八兩句）；四、指聲調的變化要有次序（最末兩句）。而必須以上四者皆備，創作出來的詩文，方可稱之爲具有音調之美的作品。高明先生在其《中國修辭學》一書中對陸機這段話也有精闢的說明：他認爲由陸機〈文賦〉中這段文字看來，陸機當時應已發現了文辭聲律的四大原則，即「錯綜」、「變化」、「恰合」、「秩敘」。第一項「錯綜」的重點在將不同的聲音連接使用，以產生抑揚頓挫的美感。至於「變化」一項，他指出如單將不同的聲音連接在一起使用，卻一成不變，那便不美了，必須用各種不同的方式，連接不同的聲音，方能表現出聲律的奧妙。第三項「恰合」的原則，是指錯綜變化的聲音，要與錯綜變化的情感相配合，且必須掌握好時機，聲音當錯綜時便要錯綜，該變化時就該變化，才能適時的表現美感。最後一項是「秩敘」，其原則是聲音的錯綜變化，有一定的條理與節奏，因爲有條理才能不凌亂，有節奏才不致於散漫。高明先生認爲陸機當時雖未將聲音做過仔細的分析，卻能掌握這四大原則，在文辭的創作上已是一大進步。〔註 124〕除上述外，〈文賦〉中提及聲律部份還有：

塊孤立而特峙，非常音之所緯。

或寄辭於瘁音，徒靡言而弗華。

故踸踔於短垣，放庸音以足曲。〔註 125〕

〔註 123〕（梁）蕭統《昭明文選》卷 17（台北：啓明書局，1960 年），頁 226。

〔註 124〕參見高明《高明文輯》之《中國修辭學》第 2 章、第 7 節（台北：黎明文化公司，1978 年），頁 432。

〔註 125〕（梁）蕭統《昭明文選》卷 17（台北：啓明書局，1960 年），頁 226～227。

這段文字的頭兩句，指文章要能有特別突出的意境。而這種意境，單靠平庸的音調無法表達。因此，他強調音調的配置必須得當，才能凸顯出文章的美感。接下來又說明文章的美與眾不同，只有漂亮的字句，沒有好的音調配合，則無法顯現其光華。最後，他談到創作者的秉賦。陸機以爲創作者必須具備良好的才華，因爲文才不足之人爲文，有如跛腳者越牆，只能隨便用些平庸的音調，勉強湊足一首曲子，這樣的作品是談不上美的。

從陸機的理論中，我們可以發現，在詩、樂尚未分開的時期，聲律可以藉由音樂來表現。到了後來詩、樂分離，聲律便僅能由辭句來表現。因此，詩歌如何用字遣詞，並透過有條理的組織與安排，將其安排在適當的位置上，這便是令詩歌聲調和諧優美的關鍵。

由上文可知，首先以音節評論詩文者，並論及詩文中同聲相應、異音相從的人，當屬陸機無疑。這些理論大大地啓發了後世文人，因此到了南朝，文人更加熱中的研究聲律，有關聲律的奧妙也漸漸被人們所發掘。

2. 顏延之之文筆論

六朝時期文學發達，尤其是講究辭藻華麗的唯美文學，特別受到當時文人之推崇。因爲如此，所以在文體上有了「文」、「筆」之分。而追朔其源流，首先將文筆二字連綴成詞者，當是王充，他在《論衡・超奇篇》云：

> 周長生死後，州郡遭憂，無舉奏之吏，以故事結不解，徵謁相屬，文軌不尊，筆疏不續也，豈無憂上之吏哉，乃其中文筆不足類也。長生之才，非徒銳於牒牘也。作《洞歷》十篇，上自黃帝，下至漢朝，鋒芒毛髮之事，莫不紀載，與太史公表紀相類。上通下達，故曰《洞歷》。〔註 126〕

其後曹操〈選舉令〉中有：

〔註 126〕（漢）王充《論衡・超奇篇》（台北：鼎文書局，2001 年），頁 144～145。

國家舊法，選尚書郎，取年未五十者，使文筆眞草，有才能謹愼，典曹治事，起草立義，又以草呈示令、僕，訖乃付令史書之耳。〔註 127〕

而到了晉代，文筆一詞更被大量的使用，如《晉書・張翰傳》云：

其文筆數十篇行於世。〔註 128〕

再如《晉書・習鑿齒傳》云：

鑿齒少有志氣，博學洽聞，以文筆著稱。〔註 129〕

又如《晉書・袁宏傳》云：

桓溫重其文筆，專綜書記。〔註 130〕

又如《晉書・樂廣傳》云：

廣善清言而不長於筆。將讓尹，請潘岳爲表。岳曰：「當得君意」。乃作二百句語，述己之志。岳因取次比，變成名筆。〔註 131〕

王充、曹操所指的文筆，範圍比較廣，應該泛指一般著述而言。至於晉人所謂的文筆，範圍顯然較窄，當指一般的文章而論。業師張仁青先生認爲，由於《晉書》爲唐人所撰，各傳中所提及之文、筆是否就是晉代的原始資料，不得而知，因此很難認定在晉時便已開始廣泛的使用文筆一詞。〔註 132〕這個說法極有見地，此情形正如「古體詩」這個名詞乃後人爲了與近體詩作區分而定，在唐代以前並未有此名稱。因此《晉書》中的「文筆」一詞，極有可能爲後世撰史者的用語。

至於首次將文、筆分別舉出者，當是顏延之。《南史・顏延之

〔註 127〕（宋）李昉等撰《太平御覽》卷 215 引《魏武集・選舉令》（河北：教育出版社，2003 年），頁 89。

〔註 128〕（唐）房玄齡《晉書》，卷 92〈張翰傳〉（台北：鼎文書局，1975 年），頁 2384。

〔註 129〕同註 128，卷 82〈習鑿齒傳〉，頁 2152。

〔註 130〕同註 128，卷 92〈袁宏傳〉，頁 2391。

〔註 131〕同註 128，卷 43〈樂廣傳〉，頁 1244。

〔註 132〕參見張仁青《魏晉南北朝文學思想史》第 7 章、第 1 節（台北：文史哲出版社，2003 年 9 月），頁 535～537。

傳》云：

文帝嘗問以諸子才能，延之曰：「竣得臣筆，測得臣文，㚟得臣義，躍得臣酒。」何尚之嘲曰：「誰得卿狂。」答曰：「其狂不可及。」〔註 133〕

由上之引文可知，顏延之將文、筆二字分別而論，可見文、筆在顏延之的認知中，所代表的意義是不同的。因此他當是首位將文、筆正式分開而論之人。而顏延之在聲律上之理論，主要也在於「文」、「筆」之分。劉勰《文心雕龍‧總術篇》云：

顏延年以爲筆之爲體，言之文也。
經典則言而非筆，傳記則筆而非言。〔註 134〕

關於這段文字，黃季剛先生《文心雕龍札記》中曾解釋說：

顏延之之說，今不知所出，宜在所著之〈庭誥〉中。……顏氏之分言筆，蓋與文筆不同，故云「筆之爲體，言之文也。」此謂有文采。經典質實，故云非筆；傳記廣博，故云非言。〔註 135〕

范文瀾《文心雕龍注》引申解釋云：

顏延年謂：「經典則言而非筆，傳記則筆而非言。」此言字與筆字對舉，意謂直言事理，不加彩飾者爲言，如《禮經》《尚書》之類是，言之有文飾者爲筆，如《左傳》《禮記》之類是，其有文飾而又有韻者爲文。顏氏分爲三類，未始不善，惟約舉經典傳記，則似嫌籠統，蓋《文言》經典也，而實有文飾，是經典不必皆言矣。況《詩》三百篇，又爲韻文之祖耶。〔註 136〕

〔註 133〕（唐）李延壽《南史》，卷 34〈顏延之傳〉（台北：鼎文書局，1979 年 3 月），頁 879。

〔註 134〕（梁）劉勰《文心雕龍‧總術篇》（台北：金楓出版社，1988 年），頁 337。

〔註 135〕黃侃《文心雕龍札記‧總術》（新竹：凡異文化事業公司，2002 年），頁 253。

〔註 136〕范文瀾《文心雕龍注》收《范文瀾全集》中（石家庄：河北教育出版社，2002 年），頁 574。

由顏延之的論點裡，可知其對文筆的觀點與劉勰、范曄、蕭繹不同。顏氏特將文體分爲文、筆、言三類，而視講究辭藻有韻律者，如詩、賦、頌、讚、銘、誄之類的韻文爲「文」；不加彩飾，而以表意爲主的群經、諸子爲「言」；雖有文飾而無韻腳者，如奏議、檄文、書論、史傳之類爲「筆」。范文瀾這樣的解釋非常合理，其對於顏延之文、筆、言三者的區分方式，當是無誤的。

顏延之的文學思想對後世的影響很大，除唯美文學的理論開創了南朝文人雕飾辭采的風氣外，其文筆論也啓發、引導了其後的文學思想。雖在「文筆論」之爭上，各家均有不同的見解與看法，但卻使得用「韻」成爲衡量「文」的重要尺度，進而引起人們對文學聲律美的重視。另外，南朝人在追求形式美的層面上，聲律論提供了唯美文學一個新的方向，使得齊梁以後的文人，紛紛開始對聲律的理論與運用，做了更多的研究與嘗試，並因此造成詩歌創作的新變，對後世的文學發展，有其重要的影響與貢獻。

3. 范曄之自然音律論

范曄雖批判當時文學作品以形式犧牲內容的弊病，但並未否定音律和諧對文學作品的重要性，在他的〈獄中與諸甥侄書〉中曾云：

> 性別宮商，識清濁，斯自然也。觀古今文人，多不全了此處，縱有會此者，不必從根本中來。言之皆有實證，非爲空談。年少中，謝莊最有其分，手筆差易，文不拘韻故也。吾思乃無定方，特能濟難適輕重，所稟之分，猶當未盡。〔註 137〕

范曄認爲前人對音律不甚了解，縱有熟悉之人，也未必眞能掌握音律內在的規律。這段文顯示劉宋時之人，如范曄、謝莊等人，已試圖探索聲律內在的規律性，以便運用到詩歌創作中。但是范曄也未能超越

〔註 137〕（南朝宋）范曄《後漢書・自序》（台北：鼎文出版社出版，1981年 4 月），頁 1～2。

自然聲律的層面，因爲他雖說「言之皆有實證，非爲空談」卻始終沒有創立出具體的音律論，大概他始終認爲「性別宮商，識清濁，斯自然也」。〈獄中與諸甥侄書〉又云：

> 吾於音樂，聽功不及自揮，但所精非雅聲，爲可恨。然至於一絕處，亦復何異邪。其中體趣，言之不盡，弦外之意，虛響之音，不知所從而來。雖少許處，而旨態無極。亦嘗以授人，士庶中未有一豪似者。此永不傳矣。〔註 138〕

在范曄的這段文章中，可得知他本人通習音樂，所以能夠辨宮商、知清濁，因此對聲律頗有研究，且對此十分自豪，以爲「士庶中未有一豪似者」。由此可見他對聲律的認識，正如王融所說：「宮商與兩儀俱生，自古詞人不知之。惟顏憲子乃云律呂音調，而其實大謬；惟見范曄、謝莊頗識耳」。〔註 139〕此外，由其所撰《後漢書》各序贊部份之辭采華妍、音韻和諧看來，亦可知其對聲律之精通當是無疑的。

4. 孫炎與反切

永明以前文人對聲律之研究成績卓著，如前面已論及之陸機、顏延之、范曄等，但皆爲單篇論述而非專門著作。而以專門著作討論聲律者，以魏初孫炎所作之《爾雅音義》爲最早。《顏氏家訓・音辭篇》云：

> 九州之人，言語不同，生民以來，固常然矣。自《春秋》標齊言之傳，《離騷》目《楚辭》之經，此蓋其較明之初也。後有揚雄《方言》，其言大備，然皆考名物之同異，不顯聲讀之是非。逮鄭玄注六經，高誘解《呂覽》、《淮南》，許慎造《說文》，劉熹製《釋名》，始有「譬況」、「假借」，以證音字爾。而古語與今殊別，其閒輕重清濁，猶未可曉。加以「內言」、「外言」、「急言」、「徐言」、「讀若」之類，益

〔註 138〕（南朝宋）范曄《後漢書・自序》（台北：鼎文出版社出版，1981 年 4 月），頁 2。

〔註 139〕（梁）鍾嶸《詩品・序》（台北：三民書局，2003 年），頁 23。

> 使人疑。孫叔然創《爾雅音義》，是漢末人猶知「反語」。至於魏世，此事大行，高貴鄉公不解「反語」，以爲怪異。自茲厥後，音韻鋒出，各有土風，遞相非笑，指馬之諭，未知孰是。共以帝王都邑，參校方俗，考覈古今，爲之折衷。〔註 140〕

由這段話看來，中國聲韻學，應出於「反語」，而「反語」的創造，當出於孫炎。〔註 141〕自此以後，只要論及「反切」莫不以爲起自於孫炎。例如陸德明《經典釋文・敘錄》云：

> 古人音書，止爲譬況之說。孫炎始爲「反語」，魏朝以降漸繁。〔註 142〕

再如張守節《史記正義論例》亦云：

> 先儒音字，比方爲音，至魏秘書孫炎，始做「反音」。〔註 143〕

但「反切」到底是否眞如陸德明、張守節等人所稱爲孫炎所創？林尹先生以爲：

> 「反切」之語，自漢以上，即已有之。謂孫炎取「反切」以代直音則可，謂「反切」刱自孫炎，則不可也。沈存中《筆談》謂古語已有二聲合爲一字者，如不可爲叵，何不爲盍，如是爲爾，而已爲爾，之乎爲諸（《小爾雅》曰：諸，之乎也。）顧亭林又考經傳，如蒺藜爲茨，鄒蘆爲壺，鞠窮爲芎，……不可枚舉。以此推之，反語當不始於孫炎。故章太炎先生曰：「《經典釋文序例》謂漢人不作音，至王肅《周易音》，則《序例》無疑辭，所錄肅音，用反語者十餘條。尋《魏志肅傳》云：「肅不好鄭氏，樂安孫叔然授學鄭玄之門人，肅集《聖證論》以譏短玄，叔然駮而釋之。」

〔註 140〕（北齊）顏之推著，王利器注《顏氏家訓》，卷 7〈音辭篇〉（台北：明文書局，1982 年），頁 473。

〔註 141〕見林尹著、林炯陽注釋《中國聲韻學通論》第 4 章、第 2 節（台北：黎明文化公司，2000 年改版），頁 218。

〔註 142〕（唐）陸德明《經典釋文・敘錄》（台北：鼎文書局，1974 年），頁 2。

〔註 143〕此段文字引自林尹著《中國聲韻學通論》第 4 章（台北：黎明文化公司，2000 年），頁 218。

> 假令反語始於叔然，子雍豈肯承用其術乎。又尋《漢地理志》廣漢郡梓潼下，應劭注：「潼水所出，南入墊江。墊音徒淡反。」遼東郡沓氏下，應劭注：「沓水也，音長答反。」是應劭時已有反語，則起於漢末也。〔註 144〕

林尹先生提出例證以說明孫炎並非創立反切之人，而「反切」的名稱與方式，自漢末即已存在，並舉沈括《夢溪筆談》中提及古語中已有用兩字合爲一音的注音方式。又引章太炎先生之言舉《經典釋文》中稱王肅以「反切」注音，故以王肅和鄭玄互爲敵對的關係，自不可能以孫炎所創「反切」來注音之理（孫炎爲鄭玄之學生）。加上應劭《漢地理志》即以反切注音，可見漢末反切已爲學者使用，孫炎不過是將反切注音的方式加以收集和整理者，而並非創立者當是無疑的。但無論孫炎是否爲反切的創始者，然其對音讀整理、歸納的結果，對日後音韻學的發展有很大的貢獻。陳澧《切韻考》就曾推崇而云：

> 古人音書，但曰讀若某，讀與某同，然或無同音之字，則其法窮，雖有同音之字，而隱僻難識，則其法又窮。孫叔然始爲反語，以二字爲一字之音，而其用不窮，此古人所不及也。〔註 145〕

自孫炎以後，據《隋書・經籍志》所載，有李登《聲類》，爲中國第一本韻書。其後，晉之呂靜仿《聲類》作《韻集》六卷，又有無名氏作《韻集》十卷、張諒《四聲韻林》二十八卷、段弘《韻集》八卷，自此聲韻學之研究遂大爲盛行，而永明之際，沈約、周顒等人對聲律之研究皆以此爲基礎。

（二）佛經的翻譯與轉讀

以反切注音的方式，雖自漢末即開始爲人所使用，但並未被人

〔註 144〕此段文字引自林尹著《中國聲韻學通論》第 4 章（台北：黎明文化公司，2000 年），頁 218～219。

〔註 145〕（清）陳澧《切韻考》，卷 6〈通論〉（台北：台灣學生書局，1969 年），頁 279。

們所重視。一直到佛教盛行之後，大量的佛經亦隨之傳入中土，佛經的翻譯，間接影響了聲律學的興盛。中文以形體爲主，起初並沒有字母，而梵語有三十四聲母，十六韻母，而以此孳生一切文字，而其音又分陰陽，因此印度之雅語必合於韻律，十分優美動聽，於是切韻之學，便與佛經一起傳入中國，孫炎遂依此而歸納、整理出反切注音的方式。《隋書・經籍志》云：

> 自後漢佛法行於中國，又得西域胡書，以十四字貫一切音，文省而義廣，謂之婆羅門書，與八體文之義殊別。〔註 146〕

因爲梵文字母傳入中國，使得學者開始將注意力轉移到聲韻的問題上，進而使以形體爲主的中國文字產生了重大的變化。且自晉室南渡後，佛學廣爲流行，佛經轉讀的風氣亦隨之盛行。因爲讀經不能單讀字句，還要傳誦優美的音律，但漢字爲單音，爲了配合佛經重複的歌讚轉讀，必須參照梵音的拼讀方式加以轉變，因此切音辨字便日趨精密，促成反切音讀的方式大爲流行，中文四聲的理論也在翻譯、轉讀的過程中，漸漸爲人所發覺、成立。釋慧皎《高僧傳・慧忍傳》云：

> 自大教東流，乃譯文者眾，而傳聲者蓋寡。良由梵音重複，漢語單奇。若用梵音以詠漢語，則聲繁而偈迫，若用漢曲以詠梵文，則韻短而辭長。〔註 147〕

又云：

> 天竺方俗，凡是歌詠法言，皆稱爲唄。至於中土，詠經則稱爲轉讀，歌讚則號爲梵音。〔註 148〕

又《高僧傳・慧叡傳》云：

> 陳郡謝靈運篤好佛理，殊俗之音，多所達解。迺諮叡以經中諸字，并眾音異旨，於是著《十四音訓敘》，條例梵漢，

〔註 146〕（唐）魏徵等撰《隋書》，卷 32〈經籍志上〉（台北：洪氏出版社，1974 年），頁 947。

〔註 147〕（唐）釋慧皎《高僧傳》，卷 13〈慧忍傳論〉（上海：上海古籍出版社，1991 年），頁 93。

〔註 148〕同註 147。

> 昭然可了，使文字有據焉。〔註 149〕

又《高僧傳・經師論》云：

> 若能精達經旨，洞曉音律，三位七聲，次而無亂，五言四句，契而莫爽。其間起擲盪舉，平折放殺，游飛卻轉，反疊嬌哢，動韻則揄靡弗窮，張喉則變態無盡。故能炳發八音，光揚七善，壯而不猛，凝而不滯，弱而不野，剛而不銳，清而不擾，濁而不蔽，諒足以超暢微言，怡養神性。故聽聲可以娛耳，聆語可以開襟。若然，可謂梵音深妙，令人樂聞者也。〔註 150〕

由此可知，魏晉時代雖已有學者開始從事於聲律的研究，但一直要到齊梁年間才使聲律學大昌的原因，實和佛經的翻譯與轉讀關係密切。

孫炎整理、歸納了魏以前反切拼讀的方式而作《爾雅音義》，其後李登作《聲類》十卷，以五聲命字，成爲中國韻書之祖，晉之呂靜仿《聲類》作《韵集》六卷，《魏書・江式傳》云：

> 晉世（呂）忱弟靜別放故左校令李登《聲類》之法，作《韻集》五卷，〈宮〉、〈商〉、〈角〉、〈徵〉、〈羽〉，各爲一篇。〔註 151〕

《隋書・潘徽傳》亦云：

> 李登《聲類》，呂靜《韻集》，始判清濁，纔分宮羽。〔註 152〕

由此可知，在魏晉時期聲韻已能分清、濁、宮、羽，而又因佛經翻譯與轉讀的關係，特爲標舉反切，使能讀出輕重節奏，以增加美感，華語四聲的觀念遂因此確立。陳寅恪先生對此亦有詳盡之論述，他在〈四聲三問〉中曾云：

〔註 149〕（唐）釋慧皎《高僧傳》，〈慧叡傳〉（上海：上海古籍出版社，1991 年），頁 92。

〔註 150〕同註 149，〈慧忍傳〉，頁 93。

〔註 151〕（北齊）魏收《魏書》，卷 91〈江式傳〉（台北：鼎文書局，1975 年），頁 1963。

〔註 152〕（唐）魏徵等撰《隋書》，卷 70〈潘徽傳〉（台北：洪氏出版社，1974 年），頁 1745。

初問曰：中文何以成立一四聲之說，即何以適定爲四聲，而不爲五聲，或七聲，抑或其他數之聲乎。

答曰：所以適定爲四聲，而不爲其他數之聲者，以除去本易分別，自爲一類之入聲，復分別其餘之聲爲平上去三聲。綜合通計之，適爲四聲也。但其所以分別其餘之聲爲三者，實依據及摹擬中國當日轉讀佛經之三聲。而中國當日轉讀佛經之三聲又出於印度古時聲明論之三聲也。據天竺圍陀之聲明論，其所謂聲（svara）者，適與中國四聲之所謂聲者相類似。即指聲之高低言，英語所謂 pitch accent 者是也。圍陀聲明論依其聲之高低，分別爲三：一曰 udatta，二曰 svarita，三曰：anudatta。佛教輸入中國，其教徒轉讀經典時，此三聲之分別當亦隨之輸入。至當日佛教徒轉讀其經典所分別之三聲，是否即與中國之平上去三聲切合，今日固難詳知，然二者俱依聲之高下分爲三階，則相同無疑也。中國語之入聲字皆附有 k、p、t 等輔音之綴尾，可視爲一特殊種類，而最易與其他之聲分別。平上去則其聲響高低相互距離之間雖有分別，但應分別之爲若干數之聲，殊不易定。

故中國文士依據及摹擬當日轉讀佛經之聲，分別爲平上去三聲，合入聲共計之，適成四聲。於是創爲四聲之說，並撰作聲譜，借轉讀佛經之聲調，應用中國之美化文。此四聲之說所由成立，及其所以適爲四聲，而不爲其他數聲之故也。〔註 153〕

由上述之論述可知，中國聲律學之研究雖起源甚早，但其理論之確立卻要到梵文音理輸入中國後才得以成立，這當是毫無疑義的。而至於聲律論何以昌盛於永明年間，陳寅恪先生針對此一現象有云：

南齊武帝永明七年二月二十日竟陵王子良大集善聲沙門於京邸，造經唄新聲。實爲當時考文審音之一大事。在此略

〔註 153〕 陳寅恪〈四聲三問〉收入「景印本」《清華學報》第 9 卷第 2 期（北平：清華大學出版，1934 年 4 月），頁 275～276。

> 前之時，建康之審音文士及善聲沙門討論研求必已甚眾而且精。永明七年竟陵京邸之結集不過此新學說研求成績發表耳。此四聲之成立所以適值南齊永明之世，而周顒、沈約之徒又適爲此新學說代表人物之故也。〔註 154〕

據此可知，沈約、周顒諸人之得以在永明年間成立四聲說，並大力倡導聲律論，和當時佛教盛行，爲轉讀佛經必須審音，而審音日精的結果，間接使得四聲之說因此成立，此四聲說之何以成立於永明時期之主因。

二、永明聲律論之內容

永明時期，由於反切的運用愈來愈廣泛，加上永明文人的提倡，平上去入四聲的分析遂日趨精密，當時文士的著作，如沈約的《四聲譜》、周顒《四聲切韵》、王斌《四聲論》，現雖都已失傳，故其內容不知其詳，但由鍾嶸《詩品》與封演《封氏聞見記》中所云，即可反映當時創作詩歌時對聲韻的講求，已從自然直覺的表現，轉爲人工刻意的雕琢。

> ……王元長創其首，謝朓、沈約揚其波。三賢咸貴公子孫，幼有文辯。于是士流景慕，務爲精密，襞積細微，專相陵架，故使文多拘忌，傷其眞美。……〔註 155〕（《詩品序》）

> 王融、劉繪、范雲之徒，……慕而扇之，由是遠近文學，轉相祖述，而聲韻之道大行。〔註 156〕（《封氏聞見記》）

在這些推廣聲律論的文人中，沈約爲齊、梁文壇的領袖人物；王融、謝朓也爲蕭齊詩壇上重要的詩人，他們創立了聲律說，並實際運用在詩文創作上，其影響所及，誠如鍾嶸所稱，形成了一股「士流景慕」的盛況，甚至對梁、陳及以後的詩壇亦有很大的影響。以下就沈約聲

〔註 154〕 陳寅恪〈四聲三問〉收入「景印本」《清華學報》第 9 卷第 2 期（北平：清華大學出版，1934 年 4 月），頁 276。

〔註 155〕 （梁）鍾嶸《詩品》（台北：三民書局，2003 年），頁 25。

〔註 156〕 （唐）封演著《封氏聞見記》（台北：新文豐出版公司，1984 年），頁 15。

律論中之四聲、八病之說分別論述如下。

（一）沈約之四聲論

在齊、梁時期，運用四聲爲韻創作詩文者，比較著名的是沈約、謝朓、王融等人。《南史．陸厥傳》云：

> 永明時，盛爲文章，吳興沈約、陳郡謝朓、琅邪王融以氣類相推轂，汝南周顒善識聲韻。約等文皆用宮商，將平上去入四聲，以此制韻，有平頭、上尾、蜂腰、鶴膝。五字之中，音韻悉異，兩句之內，角徵不同，不可增減。世呼爲永明體。〔註 157〕

在上述這些提倡以四聲製韻者，其中周顒早亡，王斌則生平不詳，而王融、謝朓皆死於非命，其中僅存者，唯沈約一人，他對音律方面的理論，可由其所撰之《宋書．謝靈運傳論》中見之。

> 若夫敷衽論心，商榷前藻，工拙之數，如有可言。夫五色相宣，八音協暢，由乎玄黃律呂，各適物宜。欲使宮羽相變，低昂舛節，若前有浮聲，則後須切響。一簡之內，音韻盡殊，兩句之中，輕重悉異。妙達此旨，始可言文。
>
> 至於先士茂製，諷高歷賞，子建〈函京〉之作，仲宣霸岸之篇，子荊零雨之章，正長朔風之句，並舉胸情，非傍詩史，正以音律調韻，取高前式。自騷人以來，多歷年代，雖文體稍精，而此祕未覩。至於高言妙句，音韻天成，皆暗與理合，匪由思至。張蔡曹王，曾無先覺，潘陸顏謝，去之彌遠。世之知音者，有以得之，知此言之非謬。如曰不然，請待來哲。〔註 158〕

根據《南史．陸厥傳》與《宋書．謝靈運傳論》中的說法，可以歸納出沈約聲律論的幾個重點：

〔註 157〕（唐）李延壽《南史》，卷 48〈陸厥傳〉（台北：鼎文書局，1979 年 3 月），頁 1195。

〔註 158〕（梁）沈約《宋書》，卷 67〈謝靈運傳〉（台北：鼎文書局，1975 年），頁 1779。

1. 宮羽相變，低昂舛節

其中「宮羽」指的是陰平、陽平、上、去、入五聲。沈約在〈答陸厥書〉曾云：

> 宮商之聲有五，文字之別累萬。以累萬之繁，配五聲之約，高下低昂，非思力所學，又非止若斯而已也。十字之文，顛倒相配；字不過十，巧歷已不能盡，何況復過于此者乎？靈均以來，未經用之于懷抱，固無從得其彷彿矣。若斯之妙，而聖人不尚，何耶？此蓋曲折聲韻之巧，無當于訓義，非聖哲立言之所急也。是以子雲之雕蟲篆刻，云壯夫不爲。自古辭人，豈不知宮羽之殊、商徵之別？雖知五音之異，而其中參差變動，所昧實多，故鄙意所謂此祕未睹者也。〔註 159〕

這是沈約音律論的基本原則，意思是聲音必須在平仄與音韻上做適當的配置，才能呈現出聽覺上的美感。因此，他對於從前的文人，雖也能識宮商、辨清濁，但卻不懂得如何巧妙的運用，是以只能憑直覺進行創作而感到可惜。他並以自己的發現爲傲，主張詩歌創作不應單依賴直覺，也就是並不以「清濁通流，口吻調利」（鍾嶸《詩品序》）的自然美爲滿足。而是要求詩歌當仔細推敲雕琢，務求每一字句在音韻皆能完美流利，也就是「曲折聲韻之巧」的音樂美感方可，他並以此爲依據，制定了一套定律。所以人爲的音樂美感，成了永明聲律的基本原則，在中國詩歌史上，也是開天闢地的創舉。

2. 前有浮聲，後必切響

此二句乃沈約聲律論的精要之處，但由於語義不甚明確，學者對此各有不同的看法，其中如：

（1）劉勰《文心雕龍・聲律篇》

> 凡聲有飛沈，響有雙聲，雙聲隔字而每舛，疊韻雜句而必睽，沈則響發而斷，飛則聲颺不還，必轆轤交往，逆鱗相

〔註 159〕（唐）李延壽《南史》，卷 48〈沈約傳〉（台北：鼎文書局，1979 年 3 月），頁 1196～1197。

比。迂其際會，則往蹇來連，其爲疾病，亦文家之吃也。〔註 160〕

黃季剛先生《文心雕龍札記·聲律篇》云：

飛謂平清，沈謂仄濁。雙聲者二字同紐，疊韻者二字同韻。一句之內，如雜用兩同聲之字，或二同韻之字，則讀時不便，所謂雙聲隔字而每舛，疊韻雜句而必睽也。一句純用仄濁，或一句純用平清，則讀時亦不便，所謂「沈則響發而斷，飛則聲颺不還」也。〔註 161〕

黃先生所言甚是，因爲「飛」字當是「浮聲」，而「沈」字則爲「切響」，即後世所謂平、仄是也。

（2）《蔡寬夫詩話》

聲韻之興，自謝莊沈約以來，其變日多。四聲中又分別其清濁以爲雙聲，一韻者以爲疊韻。蓋以輕重爲清濁爾，所謂前有浮聲則後有切響是也。〔註 162〕

蔡寬夫認爲「浮聲」與「切響」便是「輕重」、「清濁」。更明確的說，即「浮聲」指的是聲的「輕」、「清」；而「切響」是聲的「重」、「濁」，亦爲後人所謂的平、仄。因此「前有浮聲，後必切響」的重點在於詩文中平、仄必須錯綜的運用，以求音調的和諧優美。

（3）何焯《義門讀書記》

浮聲切響即是輕重，今曲家猶講陰陽清濁。〔註 163〕

何焯的說法承襲了蔡寬夫之說。

（4）劉師培《中古文學史·宋齊梁陳文學概論》

彥和謂「聲有飛沈，沈則響發而斷，飛則聲颺不還」，即沈

〔註 160〕（梁）劉勰著，（清）黃叔林注、紀昀評《文心雕龍·聲律篇》（台北：金楓出版社，1988 年），頁 278。

〔註 161〕黃侃《文心雕龍札記·聲律篇》（新竹：凡異文化事業公司，2002 年），頁 140～141。

〔註 162〕（宋）蔡寬夫《蔡寬夫詩話》收入郭紹虞《宋詩話輯佚》（台北：華正書局，1981 年），頁 379～380。

〔註 163〕（清）何焯《義門讀書記》（台北：台灣商務印書館，出版年代不詳），頁 32。

氏所謂「前有浮聲，後須切響，兩句之中，輕重悉異。」謂一句之內，不得純用濁聲之字，或清聲之字也。(聲律說之發明)〔註 164〕

（5）王運熙《中國文學批評史》

「前有浮聲，後須切響」，是規定平聲與上去入三聲，必須間隔運用（即後人所謂調平仄），取得聲調的變化流美，和諧動聽。〔註 165〕

爲避免劉勰所說的「沈則響發而斷，飛則聲颺不還」的毛病，……強調五言的一句和一聯（兩句）中的字音必須富有變化。〔註 166〕

（6）郭紹虞《中國文學批評史》

須知蔡氏之所謂清濁，即沈約之所謂輕重，劉勰之所謂飛沈，而後世之所謂平側。平側之分，本亦由於同紐的關係。所以蔡氏謂「蓋又出於雙聲之變」。仇兆鰲《杜詩詳注》亦宗蔡說。……《文心雕龍・聲律篇》云：「凡聲有飛沈，響有雙疊。」雙疊即韻與紐的問題，飛沈則清與濁的關係。以濁夾清，則蜂腰。其病在「沈」，所謂「沈則響發而斷」也。以清夾濁，則爲鶴膝。其病又在「飛」，所謂「飛則聲颺不還」也。〔註 167〕

（7）羅根澤《魏晉六朝文學批評史》

大概同於《文心雕龍・聲律篇》所謂「聲有飛沈」。黃侃《札記》云：「飛則謂平清，沈則仄濁，一句純用仄濁，或一句純用平清，則讀時亦不便，所謂「沈則響發而斷，飛則聲颺不還也。」的確，平聲飛而浮，仄聲沈而切，所以這種

〔註 164〕劉師培《中古文學史・宋齊梁陳文學概略》（台北：文海出版社，1972 年），頁 101。

〔註 165〕王運熙、顧易生《中國文學批評史》（台北：五南圖書公司，1991 年），頁 104。

〔註 166〕同註 165，頁 104。

〔註 167〕郭紹虞《中國文學批評史》第 2 章、第 4 節（台北：明倫出版社，1969 年），頁 149。

解釋，似合沈劉之意。〔註168〕

綜合前列各家之看法，大致可以得到一個結論：沈約所謂之「浮聲」即是劉勰之「飛」，指的是「平聲」；而「切響」即是劉勰之「沈」，指的是「仄聲」。詩文當中須將平聲與仄聲錯綜的使用，方可達到音調之美。若一句當中平聲字太多，那聲音讀來便飛颺而不能回環，而仄聲字運用過多，又會造成聲音阻礙不能順暢，二者均會令詩文讀來不便，因此必須在一句中妥當的配置聲調，使平仄錯綜的使用，才能達到「轆轤交往」、「逆鱗相比」的境界。

雖然當時人對平仄的用詞並不統一，但將四聲視爲標準，想進一步將聲調簡化成兩大類的目標是相同的，爲了達成此一目的，故對舉出意義相反的名詞，如高下、低昂、清濁、輕重、飛沈、浮切，以便能將之簡化配合。直到平仄確立後，這些名詞便被取代，故此當爲後世平仄之先聲。

3. 一簡之內，音韻盡殊

這裡的「音」指的是聲母，而「韻」則指韻母而言。也就是劉勰《文心雕龍・聲律篇》中所謂「聲有雙疊，雙聲隔字而每舛，疊韵雜句而必睽」、「異音相從謂之和，同聲相應謂之韵」。此二句謂五言詩於一句之中，除用雙聲、疊韻、重言外，不得重複使用同聲母或同韻母的字。

4. 兩句之中，輕重悉異

沈約所謂的「輕重」，便是蔡寬夫所稱之「清濁」，指的是字的聲紐。此二句是指兩句之內，須錯綜的使用輕、重音，方可產生音節和諧之美。

（二）沈約之八病說

沈約的聲律論在積極建設方面，是明辨四聲並運用錯綜的方式，

〔註168〕 羅根澤《魏晉六朝文學批評史》第6章〈音律說（上）〉（台北：台灣商務印書館，1996年），頁87。

使詩文中之音韻更爲優美，而爲避免聲律之不諧，在消極避諱方面，又提出了「八病」的限制。八病之目，見於宋王應麟《困學紀聞》引北宋李淑《詩苑類格》載沈約之言云：

> 詩病有八：平頭、上尾、蜂腰、鶴膝、大韻、小韻、旁紐、正紐。惟上尾、鶴膝最忌，餘病亦通。〔註 169〕

而魏慶之《詩人玉屑》卷十一〈詩病〉亦引沈約此說。但八病之說是否出於沈約，至今仍有人提出懷疑。隋王通《中說・天地篇》云：

> 上陳應劉，下述沈謝，四聲八病，剛柔清濁，久有端序。〔註 170〕

阮逸注云：

> 四聲韻起自沈約，八病未詳。〔註 171〕

可見阮逸以爲四聲之說起於沈約無疑，但八病之目則不知出自何處。清紀昀《沈氏四聲考》卷下云：

> 按齊梁諸史，休文但言四聲五音，不言八病；言八病自唐人始。所列名目，惟《詩品》載蜂腰、鶴膝二名，《南史》載平頭、上尾、蜂腰、鶴膝四名，其大韻、小韻、正紐、旁紐之說，王伯厚但據李淑《詩苑類格》，不知淑又何本，似乎輾轉附益者。〔註 172〕

由上引文可知，紀昀以爲平頭、上尾、蜂腰、鶴膝之名出自於沈約當屬無疑，至於後四病之名則爲後世所逐漸增益，並非沈約之說。若依理而論，鍾嶸與沈約同時，且又有過交往，《詩品序》中的說法當屬可信。而初唐李延壽《南史・陸厥傳》與蕭子顯《南齊書・陸厥傳》

〔註 169〕（宋）王應麟《困學紀聞》卷 10（台北：台灣中華書局，1966 年），頁 22。

〔註 170〕（隋）王通《中說》，卷 2〈天地篇〉，收嚴一萍輯「百部叢書集成」，據（清）王謨輯紅杏山房刊「漢魏叢書本」影印（台北：藝文印書館，1967 年），頁 7。

〔註 171〕同註 170。

〔註 172〕（清）紀昀《沈氏四聲考》收嚴一萍輯「百部叢書集成」，據（清）光緒王灝輯刊「畿輔叢書」影印（台北：藝文印書館，1967 年），頁 44。

之內容大致相同，但《南史》比《南齊書》所記多出「有平頭、上尾、蜂腰、鶴膝，五字之中，音韵悉異，兩句之內，角徵不同」一段文字。而後面所多出的這一段，李延壽根據的是《宋書．謝靈運傳論》，據此可知，這段文字亦當有所本，但何以《南齊書》獨漏這段文字？是否因爲當時聲律說剛成立，還未能普遍的被接受，例如當時梁武帝即不用四聲爲文，鍾嶸也反對聲病說，故而蕭子顯刻意缺而不記？又唐封演《封氏聞見記》卷二也提到：「文章八病，有平頭、上尾、蜂腰、鶴膝」〔註 173〕，此說法和鍾嶸與李延壽相同，因此，可以認定這四種聲病說爲永明聲律說的具體規則。至於大韻等四種聲病說，不見當時正史，然沈約〈答甄公論〉則云：

> 作五言詩者，善用四聲，則諷詠而流靡。能達八體，則陸離而華潔。〔註 174〕

《文鏡秘府論》西卷〈論病序〉云：

> 洎八體、十病、六犯、三疾，或名通理隔，卷軸滿機，乍閱難辨，遂使披卷者懷疑，搜寫者多倦。予今載刀之繁，載筆之簡，總有二十八病。〔註 175〕

由《文鏡秘府論》之說可知，八體其實就是八病，只是名稱不同，即所謂「名通理隔」而已。

沈約既然與甄琛言及「八體」，那麼當然不是後人的「輾轉附益」，且齊梁時期，詞藝一道大爲興盛，因此文人對詩文作品衡鑑妍蚩，掎摭利病，應爲當時之風尚。〔註 176〕既知八病肇於沈約，但究竟他所謂的八病如何，則無從得知。《文鏡秘府論．論病類》共舉二

〔註 173〕（唐）封演《封氏聞見記》卷 2（台北：新文豐出版公司，1984 年），頁 15。

〔註 174〕（日）遍照金剛《文鏡秘府論．天卷》（台北：金楓出版社，1987 年），頁 51。

〔註 175〕同註 174，《西卷．論病》，頁 189～190。

〔註 176〕此參照業師張仁青先生在《魏晉南北朝文學思想史》中第 7 章第、2 節之說，原文爲：「王氏（王應麟）治學素極嚴謹，所引當可確信，蓋齊梁時代，詞藝大昌，衡鑑妍蚩，掎摭利病，乃文壇之風尚也。」（台北：文史哲出版社，2003 年），頁 562。

十八種病，並在第四鶴膝之下，引故沈東陽（約）著辭曰：

> 若得其會者，則脣吻流易，失其要者，則喉舌蹇難。事同暗撫失調之琴，夜行坎壈之地。〔註 177〕

但文中並未舉出具體的條例。沈約之八病說既無從稽考，因此只得有賴於後人之解釋，但後人的解釋，卻各自不同，看法極不一致。據此可知八病的肇始者雖爲沈約，但後來繁瑣嚴密的格式，極可能並非沈約所釐定。〔註 178〕這種情形正如紀昀在《沈氏四聲考》中所說：

> 宋人所說八病，微有不同，然皆不詳所本，大抵以意造之也。〔註 179〕

從現存文獻看來，將八病全部舉出，並加以具體說明者，莫過於日僧遍照金剛所作之《文鏡秘府論》。其解釋大都徵引齊、梁到唐初之材料，可能比較接近沈約之原意。現以《文鏡秘府論》爲主，並參酌陸侃如、馮沅君《中國詩史》、《文筆眼心鈔》、《續金針詩格》、《蔡寬夫詩話》、《詩人玉屑》、《唐音癸籤》、《杜詩詳注》等書，將八病解說如下：

1. 平頭

《文鏡秘府論》云：

> 平頭詩者，五言詩第一字不得與第六字同聲，第二字不得與第七字同聲。同聲者，不得同平上去入四聲，犯者名爲犯平頭。〔註 180〕

此爲最通行之解釋，各書均同此說。所舉之病例爲：

> 芳時淑氣清，提壺臺上馳。〔註 181〕

〔註 177〕（日）遍照金剛《西卷・論病》（台北：金楓出版社，1987 年），頁 198～199。

〔註 178〕此說參考羅根澤《魏晉六朝文學批評史》第 5 章〈音律說〉對八病的看法。（台北：台灣商務印書館，1996 年），頁 102～103。

〔註 179〕清）紀昀《沈氏四聲考》收嚴一萍輯「百部叢書集成」，據（清）光緒王灝輯刊「畿輔叢書」影印（台北：藝文印書館，1967 年），頁 46。

〔註 180〕同註 177，頁 192。

〔註 181〕同註 180。

其中「芳」、「提」二字同爲平聲，「時」、「壺」二字亦同爲平聲，因此犯了平頭病。但《文鏡秘府論》論釋又云：

> 或曰：此平頭如是，近代成例，然未精也。欲知之者，上句第一字與下句第一字，同平聲不爲病，同上去入聲一字即病。若上句第二字與下句第二字同聲，無問平上去入，皆是巨病。此而或犯，未曰知音。今代文人李安平、上官儀，皆所不能免也。〔註 182〕

據《文鏡秘府論》所列「文二十八種病」，兩句中第一、第六字犯病即爲水渾病，第二、第七字犯病者爲火滅病。而兩句中第一字與第六字同爲平聲不爲病，應該是由於首字距離韻腳較遠，因此採取較爲寬鬆的限制，可視爲一種變通的方式。又云：

> 或曰：沈氏云：「第一、第二字不宜與第六、第七字同聲。若能參差用之，則可矣。」謂第一與第七、第二與第六同聲，如「秋月」、「白雲」之類，即〈高宴詩〉曰：「秋月照綠波，白雲隱星漢。」此即與理無嫌也。〔註 183〕

2. 上尾

《文鏡秘府論》云：

> 上尾詩者，五言詩中，第五字不得與第十字同聲，名爲上尾。〔註 184〕

此說各書皆同。所舉之病例爲：

> 西北有高樓，上與浮雲齊。〔註 185〕

其中第五字「樓」與第十字「齊」皆平聲，即犯上尾病，或名土崩病。《文鏡秘府論》論釋又云：

> 或云：如陸機詩曰：「衰草蔓長河，寒木入雲烟。」此上尾，齊梁已前，時有犯者。齊梁已來，無有犯者。此爲巨病。

〔註 182〕（日）遍照金剛《西卷・論病》（台北：金楓出版社，1987 年），頁 192～193。

〔註 183〕同註 182，頁 193。

〔註 184〕同註 182，頁 193。

〔註 185〕同註 182，頁 193。

> 若犯者，文人以爲未涉文途者也。唯連韻者，非病也。如「青青河畔草，綿綿思遠道」是也。〔註 186〕

本段主要在限制不押韻之句，若兩句爲連屬押韻，則不在此限制內。其病例中所舉第五字「草」與「道」因爲連屬押韻的關係，因此不爲病。這可能是由於當時的五言詩還未整首同押一韻的規定，故以第五、第十字同聲爲病，不過已提出「爲連韻者，非病也」的例外。《史通・雜說篇》云：「自梁室云季，雕蟲道長，平頭上尾，尤忌於時。」〔註 187〕到了唐代，詩人創作律詩時，皆能遵守此條規定，但古詩便無此限制，可見永明體與古詩的不同之處，亦可證明永明體實爲古詩過渡到律詩間的橋樑。

3. **蜂腰**

對於「蜂腰」的解釋有三種說法：

（1）《文鏡秘府論》

> 蜂腰詩者，五言詩一句之中，第二字不得與第五字同聲。言兩頭粗，中央細，似蜂腰也。〔註 188〕

其所舉病例爲：

> 聞君愛我甘，竊獨自雕飾。〔註 189〕

其中第一句中第二字「君」與第五字「甘」皆平聲；第二句裡第二字「獨」（欲）與第五字「飾」皆入聲，故此爲病也。《詩人玉屑》的解釋與此相同。而《文鏡秘府論》又云：

> 或曰：「君」與「甘」非爲病，「獨」與「飾」是病。所以然者。如第二字與第五字同去上入，皆是病，平聲非病也。此病輕於上尾、鶴膝，均於平頭，重於四病。〔註 190〕

〔註 186〕（日）遍照金剛《西卷・論病》（台北：金楓出版社，1987 年），頁 194。

〔註 187〕（唐）劉知幾撰，浦起龍注《史通通釋》，卷 18〈雜說篇下〉（台北：台灣中華書局，1970 年），頁 4。

〔註 188〕同註 186，頁 196。

〔註 189〕同註 186，頁 196。

〔註 190〕同註 186，頁 196。

《文鏡秘府論》又引沈氏云：

> 五言之中，分爲兩句，上二下三。凡至句末，並須要殺。〔註 191〕

此言即五言詩每句皆分爲兩截，上截二字，下截三字，以此來看，第二字與第五字正好爲末字，因此不可同聲。

（2）《唐音癸籤》

> 第二字與第四字同聲，犯在一句內，如蜂身之中細。〔註 192〕

《文筆眼心抄》的解釋與此相同。

（3）《蔡寬夫詩話》

> 若五字首尾皆濁音而中一字清，即爲蜂腰。〔註 193〕

《杜詩詳注》的解釋與此相同，並舉例云：

> 今案張衡詩「邂逅承際會」，是以濁夾清，爲蜂腰也。〔註 194〕

「邂」、「逅」、「際」、「會」皆爲濁聲（仄聲），而「承」爲清聲（平聲），故謂之「以濁夾清」。

4. 鶴膝

對於「鶴膝」的解釋有二種：

（1）《文鏡秘府論》

> 鶴膝詩者，五言詩第五字不得與第十五字同聲。言兩頭細，中央粗，似鶴膝也，以其詩中央有病。〔註 195〕

其所舉病例爲：

〔註 191〕（日）遍照金剛《西卷・論病》（台北：金楓出版社，1987 年），頁 197。

〔註 192〕（明）胡震亨《唐音癸籤》卷 1（台北：木鐸出版社，1982 年），頁 4。

〔註 193〕（宋）蔡寬夫《蔡寬夫詩話》收入郭紹虞《宋詩話輯佚》（台北：華正書局，1981 年），頁 380。

〔註 194〕（唐）杜甫著，（清）仇兆鰲注《杜詩詳注》卷 1，於〈鄭駙馬宅宴洞中〉一詩下所注。（北京：北京中華書局，1985 年），頁 49。

〔註 195〕同註 191，頁 198。

撥棹金陵渚，遵流背城闕。浪蹙飛船影，山掛垂輪月。〔註196〕

此詩第五字「渚」與第十五字「影」同是仄聲字，因此犯了鶴膝病。而《文鏡秘府論》釋云：

取其兩字間以鶴膝，若上句第五「渚」字是上聲，則第三句末「影」字不得復用上聲，此即犯鶴膝。故沈東陽著辭曰：「若得其會者，則唇吻流易；失其要者，則喉舌蹇難。事同暗撫失調之琴，夜行坎壈之地。」蜂腰、鶴膝，體有兩宗，各立不同。王斌五字制鶴膝，十五字制蜂腰，並隨執用。〔註197〕

（2）《蔡寬夫詩話》

若五字首尾皆清音而中一字濁，即爲鶴膝。〔註198〕

而仇兆鰲《杜詩詳注》云：

如傅玄詩「徽音冠青雲」是以清夾濁爲鶴膝也。〔註199〕

此詩中第三字「冠」爲濁音（仄聲），餘皆清音（平聲），即爲鶴膝。可見仇氏之解釋與蔡氏相同。

對於蜂腰、鶴膝的解釋，有人對《文鏡祕府論》的說法頗持懷疑，尤其中「鶴膝」更涉及五言詩中之第三句（第十五字），與永明體聲病說只論兩句之內的原則不合。〔註200〕如郭紹虞《中國文學批評史》中即採蔡寬夫對「鶴膝」之說法，其文云：

所謂蜂腰、鶴膝者蓋又出於雙聲之變。若五字首尾皆濁音而中一字清，即爲蜂腰；首尾皆清音而中一濁字，即爲鶴

〔註196〕（唐）杜甫著，（清）仇兆鰲注《杜詩詳注》卷1，於〈鄭駙馬宅宴洞中〉一詩下所注。（北京：北京中華書局，1985年）。

〔註197〕（日）遍照金剛《西卷・論病》（台北：金楓出版社，1987年），頁198～199。

〔註198〕（宋）蔡寬夫《蔡寬夫詩話》收入郭紹虞《宋詩話輯佚》（台北：華正書局，1981年）。

〔註199〕同註196。

〔註200〕梁承德《沈約及其作品研究》（台北：中國文化大學中國文學研究所碩士論文，1991年），頁69。

膝。〔註201〕

5. 大韻

大韻在「文二十八種病」中或名觸絕病。關於「大韻」的解釋有三種：

(1)《文鏡秘府論》

> 大韻詩者，五言詩若以「新」為韻，上九字中，更不得安「人」、「津」、「隣」、「身」、「陳」等字，既同其類，名犯大韻。〔註202〕

這裡的意思是在兩句一韻的十個字當中，除了押韻的韻字外，其餘九字，不可使用與韻字同韻的字，否則即犯大韻病。其所舉病例為：

> 紫翮拂花樹，黃鸝閑綠枝。思君一歎息，啼淚應言垂。〔註203〕

此詩「鸝」、「枝」皆屬「支」韻，因此犯了大韻病。又《文鏡秘府論》釋云：

> 今就十字內論大韻，若前韻第十字是「枝」字，則上第七字不得用「鸝」字，此為用類（疑當為同類），大須避之。通二十字中，並不得安「籭」、「羇」、「雌」、「池」、「知」等類。除非故作疊韻，此即不論。〔註204〕

又引元氏云：

> 此病不足累文，如能避者彌佳。若立字要切，於文調暢，不可移者，不須避之。〔註205〕

(2)《杜詩詳注》

> 所謂大韻者，如「微」「暉」同韻，上句第一字不得與下句

〔註201〕郭紹虞《中國文學批評史》第4章、第2節（台北：明倫出版社，1969年），頁149。

〔註202〕（日）遍照金剛《西卷・論病》（台北：金楓出版社，1987年），頁202。

〔註203〕同註202。

〔註204〕同註202。

〔註205〕同註202。

第五字相犯。阮籍詩「微風照羅袂，明月耀清暉」是也。〔註206〕

阮籍此詩上句第一字「微」與下句第五字「暉」二字同為「微」韻。此即犯大韻病。

（3）《文筆眼心抄》

五字中二、五用同韻字，名「觸絕病」，是謂大韻。〔註207〕

6. 小韻

小韻在「文二十八種病」或名傷音病。關於「小韻」有四種解釋：

（1）《文鏡秘府論》

小韻詩，除韻以外，而有迭相犯者，名為犯小韻病也。〔註208〕

其所舉病例為：

搴簾出戶望，霜花朝瀁日。晨鶯傍杼飛，早燕挑軒出。〔註209〕

此詩「望」、「瀁」二字同屬「漾」韻。又《文鏡秘府論》釋云：

就前九字中而論小韻，若第九字是「瀁」字，則上第五字不得復用「望」字等音，為同是韻之病。〔註210〕

（2）《唐音癸籤》

除韻字外，九字中有犯同聲者。〔註211〕

其中所謂同「聲」，疑為同「韻」之意，則其意與《文鏡》同。

（3）《杜詩詳注》

所謂小韻者，如「清」、「明」同韻，上句第四字不得與下

〔註206〕（唐）杜甫著，（清）仇兆鰲注《杜詩詳注》卷1，於〈鄭駙馬宅宴洞中〉一詩下所注。（北京：北京中華書局，1985年），頁49。

〔註207〕參考（日）遍照金剛撰，盧盛之校考《文鏡秘府論彙校彙考》附《文筆眼心抄》之說（北京：北京中華書局，2006年），頁2035。

〔註208〕（日）遍照金剛《西卷・論病》（台北：金楓出版社，1987年），頁203。

〔註209〕同註208。

〔註210〕同註208。

〔註211〕（明）胡震亨《唐音癸籤》卷1（台北：木鐸出版社，1982年）。

句第一字相犯，詩云：「薄帷鑑明月，清風吹我襟」是也。〔註212〕

此詩中「清」、「明」皆爲「庚」韻。

（4）《文筆眼心抄》

五字中一、三用同韻字，名「傷音病」，是謂小韻。〔註213〕

其實上述四種解釋大致相同，而大韻與小韻的差別在於：大韻指的是在一聯或一句中，除韻字外，使用了同韻的字；而小韻則指除了與韻字同韻外，其餘九字中使用了同一韻的字。因此小韻的限制明顯的比大韻更嚴格。

7. 傍紐

傍紐又名大紐，在「文二十八種病」中或名爽切病。關於傍紐的解釋有三種：

（1）《文鏡秘府論》

傍紐詩者，五言詩一句之中有「月」字，更不得安「魚」、「元」、「阮」、「願」等之字，此即雙聲。雙聲即犯傍紐。亦曰，五字中犯最急，十字中犯稍寬。如此之類，是其病。〔註214〕

其所舉病例爲：

魚遊見風月，獸走畏傷蹄。〔註215〕

此詩中「魚」、「月」同聲母，「獸」、「傷」亦爲同聲母。又引元氏云：

傍紐者，一韻之內，有隔字雙聲也。

〔註212〕（唐）杜甫著，（清）仇兆鰲注《杜詩詳注》卷1，於〈鄭駙馬宅宴洞中〉一詩下所注。（北京：北京中華書局，1985年），頁49。

〔註213〕參考（日）遍照金剛撰，盧盛之校考《文鏡秘府論彙校彙考》附《文筆眼心抄》之說（北京：北京中華書局，2006年），頁2036。

〔註214〕（日）遍照金剛《西卷・論病》（台北：金楓出版社，1987年），頁204。

〔註215〕同註214，頁206。

（2）《文鏡秘府論》引劉滔云

傍紐者，若五字中已有「任」字，其四字不得復用「錦」、「禁」、「急」、「飲」、「蔭」、「邑」等字，以其一紐之中，有「金」音等字，與「任」同韻故也。〔註 216〕

（3）《文筆眼心抄》

五字中用雙聲而隔字，名爽切病，是謂傍紐，亦曰大紐。〔註 217〕

8. 正紐

正紐在「文二十八種病」中又名小紐或爽切病。關於傍紐的解釋有三種：

（1）《文鏡秘府論》

正紐者，五言詩「壬」、「衽」、「任」、「入」四字爲一紐，一句之中，以有「壬」字，更不得安「衽」、「任」、「入」等字。如此之類，名爲犯正紐之病也。〔註 218〕

意思就是在一句或一聯中，間隔使用發音相同，只是四聲（紐）不同的字，即算犯正紐病。其所舉病例爲：

心中肝如割，腸裏氣便燋。逢風迴無信，早雁轉成遙。〔註 219〕

此詩「肝」、「割」爲同紐字，因此犯了正紐病。而《文鏡秘府論》釋曰又舉其例外云：

除非故作雙聲，下句復雙聲對，方得免小紐之病也。若爲聯緜賦體類，皆如此也。〔註 220〕

〔註 216〕（日）遍照金剛《西卷・論病》（台北：金楓出版社，1987 年），頁 207。

〔註 217〕參考（日）遍照金剛撰，盧盛之校考《文鏡秘府論彙校彙考》附《文筆眼心抄》之說（北京：北京中華書局，2006 年），頁 2039～2040。

〔註 218〕同註 216。

〔註 219〕同註 216，頁 208。

〔註 220〕同註 216，頁 208。

又云：

或曰：正紐者，謂正雙聲相犯。其雙聲雖一，傍正有殊，從一字紐之得四聲，是正也。（若「元」、「阮」、「願」、「月」是。）若從他字來會成雙聲，是傍也。（若「元」、「阮」、「願」、「月」是正，而「牛」、「魚」、「妍」、「硯」等字來會「元」、「月」等字成雙聲是也。）如云：「我本漢家子，來嫁單于庭。」（家、嫁是一紐之內，名正雙聲，名犯正紐者也。）傍紐者，如「貽我青銅鏡，結我羅裙裾。」（結、裙是雙聲之傍，名犯傍紐也）又一法，凡入雙聲者，皆名正紐。〔註 221〕

（2）《詩人玉屑》

十字之內兩字疊韻爲正紐。〔註 222〕

（3）《文筆眼心抄》

五字、十字中用同紐而疊字，亦名「爽切病」，是謂「正紐」、亦曰「小紐」。〔註 223〕

析論沈約八病，郭紹虞以爲或可區分爲四組，即平頭、上尾爲一組，談論的是同四聲之病；蜂腰、鶴膝爲一組，所論乃同清濁之病；大韻、小韻爲一組，乃論同韻之病；旁紐、正紐爲一組，乃論同紐之病。〔註 224〕張師仁青先生則以爲可分成兩大類，即前四項爲一類，乃就兩句之音節而言；後四項爲一類，乃就一句之音節而言，以其爲一句中之音節，故在兩句中限制較寬，不爲病犯。〔註 225〕歸納上述

〔註 221〕（日）遍照金剛《西卷・論病》（台北：金楓出版社，1987 年），頁 208～209。

〔註 222〕（宋）魏慶之《詩人玉屑》卷 11（台北：世界書局，2005 年），頁 234。

〔註 223〕參考（日）遍照金剛撰，盧盛之校考《文鏡秘府論彙校彙考》附《文筆眼心抄》之說（北京：北京中華書局，2006 年），頁 2039～2040。

〔註 224〕郭紹虞《中國文學批評史》第 4 章、第 2 節（台北：明倫出版社，1969 年），頁 151～152。

〔註 225〕張仁青《魏晉南北朝文學思想史》（台北：文史哲出版社，2003 年），頁 562。

各家所論，簡單的說，八病大致上可分為兩大類：前四項為一類，為四聲的規則；後四項為一類，在說明韻母、聲母之規則。

三、聲律論之反響

沈約之聲律論一出，對當時文壇形成極大的震撼，因此也產生了許多反響。其中有致書駁斥與非難的，有堅決反對其說的，也有大體上表示贊同的。以下就當時文壇各家對沈約聲律論所作的評論，分別說明如下。

（一）甄琛與沈約對四聲之討論

由於中文四聲從佛經轉讀而來，並非自古即有，所以甄琛詆毀沈約《四聲譜》，對其不依古典頗有譏刺。日僧遍照金剛《文鏡秘府論・天卷・四聲論》云：

> 魏定州刺史甄思伯，一代偉人，以為沈氏《四聲譜》不依古典，妄自穿鑿，乃取沈君少時文詠犯聲處以詰難之。又云：「若計四聲為紐，則天下眾聲無不入紐，萬聲萬紐，不可止為四也。」〔註226〕

甄琛詆毀沈約「不依古典、妄自穿鑿」，似有崇古抑今的意味，以為凡古所無者，今則不得而有，先哲既未曾言，今人則不得而說。平心而論，沈約所作本有早晚之別，永明以前新體詩的形勢尚未成熟，甄琛以沈約少時為文亦犯聲病一事非難，極不妥當。況且不論四聲說是否合於古典，這和四聲說本身之合理性無關，甄琛以不依古典來否定四聲說的合理性，在邏輯上就說不通。此外，甄琛不明「紐」的意思，而將聲紐與聲調混為一談，不知四聲自是一紐，三十六字母可以概括漢字，未必是「萬聲萬紐」。由此可知，甄琛對於沈約的理論根本不清楚，因此為劉善經所譏曰：

> 經以為三王異體，五帝殊樂，質文代變，損益隨時，豈得

〔註226〕（日）遍照金剛《文鏡秘府論・天卷・四聲論》（台北：金楓出版社，1987年），頁49。

> 膠柱調瑟，守株伺兔者也。古人有言：「知今不知古，謂之盲瞽，知古不知今，謂之陸沉。」孔子曰：「溫故而知新，可以爲師矣。」《易》曰：「一開一闔謂之變，往來無窮謂之道。」甄公此論，恐未成變通矣。且夫平上去入者，四聲之總名也，征整政隻者，四聲之實稱也。然則名不離實，實不遠名，名實相憑，理自然矣。故聲者逐物以立名，紐者因聲以轉注。萬聲萬紐，縱如來言，但四聲者，譬之軌轍，誰能行不由軌乎。縱出涉九州，巡游四海，誰能入不由户也。四聲總括，義在於此。〔註 227〕

劉善經此言極是，甄琛以崇古抑今的心態評論事物，實有失公允，未成變通矣。而沈約亦作〈答甄公論〉以答辯曰：

> 昔神農重八卦，無不純，立四象，象無不象。但能作詩，無四聲之患，則同諸四象。四象既立，萬象生焉，四聲既周，羣聲類焉。經典史籍，唯有五聲，而無四聲。然則四聲之用，何傷五聲也。五聲者，宮商角徵羽，上下相應，則樂聲和矣。君臣民事物，五者相得，則國家治矣。作五言詩者，善用四聲，則諷詠而流靡，能達八體，則陸離而華潔。明各有所施，不相妨廢。昔周孔所以不論四聲者，正以春爲陽中，德澤不偏，即平聲之象。夏草木茂盛，炎熾如火，即上聲之象。秋霜凝木落，去根離本，即去聲之象。冬天地閉藏，萬物盡收，即入聲之象。以其四時之中，合有其義，故不標出之耳。是以《中庸》云：「聖人有所以不知，匹夫匹婦，猶有所知焉。」斯之謂也。〔註 228〕

沈約以爲漢字可歸納爲四聲，正如萬物由四象演變而來，四聲有利於文學創作，五聲則可用於音樂教化，二者並無衝突。且正如沈約所言，善用四聲爲五言詩，自可「諷詠而流靡」，而能避免八體（即八病），則可「陸離而華潔」。然沈約將四聲與古之五聲及四時相附會，未免牽強，頗令人困惑。

〔註 227〕（日）遍照金剛《文鏡秘府論・天卷・四聲論》（台北：金楓出版社，1987 年），頁 49。

〔註 228〕同註 227，頁 50～51。

（二）陸厥與沈約對聲律之討論

非難沈約聲律說者，北有甄琛，南則有陸厥。甄琛詆沈約「不依古典」，而陸厥則以爲沈約不得謂「獨得胸襟」。沈約在《宋書·謝靈運傳》中對於識得音律之妙，乃前賢所未睹，並以切響、浮聲，爲己所創，得意之情，溢於言表。陸厥對此頗不以爲然，他在〈與沈約書〉中云：

> 范詹事自序：「性別宮商，識清濁，特能適輕重，濟艱難。古今文人，多不全了斯處，縱有會此者，不必從根本中來。」沈尚書亦云：「自靈均以來，此祕未覩」。或「闇與理合，匪由思至。張、蔡、曹、王，曾無先覺，潘、陸、顏、謝，去之彌遠。」大旨欲：「宮商相變，低昂舛節。若前有浮聲，則後須切響，一簡之內，音韻盡殊，兩句之中，輕重悉異」。辭既美矣，理又善焉。但觀歷代眾賢，似不都闇此處，而云「此祕未覩」，近於誣乎？……自魏文屬論，深以清濁爲言，劉楨奏書，大明體勢之致，齟齬妥帖之談，操末續顛之說，興玄黃於律呂，比五色之相宣。苟此祕未覩，茲論爲何所指邪？故愚謂前英早識宮徵，但未屈曲指的，若今論所申。……〔註229〕

細論陸厥此書對沈約之責難不外幾項，以下綜合郭紹虞與張師仁青先生之說以己意說明如下：

1. 前賢對音律之說已識，只是並未如沈約對聲律的研究如此深入，並提出一套可依循的規則，因此只能說未窮其致，不可言曾無先覺也。
2. 前人亦有論及音律之處，如曹丕有「清濁」之說，劉楨有「體勢」之論，陸機有「音聲迭代」之文，范曄有「性別宮商」之語，故不得矜誇以爲此祕未覩。
3. 前人重在情物而緩於章句，故不將重點放在音韻研究上。

〔註229〕（唐）李延壽《南史》，卷48〈陸厥傳〉（台北：鼎文書局出版，1981年），頁1195～1196。

4. 凡人之文思有遲速工拙之分，則於音韻當然亦不免有合或不合之處。而以前人音韻上之失誤，指古人闇於宮商，並不合理。

對此沈約乃寄書申辯云：

宮商之聲有五，文字之別累萬，以累萬之繁，配五聲之約，高下低昂，非思力所學，又非止若斯而已也。十字之文，顛倒相配，字不過十，巧歷已不能盡，何況復過於此者乎。靈均以來，未經用之於懷抱，固無從得其髣髴矣。若斯之妙，而聖人不尚，何邪？此蓋曲折聲韻之巧，無當於訓義，非聖哲立言所急也。是以子雲譬之「雕蟲篆刻」，云：「壯夫不爲」。自古辭人，豈不知宮羽之殊，商徵之別？雖知五音之異，而其中參差變動，所昧實多，故鄙意所謂「此秘未覩」者也。〔註230〕

沈約書中仍堅稱己論乃前人未覩之秘，且以獨得胸襟，窮其妙旨爲傲。實則陸厥所指爲自然韻律，沈約所創的則是人工聲律，二者之性質，截然不同。持平而論，凡任何學術的產生絕非偶然，而是歷經長時間之醞釀與嘗試，最終方能成其定論，聲律論的完成亦是如此。自曹魏文氣論興起後，文學上對於聲韻之需求更顯急切，所以陸厥言曹丕、劉楨已覩音律之秘，也並非全無道理。而沈約自詡獨得聲律之秘，雖非強詞奪理，但也並非全爲事實。但陸厥錯將永明諸子慣用音樂上專門術語以說明聲病理論之習慣，誤以爲凡是前人所用之「宮商」、「律呂」、「清濁」、「五音」諸詞，凡有涉及音韻者，都爲已知四聲的證明，也不合於事實。據此可知，二人見解上之歧異，實緣於各以不同觀點論事所致。

（三）梁武帝與鍾嶸對聲律論之異議

沈約聲律論既出，對於聲律論持反對意見者亦不少，首先表示忽

〔註230〕（唐）李延壽《南史》，卷48〈陸厥傳〉（台北：鼎文書局出版，1981年），頁1196～1197。

視者爲梁武帝。《南史・沈約傳》云：

> （約）撰《四聲譜》，以爲「在昔詞人累千載而不悟，而獨得胸衿，窮其妙旨。」自謂入神之作。武帝雖不好焉，嘗問周捨曰：「何謂四聲？」捨曰：「天子聖哲」是也。然帝竟不甚遵用約也。〔註231〕

武帝不用四聲，大概因爲其時四聲初創，對四聲尚不明瞭之故。又陳寅恪〈四聲三問〉云：

> 梁武帝雖居「竟陵八友」之列，而不遵用四聲者，據《隋書・音樂志》載「帝既素善鍾律，詳悉舊事，遂自制定禮樂。」而《梁書・武帝紀》又載其「不聽音聲，非宗廟祭祀大會饗宴，及諸法事，未嘗作樂。」蓋由於好尚之特異，後來簡文帝之詆娸永明新體之支派者，殆亦因其家世興趣之關係歟。〔註232〕

梁武帝爲「竟陵八友」之一，但本人思想保守，不喜新體，對音樂亦不擅長，而唯美文學夙有「音樂的文學」之稱，脫離不了音樂與聲律，梁武帝不遵用四聲，因此其作品辭理雖佳，然於聲律多有不諧之處。〔註233〕

其後，以主張自然音律，而正面著文抨擊沈約的人工聲律者爲鍾嶸。他在《詩品序》中云：

> 齊有王元長者，嘗謂余云：「宮商與二儀俱生，自古詞人不知之，惟顏憲子乃云律呂音調，而其實大謬，唯見范曄、謝莊頗識之耳。嘗欲造知音論，未就。」王元長創其首，謝朓、沈約揚其波。三賢或貴公子孫，幼有文辯。於是士

〔註231〕（唐）李延壽《南史》，卷57〈沈約傳〉（台北：鼎文書局出版，1979年），頁1414。

〔註232〕陳寅恪〈四聲三問〉收入「景印本」《清華學報》第9卷第2期（北平：清華大學出版，1934年4月），頁283。

〔註233〕（日）遍照金剛《文鏡秘府・四聲論》中云：「善經聞江表人士說，梁王蕭衍不知四聲，……。故知心有通塞，不可以一概論也。今尋公文詠，辭理可觀，但每觸籠網，不知迴避，方驗所說非憑虛矣。」（台北：金楓出版社，1987年），頁50。

> 流景慕，務爲精密，襞積細微，專相陵架。故使文多拘忌，傷其眞美。余謂文製本須諷讀，不可蹇礙，但令清濁通流，口吻調利，斯爲足矣，至於平上去入，則余病未能，蜂腰、鶴膝，閭呂已具。〔註 234〕

鍾嶸以「清濁通流，口吻調利」的自然音律，抨擊沈約的人工音律，不免稍涉意氣。古詩自完全脫離音樂以後，欣賞的方式便由歌唱轉爲吟詠，詩的音樂與韻律不能再靠樂器，因此只能轉求語言文字本身。單以五言詩而論，前賢無論在題材與意境上的選取與運用，到了齊梁時已無可復加，其中尚能更進者，惟聲律而已。此爲永明詩人竭盡心力，冀求以人爲之聲律，俾使詩歌韻律更爲和諧完美的理由。尤其沈約之宮羽相變、浮聲切響之說，除合乎韻文宜錯綜使用的音樂原理外，且對於唐代律詩格律的完成，扮演極重要的因素，其重要性與影響力自不容隨意抹煞。

（四）劉勰對聲律論之調和

劉勰認爲音律爲文章的關鍵所在，任何一種文體，都無法脫離音律，至於吐詞發音是否符合音律，便須藉著誦讀的方式來調節。其《文心雕龍・聲律篇》云：

> 夫音律所始，本於人聲者也。聲含宮商，肇自血氣，先王因之以制樂歌，故知器寫人聲，聲非學器者也。故言語者，文章神明，樞機吐納，律呂脣吻而已。〔註 235〕

又云：

> 古之教歌，先揆以法，使疾呼中宮，徐呼中徵。夫商徵響高，宮羽聲下，抗喉矯舌之差，攢脣激齒之異，廉肉相準，皎然可分。今操琴不調，必知更張，摛文乖張，而不識所調。響在彼絃，乃得克諧，聲萌我心，更失和律，其故何哉？良由內聽難爲聰也。故外聽之易，絃以手定，內聽之

〔註 234〕（梁）鍾嶸《詩品・序》（台北：三民書局，2003 年），頁 23。
〔註 235〕（梁）劉勰著，（清）黃叔林注、紀昀評《文心雕龍・聲律篇》（台北：金楓出版社，1988 年），頁 278。

難，聲與心紛，可以數求，難以辭逐。〔註236〕

但劉勰以爲文學創作雖重音律，但不可太過拘泥，正猶如彈琴時不合調，就必須更絃易張。這即表示，劉勰承認聲律本於自然，但主張應該自覺地掌握聲韻協調的規律，他認爲不識聲律，「隨音所遇，若長風之過籟，南郭之吹竽耳」（《文心雕龍・聲律篇》），只能偶然協調，而不能合於宮商，可見劉勰比鍾嶸對聲律論的認識更爲深刻。他並於〈章句篇〉中談到詩歌的轉韻問題，他說：

兩韻輒易，則聲韻微躁，百句不遷，則脣吻告勞。妙才激揚，雖觸思利貞，曷若折之中和，庶保無咎。〔註237〕

詩歌中轉換音韻，目的在調節文章中文辭之氣勢。而劉勰以爲兩句一轉韻，過於急促；而百句都不換韻又使文章顯得呆板。理想的辦法是調和二者，取其折衷，以使詩歌之音韻抑揚頓挫，音節流暢優美，並可避免用韻上之過失。

據劉勰《文心雕龍》中對聲律論的態度可知，他既不同於沈約視聲病爲牢不可破的禁忌，又不如鍾嶸般完全否決人爲聲律對文學創作的影響，他採取的是一種折衷調和的聲律主張。例如：劉勰以爲聲有飛、沈，「沈則響發而斷，飛則聲颺不環」，二者交替使用，才能做到銜接緊密，圓轉自如。此與沈約「若前有浮聲，則後須切響。」亦即平頭、上尾、蜂腰、鶴膝之理論不謀而合。又以爲「響有雙聲，雙聲隔字而每舛，疊韻雜句而必睽」，即雙聲、疊韻的字當中若夾雜別的字，讀起來必定不順口，此又與沈約「一簡之內，音韻盡殊，兩句之中，輕重悉異」，亦即八病中之大韻、小韻、傍紐、正紐相似。但由於「選和至難」，劉勰並未主張對聲病必須絕對的避免，只能將此視之爲一種理想。這與沈約將聲律的限制懸爲禁令，鍾嶸對聲律論的完全否決，態度要溫和理性的多。

〔註236〕（梁）劉勰著，（清）黃叔林注、紀昀評《文心雕龍・聲律篇》（台北：金楓出版社，1988年），頁278。

〔註237〕同註236，〈章句篇〉，頁285。

四、聲律論對詩歌創作之影響

永明聲律論制定以後，與當時的唯美文風相結合，很快的便達到一種士流景慕的盛況。這種人爲的聲律，使齊梁詩人除在題材意境的擷取描繪外，也能在聲韻上竭其思慮，使詩歌作品更臻完美。此外，「永明體」也爲古體詩過渡到近體詩之津樑，對於中國文學之影響非僅一世，因此有極大的貢獻。《梁書．庾肩吾傳》云：

> 齊永明中，文士王融、謝朓、沈約文章使用四聲，以爲新變，至是轉拘聲韻，彌尚麗靡，復踰於往時。〔註238〕

而劉師培《中古文學史》亦云：

> 音律由疎而密，實本自然，非由強致。試即南朝之文審之，四六之體，粗備於范曄謝莊，成於王融謝朓。而王謝亦復漸開律體，影響所及，迄於隋唐，文則悉成四六，詩則別爲近體，不可謂非聲律論開其先也。〔註239〕

據此可知聲律說之發達，對於當時唯美文學達於極盛，具有決定性的因素。

詩歌的創作與聲韻密不可分，此之於中外文學皆然。爲了使詩歌韻律能夠優美、感人，且易於誦讀與流行，聲律的講求是必須的。但在齊梁聲律論制定以前，因爲沒有韻書，文人只得求其大約，至於究竟合韻與否，無法嚴格要求。逮沈約諸子聲律論一出，這些明確的標準，使原本苦惱於調暢聲律的文人有了可依循的軌跡，即令不通曉音韻之人亦可從事文學創作，除了提昇作品的水準外，也產生了大量的作家。爲此王應麟《玉海》中，亦曾對沈約制訂聲律的貢獻有所推崇，他說：

> 世稱倉頡造字，孫炎作音，沈約作韻，爲椎輪之始。〔註240〕

〔註238〕（唐）姚思廉《梁書》，卷49〈庾肩吾傳〉（台北：鼎文書局，1975年），頁690。

〔註239〕劉師培《中古文學史．宋齊梁陳文學概論》（台北：文海出版社，1972年），頁101。

〔註240〕（宋）王應麟《玉海．藝文．小學類》（台北：華聯出版社，1964年），頁873。

王氏之說實非過譽，而自此以後，凡從事創作者，莫不依循此論，遂使得文學有了新變。嚴羽《滄浪詩話・詩體》亦云：

> 風雅頌既亡，一變而為《離騷》，再變為西漢五言，三變為歌行雜體，四變為沈宋律詩。〔註 241〕

沈約制定並倡導聲律論，其本人作品雖非全部合於聲律，但大體上皆能實踐其說，此觀其〈詠青苔〉、〈早發定山〉等作品可知。劉躍進在《永明文學研究》一書中，曾對《文選》、《玉臺新詠》、《八代詩選》中所選沈約、謝朓、王融三人的九十二首詩逐一考察其平仄。他發現所收沈約之詩三十二首，共二百五十二句中，嚴格入律的句子有一百一十八句，佔全部作品的 47%；收王融之詩十六首，共一百一十二句，嚴格入律句的有四十六句，佔全部作品的 41%；收謝朓之詩四十四首，共三百六十六句，嚴格入律者有一百七十七句，佔 48%。〔註 242〕這種律句與律聯的形成，對於其後律詩的發展打下了良好的基礎，這是永明聲律說在詩學方面最主要的意義與最重要的貢獻。

沈約以後的詩人，如王筠、庾信、何遜、陰鏗等人，都為著名的新體詩人，《梁書・王筠傳》云：

> 筠又嘗為詩呈沈約，即報書云：「覽所示詩，實為麗則，聲和被紙，光影盈宇。夔、牙皆響，顧有餘慚，孔翠羣翔，豈不多愧。古情拙目，每佇新奇，爛然總至，權輿已盡。會昌昭發，蘭揮玉振，克諧之義，寧比笙簧。思力所該，一至乎此，歎服吟研，周流忘念。」……筠為文能壓強韻，每公宴並作，辭必妍美。約常從容起高祖曰：「晚來名家，唯見王筠獨步。」〔註 243〕

在這些詩人的努力嘗試與創作下，造就了其後唐代律詩發展之成就。

〔註 241〕（宋）嚴羽《滄浪詩話・詩體》（台北：金楓出版社，1986 年），頁 43。

〔註 242〕劉躍進《永明文學研究》第 3 章、第 3 節（台北：文津出版社，1992 年），頁 125。

〔註 243〕（唐）姚思廉《梁書》，卷 33〈王筠傳〉（台北：鼎文書局，1975 年），頁 485。

因此王世貞《藝苑卮言》中云：

> 五言詩，六朝陰鏗、何遜、庾信已開其體，但至沈佺期、宋之問始可稱律。〔註 244〕

胡應麟《詩藪》中亦云：

> 五言律詩體兆自梁陳，唐初四子靡縟相矜，時或拗澀，未爲正始。神龍以還，卓然成調。沈、宋、蘇、李合軌於前，王、孟、高、岑並馳於後，新製迭出，古體攸分。實詞章改革之大機，氣運推遷之一會也。〔註 245〕

到了唐初，上官儀提出「對偶說」，遂於聲律論以外，又增加了一項規律。其後，在沈佺期、宋之問等人的努力下，將前人對聲律與對偶之研究做了一番歸納總結，研究出一套更爲精切穩妥的形式，於是制定了五、七言八句的體式，這便是唐代的律詩，而五、七言絕句之形式也在稍後完成。

總言之，古詩轉變爲近體詩的過程，不外乎漢末經學衰微，純文學得以自由發展，且歷經晉、宋兩朝之醞釀與齊、梁時期聲律論的制定，才有了其後唐朝詩歌的波瀾壯闊。細論其發展，雖緣於文學本身之自然演進，但齊、梁時期聲律論之昌明，實扮演關鍵性之角色。

〔註 244〕（明）王世貞《藝苑卮言》收丁福保輯《歷代詩話續編》（台北：木鐸出版社，1983 年），頁 1004。

〔註 245〕（明）胡應麟撰《詩藪》收入吳文治等編《明詩話全編》卷 4（南京：鳳凰出版社 1997 年），頁 5484。

第四章　南朝到唐初新體詩人及其作品概況

長久以來，大家對於永明體（即新體詩）的具體特徵各有不同的看法，而其中惟有一點大家的意見比較一致，那就是永明之聲病說，基本上乃針對五言詩一句、一聯中的聲律而言，即沈約所說：「一簡之內，音韻盡殊；兩句之中，輕重悉異。」至於五言詩當中，聯與聯間之組合關係，卻沒有明確的規定與要求。即便如此，後世仍有許多學者認爲永明體的聯間組合也有著一定的規則。例如，清人趙執信在白居易〈宿東亭曉興〉詩後云：

> 若上句末字平，及下聯與上聯相粘，便是仄韻律詩也。〔註1〕

趙氏以爲律體與齊梁體間的最大區別，在於聯間的黏與不黏之間，凡聯與聯之間相黏者爲律詩，反之則爲齊梁體。對此一說法，王利器在校注《文鏡秘府論・天卷・調聲》一節的「齊梁調詩」中表示：

> 趙氏言「上聯與下聯不粘」，即第三句和第二句不相粘，第五句和第四句不相黏，則非律詩，而爲齊梁調，與此文所引詩例相合。〔註2〕

〔註1〕（清）趙執信《聲調譜說・五言古詩》收入杜松柏編《清詩話訪佚出編》（台北：新文豐出版公司，1987年6月），頁163。

〔註2〕王利器校注《文鏡秘府論校注》（台北：貫雅文化公司，1991年），頁49。

但實際考察《文鏡秘府論》在「齊梁調詩」中所舉四首詩例，卻發現與趙、王二氏的說法不合，現將這四首詩例臚列如下以便說明：

平子歸田處，園林接汝墳；落花開戶入，啼鳥隔窗聞；
池淨流春水，山明斂霽雲。晝遊仍不厭，乘月夜尋君。
（張謂〈題故人別業〉）〔註3〕

世上逸羣士，人間徹總賢；畢池論賞詫，蔣徑篤周旋。
一旦辭東序，千秋送北邙；客簫雖有樂，鄰笛遂還傷。
提琴就阮籍，載酒覓揚雄；宜荷行罩水，斜柳細牽風。
以上三首爲（何遜〈傷徐主簿〉）〔註4〕

由《文鏡秘府論》在「齊梁調詩」中所舉四首詩例看來，張謂〈題故人別業〉之聯間組合爲相黏，而何遜〈傷徐主簿〉詩其一、其二聯間組合爲相黏，其三則爲相對。這個結果與趙執信的說法不甚相合，不知王利器何以認爲趙執信的說法與詩例全合？令人十分困惑。

但到底「齊梁詩」的聯間組合如何？又是如何演變爲日後近體詩的格律呢？爲此釐清這個疑問，郭紹虞在其〈永明聲病說〉一文中指出，永明時期的詩歌，存在著新體與舊體兩種形式，而沈約等人所撰寫之詩歌，有時爲新體，有時則爲舊體，所以若想了解永明體聲律的實際狀況，就必須如王闓運《八代詩選》中，將該時期詩歌分爲古詩與新體詩兩類，才能有所了解。〔註5〕而根據今人杜曉勤〈永明體聲律體系新探〉一文中，對王闓運《八代詩選》卷十二到十四所選「齊以後新體詩」所作聲律分析可得到以下結論：（一）永明體的三個代表作家——即王融、沈約、謝朓新體詩的聯間組合方式有三種：黏對律（指聯間黏、對互見）、黏式律（聯間相黏）和對式律（聯間相對），而當中黏對律形式的作品數量，較其他兩種形式爲多，但三種形式確

〔註3〕（日）遍照金剛《文鏡秘府論・天卷》（台北：金楓出版社，1987年），頁31。
〔註4〕同註3。
〔註5〕參見郭紹虞著〈永明聲病說〉一文，收入《照隅室古典文學論集》中（上海：上海古籍出版社，1983年），頁229。

實都存在。（二）若將考察範圍由齊永明時期延伸至梁朝末年，可發現梁以後之新體詩中，黏式律與對式律的形式大爲增加。（三）從永明體的聲律實踐來分析，永明體也不應只有一種格律形式，而應多種形式並存。其中平韻五言詩的律聯格式即包含四大類十六式，仄韻五言詩的律聯格式則達八大類三十二式之多。〔註6〕

綜合上述可知，無論就齊梁時期之永明體或唐人所稱之齊梁調詩（如《文鏡》所指），其聯間組合的形式，都並非如趙、王二氏所說，只有黏對互見一種形式，而是相黏、相對與黏對互見的形式並存。

除了聯間結合的黏、對問題外，永明體與近體詩還存在著其他的不同處，其中比較顯著的如用韻、對仗聲紐、聲病等問題。因此，爲了研究南朝詩歌如何由永明體逐漸演化至近體詩，就必須針對這段時期，具有重要影響的作家及其作品進行分析，並藉此找出其中變化之軌跡。以下便針對自南朝到唐初之新體詩人與其作品進行分析於以下各節中。

第一節　南朝到唐初新體詩人簡介

王闓運《八代詩選》於卷十二至十四，列有「齊以後新體詩」一類，此類專選由齊至隋百餘年間微有格律的作品。在王闓運以前，王夫之《古詩評選》中，將第三卷命名爲「小詩」，第六卷命名爲「近體」，此爲王闓運之先驅。而其中的「小詩」即爲「絕句」的前身，「近體」則爲「律詩」的前身。〔註7〕由於「新體」一詞足以概括「小詩」與「近體」兩類，故以下即採王闓運之說法，稱這種盛行於齊以後的新詩體爲「新體詩」。

〔註 6〕參見杜曉勤著〈永明體聲律體系新探〉一文，收入《齊梁詩歌向盛唐詩歌的嬗變》中（台北：商鼎文化出版社，1996 年），頁 5～6。

〔註 7〕此說參照陸侃如、馮沅君《中國詩史》第 2 篇、第 5 章的說法。（天津：百花文藝出版社，1991 年），頁 319。

新體詩在沈約、王融等人的倡導下，產生了不少優秀的作家，就王闓運《八代詩選》所錄，由齊到隋，便有作家九十七人，作品五百零八首之多。這些新體詩的作品，雖尚未全合於近體的格律，但可以看出詩人們不斷的嘗試、改良詩歌的創作技巧，乃至於完成近體詩格律的軌跡。而這些努力，一直要到初唐時沈佺期、宋之問以後，才終於完成了「研揣聲音，浮切不差」的律體。因此，本章所設定之範圍，爲南朝齊以後到唐初沈、宋制定近體格律以前。以下即就齊以後乃至於初唐，擇其對近體詩發展具有重要影響的詩人與作品簡介如下。〔註 8〕

（一）謝朓（464～499）

謝朓字玄暉，陳郡陽夏（今河南太康）人，生於南朝宋大明八年（464）。高祖拔爲謝安之弟，曾祖允爲宣城內史。祖述《宋書》有傳，〔註 9〕祖母爲范曄之姊，父緯，爲散騎侍郎，母爲宋長城公主。朓少好學，有美名，文章清麗。年十九歲（482），解褐豫章王太尉行參軍；越四年，遷隨王東中郎府。時竟陵文宣王子良禮才好士，傾意賓客，朓與沈約、任昉、范雲、王融、范縝、王僧孺等與之同遊。二十五歲（488），轉王儉衛軍東閣祭酒；越二年，爲隨王鎮西功曹，轉文學；翌年，隨府至荊州鎮，子隆好辭賦，朓尤被賞，不捨日夕，留二年始返都。三十一歲（494），他奉敕接北使，朓自以口訥，啓讓。尋兼尚

〔註 8〕以下新體詩人與初唐詩人簡介的排行順序，乃依逯欽立《先秦漢魏晉南北朝詩》與《全唐詩》所分之順序，依其各屬之朝代順序，分爲「齊詩」、「梁詩」、「北魏詩」、「北周詩」、「北齊詩」、「陳詩」、「隋詩」，並將初唐詩置於最末。

〔註 9〕（梁）沈約《宋書》，卷 52〈謝述傳〉中說謝述「少有志行……曾任太尉參軍，從征司馬休之，封吉陽縣五等侯。後任世子征虜參軍，轉主簿，宋台尚書祠部郎，世子中軍主簿，轉太子中舍人，出補長沙內史，有惠政。元嘉二年，征拜中書侍郎。明年，出爲武陵太守，彭城王義康驃騎長史，領南郡太守。……述有心虛疾，性理時或乖謬。除吳郡太守，以疾不之官。病差，補吳興太守。在郡清省，爲吏民所懷。十二年，卒，時年四十六。」（台北：鼎文書局，1975 年），頁 1495～1496。

書殿中郎，又爲驃騎將軍咨議，領記室，掌霸府文筆。又掌中書詔誥，除祕書丞，未拜；翌年，轉中書郎，出爲宣城太守。三十四歲（497），出爲晉安王鎮北咨議；翌年，行南徐州事，遷尚書吏部郎。東昏侯永平元年（499），以事下獄死，年僅三十六。妻王敬則女，子謨，官至王府咨議。

謝朓對詩歌的見解，可以由《南史・王筠傳》的一段記載中可知：

> （沈）約嘗啓上，言晚來名家無先筠者。又於御宴謂王志曰：「賢弟子文章之美，可謂後來獨步。謝朓常見語云：『好詩圓美流轉如彈丸』。近見其數首，方知此言爲實。」〔註 10〕

沈約以王筠的詩作來驗證謝朓的觀點正確，可見沈約對謝朓之見極爲讚賞。謝朓死後，沈約謂賢人已逝，己之意興都絕。而謝朓在詩歌方面的論述，有部分現已不存，如鍾嶸論謝朓時曾說：「朓極與余論詩，感激頓挫過其文。」〔註 11〕但到底謝朓與鍾嶸如何論詩，如今已不得而知，然從其「感激頓挫過其文」一句看來，謝朓對詩歌的創作思想是極有見地的。清人方東樹曾論謝朓云：

> 玄暉別具一副筆墨，開齊，梁而冠乎齊、梁，不第獨步齊、梁，直是獨步千古。蓋前乎此，後乎此，未有若此者也。本傳以「清麗」稱之，休文以「奇響」推之，而詳著之曰：「調與金石諧，思逐風云上。」太白稱其爲「清發」、「驚人」，玄暉自云：「圓美流暢如彈丸」。以此數者求之，其於謝詩，思過半矣。〔註 12〕

由方東樹這段話可知，方氏以爲謝朓對詩蘊含著兩項美感追求，一爲

〔註 10〕（唐）李延壽《南史》，卷 22〈王筠傳〉（台北：鼎文書局，1979 年），頁 609～610。

〔註 11〕（梁）鍾嶸《詩品》卷中〈齊吏部謝朓〉（台北：三民書局，2003 年），頁 111。

〔註 12〕（清）方東樹著《昭昧詹言》卷 7〈小謝〉（台北：頂淵出版社，2004 年），頁 1。

清麗之美；一爲流動的聲韻之美。而謝朓在詩歌上追求清麗之美，幾乎爲後世論詩者之共識。羅宗強在其《魏晉南北朝文學思想史》中以爲這種美感，類似清水芙蓉之美，而這種美感的構成，有情思、格調、意象與詞采諸因素。〔註 13〕至於這種特別格調的形成，與其生長的環境有很大的關係。他出身於文化素養深厚的謝氏家族，自幼即受到良好的文化薰陶，加以本人感情豐富、細膩，此用於詩歌，即交揉成一種如竹露風荷、月如流泉的情思流動。〔註 14〕這些風格尤其表現在他的寫景詩上，其中如〈和王中丞聞琴〉：

涼風吹月露，圓景動清陰。蕙風入懷抱，聞君此夜琴。
蕭瑟滿林聽，輕鳴響澗音。無爲澹容與，蹉跎江海心。
〔註 15〕

本詩寫月下聞琴，琴音融和著花草的香氣與淙淙的山泉聲在林間流動著，使詩人心境寧和，並勾起了歸隱山林的情思。這首詩隔句用韻（押侵韻），而首句不押韻，聯間的黏、對互見，尚未完全合律。又如〈晚登三山還望京邑〉：

灞涘望長安，河陽視京縣。白日麗飛甍，參差皆可見。
餘霞散成綺，澄江靜如練。喧鳥覆春洲，雜英滿芳甸。
去矣方滯淫，懷哉罷歡宴。佳期悵何許，淚下如流霰。
有情知望鄉，誰能鬢不變？〔註 16〕

詩人描寫登山臨江所見春天晚上的景色，非常優美生動，尤其是「餘霞散成綺，澄江靜如練」二句，極爲後人傳誦。在格律上，各聯內並未完全相對，且聯間黏、對互見且押仄聲韻，和近體詩格律仍有很大的差異。

〔註 13〕參考羅宗強《魏晉南北朝文學思想史》第 5 章第 3 節之說（北京：北京中華書局，1996 年），頁 222。

〔註 14〕（唐）李延壽《南史》，卷 22〈王筠傳〉（台北：鼎文書局，1979 年），頁 609～610。

〔註 15〕逯欽立《先秦漢魏晉南北朝詩》，「齊詩」卷 4（北京：北京中華書局，1998 年），頁 1447。

〔註 16〕同註 15，「齊詩」卷 3，頁 1430～1431。

謝朓作品中格調最好的，當屬五言小詩，這種小詩已具有唐詩絕句的風味，本在南方民歌中流行了二百多年，到了謝朓，便正式成為一種新詩體，這是他對中國詩史上最重要的貢獻。王闓運《八代詩選》收錄他的小詩共有五首，臚列於下：

佳期期未歸，望望下鳴機。徘徊東陌上，月出行人稀。

（〈同王主簿有所思〉）〔註 17〕

夕殿下珠簾，流螢飛復息。長夜縫羅衣，思君此何極。

（〈玉階怨〉）〔註 18〕

渠椀送佳人，玉杯邀上客。車馬一東西，別後思今夕。

（〈金谷聚〉）〔註 19〕

綠草蔓如絲，雜樹紅英發。無論君不歸，君歸芳已歇。

（〈王孫游〉）〔註 20〕

落日高城上，餘光入繐帷。寂寂深松晚，甯知琴瑟悲。

（〈銅雀悲〉）〔註 21〕

沈德潛曾評〈玉階怨〉說：「竟是唐人絕句，在唐人中為最上者。」〔註 22〕嚴羽也曾說：「謝朓之詩，已有全篇似唐人者。」〔註 23〕應當指的便是這些小詩。

雖然謝朓的小詩幾乎多為佳構，然大體而言，謝朓的詩情雖佳，然才力稍遜，所以佳句雖多，佳篇確很少。《詩品》中評他的詩云：

一章之中，自有玉石。然奇章秀句，往往警遒。……善自

〔註 17〕（清）王闓運《八代詩選》卷 12（台北：廣文書局，1970 年），頁 760。

〔註 18〕同註 17。

〔註 19〕同註 17。

〔註 20〕同註 17，頁 761。

〔註 21〕同註 17。

〔註 22〕（清）沈德潛《古詩源》卷 12「齊詩」（台北：世界書局，1999 年），頁 174。

〔註 23〕（宋）嚴羽《滄浪詩話・詩評》（台北：金楓出版社，1986 年），頁 84。

發詩端，而末篇多躓，此意銳而才弱也。〔註24〕

鍾嶸此論極爲中肯，試舉其〈觀朝雨〉一詩可知。該詩之起聯云：「朔風吹飛雨，蕭條江上來」，意境高遠，氣勢雄渾，可是接下來的句子確顯得薄弱，這或者是他囿於當時詩風，不能避免駢麗和典故所造成的結果。因此在他的作品中，甚少見到通篇完美的好詩，這是他在的詩歌創作上的缺點。王闓運選錄他的新體詩二十八首。〔註25〕

（二）沈約（441～513）

沈約字休文，吳興武康（今浙江武康）人。父璞爲淮南太守，於元嘉末被誅。少貧，篤志好學，博通群籍，精於文史、音律。蔡興宗引爲安西外兵參軍記室，謂其子曰：「沈記室人倫師表，宜善事之。」齊初爲步兵校尉，管書記，直永壽省，校四部圖書。竟陵王好士，約亦往游。時蕭衍位望日隆，約曾幾次勸他稱帝。及衍即位，封約建昌縣侯，爲尚書令，領太子少傅。後以事忤衍，懼而卒，年七十三，謚曰隱。《梁書・沈約傳》稱其「自負高才，昧於榮利，乘時藉勢，頗累清談。」一生著述甚富，除詩文集外，尚有《晉書》、《宋書》、《宋文章志》及《齊紀》等作，今惟《宋書》獨傳。又撰《四聲譜》，創四聲八病之說，自謂爲入神之作，爲當時的文學形式，開闢了新的境界。他的作品，重視聲律，辭藻華麗，對當時的新體詩發展影響很大。

沈約之詩，辭富格弱，傷於輕靡。但其中也有情眞意切，風格較

〔註24〕（梁）鍾嶸《詩品》卷中〈齊吏部謝朓〉（台北：三民書局，2003年），頁111。

〔註25〕王闓運《八代詩選》選謝朓新體詩28首爲：〈隋王鼓吹曲〉5首、〈曲池之水〉、〈新亭渚別范零陵雲〉、〈移病還園示親屬〉、〈和劉西曹望海臺〉、〈送江兵曹檀主簿朱孝廉還上國〉、〈臨溪送別〉、〈和何議曹郊游〉、〈和徐都曹出新亭渚〉、〈贈王主簿〉、〈離夜〉、〈夜聽妓〉、〈奉和隨王殿下〉3首、〈同謝諮議詠銅雀臺〉、〈同王主簿有所思〉、〈銅雀悲〉、〈玉階怨〉、〈金谷聚〉、〈王孫游〉、〈和王中丞聞琴〉、〈詠薔薇〉、〈詠燭〉。

高的好的作品，只是在沈約集中比較少見。例如〈別范安成〉：

生平少年日，分手易前期。及爾同衰暮，非復別離時。
勿言一尊酒，明日難重持。夢中不識路，何以慰相思。

〔註26〕

這首詩寫暮年時與同僚老友范岫分別，詩中表達了年歲衰老，不堪分離的傷感。再如〈傷謝朓〉：

吏部信才傑，文鋒振奇響。調與金石諧，思逐風雲上。
豈言陵霜質，忽隨人事往。尺璧爾何冤，一旦同丘壤。

〔註27〕

這首詩則爲悼念謝朓而作。謝朓因不肯附和安王蕭遙光謀篡，遂遭誣陷下獄而死。沈約此詩除高度的讚揚了他在詩歌上的成就外，也爲他蒙冤而死的遭遇感到不平。這兩首詩用語樸實、感情眞摯且音律和諧優美，是沈約作品中感情比較誠摯的作品。

沈約在詩史上最重要的貢獻便是制定了聲律論（即四聲八病說），這對其後唐代近體詩形式得以完成，有極爲重要的影響，他的新體詩〈洛陽道〉：

洛陽大道中，佳麗實無比。燕帬旁日開，趙帶隨風靡。
領上蒲萄繡，腰中合歡綺。佳人殊未來，薄暮空徒倚。

〔註28〕

這首詩純然已是唐人五律之體制與形式，惟平仄仍不合律而已。王闓運選錄他的新體詩十四首。〔註29〕

〔註26〕（清）王闓運《八代詩選》卷12（台北：廣文書局，1970年），頁802。

〔註27〕逯欽立《先秦漢魏晉南北朝詩》，「梁詩」卷7（北京：北京中華書局，1998年），頁1653。

〔註28〕同註26，卷12，頁800。

〔註29〕王闓運《八代詩選》選沈約新體詩14首爲：〈洛陽道〉、〈江南曲〉、〈攜手曲〉、〈詠湖中雁〉、〈冬節後至丞相第詣世子車中作〉、〈泛水康江〉、〈別范安成〉、〈初春〉、〈春思〉、〈詠篪〉、〈詠桃〉、〈詠青苔〉、〈爲鄰人有懷不至〉、〈石塘瀨聽猨〉。

（三）江淹（444～505）

江淹字文通，濟陽考城（今河南考城）人。父康之，南沙令，雅有才思。淹歷仕宋、齊、梁三朝，在劉宋時，隨著建平王景素，擔任過鎮軍參軍、南東海郡丞、建安吳興令。齊高帝稱帝，他勸駕有力，爲中書侍郎、驍騎將軍，兼尚書左丞，領國子博士。尋出爲宣城太守，期爲黃門侍郎，又爲秘書監。及梁武帝代齊，他微服來奔，爲冠將軍，遷吏部尚書。後封臨沮縣伯，以疾遷金紫光祿大夫，改封醴陵伯卒。卒時六十二，武帝爲素服舉哀，謚曰憲。

江淹少時以文章顯名，晚年才思減退，世稱「江郎才盡」。《詩品》評他「詩體總雜，善於摹擬」。他的集子中公開說明摹擬他人的作品就有〈雜體三十首〉、〈學魏文章〉、〈效阮公詩十五首〉等。由於他對於前人的詩歌用心揣摩，下過很深的功夫，使得這些摹擬的作品，幾乎做到面貌酷似，甚至幾可亂眞的程度。例如〈雜體三十首〉分別摹擬由漢至宋的三十位詩人的代表作，頗能體會和表達不同詩人的風格與特色。其中如〈陶徵君潛田居〉一首：

種苗在東皐，苗生滿阡陌。雖有荷鉏倦，濁酒聊自適。
日暮巾柴車，路闇光已夕。歸人望煙火，稚子候簷隙。
問君亦何爲，百年會有役。但願桑麻成，蠶月得紡績。
素心正如是，開逕望三益。〔註30〕

本詩深得陶淵明的意境，摹擬的非常酷似。不過這些擬作，在藝術的層面上，卻缺少了獨創性，不過在他努力學習古人作品的過程中，卻也使他擺脫了當時綺靡的詩風，即便有些作品也藻飾精工，但並不過分。如〈望荊山〉一首，便極爲清麗：

奉義至江漢，始知楚塞長。南關繞桐柏，西嶽出魯陽。
寒郊無留影，秋日懸清光。悲風撓重林，雲霞肅川漲。
歲晏君如何？零淚霑衣裳。玉柱空掩露，金樽坐含霜。

〔註30〕逯欽立《先秦漢魏晉南北朝詩》，「齊詩」卷4（北京：北京中華書局，1998年），頁1577。

一聞苦寒奏。再使豔歌傷。〔註 31〕

王闓運《八代詩選》新體詩一類，收江淹〈征怨〉詩一首：

蕩子從征久，鳳樓蕭管閒。獨枕凋雲鬢，孤燈損玉顏。

何日邊塵淨，庭前征馬還。〔註 32〕

此詩聯間仍不相黏，但音韻和諧，已略具近體詩格律。

（四）王融（西元 468～505）

王融字元長，琅邪臨沂（江蘇南京）人。他是王僧達之孫，母爲臨川太守謝慧宣之女，從小便教他讀書。後舉秀才，爲太子舍人，遷秘書丞。永明末（493），武帝以融有才辯，使兼主客接魏使。融文辭捷速，有所造作，援筆可待，竟陵王子良特相友好。武帝病篤時，融欲矯詔立子良，不成。後鬱林即位，收融下獄，詔賜死，時年僅二十七歲。王闓運選錄他的新體詩五首。〔註 33〕

王融是著名的「竟陵八友」之一，他的新體詩作品如有〈臨高臺〉：

遊人欲騁望，積步上高臺。井蓮當夏吐，窗桂逐秋開。

花飛低不入，鳥散遠時來。還看雲棟影，含月共徘徊。

〔註 34〕

再如〈琵琶〉：

抱月如可明，懷風殊復清。絲中傳意緒，花裏寄春情。

掩抑有奇態，淒鏘多好聲。芳袖幸時拂，龍門空自生。

〔註 35〕

這兩首詩無論在用韻、對仗方面都已具近體詩的風韻。〈琵琶〉一詩

〔註 31〕逯欽立《先秦漢魏晉南北朝詩》，「梁詩」卷 3（北京：北京中華書局，1998 年），頁 1557～1558。

〔註 32〕（清）王闓運《八代詩選》卷 12（台北：廣文書局，1970 年），頁 804。

〔註 33〕王闓運《八代詩選》選王融新體詩 5 首爲：〈臨高臺〉、〈和王友德元古意〉、〈餞謝文學離夜〉、〈琵琶〉、〈詠幔〉。

〔註 34〕同註 32，頁 751。

〔註 35〕同註 32，頁 752。

中除第五句外，聯間已可相黏，惟內容較爲貧弱，缺少深刻的情感。他還有些小詩，體式上頗類唐人絕句，如〈思公子〉：

春盡風颯颯，蘭凋木脩脩。王孫久爲客，思君徒自憂。

〔註36〕

再如〈王孫遊〉：

置酒登廣殿，開襟望所思。春草行已歇，何事久佳期。

〔註37〕

這些小詩雖格律尚未全合於絕句，但看得出已略有絕句之形式。

（五）吳均（469～520）

吳均字庠叔，吳興故鄣（浙江安吉）人。家世寒賤，至均好學有俊才，沈約頗稱賞其文。梁天監初年（502），柳惲爲吳興太守，召吳均爲主簿，日引與賦詩。後薦之臨川靖惠王，王稱之於武帝，累遷奉朝請。他有志於歷史著述，欲撰《齊書》，求借齊起居注及群臣行狀，武帝不許，遂私撰《齊春秋》，因實錄齊、梁間的歷史而觸怒武帝，遭到免官的迫害。後來又奉詔撰《通史》，未竟而死，年五十二歲。

吳均雖然也寫過宮體詩，但在他的作品中更多的是對當時現實不滿的激憤情緒。在體材方面，他曾學鮑照寫過〈行路難〉以及〈從軍〉、〈出塞〉等類七言、雜言樂府，但成績並不好。他的詩作，文體清拔，在當時頗具特色，有些人曾模仿他，稱爲「吳均體」。他的作品中較好的是永明時期提倡的新體詩，其作品無論在形式、音調的技巧上，都較謝朓等更爲進步，有些作品風格「清拔有古氣」，頗令人耳目一新。例如〈山中雜詩〉三首之一：

山際見來煙，竹中窺落日。鳥向簷上飛，雲從窗裏出。

〔註38〕

〔註36〕逯欽立《先秦漢魏晉南北朝詩》，「齊詩」卷2（北京：北京中華書局，1998年），頁1392。

〔註37〕同註36。

〔註38〕同註36，「梁詩」卷11，頁1752。

再如〈發湘州贈親故別〉三首之三：

君留朱門裏，我至廣江濆。城高望猶見，風多聽不聞。
流蘋方繞繞，落葉向紛紛。無由得共賞，山川閒白雲。
〔註 39〕

又如〈贈王桂陽〉：

松生數寸時，遂爲草所沒。未見籠雲心，誰知負霜骨。
弱幹可摧殘，纖莖易凌忽。何當數千尺，爲君覆明月。
〔註 40〕

又如：〈詠慈姥磯石上松〉：

根爲時所蟠，枝爲風所碎。賴我有貞心，終凌細草輩。
〔註 41〕

這些詩雖尚未諧律，但體式上已與近體詩相同。王闓運選錄他的新體詩二十三首。

（六）何遜（？～518）

何遜字仲言，東海郯縣（江蘇丹徒）人。八歲能賦詩，弱冠州舉秀才。爲范雲、沈約所讚賞。天監中，爲尚書水部郎。南平王引爲賓客，掌記室事。後薦之武帝與吳均俱進倖。後稍失意，希復得見。晚年，廬陵王引爲記室，卒於官。

何遜的作品不多，但詩句秀美、意境清新，尤善刻畫離情和描摹山水。沈約愛讀他的詩，曾說：「吾每讀卿詩，一日三復，猶不能已。」〔註 42〕梁元帝將他的小詩與謝朓並論，說：「詩多而能者沈約，少而能者謝朓、何遜。」〔註 43〕可知他的詩風接近謝朓，其格調較永明作

〔註 39〕（清）王闓運《八代詩選》卷 13（台北：廣文書局，1970 年），頁 821。
〔註 40〕逯欽立《先秦漢魏晉南北朝詩》，「梁詩」卷 11（北京：北京中華書局，1998 年），頁 1742。
〔註 41〕同註 40，頁 1752。
〔註 42〕（唐）姚思廉《梁書》，卷 49〈何遜傳〉（台北：鼎文書局，1978 年），頁 693。
〔註 43〕同註 42。

家更接近唐詩。例如他的抒情小詩〈相送〉：

客心已百念，孤遊重千里。江暗雨欲來，浪白風初起。

〔註 44〕

再如〈慈姥磯〉：

暮煙起遙岸，斜日照安流。一同心賞夕，暫解去鄉憂。
野岸平沙合，連山近霧浮。客悲不自已，江上望歸舟。

〔註 45〕

沈德潛評此詩云：「己不能歸而望他舟之歸，情事黯然。」〔註 46〕作者看著浩浩蕩蕩的江水，歸舟漸遠，思鄉的惆悵和離家時的悲情也如同漸行漸遠的船，成了一種綿延不盡的哀愁。結尾兩句，令人有不盡之思的藝術效果，耐人尋味。何遜的名句很多，如「夜雨滴空階，曉燈暗離室。」(〈臨行與故游夜別〉)、「岸花臨水發，江燕繞檣飛。」(〈贈諸游舊〉)、「游魚亂水葉，輕燕逐風化。」(〈贈王中丞〉）等，向爲後人所稱道。因此杜甫〈解悶〉詩云：「頗學陰何苦用心。」沈德潛稱其詩：「情詞宛轉，淺語俱深。」〔註 47〕王闓運選錄他的新體詩十六首。〔註 48〕

（七）庾肩吾（生卒年不詳，約為 490～552）

庾肩吾字愼之，新野（今河南新野）人。他是散騎常侍黔婁及荊州大中正於陵之弟，八歲能賦詩。初爲晉安王綱國常侍，自是每王徙鎭，他常隨府。中大通三年（531），王爲太子，他爲東宮通事舍人，

〔註 44〕逯欽立《先秦漢魏晉南北朝詩》，「梁詩」卷 9（北京：北京中華書局，1998 年），頁 1710。

〔註 45〕同註 44，頁 1704。

〔註 46〕（清）沈德潛《古詩源》，卷 13「梁詩」（台北：世界書局，1999 年），頁 202。

〔註 47〕同註 46，頁 199。

〔註 48〕王闓運《八代詩選》選何遜新體詩 16 首爲：〈銅雀伎〉、〈九日侍宴樂游苑〉、〈秋夕仰贈從兄〉、〈南還道中送贈劉諮議別〉、〈春夕早泊和劉諮議落日望水〉、〈學古贈丘永嘉征還〉、〈夜夢故人〉、〈七夕〉、〈詠早梅〉、〈行經孫氏陵〉、〈贈王左丞〉、〈日夕出富陽浦口和朗公〉、〈與吳興安夜別〉、〈慈姥磯〉、〈與虞記室詠扇〉、〈詠舞〉。

累遷至太子中庶人。及即帝位（550），他爲度支尙書，時侯景反，他卒於江陵。庾肩吾是宮體詩派的領袖人物，他的詩多爲豔情的宮體詩。例如〈南苑看人還〉：

春花競玉顏，俱折復俱攀。細腰宜窄衣，長釵巧挾鬟。

洛橋初度燭，青門欲上關。中人應有望，上客莫前還。

〔註 49〕

再如〈冬曉〉：

鄰雞聲已傳，愁人竟不眠。月光侵曙後，霜明落曉前。

縈鬟起照鏡，誰忍插花鈿？〔註 50〕

王闓運選錄他的新體詩二十二首。〔註 51〕

（八）蕭綱（503～551）

蕭綱字世讚，小字六通，蘭陵（今江蘇武進）人。爲武帝第三子，昭明太子的同母弟。他在藩時，雅好文章之士，時庾肩吾、徐摛、劉孝儀等同被賞接。及居東宮，又開文德省，置學士，肩吾子信及摛子陵等充其選。後敕令徐陵編撰《玉臺新詠》十卷，選錄了由漢至梁的詩歌七百六十九首。太清二年（548），侯景反；翌年，侯景陷臺城，武帝爲所執持，憂憤疾卒。西元 550 年，蕭綱繼位；翌年，侯景廢帝於永福省，十月被害，年四十九，謚曰簡文。

蕭綱提倡文學，酷愛賦詩，他不但帶頭寫豔情詩，並提出「立身之道與文章異，立身先須謹重，文章且須放蕩。」（〈誡當陽公大心書〉）的文學理論。在他的大力提倡與宮廷文人的附和推波助瀾下，宮體詩

〔註 49〕（清）王闓運《八代詩選》卷 12（台北：廣文書局，1970 年），頁 815。

〔註 50〕逯欽立《先秦漢魏晉南北朝詩》，「梁詩」卷 23（北京：北京中華書局，1998 年），頁 2000。

〔註 51〕《八代詩選》所收 22 首詩爲：〈賦得有所思〉、〈九日侍宴樂游苑應令〉、〈從皇太子出元圃應令〉、〈游甑山〉、〈蔬圃堂〉、〈尋周處士弘讓〉、〈賦得稽叔夜〉、〈賽漢高廟〉、〈亂後行經吳御亭〉、〈經陳思王墓〉、〈奉和春夜應令〉、〈詠美人〉、〈南苑看人還〉、〈看放市〉、〈和望月〉、〈和徐主簿望月〉、〈春日〉、〈未央才人歌〉、〈奉和湘東王應令〉2 首、〈詠舞〉、〈詠長信宮中草〉。

遂成爲當時詩壇的主流。

蕭綱的宮體詩，無論在數量與作風大膽方面，都遠勝於其父蕭衍與其弟蕭繹。作品的內容不外乎美人的姿容、服飾、閨情等，這類的作品如有：〈見內人作臥具〉、〈贈麗人〉、〈詠內人晝眠〉、〈詠美人觀畫〉、〈夜聽妓〉、〈傷美人〉、〈美人晨妝〉、〈娼婦怨情〉等，其中甚至還有大膽描寫情色的詩，如〈孌童〉，作風十分大膽，內容則淫靡到了極點。現舉〈詠內人晝眠〉一詩爲例：

北窗聊就枕，南檐日未斜。攀鉤落綺障，插捩舉琵琶。
夢笑開嬌靨，眠鬟壓落花。簟文生玉腕，香汗浸紅紗。
夫壻恆相伴，莫誤是倡家。〔註52〕

這首詩前八句細膩的描繪了一幅美人晝眠圖；夢綻嬌靨、鬟壓落花、席印玉腕、汗浸紅紗，可謂活色生香，極具感官刺激與挑逗性。但是最後兩句，作者卻以此女爲內人而非娼妓的身分，表白並非狎妓，以保持一種道德上的安全距離。本詩在內容上雖極爲淫靡，但若僅就他的表現技巧而論，它描寫細膩，情辭婉轉，藻繪華麗，音韻調諧，具有很高的藝術成就，論者不應以其內容淫靡而全然抹煞其價值。他還有一些寫景詠物的詩，語言清秀，如〈折楊柳〉、〈臨高臺〉、〈納涼〉、〈春日〉等。其〈折楊柳〉詩云：

楊柳亂成絲，攀折上春時。葉密鳥飛礙，風輕花落遲。
城高短簫發，林空畫角悲。曲中無別意，併是爲相思。
〔註53〕

詩中寫景狀物，觀察細微。其中「葉密鳥飛礙，風輕花落遲。」是他的名句，可以看出他鑄景遣詞的技巧。王闓運選錄其新體詩七十六首。〔註54〕

〔註52〕（清）王闓運《八代詩選》卷12（台北：廣文書局，1970年），頁777。

〔註53〕逯欽立《先秦漢魏晉南北朝詩》，「梁詩」卷20（北京：北京中華書局，1998年），頁1911。

〔註54〕《八代詩選》收蕭綱新體詩76首，如〈從軍行〉、〈京洛篇〉、〈怨歌行〉、〈美女篇〉、〈有所思〉、〈長安道〉、〈詠內人晝眠〉、〈詠人棄妾〉、

（九）蕭繹（508～554）

蕭繹字世誠，小字七符，武帝第七子，昭明太子、簡文帝異母弟。聰悟俊朗，天才英發。年五歲，能誦《曲禮》。既長好學，博總群書，下筆成章，出言爲論，才辯敏速，冠絕一時。天監十三年（514），封湘東王，累遷爲鎮西將軍、都督、荊州刺史。太清三年（549），侯景攻入健康，武帝密詔蕭繹爲侍中、假黃鉞、大都督中外諸軍事、司徒承制，餘如故。太清六年，王僧辯等平侯景，傳首江陵，年號承聖。然在位未及三年（554），西魏攻陷江陵，繹被俘，不久被殺。梁王方智承制，追尊爲元皇帝，廟號世祖。

蕭繹所作宮體詩的數量不及蕭綱，以委婉巧麗取勝，內容較少著墨於情色。其中如〈登顏園故閣〉：

> 高樓三五夜，流影入丹墀。先時留上客，夫壻美容姿。
> 妝成理蟬鬢，笑罷斂蛾眉。衣香知步近，釧動覺行遲。
> 如何舞館樂，翻見歌梁悲。猶縣北窗幌，未卷南軒帷。
> 寂寂空郊暮，非復少年時。〔註 55〕

王闓運選錄蕭繹新體詩三十二首。〔註 56〕

（十）徐陵（507～583）

徐陵字孝穆，東海郯（今江蘇丹徒）人，爲徐摛之子。八歲能屬文，十三歲通《莊》《老》義。及長，博涉史籍，縱橫有口辯。其文頗變舊體，緝裁巧密，多有新意。晉安王引陵參軍寧蠻府軍事，及王爲太子，以爲東宮學士，累遷通直散騎侍郎。侯景反時，他使於北魏未歸。及魏陷江陵（554），他隨蕭淵明南返。太尉王僧辯以爲尚書吏部郎。陳武帝稱帝（557），以爲散騎常侍，累遷侍中、吏部尚書、南

〈采蓮曲〉、〈美人晨妝〉、〈望月〉、〈詠舞〉等。

〔註 55〕（清）王闓運《八代詩選》卷 12（台北：廣文書局，1970 年），頁 790～791。

〔註 56〕王闓運所收蕭繹之新體詩如〈芳樹〉、〈巫山高〉、〈折楊柳〉、〈飛來雙白鶴〉、〈赴荊州泊三江口〉、〈藩難未靜述懷〉、〈和劉尚書侍五明集詩〉、〈登顏園故閣〉、〈夕出通波閣下觀妓〉等 32 首。

徐州大中正、太子少傅。徐陵所編《玉臺新詠》，爲有名的六朝文學選本。

徐陵在梁朝時，多半任職東宮及諸王王府，故作品中有許多應制詩，而他詩中的宮體詩，大多作於此一時期。其中如〈洛陽道〉、〈詠舞〉、〈長相思〉等，都是他比較出名的宮體詩。此外，他也做過一些具有北方邊塞情調的詩，如〈關山月〉、〈出自薊北門行〉等，用語樸實簡潔，十分清新可誦。而他在新體詩方面，也有很好的作品，其中如〈秋日別庾正員〉即是一例〔註 57〕：

征塗愁轉旆，連騎慘停鑣。朔氣淩疎木，江風送上潮。
青雀離帆遠，朱鳶別路遙。唯有當秋月，夜夜上河橋。

〔註 58〕

本詩風格十分接近唐人律詩，爲徐陵嘗試律體的作品，於推動律體的發展上有一定的作用。王闓運選錄其新體詩七首。〔註 59〕

（十一）陰鏗（生卒年不詳，約在 510～570）

陰鏗字子堅，武威姑臧（今甘肅武威）人，爲陰子春之子。博涉史傳，尤善五言詩，被當時所重。初爲梁湘東王法曹參軍。入陳，爲始興王中錄事參軍。徐陵薦之文帝，命賦新成安樂宮，鏗援筆便就，帝甚歎賞之。累遷至晉陵太守、員外散騎常侍，頃之卒。

陰鏗之詩才清綺，造語益工，故沈德潛《古詩源》曾說：「少陵絕句云：『頗學陰何苦用心。』又贈太白云：『李侯有佳句，往往似陰

〔註 57〕本詩沈德潛《古詩源》收錄在「陳詩」卷 14，張正見詩選中，逯欽立《先秦漢魏晉南北朝詩》中收錄在「陳詩」卷 3，張正見詩中；而《文苑英華》卷 266 記爲徐陵作，王闓運《八代詩選》亦歸期爲徐陵所作。本文採《八代詩選》與《文苑英華》之說法，歸爲徐陵所作。

〔註 58〕（清）王闓運《八代詩選》卷 13（台北：廣文書局，1970 年），頁 867。

〔註 59〕《八代詩選》收徐陵新體詩 7 首爲：〈關山月〉、〈走筆戲書應令〉、〈和簡文帝賽漢高帝廟〉、〈別毛永嘉〉、〈秋日別庾正員〉、〈內園逐涼〉。

鏗。』此特賞其句，非取其格也。」〔註 60〕今舉其〈江津送劉光祿不及〉詩：

依然臨送渚，長望倚河津。鼓聲隨聽絕，帆勢與雲鄰。
泊處空餘鳥，離亭已散人。林寒正下葉，釣晚欲收綸。
如何相背遠，江漢與城闉。〔註 61〕

王闓運選錄其新體詩十二首。〔註 62〕

（十二）江總（519～594）

江總字總持，濟陽考城（今河南考城）人，七歲而孤，依于外氏。幼聰敏，有至性。十八歲爲宣惠武陵王法曹參軍，遷尚書殿中郎、太子洗馬、太子中舍人。侯景反，他權兼太常卿。臺城被攻陷，他輾轉避難，流寓嶺南。至陳天嘉四年（563），還爲中書侍郎，累遷至尚書僕射。入隋，爲上開府，年七十六，卒於江都。

江總也是宮體詩的重要作家之一，早年詩多浮豔靡麗，內容比較貧弱。晚年有些詩較好，如〈遇長安使寄裴尚書〉、〈南還尋草市宅〉等，蘊含著亡國之痛，風格悲涼深沉。他對詩歌的形式很有貢獻，他的〈閨怨篇〉寫得纏綿悱惻，有唐人排律之風。今舉其〈遇長安使寄裴尚書〉一詩：

傳聞合浦葉，遠向洛陽飛。北風向嘶馬，南冠獨不歸。
去雲目徒送，離琴手自揮。秋蓬失處所，春草屢芳菲。
太息關山月，風塵客子衣。〔註 63〕

本詩將亡國後羈留他鄉不得歸的悲痛，描述得極爲深刻。

〔註 60〕（清）沈德潛《古詩源》，卷 14「陳詩」（台北：世界書局，1999 年），於陰鏗〈開善寺〉詩以下評注，頁 210。

〔註 61〕（清）王闓運《八代詩選》卷 13（台北：廣文書局，1970 年），頁 863。

〔註 62〕《八代詩選》收陰鏗新體詩 12 首爲：〈班婕妤怨〉、〈和登百花亭懷荊楚〉、〈廣陵岸送北使〉、〈江津送劉光祿不及〉、〈和傅郎歲暮還湘洲〉、〈渡青草湖〉、〈開善寺〉、〈行經古墓〉、〈晚出新亭〉、〈侯司空宅詠伎〉、〈雪裏梅花〉、〈五洲夜發〉。

〔註 63〕逯欽立《先秦漢魏晉南北朝詩》，「陳詩」卷 8（北京：北京中華書局，1998 年），頁 2581。

（十三）庾信（513～581）

庾信字子山，南陽新野（今河南新野）人，為庾肩吾之子。自幼聰明，博覽群書，尤精《左傳》。初為湘東國常侍，轉安南府參軍。時肩吾為梁太子中庶人，掌管記，信為鈔撰學士，父子在東宮，出入禁闥，恩禮甚隆。每有一文，京師莫不傳誦；與徐陵齊名，世稱為「徐庾體」。累遷尚書度支郎、中通正直員郎，出為郢州別駕，尋兼通直散騎常侍。聘於東魏，文章辭令，盛為鄴下所稱。還為東宮學士，領建康令。侯景作亂，梁簡文帝命信率宮中文武千餘人，營于朱雀航；及景至，信以眾先退，臺城陷，信奔江陵。元帝承制，除御史中丞，及即位，轉右衛將軍，封武康縣侯，加散騎常侍。聘於西魏，值江陵陷，遂留長安。時他年已四十餘，從此便不南回了。西魏拜他為使持節撫軍將軍、右金紫光祿大夫、大都督，尋進車騎大將軍、儀同三司。北周在孝閔帝時，封他臨清縣子，邑五百戶，除司水下大夫，出為弘農郡守，遷驃騎大將軍，開府儀同三司，司憲中大夫，進爵義城縣侯，拜洛州刺史。時周、陳通好，南北流寓之士，各許還其舊國，唯信及王褒留而不遣。他雖位望通顯，常有鄉關之思，乃作〈哀江南賦〉以致其意，極為膾炙人口。大象初（579）以疾去職。隋文帝開皇元年（581）卒，年六十九。文帝深悼之，贈本官，加荊、淮二州刺史，子立嗣。

他的詩現存二百五十六首，王闓運收錄其新體詩六十四首。〔註64〕他的風格，在南朝與北朝時期截然不同。前期（南朝時期）的作品多為奉和應制之作，風格輕靡綺豔，題材狹窄，內容比較貧乏，只有少數寫景詩，還有些清新可喜的意境。他在南方的作品中，較具代表的如〈詠畫屏風詩〉之一：

〔註64〕《八代詩選》收庾信新體詩64首，如〈結客少年場行〉、〈道士步虛詞〉5首、〈奉和山池〉、〈和宇文內史春日游山〉、〈詠畫屏風詩〉12首、〈梅花〉、〈晚秋〉、〈奉和永豐殿下言志〉6首、〈別周尚書宏正〉、〈寄王琳〉、〈重別周尚書〉、〈詠懷〉20首等。

昨夜鳥聲春，驚鳴動四鄰。今朝梅樹下，定有詠花人。
流星浮酒汎，粟瑱繞杯脣。何勞一片雨，喚作陽臺神。
〔註 65〕

但這樣的風格在他到了北方後開始丕變。他以羈臣之身，靦顏事敵，雖宦途得意，然內心的屈辱與亡國的悲痛，促使其生活與思想有了重大的改變，因此作品的風格一變而爲蒼涼蕭瑟，內容則多爲抒發故國之思與一己身世的感傷。杜甫〈戲爲六絕句〉說：「庾信文章老更成，凌雲健筆意縱橫。」又在〈詠懷古跡五首〉中說：「庾信平生最蕭瑟，暮年詩賦動江關。」針對的便是他後期羈旅北方以後的作品而言。而其後期的作品，可以〈詠懷〉二十七首爲其代表，如第三首：

俎豆非所習，帷幄復無謀。不言班定遠，應爲萬里侯。
燕客思遼水，秦人望隴頭。倡家遭強聘，質子値仍留。
自憐才智盡，空傷年鬢秋。〔註 66〕

詩中表達了庾信對羈留北地，年華老去，卻不能如班定遠那樣在異域立功的感嘆。而其中「倡家遭強聘，質子値仍留。」二句，表現了他被迫出仕北朝的羞辱與怨憤。全詩雖運用了許多對句，卻不令人有刻意雕琢之感，反而覺得作者眞情流露，因此讀來十分流利親切。再如第十一首：

搖落秋爲氣，淒涼多怨情。啼枯湘水竹，哭壞杞梁城。
天亡遭憤戰，日蹙值愁兵。直虹朝暎壘，長星夜落營。
楚歌饒恨曲，南風多死聲。眼前一杯酒，誰論身後名。
〔註 67〕

本詩追憶了梁元帝在江陵敗亡的悲劇。《南史・元帝紀》說，江陵陷落之後，西魏「乃選男女數萬口，分爲奴婢，小弱者殺之。」〔註 68〕

〔註 65〕（清）王闓運《八代詩選》卷 14（台北：廣文書局，1970 年），頁 897～898。

〔註 66〕同註 65，頁 890。

〔註 67〕同註 65，頁 892。

〔註 68〕（唐）李延壽《南史》，卷 8〈元帝本紀〉（台北：鼎文書局，1979 年），頁 245。

庾信雖不敢明說，但由「嚱枯湘水竹，哭壞杞梁城。」兩句可知西魏當時在江陵的殘暴行徑。而最終兩句則對梁朝君王只顧眼前逸樂，終致亡國的命運，表達了深沉的悲痛與感嘆。

庾信除律體外，他的一些五言小詩也很有名，其中如〈寄王琳〉：

玉關道路遠，金陵信使疏。獨下千行淚，開君萬里書。〔註 69〕

再如〈重別周尚書〉：

陽關萬里道，不見一人歸。唯有河邊雁，秋來南向飛。〔註 70〕

又如〈寄徐陵〉：

故人倘思我，及此平生時。莫待山陽路，空聞吹笛悲。〔註 71〕

這些小詩在短短二十字中，道出他懷念故國與千迴百轉的思鄉情愁，境界開闊，感慨良深。

除了題材、內容的擴展外，庾信在詩歌形式與格律的發展上亦有許多貢獻。他的五言詩如〈秋日〉：

蒼茫望落景，羈旅對窮秋。賴有南園菊，殘花足解愁。〔註 72〕

再如〈對宴齊使〉：

歸軒下賓館，送蓋出河堤。酒正離杯促，歌工別曲悽。
林寒木皮厚，沙迥雁飛低。故人儻相訪，知余已執圭。〔註 73〕

這兩首詩在聲律上已符合唐代的五言絕句和五言律詩。而七言形式的

〔註 69〕（清）王闓運《八代詩選》卷 14（台北：廣文書局，1970 年），頁 903。
〔註 70〕同註 69。
〔註 71〕逯欽立《先秦漢魏晉南北朝詩》，「北周詩」卷 4（北京：北京中華書局，1998 年），頁 2400。
〔註 72〕同註 71，頁 2406。
〔註 73〕同註 71，頁 2385。

詩如〈秋夜望單飛雁〉：

失羣寒雁聲可憐，夜半單飛在月邊。

無奈人心復有憶，今暝將渠俱不眠。〔註 74〕

再如〈烏夜啼〉：

促柱繁絃非子夜，歌聲舞態異前溪。

御史府中何處宿，洛陽城頭那得棲。

彈琴蜀郡卓家女，織錦秦川竇氏妻。

詎不自驚長淚落，到頭啼烏恆夜啼。〔註 75〕

這兩首詩無論在句數、對仗、章法各方面，都堪爲唐人七絕、七律的先驅。所以劉熙載《藝概・詩概》云：

庾子山〈燕歌行〉開唐初七古，〈烏夜啼〉開唐七律。其他體爲唐五絕，五律、五排所本者，尤不可勝舉。〔註 76〕

可見庾信的詩，融合了南北朝詩風，無論在形式與內容上，都爲唐代詩歌的繁榮，打下了良好的基礎。

（十四）張正見（527～576）

張正見字見賾，清河東武城（今河北清河）人也。祖善（蓋）之，〔註 77〕魏散騎常侍、勃海、長樂二郡太守。父脩禮，魏散騎侍郎，歸梁，仍拜本職，遷懷方太守。正見幼好學，有清才。梁簡文在東宮，正見年十三，獻頌，簡文深讚賞之。簡文雅尚學業，每自升座說經，正見嘗預講筵，請決疑義，吐納和順，進退詳雅，四座咸屬目焉。太清初，射策高第，除邵陵王國左常侍。梁元帝立，拜通直散騎侍郎，遷彭澤令。屬梁季喪亂，避地於匡俗山，時焦僧度擁眾自保，遣使請交，正見懼之，遜辭延納，然以禮法自持，僧度亦雅相敬憚。陳武帝

〔註 74〕逯欽立《先秦漢魏晉南北朝詩》，「北周詩」卷 4（北京：北京中華書局，1998 年），頁 2410。

〔註 75〕同註 74，「北周詩」卷 2，頁 2352。

〔註 76〕（清）劉熙載《藝概》卷 2（台北：華正書局，1985 年），頁 57。

〔註 77〕《南史・張正見傳》於此處作「祖善之」，而《陳書》則作「祖蓋之」。

受禪，詔正見還都，除鎮東鄱陽王府墨曹行參軍，兼衡陽王府長史。歷宜都王限外記室、撰史著士，帶尋陽郡丞。累遷尚書度支郎、通直散騎侍郎，著士如故。太建中卒，時年四十九。有集十四卷，其五言詩尤善，大行於世。

王闓運選錄了張正見的新體詩十首，皆爲五言詩。〔註 78〕比較著名的如〈關山月〉：

巖間度月華，流彩映山斜。暈逐連城璧，輪隨出塞車。
唐蓂遙合影，秦桂遠分花。欲驗盈虛理，方知道路賒。
〔註 79〕

陸時庸《詩鏡總論》評本詩中「暈逐連城璧，輪隨出塞車」二句，情景交融，自成情致，乃唐人詩中所無。〔註 80〕再如〈折楊柳〉：

陽柳半垂空，裊裊上春中。枝疎董澤箭，葉碎楚臣弓。
色映長河水，花飛高樹風。莫言限宮掖，不閉長柳宮。
〔註 81〕

這首詩除平仄尚不合律外，二、三聯對仗工穩，已具備唐人五律的形式。對於張正見的詩，歷來學者各有不同見解；嚴羽《滄浪詩話》云：「張正見詩作多，而最無足省發，所謂『雖多亦奚以爲』。」〔註 82〕但楊慎、胡應麟等對此，頗不同意。如楊慎《升庵詩話》舉張正見〈詠雞〉詩爲例，以其中「蜀郡隨金馬，天津應玉衡」二句，爲「以無爲有，以虛爲實，影略之句，伐材之語，非深於詩者，孰能爲之？」

〔註 78〕《八代詩選》收張正見新體詩 10 首爲：〈度關山〉、〈釣竿篇〉、〈采桑〉、〈怨詩〉、〈關山月〉、〈長安有狹斜行〉、〈與錢元智汎舟〉、〈蒲狹村煙度〉、〈賦新題得蘭生野徑〉、〈賦新題得寒樹晚蟬踈〉。

〔註 79〕（清）王闓運《八代詩選》卷 13（台北：廣文書局，1970 年），頁 870。

〔註 80〕（明）陸時庸《詩鏡總論》收入《明詩話全編》第十冊，原文爲：「張正見《關山月》『暈逐連城璧，輪隨出塞車』，唐人無此映帶。」（南京：鳳凰出版社，1997 年），頁 10653。

〔註 81〕逯欽立《先秦漢魏晉南北朝詩》，「陳詩」卷 2（北京：北京中華書局，1998 年），頁 2478。

〔註 82〕（宋）嚴羽《滄浪詩話・考證篇》（台北：金楓出版社，1986 年），頁 110。

〔註 83〕來駁斥嚴羽之說。雖然各家對張正見之詩持不同的見解與看法，然他和其他新體詩人一樣，在古詩過渡到近體的過程中有其一定的貢獻。

（十五）王褒（約 513～576）

王褒字子淵，琅邪臨沂（今山東臨沂）人。曾任秘書郎，轉太子舍人，襲爵南昌縣侯，後遷安城郡守。梁元帝即位，拜郎中，累遷吏部尚書、左僕射。西魏陷江陵，元帝降，褒至長安，授車騎大將軍，儀同三司。周閔帝即位，封石泉縣子，授太子少保。後任宣州刺史，卒於位，時年六十四歲。王闓運選錄他的新體詩五首。〔註 84〕

王褒原是梁朝的宮廷詩人，因此他的詩歌在藝術上與齊梁時期的詩人相同。但在西魏攻陷江陵後，他成爲俘虜到了長安，且終身未能南返。在北方生活一段時期後，受到北方民族尚武精神的影響，所以寫下了許多充滿邊塞風情和從軍一類的樂府詩。其中最著名的五言詩爲〈渡河北〉：

秋風吹木葉，還似洞庭波。常山臨代郡，亭障繞黃河。

心悲異方樂，腸斷隴頭歌。薄暮臨征馬，失道北山阿。

〔註 85〕

這首詩寫作者北渡黃河，見到秋天的景色，勾起他的故國之思，風格剛健質樸，情調十分蒼涼。再如〈關山月〉也是他的名篇：

關山夜月明，秋色照孤城。影虧同漢陳，輪滿逐胡兵。

天寒光轉白，風多暈欲生。寄言亭上吏，送客解雞鳴。

〔註 86〕

此詩「天寒光轉白。風多暈欲生。」兩句，爲他的名句，除刻畫北地

〔註 83〕（明）楊愼《升庵詩話》卷 10 收入丁福保編《歷代詩話續編》（台北：木鐸出版社，1983 年），頁 826～827。

〔註 84〕《八代詩選》收王褒新體詩 5 首爲：〈飲馬長城窟〉、〈關山月〉、〈贈周處士〉、〈送觀寧侯葬〉、〈渡北河〉。

〔註 85〕（清）王闓運《八代詩選》卷 14（台北：廣文書局，1970 年），頁 884。

〔註 86〕同註 85，頁 882～883。

月色的形象逼眞外，也揉和了他滯留塞外的苦寒之情。

（十六）楊廣（569～616）

楊廣，一名英，小字阿摐，弘農華陽（今陝西同州附近）人，他是隋文帝第二子。其人美姿貌，少敏慧，文帝於諸子中特所鍾愛。開皇元年，立爲晉王，拜柱國、并州總管，時年十三。後授武衛大將軍，進位上柱國、河北道行臺尙書令，大將軍如故。高祖令項城公韶、安道公李徹輔導之。上好學，善屬文，沉深嚴重，朝野屬望。後立爲太子，所行無道，將廢，廣遂殺文帝自立。即位後，大興土木，開運河，南巡自江都，爲宇文化及所殺，謚曰煬。王闓運選錄其新體詩七首。〔註87〕

隋煬帝的荒淫，與陳後主無異。《隋書‧文學傳》中說他：「初習藝文，有非輕側之論，暨乎即位，一變其風。」〔註88〕可見他早年「非輕側之論」意在討好文帝與博得好名，並非他的本意，只看《隋書‧音樂志》中說：「煬帝矜奢，頗玩淫曲。御史大夫裴蘊，揣知帝情，奏周、齊、梁、陳樂工子弟及人間善樂調者，凡三百餘人，并付太樂。倡優獶雜，咸來萃止。〔註89〕」這樣的環境，使得梁、陳時期的宮體情色文學，又開始氾濫起來。煬帝的作品，以樂府歌辭詩爲主，例如〈江都宮樂歌〉：

揚州舊處可淹留，臺榭高明復好遊。
風亭芳樹迎早夏，長皋麥隴送餘秋。
淥潭桂檝浮青雀，果下金鞍躍紫騮。
綠觴素蟻流霞飲，長袖清歌樂戲州。〔註90〕

〔註87〕《八代詩選》收楊廣新體詩7首爲：〈步虛詞〉、〈宴東堂〉、〈謁方山靈巖寺〉、〈月夜觀星〉、〈晚春〉、〈春江花月夜〉、〈賜守宮女〉。

〔註88〕（唐）姚思廉《隋書‧文學傳》卷76（台北：洪氏出版社，1974年），頁1730。

〔註89〕同註88，〈音樂志上〉卷13，頁287。

〔註90〕逯欽立《先秦漢魏晉南北朝詩》，「隋詩」卷3（北京：北京中華書局，1998年），頁2664。

這首詩在形式上，已接近七言律詩。其它如〈春江花月夜〉二首：

暮江平不動，春花滿正開。流波將月去，潮水帶星來。

夜露含花氣，春潭瀁月暉。漢水逢游女，湘川值兩妃。

〔註91〕

此詩寫景抒情，令人有清新雋永之感，形式上接近五言絕句。

他的作品雖多艷情詩，但寫得比較含蓄，而論其實質，與梁簡文帝、陳後主等諸人並無二致。所謂上有所好，下必從焉。在這種環境下，許多文人爲投君王所好，便紛紛附和，寫起這類詩來。不過煬帝的〈飲馬長城窟行・示從征羣臣〉詩，格調與他的其他的詩不同：

肅肅秋風起，悠悠行萬里。萬里何所行，橫漠築長城。

豈台小子智，先聖之所營。樹茲萬世策，安此億兆生。

詎敢憚焦思，高枕於上京。北河秉武節，千里捲戎旌。

山川互出沒，原野窮超忽。摐金止行陣，鳴鼓興士卒。

千乘萬騎動，飲馬長城窟。秋昏塞外雲，霧暗關山月。

緣巖驛馬上，乘空烽火發。借問長城侯，單于入朝謁。

濁氣靜天山，晨光照高闕。釋兵仍振旅，要荒事方舉。

飲至告言旋，功歸清廟前。〔註92〕

其中「秋昏塞外雲，霧暗關山月」二句，格調十分古雅清俊，是他的名句。

（十七）王績（585～644）

王績字無功，絳州龍門（今山西河津）人，爲隋末大儒王通之弟。其人性簡放，不喜拜揖，因此不管家事，也不參與鄉族的慶吊（弔）冠昏。嘗居於東皋，自號東皋子。隋大業中，授祕書省正字，但他不願在朝，求爲六合縣丞，後因嗜酒遭彈劾而辭官。唐高祖武德初年，以前官待詔門下省，後棄官歸隱，貞觀十八年卒，遺命薄葬，並自志

〔註91〕（清）王闓運《八代詩選》卷14（台北：廣文書局，1970年），頁905。

〔註92〕逯欽立《先秦漢魏晉南北朝詩》，「隋詩」卷3（北京：北京中華書局，1998年），頁2661。

其墓。原有集五卷，已散佚，而後人輯有《王無功集》(一名《東皋子集》)。

王績生於隋唐變亂之際，對世路感到徬徨苦悶，因此用一種消極避世的方式，來逃避現實以明哲保身。他不僅歸隱故鄉，且以酒來麻醉自己，並常以稽康、阮籍、陶淵明諸人自況，服膺老莊，玩世不恭。《唐才子傳》說他在待詔門下省時，其弟王靜問他:「待詔可樂否?」他說:「待詔奉薄，況蕭瑟。但良醞三升，差可戀耳。」待詔江國公聞之曰:「三升良醞，未足以絆王先生。」因此加三升爲一斗，故時人稱他「斗酒學士」。〔註 93〕

王績的詩，今存五十餘首。在詩風上，由於他反對綺豔的宮體詩，因此詩作的風格沖淡質樸，內容則多爲個人生活和情感的表現，眞實自然，毫無虛飾。其中有一些描寫飲酒的詩，常寄託對現實的憤慨與不滿。其中如〈過酒家〉:

> 此日長昏飲，非關養性靈。眼看人盡醉，何忍獨爲醒。(其二)〔註 94〕

再如〈贈程處士〉:

> 百年長擾擾，萬事悉悠悠。日光隨意落，河水任情流。
> 禮樂囚姬旦，讀書縛孔丘。不如高枕枕，時取醉消愁。
> 〔註 95〕

王績詩中表現出的另一個思想，即是反對封建禮教對人心的束縛，因此他對被囚於禮樂的周公和縛於詩書的孔子，都給予極辛辣的嘲諷。

王績對阮籍、稽康、陶淵明十分仰慕，因此他的詩裏也有許多對他們的讚美。例如〈田家〉:

〔註 93〕(元)辛文房《唐才子傳》卷 1(台北:金楓出版社，1999 年)，頁 24～25。

〔註 94〕(清)聖祖御敕，(清)王全等點校《全唐詩》卷 37(北京:北京中華書局，1960 年)，頁 484。

〔註 95〕同註 94，頁 482。

阮籍生涯懶，稽康意氣疏。相逢一醉飽，獨坐數行書。（其一）〔註 96〕

再如〈醉後〉：

阮籍醒時少，陶淵醉日多。百年何足度，乘興且長歌。〔註 97〕

除此之外，王績也有許多描寫田園景致與農家閒淡的詩，可以稱其爲唐代田園詩之先聲。其中以〈野望〉一詩最具代表性：

東皋薄暮望，徙倚欲何依。樹樹皆秋色，山山唯落暉。
牧人驅犢返，獵馬帶禽歸。相顧無相識，長歌懷采薇。〔註 98〕

這首詩首、尾兩聯抒情敘事，中間兩聯寫景。由情到景再轉回情的描述方式，使詩的意義表現更爲深入，非常符合律詩創作的基本章法。相較於其後的沈佺期、宋之問，王績早在制定近體詩律六十餘年前，便能寫出如〈野望〉這般成熟的五律，可知他是一位不受限制、勇於嘗試與創新的詩人。沈德潛《唐詩別裁》中說：「五言律前此失嚴者多，應以此章爲首。」〔註 99〕他的評論是極有見地的。今人葛曉音則以爲他這類的作品，受到庾信田園詩風的影響很大，甚至在詩歌聲律方面，也直接受到庾信後期詩歌律化的影響。〔註 100〕相信這和當時庾信的新體詩在西魏、北周到隋唐之際，備受推崇，爲人廣爲模仿的文學氣氛有關。

（十八）上官儀（616～664）

上官儀字游韶，陝州（今河南陝縣）人。他是貞觀初年的進士，

〔註 96〕（清）聖祖御敕，（清）王全等點校《全唐詩》卷 37（北京：北京中華書局，1960 年），頁 478。
〔註 97〕同註 96，頁 484。
〔註 98〕同註 96，頁 482。
〔註 99〕（清）沈德潛撰《唐詩別裁》卷 9（台北：商務印書館，1965 年），頁 2。
〔註 100〕葛曉音《山水田園詩派研究》（瀋陽：遼寧大學出版社，1993 年），頁 94。

官至秘書少監兼弘文館學士。是唐太宗的御用文人之一，太宗每次寫文章都讓他看稿，可見太宗對他的器重。高宗時，由於反對立武則天爲后，爲武后所忌，麟德元年（664）又被告發與廢太子忠同謀，被捕下獄死，家亦被抄。原有集三十卷，已散佚。今存詩二十首，他工於五言詩，詞采華美，綺錯婉媚，適於宮廷的需求，士大夫於是紛紛模仿，時稱「上官體」。其內容多應制、奉和之作，題材狹隘，仍未脫齊梁宮體詩的束縛。其中如〈早春桂林殿應詔〉：

步輦出披香，清歌臨太液。曉樹流鶯滿，春堤芳草積。
風光翻露文，雪華上空碧。花蝶來未已，山光暖將夕。

〔註 101〕

此詩文字綺麗，對仗工穩，但只是一首應制詩，並無眞摯的感情與內容。但他也有些小詩寫得疏朗自然，清新可喜。如〈入朝洛堤步月〉：

脈脈廣川流，驅馬歷長州。鵲飛山月曙，蟬噪野風秋。

〔註 102〕

上官儀比較重要的貢獻，還在研究、整理了自六朝以來詩歌中對偶與聲律的關係，他提出了「六對」、「八對」之說。〔註 103〕其中六對是指：

1. 正名對：天地日月。
2. 同類對：花葉草芽。
3. 連珠對：蕭蕭赫赫。
4. 雙聲對：黃槐綠柳。
5. 疊韻對：徬徨放曠。
6. 雙擬對：春樹秋池是也。

〔註 101〕（清）聖祖御敕，（清）王全等點校《全唐詩》卷 40（北京：北京中華書局，1960 年），頁 505。
〔註 102〕同註 101，頁 509。
〔註 103〕（宋）魏慶之撰《詩人玉屑》卷 7〈屬對・六對〉引《詩苑類格》（台北：世界書局，2005 年），頁 165～166。

而八對則爲：

1. 的（地）名對：送酒東南去，迎琴西北來。
2. 異類對：風織池間樹，蟲穿草上文。
3. 雙聲對：秋露香佳菊，春風馥麗蘭。
4. 疊韻對：放蕩千般意，遷延一介心。
5. 聯綿對：殘河若帶，初月如眉。
6. 雙擬對：議月眉欺月，論花頰勝花。
7. 回文對：情新因意得，意得逐情新。
8. 隔句對：相思復相憶，夜夜淚沾衣；空歎復空泣，朝朝君未歸。

這些對法，雖在六朝時，多已爲詩人所初步運用，但直到上官儀時，才開始將其歸納，並予以定立名稱，而這些法則，便成爲其後創作律詩的一種定規。甚至在當日的科舉考試上，也成爲評定詩作的法則，而這些法則的整理，對於唐代律詩的形成和發展有一定的貢獻。

（十九）楊炯（650～693）

楊炯，華陽（今陝西華陽）人。爲高祖時右衛將軍楊虔威的姪孫。他幼聰敏，博學，善屬文。顯慶六年（660），〔註 104〕炯年十一舉神童，待制弘文館。上元三年（676），應制舉，補校書郎。永隆二年（681）爲崇文館學士，遷太子詹事司直。武后時，因從弟楊神讓參與徐敬業叛亂，轉任梓州司法參軍，遷婺州盈川令。炯至官，爲政殘酷，人吏動不如意，輒榜殺之。如意元年（692）七月望日，宮中出盂蘭盆，分送佛寺。則天御洛南門，與百僚觀之，炯獻〈盂蘭盆賦〉，詞甚雅麗。不久，卒于官。

〔註 104〕關於此事，陸侃如、馮沅君《中國詩史》、王竟時《中國古代詩歌史》均書爲顯慶五年，而《唐才子傳》卷 1〈楊炯傳〉書爲「顯慶六年，舉神童，授校書郎。」，此處採《唐才子傳》的說法，以爲在顯慶六年。

楊炯恃才傲物，他與王勃、盧照鄰、駱賓王，時稱「四傑」，他曾說「吾愧在盧前，恥在王後。」今存詩三十三首，全爲五言詩。他的詩辭藻華麗，但內容比較貧弱，尚未脫離陳、隋遺風。就詩才而論，他的獨創性也較其他三傑差，因此在文學上的成就較小。但他有一些描述邊塞征戰、抒發自己抱負的詩，氣勢頗爲雄健。例如〈從軍行〉：

烽火照西京，心中自不平。牙璋辭鳳闕，鐵騎繞龍城。
雲暗凋旗畫，風多雜鼓聲。寧作百夫長，勝作一書生。
〔註 105〕

本詩藉樂府舊題，敘述書生從軍邊塞，參與戰爭的過程。寥寥數語，揭示了人物的心理活動，並渲染了整個戰場的環境與氣氛，筆力十分雄勁。此詩頷、頸、尾三聯皆爲對仗，如此工整的對仗，使詩更有節奏與氣勢，在初唐尚未脫綺靡詩風時，能出現這樣的作品，十分難能可貴。其他如〈戰城南〉：

塞北途遼遠，城南戰苦辛。旛旗如鳥翼，甲胄似魚鱗。
凍水寒傷馬，悲風愁殺人。寸心明白日，千里暗黃塵。
〔註 106〕

本詩如實的反映了邊塞生活的蒼涼和戰爭的殘酷，是一首優秀的邊塞詩。楊炯的詩多爲律體，五絕僅有一首，其中並無七言詩，可知他在形式運用上，沒有其他三傑範圍來得廣泛。

（二十）王勃（650～676）

王勃字子安，絳州龍門（今山西稷山）人。爲著名學者王績的姪孫。幼聰敏，六歲即善文辭，九歲得顏師古注《漢書》讀之，作《指瑕》十卷以摘其失。十四歲時，太常伯劉祥道巡行關內，他上書自陳，祥道表之朝，對策高第，授朝散郎。沛王聞其名，召爲府修撰，論次《平台秘略》，書成，王愛重之。時長安諸王盛行鬥雞，王勃戲作〈檄

〔註 105〕（清）聖祖御敕，（清）王全等點校《全唐詩》卷 50（北京：北京中華書局，1960 年），頁 611。
〔註 106〕同註 105，頁 613。

英王雞文〉，觸怒高宗，認爲他此舉乃在挑撥沛王和英王兄弟間的關係，遂被逐出王府。他曾一度漫遊蜀中，後聞虢州多藥草，求補參軍。倚才陵籍，爲同僚所妒。時官奴曹達抵罪，匿勃處，勃懼事泄，輒殺之。事覺，勃當誅，遇赦，遂被革職。時其父王福畤爲雍州司功參軍，受到牽連，被貶爲交阯令。勃往省，路過南昌，時都督閻公大宴滕王閣，宿令其婿吳子璋作序以誇客。因此紙筆遍請，客莫敢當，至勃不辭，都督怒起更衣，遣吏伺其文輒報。至「落霞與孤鶩齊飛，秋水共長天一色。」句。乃驚道：「天才也！」請遂成文，極歡而罷，就是有名的〈滕王閣序〉。後渡海溺水，驚悸而死。原有集三十卷，〔註 107〕《唐才子傳》云：「勃屬文綺麗，請者甚多，金帛盈積。心織而衣，筆耕而食，然不甚精思，先磨墨數升，則酣飲被覆面臥，及寤，援筆成篇，不易一字，人謂之『腹稿』。」〔註 108〕

王勃擅長五律、五絕，其中如五律〈杜少府之任蜀川〉是其名篇：

城闕輔三秦，風煙望五津。與君別離意，同是宦遊人。
海內存知己，天涯若比鄰。無爲在歧路，兒女共霑巾。
〔註 109〕

此詩剛健清新，格調高亢，不但寫出眞摯的友情，也表現了詩人樂觀的處世精神與曠達爽朗的胸襟，是一首膾炙人口的名篇，其中尤以「海內存知己，天涯若比鄰。」兩句，已爲千古傳誦之名句。他的五律〈郊興〉也是一首形式工整別致的作品：

空園歌獨酌，春日賦閑居。澤蘭侵小徑，河柳覆長渠。

〔註 107〕 王勃的文集原有三十卷，但明代以後，原文集已佚，今傳之《王子安集》爲崇禎年間張燮就《文苑英華》、《唐文粹》等書所輯成，由清人蔣清翊作注，全書共二十卷。其後羅振玉又從日本抄本，得到佚文一卷，共計二十一卷。

〔註 108〕 （元）辛文房《唐才子傳》卷 1（台北：金楓出版社，1999 年），頁 26～27。

〔註 109〕 （清）聖祖御敕，（清）王全等點校《全唐詩》卷 56（北京：北京中華書局，1960 年），頁 676。

雨去花光濕，風歸葉影疏。山人不惜醉，唯畏綠尊虛。

〔註 110〕

他的五言小詩也作得很好，其中如〈山中〉：

長江悲已滯，萬里念將歸。況屬高風晚，山山黃葉飛。

〔註 111〕

再如〈山扉夜坐〉與〈別人〉其一：

抱琴開野室，攜酒對情人。林塘花月下，別似一家春。

（〈山扉夜坐〉）〔註 112〕

久客逢餘閏，他鄉別故人。自然堪下淚，誰忍望征塵？

（〈別人〉）〔註 113〕

由這些詩句可以看出王勃的眞實心境，無論是自然風景的描述或閒適生活的歌詠，都予人清新流暢之感。另外他在〈滕王閣序〉的結尾中，寫了一首七言詩：

騰王高閣臨江渚，珮玉鳴鸞罷歌舞。
畫棟朝飛南浦雲，珠簾暮捲西山雨。
閑雲潭影日悠悠，物換星移幾度秋。
閣中帝子今何在？檻外長江空自流。〔註 114〕

此詩寫得情景交融，道盡作者觸景興懷、弔古傷今的情感，氣勢雄渾，格調高昂，辭藻華麗，感情眞摯，在形式上雖爲七古，卻又具七律之特徵，讀來餘韻無窮。

（二十一）李嶠（644～713）

李嶠，字巨山，趙州贊皇（今河北省臨城縣）人。《唐詩紀事》卷十中說他兒時夢人遺雙筆，自此便開始能文。十五歲通五經，二十

〔註 110〕（清）聖祖御敕，（清）王全等點校《全唐詩》卷 56（北京：北京中華書局，1960 年），頁 676。
〔註 111〕同註 110，頁 683。
〔註 112〕同註 110，頁 680。
〔註 113〕同註 110，頁 68 2。
〔註 114〕（清）聖祖御敕，（清）王全等點校《全唐詩》卷 58（北京：北京中華書局，1960 年），頁 694。

歲擢進士，累遷爲監察御史。武后時，官至鳳閣舍人，遷鸞臺侍郎、知政事，封越國公。中宗景龍年間，任兵部尚書同中書門下三品。睿宗時，出任懷州刺史。玄宗即位，貶爲滁州別駕。天寶末年，玄宗登花萼樓，梨園子弟唱李嶠所作之〈汾陰行〉至末節：「山川滿目淚沾衣，富貴榮華能幾時？不見衹今汾水上，唯有年年秋雁飛。」玄宗聽至此，思己年事已高，頗爲感傷，遂淒然落淚，並讚其爲眞才子。原有集五十卷，已散佚，明人輯有《李嶠集》，《全唐詩》錄存其詩五卷。

李嶠是當時著名的御用文人，對當代的文壇頗有影響力。他早年與駱賓王、劉光業齊名，入仕以後，初與王勃、楊盈川接踵，中又和崔融、蘇味道並稱。李嶠現存新體詩的數量有一百八十五首之多，其詩歌律化的程度也超過當時與他齊名之詩人，這對其後近體詩的格律完成，有很大的影響。

李嶠的詩多詠物、應制、奉和之作，單詠物詩就有一百二十首，堪稱唐代第一位詠物詩人。他著名的作品除上述之〈汾陰行〉外，尚有〈奉和天樞成宴夷夏群僚應制〉一詩：

轍迹光西崦，勳庸紀北燕。何如萬方會，頌德九門前。
灼灼臨黃道，迢迢入紫煙。仙盤正下露，高柱欲承天。
山類叢雲起，珠疑大火懸。聲流塵作劫，業固海成田。
帝澤傾堯酒，宸歌掩舜弦。欣逢下生日，還睹上皇年。

〔註 115〕

這首詩辭藻富麗、氣象宏大，且聲律合諧。全詩八韻十六句，皆合格律，與近體詩律法全合。再如他的〈酬杜五弟晴朗獨坐見贈〉：

平明做虛館，曠望幾悠哉。宿霧分空盡，朝光度隙來。
影低藤架密，香動藥闌開。未展山陽會，空留池上杯。

〔註 116〕

〔註 115〕（清）聖祖御敕，（清）王全等點校《全唐詩》卷 61（北京：北京中華書局，1960 年），頁 725。

〔註 116〕同註 115，卷 58，頁 694。

李嶠的詩，風格與沈、宋接近，但才情略遜於二人，但他致力於律詩的創作，因而在唐代律詩形成的過程中亦有所貢獻。

（二十二）崔融（653～706）

崔融，字安成，齊州全節（今山東濟南）人。高宗時，任崇文館學士。武后時，授著作佐郎，遷右史、進鳳閣舍人。後來因親附張易之兄弟，被貶爲袁州刺史，不久召回任國子監司業。原有集六十卷，已散佚。今存詩十八首，以詠從軍者爲多。如〈西征軍行遇風〉、〈塞垣行〉等，均寫得很有氣勢，其中〈西征軍行遇風〉：

> 北風卷塵沙，左右不相識。颯颯吹萬里，昏昏同一色。
> 馬煩莫敢進，人急未遑食。草木春更悲，天景晝相匿。
> 〔註117〕

本詩描寫軍士在行軍中遇到大風的情形，具有一種異域的風情。

崔融對近體詩最大的貢獻，爲整理了上官儀與元兢詩學上的研究。據王夢鷗先生《初唐詩學著述考》一書中的考證，世傳的李嶠《評詩格》其實就是崔融所作之《新定詩體》。〔註118〕雖然此書《文鏡秘府論》所引並非全帙，但就其內容看來，此書內容乃集上官儀《筆札華梁》與元兢《詩髓腦》二書之大成，除關於屬對方面的研究外，更將元兢所創之「調聲」技巧，做一個比較明確、統一的整理。這對後來沈、宋得以制定近體詩的詩律，有極重要的影響。

（二十三）駱賓王（640～684）

駱賓王，婺州義烏（今浙江義烏）人。少時聰穎，七歲能賦詩，尤妙於五言。嘗作〈帝京篇〉，當時以爲絕唱，但落魄無行，好與博徒爲伍。初爲道王李元慶府屬，嘗使自言所能，賓王不答。後爲武功主簿。裴行儉爲洮州總管，表賓王掌書奏，不應。高宗末（約682）

〔註117〕（清）聖祖御敕，（清）王全等點校《全唐詩》卷68（北京：北京中華書局，1960年），頁764～765。

〔註118〕王夢鷗著《初唐詩學著述考》第3章（台北：台灣商務印書館，1977年），頁80～102。

調長安主簿。武后時（684），坐贓左遷臨海丞，怏怏不得志，棄官而去。時徐敬業在揚州起兵討武后，署賓王爲府屬，軍中書檄都是他作的。武后讀檄文，但嘻笑，讀至「一抔之土未乾，六尺之孤安在？」很驚異的問：「誰爲之？」有人告以賓王作檄，后責問：「宰相安得失此人？」敬業敗，賓王亡命，不知所之。〔註 119〕

駱賓王也擅長寫七言歌行，他少時所作的〈帝京篇〉以五、七言轉用的手法，加上流利順暢的筆調，描述了京都宮殿的輝煌、皇室官邸的富麗、達官貴人的奢侈與倡家押邪狂飲的淫樂場面。同時指出世事無常並感嘆寒士的不遇，思想與藝術性皆佳，是他著名的作品。另外他自敘身世的作品〈疇昔篇〉，全篇一千兩百餘字，被當時稱爲絕唱，是少見的巨製。除歌行體外，他的五言律詩也寫得相當出色，代表作爲〈在獄詠蟬〉，是他任侍御史時獲罪入獄之作，其詩爲：

西陸蟬聲唱，南冠客思侵。那堪玄鬢影，來對白頭吟。
露重飛難進，風多響易沉。無人信高潔，誰爲表予心？
〔註 120〕

以蟬自況，雖高潔卻無法取信於人，這是他全詩所透露的憂傷。而其中五、六兩句用比興的手法，將「霜重」、「風多」喻爲對他迫害的惡勢力，手法極爲高明。

駱賓王也作過一些別緻的小詩，如〈在軍登城樓〉：

城上風威險，江中水氣寒。戎衣何日定，歌舞入長安。
〔註 121〕

再如〈於易水送人〉：

此地別燕丹，壯士髮衝冠。昔時人已沒，今日水猶寒。
〔註 122〕

〔註 119〕事見（唐）歐陽修撰《新唐書》，卷 201〈駱賓王傳〉（台北：鼎文書局出版，1998 年 10 月），頁 5742。

〔註 120〕（清）聖祖御敕，（清）王全等點校《全唐詩》卷 78（北京：北京中華書局，1960 年），頁 848。

〔註 121〕同註 120，卷 79，頁 863。

〔註 122〕同註 120，卷 79，頁 863。

短短二十字，抒發了他懷古傷時的感嘆，音調雄渾，氣魄悲壯。

雖然歷來在論駱賓王之詩歌成就，多關注於他的古體詩上，尤其是歌行體的創作。但若細察他的詩歌作品，不難發現，駱賓王其實對於新體詩律化，也有其不可忽視的貢獻。據今人杜曉勤的研究發現，駱賓王在新體詩的創作數量上，爲四傑之冠，佔了他作品總數的79.54%，可見他對新體詩的創作亦十分重視；且在他的新體詩中，已有 46.72%的作品，聯間出現了相黏的情形，可見他已開始注意詩歌聯與聯間音律和諧的問題，這當與他早年學詩過程中，新體詩正風行朝野的文學風尚有關。此外，他與李嶠、宋之問這些精於聲律的新體詩人，始終保持密切的關係，對於詩律方面的思想，想必也受到一定程度的影響，因此他的作品，相較於高宗朝前期的宮廷詩人，在新體詩的律化上，可謂大大的前進了一步。〔註 123〕

以上介紹了由齊梁新體詩時期到唐初之間，截至沈、宋制定近體詩格律以前，對近體詩體制之成熟與題材之開發與創新，具有重要影響之作家及其作品。以下便舉例說明此一時期詩歌由古體演變至近體的過程與軌跡。

第二節　類似近體詩形式者

唐人於詩歌一體的成就，猶如賦之於漢，詞之於宋，曲之於元，實爲一代精神之表現。此除爲文體本身之演進與西域音樂之傳入外，更因帝王之獎掖與科舉之特重詩賦，遂使詩歌成爲文士們得登青雲之階的門徑，一時間風起雲湧，名家輩出。當時各種形式、題材與格調的詩歌皆備，堪稱詩歌的黃金時代。但唐詩無論在形式、意境、音韻及技巧上，論其根源，實遠接漢魏，近承齊梁。尤其是近體詩的體制完成，與六朝的小詩與齊梁時期之新體詩發展有密不可分的關係。以

〔註 123〕 杜曉勤《齊梁詩歌向盛唐詩歌的嬗變》第五章〈初唐四傑對新體詩的態度及其新體詩律化程度〉（台北：商鼎文化出版社，1996 年），頁 43～44。

下試舉齊梁時期以至唐代沈、宋之間，在字數、句式與部分押韻上，已類似近體詩形式之詩歌以明近體詩發展之軌跡。

一、類似絕句者

（一）風閨晚翻靄，月殿夜凝明。
願君早流眄，無令春草生。
（徐孝嗣〈白雲歌〉）〔註 124〕

（二）夕殿下珠簾，流螢飛復息。
長夜縫羅衣，思君此何極。
（謝朓〈玉階怨〉）〔註 125〕

（三）佳期期未歸，望望下鳴機。
徘徊東陌上，月出行人稀。
（謝朓〈同王主簿有所思〉）〔註 126〕

（四）渠椀送佳人。玉杯邀上客。
車馬一東西。別後思今夕。
（謝朓〈金谷聚〉）〔註 127〕

（五）綠草蔓如絲。雜樹紅英發。
無論君不歸。君歸芳已歇。
（謝朓〈王孫游〉）〔註 128〕

（六）菱花落復含，桑女罷新蠶。
桂棹浮星艇，徘徊蓮葉南。
（蕭綱〈採菱曲〉）〔註 129〕

（七）白雲山上盡，清風松下歇。
欲識離人悲，孤臺見明月。
（張融〈別詩〉）〔註 130〕

〔註 124〕逯欽立《先秦漢魏晉南北朝詩》，「齊詩」卷 2（北京：北京中華書局，1998 年），頁 1411。
〔註 125〕同註 124，「齊詩」卷 3，頁 1420。
〔註 126〕同註 125。
〔註 127〕同註 125。
〔註 128〕同註 125。
〔註 129〕同註 124，「梁詩」卷 20，頁 1920。
〔註 130〕同註 124，「齊詩」卷 2，頁 1410。

（八）今夜月光來，正上相思臺。
可憐無遠近，光照悉徘徊。
（蕭綱〈望月〉）〔註 131〕

（九）楨幹屈曲盡，蘭麝氛氳消。
欲知懷炭日，正是履霜朝。
（蕭正德〈將奔魏詠竹火籠〉）〔註 132〕

（十）金羈遊俠子，綺機離思妾。
春度人不歸，望花盡成葉。
（蕭子顯〈春閨思〉）〔註 133〕

（十一）晨登黃馬坡，遙望白龍堆。
風威盡撩折，路險車輪摧。
（王筠〈遊望詩〉）〔註 134〕

（十二）荊門丘壑多，寵牖風雲入。
自非栖遁情，誰堪霜露溼？
（蕭綸〈入茅山尋桓清遠迺題壁詩〉）〔註 135〕

（十三）炎光歇中宇，清氣入房櫳。
晚荷猶卷綠，疏蓮久落紅。
（徐怦〈夏日詩〉）〔註 136〕

（十四）弘都多雅度，信乃含賓實。
鴻漸殊入昇，上才淹下秩。
（蕭繹〈懷舊詩〉）〔註 137〕

（十五）汗輕紅粉濕，坐久翠眉愁。
傳聲入鐘磬，餘轉雜箜篌。
（蕭繹〈詠歌詩〉）〔註 138〕

〔註 131〕逯欽立《先秦漢魏晉南北朝詩》，「梁詩」卷 22（北京：北京中華書局，1998 年），頁 1973。
〔註 132〕同註 131，「梁詩」卷 25，頁 2061。
〔註 133〕同註 131，「梁詩「卷 1 5，頁 1819。
〔註 134〕同註 131，「梁詩」卷 24，頁 2021。
〔註 135〕同註 134，頁 2029。
〔註 136〕同註 132，頁 2030。
〔註 137〕同註 132，頁 2048。
〔註 138〕同註 132，頁 2055。

（十六）長條垂拂地，輕花上逐風。
露霑疑染綠，葉小未障空。
（蕭繹〈綠柳詩〉）〔註 139〕

（十七）空庭高樓月，非復三五圓。
何須照牀裏？終是一人眠。
（王臺卿〈蕩婦高樓月〉）〔註 140〕

（十八）匣上生光影，毫際起風流。
本持談妙理，寧是用椎牛。
（蕭詧〈塵尾詩〉）〔註 141〕

（十九）數奇不可偶，性直誰能紆？
禎蔡伏靈異，祥雲降溫腴。
（范筠〈詠著詩〉）〔註 142〕

（二十）仙宮雲箔卷，露出玉簾鉤。
清光無所贈，相憶鳳凰樓。
（劉緩〈新月〉）〔註 143〕

以上之五言詩除第三首、第六首、第八首爲一、二、四句押韻外，餘皆二、四隔句押韻，雖在黏對與平仄上失律，但形體上已類似唐人五言絕句之形式。

七言小詩的發展遠不如五言風行，但自北朝民間樂府之「橫吹曲辭」中仍可找到少數例子，如〈捉搦歌〉、〈隔谷歌〉皆爲七言四句的形式。但文人的擬作，則要到湯惠休的〈秋風引〉之後。其中如蕭綱、蕭繹與蕭子顯的詩中，都有七言四句的小詩出現，作品的技巧明顯進步許多，但仍沿用樂府舊名，因此逯欽立所輯之《先秦漢魏晉南北朝詩》中將這些詩歸於樂府詩。以下茲舉數例：

（一）正月土膏初欲發，天馬照耀動農祥。

〔註 139〕逯欽立《先秦漢魏晉南北朝詩》，「梁詩」卷 25（北京：北京中華書局，1998 年），頁 2056～2057。
〔註 140〕同註 139，「梁詩」卷 27，頁 2090。
〔註 141〕同註 140，頁 2105。
〔註 142〕同註 139，「梁詩」卷 28，頁 2121。
〔註 143〕同註 139，「梁詩」卷 17，頁 1850。

田家斗酒羣相勞，爲歌長安金鳳凰。

（蕭綱〈上留田行〉）〔註 144〕

（二）芙蓉作船絲作綷，北斗橫天月將落。

採桑渡頭礙黃河，郎今欲渡畏風波。

浮雲似帳月成鉤，那能夜夜南陌頭。

宜城醞酒今行熟，停鞍繫馬暫棲宿。

青牛丹轂七香車，可憐今夜宿倡家。

倡家高樹烏欲棲，羅帷翠帳向君低。

織成屏風金屈膝，朱脣玉面燈前出。

相看氣息望君憐，誰能含羞不自前？

（蕭綱〈烏棲曲四首〉）〔註 145〕

（三）別觀蒲萄帶實垂，江南荳蔻生連枝。

無情無意猶如此，有心有恨徒別離。

蜘蛛作絲滿帳中，芳草結葉當行路。

紅臉脈脈一生啼，黃鳥飛飛有時度。

故人雖故昔經新，新人雖新復應故。

可憐淮水去來潮，春堤楊柳覆河橋。

淚痕未燥詎終朝，行聞玉珮已相要。

桃紅李白若朝粧，羞持顦悴比新芳。

不惜暫住君前死，愁無西園更生香。

（蕭綱〈和蕭侍中子顯別詩四首〉）〔註 146〕

（四）天霜河白夜星稀，一雁聲嘶何處歸？

早知半路應相失，不如從來本獨飛。

（蕭綱〈夜望單飛雁〉）〔註 147〕

（五）酬酹半兮樂既陳，長歌促節綺羅人。

拂鏡弄影情未極，迴簪轉笑思相親。

（蕭綱〈歌〉）〔註 148〕

〔註 144〕逯欽立《先秦漢魏晉南北朝詩》，「梁詩」卷 20（北京：北京中華書局，1998 年），頁 1921。

〔註 145〕同註 144，頁 1922。

〔註 146〕同註 144，「梁詩」卷 22，頁 1977。

〔註 147〕同註 146，頁 1978。

〔註 148〕同註 146，頁 1980。

（六）春風宛轉入曲房，兼送小苑百花香。
白馬金鞍去未返，紅妝玉筯下成行。
（魏收〈挾琴歌〉）〔註 149〕

（七）遼東烽火照甘泉，薊北亭障接燕然。
水凍菖蒲未生節，關寒榆莢不成錢。
（宇文招〈從軍行〉）〔註 150〕

（八）失羣寒鴈聲可憐，夜半單飛在月邊。
無奈人心復有憶，今暝將渠俱不眠。
（庾信〈秋夜望單飛鴈詩〉）〔註 151〕

（九）青田松上一黃鶴，相思樹下兩鴛鴦。
無事交渠更相失，不及從來莫作雙。
雜樹本唯金谷苑，諸花舊滿洛陽城。
正是古來歌舞處，今日看時無地行。
（庾信〈代人傷往詩二首〉）〔註 152〕

（十）故年花落今復新，新年一故成故人。
那得長繩繫白日？年年月月但如春。
（沈炯〈謠〉）〔註 153〕

（十一）採桑歸路河流深，憶昔相期柏樹林。
奈許新縑傷妾意，無由故劍動君心。
新梅嫩柳未障羞，情去恩移那可留。
團扇篋中言不分，纖腰掌上詎勝愁。
（江總〈怨詩二首〉）〔註 154〕

（十二）石城門峻誰開闢，更鼓悟聞風落石。
界天自嶺勝金湯，鎮壓西南天半壁。
（史萬歲〈石城山〉）〔註 155〕

〔註 149〕逯欽立《先秦漢魏晉南北朝詩》，「北齊詩」卷 1（北京：北京中華書局，1998 年），頁 2269。
〔註 150〕同註 149，「北周詩」卷 1，頁 2344。
〔註 151〕同註 149，「北周詩」卷 4，頁 2410。
〔註 152〕同註 151。
〔註 153〕同註 149，「陳詩」卷 1，頁 2449。
〔註 154〕同註 149，「陳詩」卷 7，頁 2572。
〔註 155〕同註 149，「隋詩」卷 2，頁 2656。

以上所舉例之詩，其中第四、五、六、七、八、十一、十二首爲一、二、四句押韻，其他皆爲隔句用韻。其中部分詩的韻腳，甚至並未在同一韻部，如蕭綱〈烏棲曲四首〉。而在黏對、平仄方面亦皆不合律，惟字數與句數上，已出現與唐人絕句相近之形體，可見爲古體到近體之間過渡時期的作品。

二、類似律詩者

齊梁時期開始，也出現了許多五言八句或七言八句體式的詩，這些詩雖未全合於律詩格律，但有些詩在黏對與對仗上頗類律詩形式，惟平仄格律尚未完全定制。因此各詩之著句調聲，並無一致性，也無共同遵守的規式，因此還不能被視爲律詩之定體。以下略舉數例以爲例證：

（一）如何有所思，而無相見時。
宿昔夢顏色，階庭尋履綦。
高張更何已，引滿終自持。
欲知憂能老，爲視鏡中絲。

（王融〈有所思〉）〔註 156〕

（二）相望早春日，煙華雜如霧。
復此佳麗人，含情結芳樹。
綺羅已自憐，萱風多有趣。
去來徘徊者，佳人不可遇。

（王融〈芳樹〉）〔註 157〕

（三）遊人欲騁望，積步上高臺。
井蓮當夏吐，窗桂逐秋開。
花飛低不入，鳥散遠時來。
還看雲棟影，含月共徘徊。

（王融〈臨高臺〉）〔註 158〕

〔註 156〕逯欽立《先秦漢魏晉南北朝詩》，「齊詩」卷 2（北京：北京中華書局，1998 年），頁 1387。

〔註 157〕同註 156，頁 1389。

〔註 158〕同註 157。

（四）捨轡下雕輅，更衣奉玉牀。
斜簪映秋水，開鏡比春妝。
所畏紅顏促，君恩不可長。
鵊冠且容裔，豈吝桂枝亡。
（沈約〈攜手曲〉）〔註 159〕

（五）嫋嫋河堤樹，依依魏主營。
江陵有舊曲，洛下作新聲。
妾對長楊苑，君登高柳城。
春還應共見，蕩子太無情。
（徐陵〈折楊柳〉）〔註 160〕

（六）征塗轉愁旆，連騎慘停鑣。
朔氣凌疎木，江風送上潮。
青雀離帆遠，朱鳶別路遙。
唯有當秋月，夜夜上河橋。
（徐陵〈秋日別庾正員〉）〔註 161〕

（七）玉匣卷懸衣，針樓開夜扉。
姮娥隨月落，織女逐星移。
離分忿促夜，別後對空機。
倩語雕陵鵲，塡河未可飛。
（庾肩吾〈七夕〉）〔註 162〕

（八）蕭條亭障遠，悽慘風塵多。
關門臨白狄，城影入黃河。
秋風別蘇武，寒水送荊軻。
誰言氣蓋世，晨起帳中歌。
（庾信〈擬詠懷〉）〔註 163〕

（九）大江一浩蕩，離悲足幾重。

〔註 159〕逯欽立《先秦漢魏晉南北朝詩》，「梁詩」卷 6（北京：北京中華書局，1998 年），頁 1622。
〔註 160〕同註 159，「陳詩」卷 5，頁 2525。
〔註 161〕同註 160，頁 2531～2532。
〔註 162〕同註 159，「梁詩」卷 23，頁 1998。
〔註 163〕同註 159，「北周詩」卷 3，頁 2370。

潮落猶如蓋，雲昏不作峯。
遠戍唯聞鼓，寒山但見松。
九十方稱半，歸途詎有蹤。
（陰鏗〈晚出新亭〉）〔註 164〕

（十）客行逢日暮，結纜晚洲中。
戍樓因嵁險，村路入江窮。
水隨雲度黑，山帶日歸紅。
遙憐一柱觀，欲輕千里風。
（陰鏗〈晚泊五洲〉）〔註 165〕

（十一）客心愁日暮，徒倚空望歸。
山煙涵樹色，江水映霞暉。
獨鶴凌空逝，雙鳧出浪飛。
故鄉千餘里，茲夕寒無衣。
（何遜〈日夕出富陽浦口和郎公〉）〔註 166〕

（十二）暮煙起遙岸，斜日照安流。
一同心賞夕，暫解去鄉憂。
野岸平沙合，連山近靈浮。
客悲不自已，江上望歸舟。
（何遜〈慈姥磯〉）〔註 167〕

（十三）舞女出西秦，躡影舞陽春。
且復小垂手，廣袖拂紅塵。
折腰應兩笛，頓足轉雙巾。
蛾眉與曼瞼，見此空愁人。
（吳均〈小垂手〉）〔註 168〕

（十四）百花疑吐夜，四照似含春。
的的連星出，亭亭向月新。

〔註 164〕逯欽立《先秦漢魏晉南北朝詩》，「陳詩」卷 1（北京：北京中華書局，1998 年），頁 2456。

〔註 165〕同註 164。

〔註 166〕同註 164，「梁詩」卷 9，頁 1703。

〔註 167〕同註 166，頁 1704。

〔註 168〕同註 164，「梁詩」卷 10，頁 1725。

採珠非合浦，贈珮異江濱。
若任扶桑路，堪言並日輪。
（江總〈三善殿夜望山燈〉）〔註169〕

（十五）輦道乘雙闕，豪雄被五都。
橫橋象天漢，法駕應坤圖。
韓康賣良藥，董偃鬻明珠。
喧喧擁車騎，非但執金吾。
（徐陵〈長安道〉）〔註170〕

（十六）對户一株梅，新花落故栽。
燕拾還蓮井，風吹上鏡臺。
娼家怨思妾，樓上獨徘徊。
啼看竹葉錦，簪罷未能裁。
（徐陵〈梅花落〉）〔註171〕

（十七）色映臨池竹，香浮滿砌蘭。
舒文泛玉盌，漾蟻溢金盤。
簫曲隨鸞易，笳聲出塞難。
唯有將軍酒，川上可除寒。
（岑之敬〈對酒〉）〔註172〕

（十八）隴阪望咸陽，征人慘思腸。
咽流喧斷岸，遊沫聚飛梁。
凫分斂冰彩，虹飲照旗光。
試聽鐃歌曲，唯吟君馬黃。
（謝燮〈隴頭水〉）〔註173〕

（十九）夏潭蔭脩竹，高岸坐長楓。
日落滄江靜，雲散遠山空。

〔註169〕逯欽立《先秦漢魏晉南北朝詩》，「陳詩」卷8（北京：北京中華書局，1998年），頁2593。
〔註170〕同註169，「陳詩」卷5，頁2526。
〔註171〕同註170。
〔註172〕同註169，「陳詩」卷6，頁2549。
〔註173〕同註172，頁2550。

鷺飛林外白，蓮開水上紅。
逍遙有餘興，悵望情不終。
（楊廣〈夏日臨江詩〉）〔註 174〕

（二十）洛陽春稍晚，四望滿春暉。
楊葉行將暗，桃花落未稀。
窺簷燕爭入，穿林鳥亂飛。
唯當關塞者，溽露方霑衣。
（楊廣〈晚春詩〉）〔註 175〕

七言律詩之醞釀稍晚於五律，因此在南北朝時期作品極少。梁簡文帝之〈春情曲〉稍具七律之雛形，但最末兩句爲五言，體式不純，稱不上是標準的七言詩，看得出來是由五言轉型到七言的實驗性作品。以下試例舉至於自齊梁以迄唐初，在體式上純爲七言八句的作品：

（一）促柱繁弦非子夜，歌聲舞態異前溪。
御史府中何處宿？洛陽城頭那得棲。
彈琴蜀郡卓家女，織錦秦川竇氏妻。
詎不自驚長淚落，到頭啼鳥恆夜啼。
（庾信〈烏夜啼〉）〔註 176〕

（二）揚州舊處可淹留，臺榭高明復好遊。
風亭芳樹迎早夏，長皐麥隴送餘秋。
淥潭桂檝浮青雀，果下金鞍躍紫騮。
綠觴素蟻流霞飲，長袖清歌樂戲州。
（楊廣〈江都宮樂歌〉）〔註 177〕

（三）舳艫千里泛歸舟，言旋舊鎮下揚州。
借問揚州在何處？淮南江北海西頭。
六轡聊停御百丈，暫罷開山歌棹謳。

〔註 174〕逯欽立《先秦漢魏晉南北朝詩》,「隋詩」卷 3（北京：北京中華書局，1998 年），頁 2672。
〔註 175〕同註 174，頁 2671。
〔註 176〕同註 174，「北周詩」卷 2，頁 2352。
〔註 177〕同註 174，頁 2664。

詎以江東掌閒地，獨自稱言鑑裏遊。

（楊廣〈泛龍舟〉）〔註 178〕

（四）我家吳會青山遠，他鄉關塞白雲深。
為許羈愁長下淚，那堪春色更傷心。
驚鳥屢飛恒失侶，落花一去不歸林。
如何此日嗟遲暮，悲來還作白頭吟。

（陳子良〈於塞北春日思歸〉）〔註 179〕

（五）芳晨麗日桃花浦，珠簾翠帳鳳凰樓。
蔡女菱歌移錦纜，燕姬春望上瓊鉤。
新妝漏影浮輕扇，冶袖飄香入淺流。
未減行雨荊台下，自比淩波洛浦遊。

（上官儀〈詠畫障〉）〔註 180〕

（六）羽衛森森西向秦，山川歷歷在清晨。
晴雲稍卷寒巖樹，宿雨能銷御路塵。
聖德由來合天道，靈符即此應時巡。
遺賢一一皆羈致，猶欲高深訪隱淪。

（張九齡〈奉和聖制早發三鄉山行〉）〔註 181〕

（七）天啓神龍生碧泉，泉水靈源浸迤延。
飛龍已向珠潭出，積水仍將銀漢連。
岸傍花柳看勝畫，浦上樓臺問是仙。
我后元符從此得，方為萬歲壽圖川。

（張九齡〈奉和聖制龍池篇〉）〔註 182〕

（八）逐臣北地承嚴譴，謂到南中每相見。
豈意南中岐路多，千山萬水分鄉縣。
雲摇雨散各翻飛，海闊天長音信稀。

〔註 178〕逯欽立《先秦漢魏晉南北朝詩》，「隋詩」卷 3（北京：北京中華書局，1998 年），頁 2664。

〔註 179〕（清）聖祖御敕，（清）王全等點校《全唐詩》卷 39（北京：北京中華書局，1960 年），頁 498。

〔註 180〕同註 179，卷 40，頁 508。

〔註 181〕同註 179，卷 48，頁 594。

〔註 182〕同註 181。

處處山川同瘴癘，自憐能得幾人歸。

（宋之問〈至端州驛見杜五審言沈三佺期閻五朝隱王二無競題壁慨然成詠〉）〔註 183〕

（九）青溪綠潭潭水側，修竹嬋娟同一色。
徒生仙實鳳不遊，老死空山人詎識。
妙年秉願逃俗紛，歸臥嵩丘弄白雲。
含情傲睨慰心目，何可一日無此君。

（宋之問〈綠竹引〉）〔註 184〕

（十）幽郊昨夜陰風斷，頓覺朝來陽吹暖。
涇水橋南柳欲黃，杜陵城北花應滿。
長安昨夜寄春衣，短翮登兹一望歸。
聞道凱旋乘騎入，看君走馬見芳菲。

（宋之問〈軍中人日登高贈房明府〉）〔註 185〕

（十一）洛陽城裏花如雪，陸渾山中今始發。
旦別河橋楊柳風，夕臥伊川桃李月。
伊川桃李正芳新，寒食山中酒複春。
野老不知堯舜力，酣歌一曲太平人。

（宋之問〈寒食還陸渾別業〉）〔註 186〕

上面所列舉的作品，雖然在句數與字數上與七言律詩無異，但在押韻上，仍有兩聯（四句）一換韻的情形，如宋之問的〈至端州驛見杜五審言沈三佺期閻五朝隱王二無競題壁慨然成詠〉、〈綠竹引〉、〈軍中人日登高贈房明府〉、〈寒食還陸渾別業〉。平仄格律上猶未合律，且失對、失黏的情形仍多，而頷聯、頸聯的對仗也不工穩，只能視爲過渡時期，詩人們嘗試性質的作品。

〔註 183〕（清）聖祖御敕，（清）王全等點校《全唐詩》卷 51（北京：北京中華書局，1960 年），頁 626。

〔註 184〕同註 183，頁 627。

〔註 185〕同註 183。

〔註 186〕同註 183。

第三節　具近體詩之格律者

由齊梁到唐初這段時期，有些詩人開始注意到各聯之內的平仄相對問題。因此，這些詩人的作品除字數、句數、押韻與近體詩相同外，各聯之內的二、四（七言則爲二、四、六）字，已出現近體詩中平仄相對的情形，以下試列舉數例：

一、略有絕句格律者

（一）霜氛含月彩，靄靄下南樓。
霧濃光若晝，雲駛影疑流。
（蕭綸〈詠新月詩〉）〔註187〕

（二）燭華臨靜夜，香氣入重帷。
曲度聞歌遠，繁絃覺舞遲。
（蕭綸〈和湘東王後園迴文詩〉）〔註188〕

（三）風輕不動葉，雨細未霑衣。
入樓如霧上，拂馬似塵飛。
（蕭繹〈詠細雨詩〉）〔註189〕

（四）葉濃知柳密，花盡覺梅疏。
蘭生未可握，蒲小不堪書。
（蕭繹〈望春詩〉）〔註190〕

（五）上車畏不妍，顧盼更斜轉。
大恨畫眉長，猶言顏色淺。
（江洪〈詠美人治粧〉）〔註191〕

（六）拂枕薰紅帊，迴燈復解衣。
傍邊知夜永，不喚定應歸。
（戴暠〈詠欲眠詩〉）〔註192〕

〔註187〕逯欽立《先秦漢魏晉南北朝詩》，「梁詩」卷24（北京：北京中華書局，1998年），頁2029。
〔註188〕同註187。
〔註189〕同註187，「梁詩」卷25，頁2056。
〔註190〕同註189。
〔註191〕同註187，「梁詩」卷26，頁2075。
〔註192〕同註187，「梁詩」卷27，頁2100。

（七）衡山白玉鏤，漢殿珊瑚支。
踞膝申久坐，屢好爲頻移。
（蕭詧〈牀詩〉）〔註 193〕

（八）折莖聊可佩，入室自成芳。
開花不競節，含秀委微霜。
（蕭詧〈詠蘭詩〉）〔註 194〕

（九）黃昏信使斷，銜怨心悽悽。
迴燈向下榻，轉面闇中啼。
（姚翻〈有期不至詩〉）〔註 195〕

（十）覺罷方知恨，人心定不同。
誰能對角枕？長夜一邊空。
（姚翻〈夢見故人詩〉）〔註 196〕

（十一）於今辭宴語，方念泣離違。
無因從朔鴈，一向黃河飛。
（王環〈代西封侯美人詩〉）〔註 197〕

（十二）別怨悽歌響，離啼濕舞衣。
願假烏棲曲，翻從南向飛。
（沈滿願〈越城曲〉）〔註 198〕

（十三）帝獻二儀合，黃華千里清。
邊笳城上響，寒月浦中明。
（李諧〈江浦賦詩〉）〔註 199〕

（十四）殘燈猶未滅，將盡更揚輝。
唯餘一兩焰，纔得解羅衣。
（紀少瑜〈詠殘燈〉）〔註 200〕

〔註 193〕逯欽立《先秦漢魏晉南北朝詩》，「梁詩」卷 27（北京：北京中華書局，1998 年），頁 2106。

〔註 194〕同註 193，頁 2107。

〔註 195〕同註 193，「梁詩」卷 28，頁 2116。

〔註 196〕同註 195。

〔註 197〕同註 195，頁 2122。

〔註 198〕同註 195，頁 2134。

〔註 199〕同註 193，「北魏詩」卷 2，頁 2218。

〔註 200〕同註 193，「梁詩」卷 13，頁 1779。

（十五）陽關萬里道，不見一人歸。
唯有河邊鴈，秋來南向飛。
（庾信〈重別周尚書〉）〔註 201〕

（十六）四更天欲曙，落月垂關下。
深谷暗藏人，欹松橫礙馬。
（庾信〈行途賦得四更應詔詩〉）〔註 202〕

（十七）蒼茫望落景，羈旅對窮秋。
賴有南園菊，殘花足解愁。
（庾信〈秋日詩〉）〔註 203〕

（十八）匡山曖遠壑，灌壘屬中流。
城花飛照水，江月上明樓。
（張正見〈湓城詩〉）〔註 204〕

（十九）三江結儔侶，萬里不辭遙。
恆隨鷁首舫，屢逐雞鳴潮。
（陳叔寶〈估客樂〉）〔註 205〕

（二十）黃泉雖抱恨，白日自留名。
悲君感義死，不作負恩生。
（江總〈哭魯廣達詩〉）〔註 206〕

（二一）劍影侵波合，珠光帶水新。
蓮東自可戲，安用上龍津。
（岑德潤〈詠魚詩〉）〔註 207〕

（二二）夏水懸臺際，秋泉帶雨餘。
石生銘字長，山久谷神虛。
（王褒〈明慶寺石壁詩〉）〔註 208〕

〔註 201〕逯欽立《先秦漢魏晉南北朝詩》，「北周詩」卷 4（北京：北京中華書局，1998 年），頁 2402。
〔註 202〕同註 201，頁 2403。
〔註 203〕同註 201，頁 2406。
〔註 204〕同註 201，「陳詩」卷 3，頁 2488。
〔註 205〕同註 201，「陳詩」卷 4，頁 2509。
〔註 206〕同註 201，「陳詩」卷 8，頁 2595。
〔註 207〕同註 201，「隋詩」卷 5，頁 2694。
〔註 208〕同註 201，「北周詩」卷 1，頁 2343。

（二三）寒鴉飛數點，流水遶孤村。
斜陽欲落處，一望黯消魂。（楊廣〈詩〉）〔註 209〕

（二四）入春纔七日，離家已二年。
人歸落鴈後，思發在花前。
（薛道衡〈人日思歸詩〉）〔註 210〕

（二五）霜間開紫蔕，露下發金英。
但令逢採摘，寧辭獨晚榮。
（陳叔達〈詠菊〉）〔註 211〕

（二六）遇坎聊知止，逢風或未歸。
孤根何處斷？輕葉強能飛。
（王績〈建德破後入長安詠秋蓬示辛學士〉）〔註 212〕

（二七）結葉還臨影，飛香欲徧空。
不意餘花落，翻沉露井中。
（孔紹安〈詠夭桃〉）〔註 213〕

（二八）嶺外音書斷，經冬復歷春。
近鄉情更怯，不敢問來人。
（宋之問〈渡江漢〉）〔註 214〕

（二九）玉帛犧牲申敬享，金絲鏚羽盛音容。
庶俾億齡禔景福，長欣萬宇洽時邕。
（褚亮〈祈谷樂章・舒和〉）〔註 215〕

（三十）羽籥低昂文綴已，干戚蹈厲武行初。
望歲祈農神所聽，延祥介福豈云虛。
（褚亮〈享先農樂章・舒和〉）〔註 216〕

〔註 209〕逯欽立《先秦漢魏晉南北朝詩》，「隋詩」卷 3（北京：北京中華書局，1998 年），頁 2673。

〔註 210〕同註 209，「隋詩」卷 4，頁 2686。

〔註 211〕（清）聖祖御敕，（清）王全等點校《全唐詩》卷 30（北京：北京中華書局，1960 年），頁 431。

〔註 212〕同註 211，卷 37，頁 483。

〔註 213〕同註 211，卷 38，頁 490。

〔註 214〕同註 211，卷 53，頁 655。

〔註 215〕同註 211，卷 32，頁 442。

〔註 216〕同註 215，頁 444。

（三一）花輕蝶亂仙人杏，葉密鶯啼帝女桑。
飛雲閣上春應至，明月樓中夜未央。
（上官儀〈春日〉）〔註 217〕

（三二）九月九日眺山川，歸心歸望積風煙。
他鄉共酌金花酒，萬里同悲鴻雁天。
（盧照鄰〈九月九日登玄武山〉）〔註 218〕

（三三）逍遙樓上望鄉關，綠水泓澄雲霧間。
北去衡陽二千里，無因雁足繫書還。
（宋之問〈登逍遙樓〉）〔註 219〕

（三四）北闕彤雲掩曙霞，東風吹雪舞山家。
瓊章定少千人和，銀樹長芳六出花。
（宋之問〈奉和春日玩雪應制〉）〔註 220〕

（三五）可憐冥漠去何之，獨立丰茸無見期。
君看水上芙蓉色，恰似生前歌舞時。
前溪妙舞今應盡，子夜新歌遂不傳。
無復綺羅嬌白日，直將珠玉閉黃泉。
（宋之問〈傷曹娘二首〉）〔註 221〕

（三六）竹徑桃源本出塵，松軒茅棟別驚新。
御蹕何須林下駐，山公不是俗中人。
（崔湜〈奉和幸韋嗣立山莊應制〉）〔註 222〕

以上所例舉之詩皆爲二、四句或一、二、四句用韻，已無不同韻部相押韻的情形。而兩聯之內已可相對，但聯間仍失黏且平仄尚未全合格律，因此尚不能視爲絕句之定體。

在律體方面，此時期五言八句體式的詩很多，有部分詩除在押

〔註 217〕（清）聖祖御敕，（清）王全等點校《全唐詩》卷 40（北京：北京中華書局，1960 年），頁 509。《全唐詩》中載此詩一說元萬頃所作詩。

〔註 218〕同註 217，卷 42，頁 532。

〔註 219〕同註 217，卷 53，頁 656。

〔註 220〕同註 219。

〔註 221〕同註 219。

〔註 222〕同註 217，卷 54，頁 667。

韻、平仄相對上合律外，其頸、頷聯對仗的形式也開始出現，雖聯間仍有失黏的問題，但已朝律詩格律完成的方向，跨越了一大步。至於七言律體的發展，相較之下，遠不如五言來的蓬勃，因此合律的作品也相對的比較少。以下試舉數例：

二、略有律詩格律者

（一）年華豫已滌，夜艾賞方融。
新萍時合水，弱草未勝風。
閨幽瑟易響，臺迥月難中。
春物廣餘照，蘭萱佩未窮。
（謝朓〈奉和隨王殿下〉）〔註223〕

（二）沐道逢將聖，飛觴屬上賢。
仁風開美景，瑞氣動非煙。
秋樹翻黃葉，寒池墮黑蓮。
承恩謝命淺，念報在身前。
（庾肩吾〈侍宴〉）〔註224〕

（三）舟子夜離家，開舲望月華。
山明疑有雪，岸白不關沙。
天漢看珠蚌，星橋視桂花。
灰飛重暈闕，蓂落獨輪斜。
（庾信〈舟中望月〉）〔註225〕

（四）雜虜客來齊，時余在角抵。
揚鞭渡易水，直至龍城西。
日昏笳亂動，天曙馬爭嘶。
不能通瀚海，無面見三齊。
（吳均〈渡易水〉）〔註226〕

〔註223〕逯欽立《先秦漢魏晉南北朝詩》，「齊詩」卷4（北京：北京中華書局，1998年），頁1446。
〔註224〕同註223，「梁詩」卷23，頁1993～1994。
〔註225〕同註223，「北周詩」卷4，頁2393。
〔註226〕同註223，「梁詩」卷10，頁1722。

△上面這首詩首聯第二句句尾用了上聲韻（薺韻），與其他韻腳（齊韻）不同，可見當時審音不甚嚴密，這種情形在格律制定後被視爲出韻，爲詩家大忌。

（五）嫋嫋陌上桑，蔭陌復垂塘。
長條映白日，細葉隱鸝黃。
蠶饑妾復思，拭淚且提筐。
故人寧知此，離恨煎人腸。

（吳均〈陌上桑〉）〔註227〕

（六）澗水初流碧，山櫻早發紅。
新禽爭弄響，落蘂亂從風。
拂筵多軟輅，映户悉花叢。
誰云相去遠？垂柳對高桐。

（蕭瑱〈春日貽劉孝綽〉）〔註228〕

（七）艅艎何汎汎，空水共悠悠。
陰霞生遠岫，陽景逐迴流。
蟬噪林逾靜，鳥鳴山更幽。
此地動歸念，長年悲倦遊。

（王籍〈入若邪溪〉）〔註229〕

（八）丹墀生細草，紫殿納輕陰。
曖曖巫山遠，悠悠湘水深。
徒歌鹿盧劍，空貽玳瑁簪。
望君終不見，屑淚且長吟。

（王筠〈有所思〉）〔註230〕

（九）常年臘月半，已覺梅花闌。
不信今春晚，俱來雪裏看。
樹動懸冰落，枝高出手寒。

〔註227〕逯欽立《先秦漢魏晉南北朝詩》，「梁詩」卷10（北京：北京中華書局，1998年），頁1723。
〔註228〕同註227，「梁詩」卷15，頁1821。
〔註229〕同註227，「梁詩」卷17，頁1853～1854。
〔註230〕同註227，「梁詩」卷24，頁2009。

早知覓不見，眞悔著衣單。

（庾信〈梅花〉）〔註231〕

△上面這首詩的第四句韻腳用了去聲字「看」，與其他各聯韻腳不同韻部，此即爲出韻，這是律詩格律制定後絕不應出現的狀況。

（十）春蒐馳駿骨，總轡俯長河。
霞處流縈錦，風前漾卷羅。
水花翻照樹，堤蘭倒插波。
豈必汾陰曲，秋雲發棹歌。

（李世民〈臨洛水〉）〔註232〕

（十一）重巒俯渭水，碧嶂插遙天。
出紅扶嶺日，入翠貯巖煙。
疊松朝若夜，複岫闕疑全。
對此恬千慮，無勞訪九仙。

（李世民〈望終南山〉）〔註233〕

（十二）歌堂面淥水，舞館接金塘。
竹開霜後翠，梅動雪前香。
鳧歸初命侶，雁起欲分行。
刷羽同棲集，懷恩愧稻粱。

（虞世南〈侍宴歸雁堂〉）〔註234〕

（十三）洛城花燭動，戚里畫新蛾。
隱扇羞應慣，含情愁已多。
輕啼濕紅粉，微睇轉橫波。
更笑巫山曲，空傳暮雨過。

（楊師道〈初宵看婚〉）〔註235〕

〔註231〕逯欽立《先秦漢魏晉南北朝詩》,「北周詩」卷4（北京：北京中華書局，1998年），頁2398～2399。

〔註232〕（清）聖祖御敕，（清）王全等點校《全唐詩》卷1（北京：北京中華書局，1960年），頁7。

〔註233〕同註232。

〔註234〕同註232，卷36，頁474。

〔註235〕同註232，卷34，頁459。

（十四）高臺暫俯臨，飛翼聳輕音。
浮光隨日度，漾影逐波深。
迴瞰周平野，開懷暢遠襟。
獨此三休上，還傷千歲心。

（褚亮〈臨高臺〉）〔註236〕

（十五）層軒登皎月，流照滿中天。
色共梁珠遠，光隨趙璧圓。
落影臨秋扇，虛輪入夜弦。
所欣東館裏，預奉西園篇。

（褚亮〈奉和望月應魏王教〉）〔註237〕

（十六）金鋪照春色，玉律動年華。
朱樓雲似蓋，丹桂雪如花。
水岸銜階轉，風條出柳斜。
輕輿臨太液，湛露酌流霞。

（陳叔達〈早春桂林殿應詔〉）〔註238〕

（十七）玉樹涼風舉，金塘細草萎。
葉落商飆觀，鴻歸明月池。
迎寒桂酒熟，含露菊花垂。
一奉章台宴，千秋長願斯。

（袁朗〈秋日應詔〉）〔註239〕

（十八）匈奴屢不平，漢將欲縱橫。
看雲方結陣，卻月始連營。
潛軍度馬邑，揚旆掩龍城。
會勒燕然石，方傳車騎名。

（竇威〈出塞曲〉）〔註240〕

〔註236〕（清）聖祖御敕，（清）王全等點校《全唐詩》卷32（北京：北京中華書局，1960年），頁446。
〔註237〕同註236。
〔註238〕同註236，卷30，頁430。
〔註239〕同註238，頁432。
〔註240〕同註238，頁433。

（十九）日宮開萬仞，月殿聳千尋。
花蓋飛團影，幡虹曳曲陰。
綺霞遙籠帳，叢珠細網林。
寥廓煙雲表，超然物外心。
（李治〈謁大慈恩寺〉）〔註241〕

（二十）東皋薄暮望，徙倚欲何依。
樹樹皆秋色，山山唯落暉。
牧人驅犢返，獵馬帶禽歸。
相顧無相識，長歌懷采薇。
（王績〈野望〉）〔註242〕

（二一）野人迷節候，端坐隔塵埃。
忽見黃花吐，方知素節回。
映巖千段發，臨浦萬株開。
香氣徒盈把，無人送酒來。
（王績〈九月九日贈崔使君善爲〉）〔註243〕

（二二）錦裏淹中館，岷山稷下亭。
空梁無燕雀，古壁有丹青。
槐落猶疑市，苔深不辨銘。
良哉二千石，江漢表遺靈。
（盧照鄰〈文翁講堂〉）〔註244〕

（二三）蟬嘶玉樹枝。向夕惠風吹。
幸入連宵聽。應緣飲露知。
思深秋欲近，聲靜夜相宜。
不是黃金飾，清香徒爾爲。
（張九齡〈和崔黃門寓直夜聽蟬之作〉）〔註245〕

（二四）稽亭追往事，睢苑勝前聞。

〔註241〕（清）聖祖御敕，（清）王全等點校《全唐詩》卷2（北京：北京中華書局，1960年），頁22。
〔註242〕同註241，卷37，頁482。
〔註243〕同註242。
〔註244〕同註241，卷42，頁524。
〔註245〕同註241，卷48，頁581。

飛閣淩芳樹，華池落彩雲。
藉草人留酌，銜花鳥赴群。
向來同賞處，惟恨碧林曛。
（張九齡〈三月三日申王園亭宴集〉）〔註246〕

（二五）日日思歸勤理鬢，朝朝佇望懶調梭。
淩風寶扇遙臨月，映水仙車遠渡河。
歷歷珠星疑拖佩，冉冉雲衣似曳羅。
通宵道意終無盡，向曉離愁已復多。
（何仲宣〈七夕賦詠成篇〉）〔註247〕

（二六）三陽本是標靈紀，二室由來獨擅名。
霞衣霞錦千般狀，雲峰雲岫百重生。
水炫珠光遇泉客，岩懸石鏡厭山精。
永願乾坤符睿算，長居膝下屬歡情。
（李顯〈石淙〉）〔註248〕

（二七）宸暉降望金輿轉，仙路崢嶸碧澗幽。
羽仗遙臨鸞鶴駕，帷宮直坐鳳麟洲。
飛泉灑液恆疑雨，密樹含涼鎮似秋。
老臣預陪懸圃宴，餘年方共赤松遊。
（狄仁傑〈奉和聖製夏日游石淙山〉）〔註249〕

（二八）乘時迎氣正璿衡，灞滻煙氛向晚清。
剪綺裁紅妙春色，宮梅殿柳識天情。
瑤筐綵燕先呈瑞，金縷晨雞未學鳴。
聖澤陽和宜宴樂，年年捧日向東城。
（崔日用〈奉和立春遊苑迎春應制〉）〔註250〕

（二九）東郊風物正熏馨，素滻鳧鷖戲綠汀。
鳳閣斜通平樂觀，龍旂直逼望春亭。

〔註246〕（清）聖祖御敕，（清）王全等點校《全唐詩》卷48（北京：北京中華書局，1960年），頁581。

〔註247〕同註246，卷33，頁456～457。

〔註248〕同註246，卷2，頁25。

〔註249〕同註246，卷46，頁555。

〔註250〕同註249，頁559。

光風搖動蘭英紫，淑氣依遲柳色青。
渭浦明晨修禊事，群公傾賀水心銘。
（崔日用〈奉和聖製春日幸望春宮應制〉）〔註 251〕

（三十）龍興白水漢興符，聖主時乘運斗樞。
岸上豐茸五花樹，波中的皪千金珠。
操環昔聞迎夏啓，發匣先來瑞有虞。
風色雲光隨隱見，赤雲神化象江湖。
（崔日用〈奉和聖製龍池篇〉）〔註 252〕

（三一）玉樓銀榜枕嚴城，翠蓋紅旗列禁營。
日映層巖圖畫色，風搖雜樹管弦聲。
水邊重閣含飛動，雲裏孤峰類削成。
幸睹八龍游閬苑，無勞萬里訪蓬瀛。
（宗楚客〈奉和幸安樂公主山莊應制〉）〔註 253〕

（三二）金闕平明宿霧收，瑤池式宴俯清流。
瑞鳳飛來隨帝輦，祥魚出戲躍王舟。
帷齊綠樹當筵密，蓋轉緗荷接岸浮。
如臨竊比微臣懼，若濟叨陪聖主遊。
（蘇瑰〈興慶池侍宴應制〉）〔註 254〕

（三三）離宮秘苑勝瀛洲，別有仙人洞壑幽。
巖邊樹色含風冷，石上泉聲帶雨秋。
鳥向歌筵來度曲，雲依帳殿結爲樓。
微臣昔忝方明禦，今日還陪八駿遊。
（宋之問〈三陽宮侍宴應制得幽字〉）〔註 255〕

（三四）南渡輕冰解渭橋，東方樹色起招搖。
天子迎春取今夜，王公獻壽用明朝。
殿上燈人爭烈火，宮中侲子亂驅妖。

〔註 251〕（清）聖祖御敕，（清）王全等點校《全唐詩》卷 46（北京：北京中華書局，1960 年），頁 559。
〔註 252〕同註 251。
〔註 253〕同註 251，卷 46，頁 561。
〔註 254〕同註 251，卷 46，頁 562。
〔註 255〕同註 251，卷 52，頁 646。

宜將歲酒調神藥，聖祚千春萬國朝。

（沈佺期〈守歲應制〉）〔註256〕

（三五）澹蕩春光滿曉空，逍遙御輦入離宮。

山河眺望雲天外，台榭參差煙霧中。

庭際花飛錦繡合，枝間鳥囀管弦同。

即此歡娛齊鎬宴，唯應率舞樂熏風。

（崔湜〈奉和春日幸望春宮（一作立春內出彩花應制）〉）〔註257〕

上所列舉之詩，除押韻已與律詩無異外，頷聯、頸聯多已能對仗，且一聯內平仄相對，惟聯間仍失黏且平仄格律尚未全合，但看得出已逐漸脫離了古體詩的形式，開始出現了律詩的風貌。

第四節　與近體詩無異者

近體詩由六朝時期的「小詩」、「近體」開始發展，〔註258〕其間經過沈約等人對聲律論的發明與倡導。到了唐初，上官儀的屬對說與元兢調聲術的研究，都爲其後沈、宋近體詩格律的完成，做了良好的準備。但在此之前，由於許多詩人們的努力與嘗試，因此不乏完全合乎近體詩格律的作品，以下試列舉數例：

一、與絕句無異者

（一）兩葉雖爲贈，交情永未因。

同心何處恨，梔子最關人。

（劉令嫻〈摘同心梔子贈謝娘因附此詩〉）〔註259〕

〔註256〕（清）聖祖御敕，（清）王全等點校《全唐詩》卷96（北京：北京中華書局，1960年），頁484。

〔註257〕同註256，卷54，頁665。

〔註258〕（清）王夫之《船山全書》所收之《古詩評選》將所收錄六朝時期的新體詩，分爲「小詩」與「近體」兩大類。「小詩」頗類後世之絕句，而「近體」則爲律詩之先導。

〔註259〕逯欽立《先秦漢魏晉南北朝詩》，「梁詩」卷28（北京：北京中華書局，1998年），頁2132。

（二）秋衣行欲製，風蓋漸應欹。
若有千年蔡，須巢但見隨。
（庾信〈賦得荷詩〉）〔註 260〕

（三）窮通皆是運，榮辱豈關身。
不願門前客，看時逢故人。
（徐謙〈短歌行〉）〔註 261〕

（四）柳黃知節變，草綠識春歸。
複道含雲影，重簷照日輝。
（王胄〈棗下何纂纂詩〉）〔註 262〕

（五）妝成多自惜，夢好却成悲。
不及楊花意，春來到處飛。
（侯夫人〈妝成詩〉）〔註 263〕

（六）秘洞扃仙卉，雕房鎖玉人。
毛君眞可戮，不肯寫昭君。
（侯夫人〈自遣詩〉）〔註 264〕

（七）日裏颺朝彩，琴中伴夜啼。
上林如許樹，不借一枝棲。
（李義府〈詠烏〉）〔註 265〕

（八）霜重麟膠勁，風高月影圓。
烏飛隨帝輦，雁落逐鳴弦。
（楊師道〈奉和詠弓〉）〔註 266〕

（九）颯颯風葉下，遙遙煙景曛。
霸陵無醉尉，誰滯李將軍。
（長孫無忌〈灞橋待李將軍〉）〔註 267〕

〔註 260〕逯欽立《先秦漢魏晉南北朝詩》，「梁詩」卷 4（北京：北京中華書局，1998 年），頁 2408。

〔註 261〕同註 260，「北周詩」卷 4，頁 2411。

〔註 262〕同註 260，「隋詩」卷 5，頁 2697。

〔註 263〕同註 260，「隋詩」卷 7，頁 2739。

〔註 264〕同註 263。

〔註 265〕（清）聖祖御敕，（清）王全等點校《全唐詩》卷 35（北京：北京中華書局，1960 年），頁 469。

〔註 266〕同註 265，卷 34，頁 461。

〔註 267〕同註 265，卷 30，頁 434。

（十）春來日漸長，醉客喜年光。
稍覺池亭好，偏宜酒甕香。
（王績〈初春〉）〔註268〕

（十一）促軫乘明月，抽弦對白雲。
從來山水韻，不使俗人聞。
（王績〈山夜調琴〉）〔註269〕

（十二）電影江前落，雷聲峽外長。
霽雲無處所，台館曉蒼蒼。
（王績〈詠巫山〉）〔註270〕

（十三）獨負千金價，應從買笑來。
只持難發口，經爲幾人開。
（鄭世翼〈見佳人負錢出路〉）〔註271〕

（十四）高情臨爽月，急響送秋風。
獨有危冠意，還將衰鬢同。
（盧照鄰〈含風蟬〉）〔註272〕

（十五）歌舞須連夜，神仙莫放歸。
參差隨暮雨，前路濕人衣。
（宋之問〈廣州朱長史座觀妓〉）〔註273〕

（十六）雲日能催曉，風光不惜年。
賴逢征客盡，歸在落花前。
（崔湜〈喜入長安〉）〔註274〕

（十七）學畫鴉黃半未成，垂肩嚲袖太憨生。
緣憨卻得君王惜，長把花枝傍輦行。
（虞世南〈應詔嘲司花女〉）〔註275〕

〔註268〕（清）聖祖御敕，（清）王全等點校《全唐詩》卷37（北京：北京中華書局，1960年），頁484。

〔註269〕同註268，頁485。

〔註270〕同註268，頁487。

〔註271〕同註268，卷38，頁489。

〔註272〕同註268，卷42，頁531。

〔註273〕同註268，卷53，頁658。

〔註274〕同註268，卷54，頁667。

〔註275〕同註268，卷36，頁476。

（十八）紫禁仙輿詰旦來，青旂遙倚望春台。
不知庭霰今朝落，疑是林花昨夜開。
（宋之問〈苑中遇雪應制〉）〔註 276〕

（十九）羽客笙歌此地違，離筵數處白雲飛。
蓬萊闕下長相憶，桐柏山頭去不歸。
（宋之問〈送司馬道士游天臺〉）〔註 277〕

（二十）韓公堆上望秦川，渺渺關山西接連。
孤客一身千里外，未知歸日是何年。
（崔湜〈望韓公堆〉）〔註 278〕

以上所列舉之詩，無論用韻、平仄格律與黏對各方面，均與絕句無異。

二、與律詩無異者

（一）明王敦孝感，寶殿秀靈芝。
色帶朝陽淨，光涵雨露滋。
且標宣德重，更引國恩施。
聖祚今無限，微臣樂未移。
（李義府〈宣正殿芝草〉）〔註 279〕

（二）清洛象天河，東流形勝多。
朝來逢宴喜，春盡卻妍和。
泉鮪歡時躍，林鶯醉裏歌。
賜恩頻若此，爲樂奈人何。
（張九齡〈天津橋東旬宴得歌字韻〉）〔註 280〕

（三）姹女矜容色，爲花不讓春。
既爭芳意早，誰待物華眞。
葉作參差發，枝從點綴新。

〔註 276〕（清）聖祖御敕，（清）王全等點校《全唐詩》卷 53（北京：北京中華書局，1960 年），頁 656。
〔註 277〕同註 276。
〔註 278〕同註 276，卷 54，頁 668。
〔註 279〕同註 276，卷 35，頁 468。
〔註 280〕同註 276，卷 48，頁 580。

自然無限態，長在豔陽晨。

（張九齡〈剪綵〉）〔註281〕

（四）忽對林亭雪，瑤華處處開。

今年迎氣始，昨夜伴春回。

玉潤窗前竹，花繁院裏梅。

東郊齋祭所，應見五神來。

（張九齡〈立春日晨起對積雪〉）〔註282〕

（五）旬雨不愆期，由來自若時。

爾無言郡政，吾豈欲天欺。

常念涓塵益，惟歡草樹滋。

課成非所擬，人望在東菑。

（張九齡〈在洪州答綦毋學士〉）〔註283〕

（六）元僚行上計，舉餞出林丘。

忽望題輿遠，空思解榻遊。

別筵鋪柳岸，征棹倚蘆洲。

獨歎湘江水，朝宗向北流。

（張九齡〈餞王司馬入計同用洲字〉）〔註284〕

（七）屢別容華改，長愁意緒微。

義將私愛隔，情與故人歸。

薄宦無時賞，勞生有事機。

離魂今夕夢，先繞舊林飛。

（張九齡〈通化門外送別〉）〔註285〕

（八）征櫂三江暮，連檣萬里回。

相烏風際轉，畫鷁浪前開。

羽客乘霞至，仙人弄月來。

〔註281〕（清）聖祖御敕，（清）王全等點校《全唐詩》卷48（北京：北京中華書局，1960年），頁581。

〔註282〕同註281。

〔註283〕同註281，頁583。

〔註284〕同註281，頁585。

〔註285〕同註281，頁586。

何當同傳說，特展巨川材。

（李嶠〈舟〉）〔註 286〕

（九）我與文雄別，胡然邑吏歸。
賢人安下位，鷙鳥欲卑飛。
激節輕華冕，移官徇綵衣。
羨君行樂處，從此拜庭闈。

（張九齡〈送蘇主簿赴偃師〉）〔註 287〕

（十）塞外欲紛紜，雌雄猶未分。
明堂占氣色，華蓋辨星文。
二月河魁將，三千太乙軍。
丈夫皆有志，會見立功勳。

（楊炯〈出塞〉）〔註 288〕

（十一）塞北途遼遠，城南戰苦辛。
旛旗如鳥翼，甲冑似魚鱗。
凍水寒傷馬，悲風愁殺人。
寸心明白日，千里暗黃塵。

（楊炯〈戰城南〉）〔註 289〕

（十二）雁門歸去遠，垂老脫袈裟。
蕭寺休爲客，曹溪便寄家。
綠琪千歲樹，黃槿四時花。
別怨應無限，門前桂水斜。

（楊炯〈送楊處士反初卜居曲江〉）〔註 290〕

（十三）金閣妝新杏，瓊筵弄綺梅。
人間都未識，天上忽先開。
蝶繞香絲住，蜂憐豔粉迴。
今年春色早，應爲剪刀催。

〔註 286〕（清）聖祖御敕，（清）王全等點校《全唐詩》卷 60（北京：北京中華書局，1960 年），頁 713。

〔註 287〕同註 286，卷 48，頁 587。

〔註 288〕同註 286，卷 50，頁 612。

〔註 289〕同註 288，頁 613。

〔註 290〕同註 288，頁 614。

（宋之問〈奉和立春日侍宴內出剪綵花應制〉）〔註291〕

（十四）鳳刹侵雲半，虹旌倚日邊。
散花多寶塔，張樂布金田。
時菊芳仙醞，秋蘭動睿篇。
香街稍欲晚，清蹕扈歸天。
（宋之問〈奉和九月九日登慈恩寺浮屠應制〉）〔註292〕

（十五）倚櫂望茲川，銷魂獨黯然。
鄉連江北樹，雲斷日南天。
劍別龍初沒，書成雁不傳。
離舟意無限，催渡復催年。
（宋之問〈渡吳江別王長史〉）〔註293〕

（十六）馬上逢寒食，愁中屬暮春。
可憐江浦望，不見洛陽人。
北極懷明主，南溟作逐臣。
故園腸斷處，日夜柳條新。
（宋之問〈途中寒食題黃梅臨江驛寄崔融〉）〔註294〕

（十七）聞道黃龍戍，頻年不解兵。
可憐閨裡月，長在漢家營。
少婦今春意，良人昨夜情。
誰能將旗鼓，一爲取龍城。
（沈佺期〈雜詩三首之一〉）〔註295〕

（十八）十年通大漠，萬里出長平。
寒日生戈劍，陰雲拂旆旌。
饑烏啼舊壘，疲馬戀空城。

〔註291〕（清）聖祖御敕，（清）王全等點校《全唐詩》卷52（北京：北京中華書局，1960年），頁631。

〔註292〕同註291。

〔註293〕同註291，頁639～640。

〔註294〕同註291，頁640。

〔註295〕同註291，卷96，頁1035。

辛苦皋蘭北，胡霜損漢兵。

（沈佺期〈被試出塞〉）〔註 296〕

（十九）大江開宿雨，征棹下春流。
霧卷晴山出，風恬晚浪收。
岸花明水樹，川鳥亂沙洲。
羈眺傷千里，勞歌動四愁。

（李嶠〈和杜學士江南初霽羈懷〉）〔註 297〕

（二十）瑞雪驚千里，同雲暗九霄。
地疑明月夜，山似白雲朝。
逐舞花光動，臨歌扇影飄。
大周天闕路，今日海神朝。

（李嶠〈雪〉）〔註 298〕

（二一）新年宴樂坐東朝，鐘鼓鏗鍠大樂調。
金屋瑤筐開寶勝，花箋彩筆頌春椒。
曲池苔色冰前液，上苑梅香雪裏嬌。
宸極此時飛聖藻，微臣竊抃預聞韶。

（崔日用〈奉和人日重宴大明宮恩賜彩縷人勝應制〉）〔註 299〕

（二二）青門路接鳳凰台，素滻宸遊龍騎來。
澗草自迎香輦合，岩花應待禦筵開。
文移北斗成天象，酒遞南山作壽杯。
此日侍臣將石去，共歡明主賜金回。

（宋之問〈奉和春初幸太平公主南莊應制〉）〔註 300〕

（二三）江雨朝飛浥細塵，陽橋花柳不勝春。
金鞍白馬來從趙，玉面紅妝本姓秦。
妒女猶憐鏡中髮，侍兒堪感路傍人。

〔註 296〕（清）聖祖御敕，（清）王全等點校《全唐詩》卷 96（北京：北京中華書局，1960 年），頁 1034。

〔註 297〕同註 296，卷 58，頁 695。

〔註 298〕同註 296，卷 59，頁 702。

〔註 299〕同註 296，卷 46，頁 559。

〔註 300〕同註 296，卷 52，頁 645。

蕩舟爲樂非吾事，自歎空閨夢寐頻。

（宋之問〈和趙員外桂陽橋遇佳人〉）〔註 301〕

（二四）澹蕩春光滿曉空，逍遙御輦入離宮。

山河眺望雲天外，台榭參差煙霧中。

庭際花飛錦繡合，枝間鳥囀管弦同。

即此歡娛齊鎬宴，唯應率舞樂熏風。

（崔湜〈奉和春日幸望春宮（一作立春內出彩花應制）〉）〔註 302〕

（二五）盧家少婦鬱金堂，海燕雙棲玳瑁梁。

九月寒砧催木葉，十年征戍憶遼陽。

白狼河北音書斷，丹鳳城南秋夜長。

誰謂含愁獨不見？更教明月照流黃。

（沈佺期〈古意呈補闕喬知之〉）〔註 303〕

（二六）毗陵震澤九州通，士女歡娛萬國同。

伐鼓撞鐘驚海上，新妝袨服照江東。

梅花落處疑殘雪，柳葉開時任好風。

火德雲官逢道泰，天長地久屬年豐。

（杜審言〈大酺〉）〔註 304〕

（二七）拂旦雞鳴仙衛陳，憑高龍首帝城春。

千官黼帳杯前壽，百福香奩勝裏人。

山鳥初來猶怯囀，林花未發已偷新。

天文正應韶光轉，設報懸知用此辰。

（沈佺期〈人日重宴大明宮賜彩縷人勝應制〉）〔註 305〕

（二八）主家山第早春歸，御輦春遊繞翠微。

買地鋪金曾作埒，尋河取石舊支機。

〔註 301〕（清）聖祖御敕，（清）王全等點校《全唐詩》卷 53（北京：北京中華書局，1960 年），頁 658。

〔註 302〕同註 301，卷 54，頁 665。

〔註 303〕同註 301，卷 96，頁 1043。

〔註 304〕同註 301，卷 62，頁 737。

〔註 305〕同註 303，頁 1041。

雲間樹色千花滿，竹裏泉聲百道飛。
自有神仙鳴鳳曲，並將歌舞報恩暉。
（沈佺期〈奉和春初幸太平公主南莊應制〉）〔註 306〕

（二九）主家山第接雲開，天子春遊動地來。
羽騎參差花外轉，霓旌搖曳日邊回。
還將石溜調琴曲，更取峰霞入酒杯。
鸞輅已辭烏鵲渚，簫聲猶繞鳳凰台。
（李嶠〈奉和初春幸太平公主南莊應制（景龍三年二月十一日）〉）〔註 307〕

（三十）芳郊綠野散春晴，複道離宮煙霧生。
楊柳千條花欲綻，蒲萄百丈蔓初縈。
林香酒氣元相入，鳥囀歌聲各自成。
定是風光牽宿醉，來晨復得幸昆明。
（沈佺期〈奉和春日幸望春宮應制〉）〔註 308〕

以上所列舉之詩，平仄婉轉、對仗精密、押韻嚴謹、黏對工穩，已是標準的律詩定體。

由上面各節的敘述與例證可知，近體詩格律的製定，實歷經了六朝到唐初三百年的蘊釀。藉由詩人們對於詩歌的研究與嘗試，才能逐漸從字數、句數、押韻、對仗、黏對、平仄乃至於神韻、格調等各種面向中，摸索出一種最適合表達詩歌美感的形式。而這些摸索與研究，到了沈佺期、宋之問時，才逐漸歸納整理出一個結果，且製定出傳百世而不衰的近體詩格律。

〔註 306〕（清）聖祖御敕，（清）王全等點校《全唐詩》卷 96（北京：北京中華書局，1960 年），頁 1041。
〔註 307〕同註 306，卷 61，頁 723。
〔註 308〕同註 306。

第五章　沈、宋近體詩格律之制定

律詩格律的完成，歷來論者多以沈佺期、宋之問爲代表人物。其實自齊、梁間聲律說興起後，律詩的格律即被詩人不斷的嘗試與改良。從沈約、謝朓、陰鏗、何遜、徐陵、庾信等，乃至於上官儀，律詩的格律日趨精密與完整。到了唐初四傑時，已有不少平仄和諧的律詩，其他如唐初元兢的「調聲三術」與崔融的《新定詩體》一書，這些對沈、宋在律詩格律的完成上，都有重要的影響。〔註 1〕沈、宋以前人對詩歌聲律的研究爲基礎，逐步歸納，首先完成了五律的格式，其後七律之格律也隨之完成。至於絕句，明‧徐師曾《詩體明辨》卷十三中曾說：

> 按絕句詩源於樂府五言等篇。……下及六代，述作漸繁。唐初穩順聲勢，定爲絕句。絕之爲言截也，即律詩而截之也。故凡後兩句對者，是截前四句；前兩句對者，是截後四句；全篇皆對者，是截中四句；皆不對者，是截首尾四

〔註 1〕王夢鷗《初唐詩學著述考》中認爲崔融《新定詩體》一書「雖莫見其全，但以其敢稱「定體」，再以當時沈佺期、宋之問之詩體窺之，實包括元兢所發明之原則，因疑崔氏嘗歸納八病三術以定唐代律詩之聲調形式；而此形式，行之千載不衰，然其創始之功，恆爲沈宋所冒，不亦冤哉？」因此，可以判斷，當時坊間大約有許多研究詩律的書籍，而沈、宋二人詩律的制定乃根據前人及當代文士之研究，去蕪存菁，而歸納出的一個結果。（台北：台灣商務印書館，1977年），頁 9。

句。故唐人絕句皆稱律詩。〔註2〕

這段話指出絕句體的出現，可上溯至漢魏樂府，但格律的完成，卻要到律詩的格律完成後，方始固定。關於此一說法，許多學者有不同的看法，其中如今人葛曉音就曾說：

> 趙翼所引「截句」爲「絕句」之說，是元明以來最流行的一種說法，但此說早在明代就被胡應麟駁斥：「五言絕起兩京，其時未有五言律。七言絕起於四杰，其時未有七言律也。……又五言律在七絕前，故先律後絕也。」近代學者否定絕句爲「截律詩之半」之說，幾成一致傾向。〔註3〕

葛曉音認爲在唐代律體出現以前，就已出現五言四句的詩體，這些詩統稱爲「五言古絕」，而其中漢魏五絕與齊梁五絕的來源不同，但可依其語言和表現的方式加以區分。若以格調上溯其源頭，則五言古絕源自漢魏隱語歌謠與樂府詩。但單純以聲律而論，則南朝之樂府清商曲雖亦爲五言古絕，但部分的樂府與非樂府詩都自永明時期開始律化，因此「律絕產生於律詩之後」的說法顯然與事實不合。至於七言古絕本來自七言謠辭，開始時爲句句押韻，其後逐漸演變成隔句用韻的形式，其間經歷了一個押韻轉變的過程，這與五絕自歌謠開始就爲隔句押韻的形式不同。其中湯惠休的〈秋思引〉，其一、二、四句押韻的形式，是最早合律的七言古絕。一直到了庾信的〈秋夜望單飛雁詩〉、〈代人傷往〉二首出現後，雖仍有聲病上的問題，然已略具唐人七絕的格律。到了隋代無名氏的〈送別詩〉，已基本合律，而唐初虞世南的〈應詔嘲司花女〉則爲標準的七絕。其時七律尙未形成，可見七絕的產生也在七律之前，因此「律絕產生於律詩之後」的論點，用於七絕也同樣不合於事實。〔註4〕

〔註 2〕（明）徐師曾《詩體明辨》卷 13（台北：廣文書局，1972 年），頁 959。

〔註 3〕葛曉音〈初盛唐絕句的發展——兼論絕句的起源與形成〉載《詩國高潮與盛唐文化》（北京：北京大學出版社，1998 年），頁 355。

〔註 4〕同註 3，頁 357～364。

除了葛曉音外，業師廖一瑾先生對絕句的產生，亦提出了不同的看法。廖先生以為絕句的產生，除了受到吳歌、西曲的影響外，和劉宋時期「裁章取意」的擬作方式有很大的關係。由於劉宋帝室出身寒素，在代晉自立後，既想抑制貴族門閥的勢力，又必須自我提昇為貴族的樣子。基於政治上的考量，使他們一方面大興祭祀雅樂，另一方面卻積極的藉著民歌新聲以抵制世家大族。但因為本身的文學素養不足，遂選擇了「裁擬」前人作品的方式。其中如宋孝武帝劉駿即仿徐幹〈室思〉第三章而作〈自君之出矣〉。以下列出這兩首詩以為說明：

浮雲何洋洋，願因通我辭。飄颻不可寄，徒倚徒相思。
人離皆復會，君獨無返期。自君之出矣，明鏡暗不治。
思君如流水，何有窮已時。　（徐幹〈室思〉其三）〔註5〕

自君之出矣，金翠闇無精。思君如明月，回還晝夜生。
（劉駿〈自君之出矣〉）〔註6〕

這種方式，在二十個字中，便有八個字可以直接套用前人之作，所餘十二字，只需留意二、四句的押韻與聯間意義上的連貫即可，這比起全篇自創要容易得多。因此，自劉駿以後，這種五言四句的擬作形式便大為風行。〔註7〕據此可知，絕句形式的產生與南朝樂府民歌的盛行及裁擬的創作方式有關，而並非如徐師曾所言為自律詩而裁。

雖然律絕的產生並非自律詩而截，然律體格律的完成，仍有賴沈佺期、宋之問的歸納、研究與推廣。故以下茲對沈、宋之生平、詩作與近體詩格律制定的原因與成就分別論述如下。

〔註5〕逯欽立《先秦漢魏晉南北朝詩》，「魏詩」卷3（北京：北京中華書局，1998年），頁377。

〔註6〕同註5，「宋詩」卷5，頁1219。

〔註7〕參見廖一瑾〈從《文選雜擬詩》談〈三婦艷詩〉與〈自君之出矣〉〉，收入中國文選學研究會編《文選與文選學》（北京：學苑出版社，2003年5月），頁518～525。

第一節　沈、宋之生平及其詩作

一、沈佺期之生平及其詩作

（一）沈佺期之生平

沈佺期（約 656～714），字雲卿，相州內黃人（今河南省內黃）也。高宗上元二年（765）及進士第。由協律郎累遷至通事舍人，預修《三教珠英》。再轉給事中、考功員外郎，考功受賕，劾未究，會張易之敗，遂長流驩州。後遷臺州錄事參軍事。中宗神龍中（約 706）入計，得召見，拜起居郎，兼修文館直學士。既侍宴，帝詔學士等舞〈回波〉，佺期為弄辭悅帝，還賜牙、緋。後歷中書舍人、太子詹事。開元初卒。沈佺期善屬文，尤長七言之作，〔註 8〕與宋之問齊名，時人稱為沈宋。弟佺交、佺宇，亦以文詞知名，然皆不逮佺期，沈佺期有文集十卷。

（二）沈佺期之詩作

《全唐詩》收沈佺期作品為五言詩一百三十首、七言詩二十七首、雜言詩二首，共計一百五十九首。〔註 9〕他的律體詩作品十分謹嚴精密，對其後五、七言律詩的發展影響很大。

在題材上，由於沈佺期為宮廷詩人，因此他早期的作品多為應制、酬贈之作，風格上仍不脫齊梁綺靡。但張易之事敗後，他遭到貶謫，作品的內容開始有了轉變，一些較為優秀的作品多完成於此時。

〔註 8〕《唐才子傳》之〈沈佺期傳〉中說沈佺期「工五言」，但實際考察沈佺期之作品後，發現沈佺期的七言詩實優於五言詩，此正與《舊唐書》之說相合。不知《唐才子傳》之說本於何，故此採《舊唐書》之說。

〔註 9〕沈佺期的作品〈芳樹〉、〈長安路〉、〈折楊柳〉、〈有所思〉、〈壽陽王花燭圖〉、〈牛女〉、〈梅花落〉、〈內題賦得巫山雨〉、〈王昭君〉、〈銅雀臺〉、〈巫山高〉二首，一說為宋之問所作；而〈紅樓院應制〉一說為僧廣宣所作；〈望月有懷〉一說為宋之問、一說為康庭芝所作；〈陪幸太平公主南莊詩〉一說為蘇頲所作。本文此處依《全唐詩》所列，皆視為沈佺期之作品，因此共計沈佺期詩作為一百五十九首。

他的作品中如〈雜詩〉其三：

聞道黃龍戍，頻年不解兵。可憐閨裡月，長在漢家營。

少婦今春意，良人昨夜情。誰能將旗鼓？一爲取龍城。

〔註 10〕

這首詩爲沈佺期的傳世之作，詩中描寫思婦的幽怨，一方面惱恨「頻年不解兵」，以致良人不得歸來，又期盼能出現良將，使戰爭得以早日結束，藝術手法頗具特色，在格律上也漸趨合律。再如〈夜宿七盤嶺〉：

獨游千里外，高臥七盤西。曉月臨窗近，天河入戶低。

芳春平仲綠，清夜子規啼。浮客空留聽，褒城聞曙雞。

〔註 11〕

這首詩爲沈佺期流放驩州時，途經七盤嶺時所作。七盤嶺在今四川省廣元縣東北方，因嶺上有石磴七盤而上，因而得名。此詩除描寫了夜宿嶺上的情景外，也抒發了他惆悵不寐的情緒，爲初唐五律之名篇。在格律上，除尾聯外，其餘各聯均爲對仗，黏對合律，寫景抒情極富情趣與意境。又如五律〈紫騮馬〉：

青玉紫騮鞍，驕多影屢盤。荷君能剪拂，躞蹀噴桑乾。

踠足追奔易，長鳴遇賞難。摐金一萬里，霜露不辭寒。

〔註 12〕

沈佺期入仕後，曾有過從軍邊陲的經歷，此詩借著描述紫騮馬的英姿俊氣，來抒發自身報國疆場，建功立業的豪情。除五律外，沈佺期也擅長寫七言詩，其中如七言絕句〈邙山〉：

北邙山上列墳塋，萬古千秋對洛城。

城中日夕歌鐘起，山上唯聞松柏聲。〔註 13〕

此詩雖仍失黏，但兩聯中已可相對，看得出逐漸律化的軌跡。又如七

〔註 10〕（清）聖祖御敕，王全等點校《全唐詩》卷 96（北京：北京中華書局，1960 年），頁 1035。

〔註 11〕同註 10，頁 1038。

〔註 12〕同註 10，頁 1034。

〔註 13〕同註 10，卷 97，頁 1055。

律〈古意呈補闕喬知之〉（獨不見）：

盧家少婦鬱金堂，海燕雙棲玳瑁梁。
九月寒砧催木葉，十年征戍憶遼陽。
白狼河北音書斷，丹鳳城南秋夜長。
誰謂含愁獨不見？更教明月照流黃。〔註14〕

這首七律，以樂府舊題「獨不見」為名。內容描寫長安少婦思念征戍遼陽十年未歸的丈夫。詩人以委婉纏綿的筆觸，刻畫少婦在寒砧處處，落葉蕭蕭的夜裏，雖身居華堂，卻因心繫良人，久久不能成眠的愁苦情狀。此詩題材雖取於閨閣生活，遣詞亦不脫齊梁餘風，但音韻和諧、對仗縝密，氣勢靈動，讀來十分流暢，在格律上已為成熟之七律定體。

二、宋之問之生平及其詩作

（一）宋之問之生平

宋之問（約656～712），一名少連，字延清，汾洲（今山西汾陽）人，《舊唐書》本傳說他是虢州弘農（今河南靈寶）人。他的父親令文，有勇力，而工書，善屬文。高宗上元二年（675）進士。後任左驍衛郎將、東臺詳正學士。之問偉儀貌，雄于辯，弱冠便已知名。累轉尚方監丞、左奉宸內供奉。張易之兄弟雅愛其才，之問亦傾附焉。預修《三教珠英》，常扈從游宴。武后游洛南龍門，詔從臣賦詩，左史東方虬詩先成，后賜錦袍，之問俄頃獻，后覽之嗟賞，更奪袍以賜。尤善五言詩，當時無能出其右者。武后召與楊炯分直習藝館。及易之等敗，左遷瀧州參軍。未幾，逃還，匿于洛陽人張仲之家。仲之與駙馬都尉王同皎等謀殺武三思，之問令兄子發其事以自贖。及同皎等獲罪，起之問為鴻臚主薄，由是深為義士所譏。中宗景龍中（708），再轉考功員外郎。時中宗增置修文館學士，擇朝中文學之士，之問與薛稷、杜審言等首膺其選，當時榮之。及典舉，引拔後進，多知名

〔註14〕（清）聖祖御敕，王全等點校《全唐詩》卷96（北京：北京中華書局，1960年），頁1043。本詩一作〈獨不見〉。

者。其後因貢舉時賕餉狼藉，被貶爲越州長史。睿宗即位，因之問曾附張易之、武三思，配徙欽州。先天中，賜死于徙所。之問一再的被竄謫，經途江、嶺，所有篇詠，傳布遠近。友人武平一爲之纂集，成十卷，傳于代。至於他對詩學的貢獻，誠如《新唐書・宋之問傳》所云：

> 魏建安迄江左，詩律屢變。至沈約、庾信，以音韻相婉附，屬對精密。及之問、沈佺期，又加靡麗，回忌聲病，約句準篇，如錦繡成文。學者宗之，號爲「沈、宋」。〔註15〕

（二）宋之問之作品

宋之問的詩作內容，大體上和沈佺期頗爲相似。《全唐詩》收錄他的五言詩一百八十八首、七言詩二十首、雜言詩七首，共計二百一十五首。〔註16〕《新唐書・宋之問傳》說他：

> 於時張易之等烝昵寵甚，之問與閻朝隱、沈佺期、劉允濟傾心媚附。易之所賦諸篇，盡之問、朝隱所爲，至爲易之奉溺器。〔註17〕

從這些敘述裡不難發現，何以沈佺期、宋之問這些宮廷詩人的品德，常爲人所譏。他的作品多應制、酬贈之作，內容較爲貧弱。但他被貶後，於失意之際，也寫了一些內容較爲深刻的作品。其中如〈度大庾嶺〉：

> 度嶺方辭國，停軺一望家。魂隨南翥鳥，淚盡北枝花。
> 山雨初含霽，江雲欲變霞。但令歸有日，不敢恨長沙。
> 〔註18〕

〔註15〕（宋）歐陽修《新唐書》，卷202〈宋之問傳〉（台北：鼎文書局出版，1998年10月），頁5751。

〔註16〕除同上註外，宋之問作品中之〈冬夜寓直麟閣〉一說爲王維所作；〈駕出長安〉一說爲王昌齡所作；〈餞中書侍郎來濟〉一說爲唐太宗所作；〈奉和幸韋嗣立山莊侍宴應制〉一說爲李乂所作；〈有所思〉一說爲劉希夷所作。本文此處依《全唐詩》所列，皆視爲宋之問作品，因此共計宋之問詩作爲二百一十五首。

〔註17〕同註15，頁5750。

〔註18〕（清）聖祖御敕，王全等點校《全唐詩》卷52（北京：北京中華書

此詩為宋之問被貶，流放到嶺南途中所作。詩中描述他度過大庾嶺後，到了邊鄙的嶺南，想起離家萬里，忍不住停下車來再一次遠眺家鄉，此時心魂雖已隨著鳥飛向南方，但淚水卻只能盡灑在北方的花枝上。接著看到雨快要停了，江上的雲將要變成彩霞，心中期盼著有一日能再回來，屆時當不會像賈誼作〈弔屈原賦〉那樣的發牢騷。這首詩情景交融，將遭流放時思念故土的悲傷，表現的十分令人動容。而在格律上，此詩已為成熟的五言律詩。又如〈題大庾嶺北驛〉：

陽月南飛雁，傳聞至此回。我行殊未已，何日復歸來。
江靜潮初落，林昏瘴不開。明朝望鄉處，應見隴頭梅。

〔註 19〕

此詩亦為途經大庾嶺之作，因嶺上多梅花，故又名「梅嶺」，古人以此嶺作為南北的分界線，北雁南飛至此便不過嶺。詩人用比興手法，以雁喻人，互為對照，將心中複雜痛苦的情緒，以委婉含蓄的方式表現出來。全詩雖未著一「愁」字，卻處處皆「愁」，可見其創作手法之高明。再如〈送杜審言〉：

臥病人事絕，嗟君萬里行。河橋不相送，江樹遠含情。
別路追孫楚，維舟弔屈平。可惜龍泉劍，流落在豐城。

〔註 20〕

此詩亦為宋之問之名篇。杜審言和宋之問為志同道合的友人，而杜審言於聖歷（698）坐事被貶吉州，宋之問作此詩為贈。詩的開頭四句，抒發對好友被貶一事的感慨；後四句全用典故，寄託對友人際遇的同情與惋惜。全詩情眞意切，用典精當工穩，讀來毫無雕飾十分地樸實自然。

除律體外，宋之問一些五、七言絕句也作的甚有情味。其中如五

局，1960 年），頁 641。

〔註 19〕（清）聖祖御敕，王全等點校《全唐詩》卷 52（北京：北京中華書局，1960 年），頁 640。

〔註 20〕同註 19，頁 638。

絕〈渡漢江〉：〔註21〕

嶺外音書斷，經冬復歷春。近鄉情更怯，不敢問來人。

〔註22〕

再如七絕〈苑中遇雪應制〉：

紫禁仙輿詰旦來，青旂遙倚望春臺。

不知庭霰今朝落，疑是林花昨夜開。〔註23〕

這些絕句作得凝鍊含蓄，饒富情致，且音韻和諧，已是標準合律的近體詩。

沈、宋二人的詩雖尚未脫齊梁綺靡之風，但其精鍊的用語和貫串的氣勢，較之齊梁體已大為進步。不過，他們在詩學上最大的成就，還在於建立了律詩的格律。他們整理、歸納了自齊梁以來，無數詩人試驗與創作的新體詩的格律，並融和初唐上官儀之屬對說與元兢的調聲術，最後終於完成了回忌聲病、浮切不差的律詩格律。自此以後，千餘年間，許多偉大的詩人，都運用這套格律，創作出無數傳世的篇章，這是沈、宋二人對中國詩律學的偉大貢獻。

第二節　制定近體詩格律之原因

詩歌聲律方面的研究，從南齊永明年間沈約等人倡導聲律說，創作「永明體」開始，到了梁大同年間，先有庾肩吾開「轉拘聲韻，彌

〔註21〕此詩作者，歷來聚訟紛紛。王堯衢《古唐詩合解》以為是宋之問的作品，章燮《唐詩三百首注疏》不敢肯定，《全唐詩》則逕列宋之問的作品中，唐汝詢《唐詩選》不但直認宋之問之作，且注云：「此逃歸時作」。今據《舊唐書．文苑傳》所載，宋之問「配徙欽洲，再被竄謫，經途江嶺，傳布遠近。」欽洲即今之廣東欽縣，位在嶺南，與本詩「嶺外」相吻合。且宋之問為汾洲人（今山西省），漢水是還鄉必渡之水路。而李頻則為睦州人（今浙江建德），又未嘗遠適嶺南，故此詩當為宋之問所作。

〔註22〕（清）聖祖御敕，王全等點校《全唐詩》卷53（北京：北京中華書局，1960年），頁655。

〔註23〕同註22，頁656。

尚麗靡，復踰於往時」風氣之先，〔註24〕繼有徐陵、庾信所承續之徐庾體於後。到了唐初時期，隨著「上官體」的風行，使新體詩的律化程度更上一層。

上官儀在詩律學上的成就，不但影響了新體詩聲律發展，更重要的是他直接影響了元兢的詩律學，尤其是「調聲三術」的產生。所謂「調聲三術」指的是：「換頭」、「相承」、「護腰」三種。這三種調聲術，是元兢以前人在聲律上的經驗爲基礎，所明確的提出讓新體詩通篇黏、對和諧的方法。

至於「調聲三術」的內容，根據《文鏡秘府論・天卷》中載元兢之說可歸納如下：〔註25〕

換頭：指詩中的出句與對句的頭兩個字必須平仄相反（相對），而上聯對句的頭兩字則須與下聯出句的頭兩字平仄相同（相黏）。

護腰：指五言詩中，每句之第三字爲「腰」，因此上句的第三字不可與下句的第三字同聲。但若同爲平聲則無妨，而同上、去、入則不可。

相承：指五言詩中，若上句五字內，用上、去、入的字比較多，而平聲用的很少時，則下句用三平承接。三平的用法可用以上承，亦可用以下承。

此「調聲術」之發現，使自齊、梁以來文人們一直探索由句到聯、由聯到通篇聲律和諧的形式，逐漸歸納出一個可以依循的方式。可惜當時由於政治上的因素，不能爲大多數人所了解，直到上官儀被殺，武后秉政之勢已定，當時受上官儀一案牽連的朝士，被重新援引回朝後，新體詩才又有了發展的機會。其中崔融將上官儀、元兢的詩

〔註24〕（唐）姚思廉《梁書・庾肩吾傳》卷49（台北：鼎文書局出版，1975年），頁690。

〔註25〕（日）遍照金剛《文鏡秘府論・天卷》（台北：金楓出版社，1978年），頁33～36。

律學重新探討，作了《新定詩體》一書，使大家對元兢的調聲術有了比較清楚的認識，但當時還沒有「律詩」之名。實際將這些結果實踐並加以發揚光大，還有賴沈佺期與宋之問的整理與發揚。以下茲將沈、宋二人制定近體詩格律的原因說明如下。

一、武后對宮廷詩人之援引

由於上官儀反對高宗立武則天爲后，因此深爲武后所忌，麟德元年（664）儀又爲許敬宗構陷與廢太子忠同謀，因此被捕下獄而死，家亦被抄。〔註26〕上官儀被誅殺後，連帶使得新體詩聲律的發展停滯，這點可以由四傑中王、楊、盧對「上官體」的抨擊與高宗朝後期詩壇掀起復古的思想可以一窺端倪。但這種情況，直至上官儀被誅，武后垂簾，「政事大小皆預聞之」，並與高宗共尊爲「二聖」後，〔註27〕武后秉國之勢已定，改革之態漸成以後，便又開始重新任用起那些曾與上官儀交往密切的朝士。而這些朝士的被援引，使得原本因爲政治因素而沉寂已久的「上官體」，又在宮廷中流行起來。

這些朝士中如薛元超，他本因受上官儀一案的牽連，坐與上官儀文章款密，於麟德元年（664），被流配巂州。到了上元初（674），遇赦而還，且拜爲正諫大夫。上元三年（676），他又遷中書侍郎，尋同中書門下三品。《舊唐書・薛元超傳》云：

> 上元初，遇赦還，拜正諫大夫。三年遷中書侍郎，尋同中書門下三品。時高宗幸溫泉校獵，諸蕃酋長亦持弓矢而從。元超以爲既非族類，深可爲虞，上疏切諫，帝納焉。時元超特承恩遇，常召入與諸王同預私宴。又重其文學政理之才，曾謂元超曰：「長得卿在中書，固不藉多人也。」〔註28〕

〔註26〕見（後晉）劉昫《舊唐書》，卷80〈上官儀傳〉（台北：鼎文出版社，1976年），頁2743～2744。

〔註27〕同註26，卷5〈高宗本紀〉，頁100。

〔註28〕同註26，卷73〈薛元超傳〉，頁2590。

這在當時高宗患風疾，朝中大事多由武后參與、決定的情形看來，對這些朝士的援引，還先得到武后的認同才可能。除此之外，武后又引著作郎元萬頃、左史劉禕之等，撰《列女傳》、《臣軌》、《百僚新戒》、《樂書》，凡千餘卷。而朝廷奏議、百司表疏，也時常令這些文士參與，權力之大，甚至足以分宰相之權，當時稱這些文士爲「北門學士」。〔註 29〕而這時同時被援引的文士，多曾爲周王的府屬，與元兢皆爲舊識，且曾共同編纂過《古今詩人秀句》，因此在詩歌的創作與理論上都深受「上官體」的影響。〔註 30〕雖然武后對這些文士的援引，原本看重的是他們「文學政理之才」，但卻因爲他們的復出，間接使得「上官體」在高宗晚期乃至武周時期，又成爲當時詩歌創作的指標。

薛元超受召還朝後，很快的便援引了一群青年文士如鄭祖玄、鄧玄挺、崔融爲崇文館學士。而這些文士中，以崔融對新體詩的律化影響最大。崔氏將上官儀與元兢的詩律學，做了更深入的研究與發展。《文鏡秘府論・地卷・十體》中，即引崔氏《新定詩體》一書，此書據王夢鷗先生詳細考證的結果得知，此書即爲世稱之李嶠《評詩格》，王夢鷗先生說：

> 李嶠《評詩格》一卷，不特未見於北宋人之書志著錄，即南宋前期之書誌家如晁公武、尤袤、鄭樵亦未題及此書。唯陳振孫《直齋書錄解題》卷二二，始爲之序曰：「《評詩格》一卷，唐李嶠撰。嶠在昌齡之前，而引昌齡《詩格》八病，亦未然也。」又於同卷，敘《雜句圖》云：「自魏文帝《詩格》而下二十七家，已見吟窗雜錄。」今從陳氏前

〔註 29〕（宋）司馬光《資治通鑑》，卷 202〈唐紀十八〉（台北：藝文印書館，1955 年），頁 3100。

〔註 30〕（日）遍照金剛《文鏡秘府論》南卷〈集論〉中載元兢〈古今詩人秀句序〉，可知元兢在龍朔元年（西元 661 年）曾任周王府參軍。曾與劉禕之、范履冰等青年學士編選《古今詩人秀句》，此書以上官體「綺錯婉媚」爲詩歌評價之標準，可知他受上官體影響之深。（台北：金楓出版社，1987 年），頁 177～178。

> 後兩處敘語細按之，則當時所流傳之李嶠《評詩格》，實有兩種。〔註31〕

由陳振孫後一段話看來，當時流傳的李嶠《評詩格》有兩種；一爲獨立的別行本，但內容已與王昌齡的《詩格》混雜在一處，可見當時不同撰者的詩格內容已雜糅的十分嚴重。另一種則被收輯在《吟窗雜錄》「自《魏文帝詩格》而下二十七家」中。〔註32〕王夢鷗先生又說：

> 空海引述，無一字及於李嶠，而前後數稱崔氏，則《新定詩體》之爲崔氏著述，當不致誤。再以上官儀《筆札華梁》，托名《魏文帝詩格》爲例，則後人之「托名」，殊不若空海據眞實資料引述之可信。……元兢選編《古今詩人秀句》而有《詩髓腦》之作，猶之崔融選編《珠英學士詩集》而有此書，二者皆以發明作詩工巧而昭示其選詩準則也。〔註33〕

而王夢鷗先生又據《吟窗雜錄》中所收李嶠《評詩格》與《文鏡秘府論》中所引崔融《新定詩體》之「九對」、「十體」的內容加以考察，發現《評詩格》之「九對」部分，前後秩序紊亂，使對名與詩例，不相關涉，尤其是第八、第九對，這應是所依據之舊本非常殘破所致。而在「十體」方面，《評詩格》亦有文句淺蝕與漏落的狀況。但除這些殘破與紊亂處外，其內容幾乎完全雷同。據此可知，《評詩格》與《新定詩體》其實是同一本書。而據《文鏡秘府論》引述時，直接稱

〔註31〕王夢鷗《初唐詩學著述考》第3章、第3節（台北：台灣商務印書館，1977年），頁97。

〔註32〕同註31，第1章、第3節，頁31～37。據王夢鷗先生考訂今傳50卷之《吟窗雜錄》，爲嘉靖戊申年（1548）所刊，題爲「崇文書堂重刊宋本」，乃北宋末季人陳永康（浩然子）以北宋蔡傳之《吟譜》爲基礎增益而成。在內容上，《吟窗雜錄》中自19卷至34卷下爲蔡傳所撰之《吟譜》，其餘皆陳永康所增，然所增部分以上官儀爲魏武帝，並以六朝人之詩句，充爲魏文帝詩格舉例之用，其僞託之跡極爲明顯。而由《魏文帝詩格》至《雜句圖》共有二十七家詩格，其中便有題名撰者爲李嶠之《評詩格》。

〔註33〕同註31，頁86～87。

其爲崔氏《新定詩體》看來，李嶠《評詩格》其實就是崔融所作之《新定詩體》。〔註 34〕惟因此書傳世既久，而後人擬作往往相互雜糅，不單原文眞假難辨，且其間又因殘落而多次補綴，非但使原文面目難辨，連撰者與書名都因此產生變異。此書現已不全，但其中部分爲《文鏡秘府論》所引，稱爲崔氏《新定詩體》。今據《文鏡秘府論》所引的內容看來，崔融所說的「九對」、「十體」與聲病說，即承襲於上官儀之《筆札詩華》與元兢之《詩髓腦》之說所增益而成。〔註 35〕且由崔融所定之書名觀之，當時人們對以元兢的調聲術創作新體詩，有了比較明確的認識，只是當時尚無「律詩」的名稱。

除了對一般朝士的援引外，武后對上官婉兒的重用，亦爲朝野開始重新以上官體來衡量新體詩作品良窳的原因。《舊唐書・上官昭容傳》云：

> 中宗上官昭容，名婉兒，西台侍郎儀之孫也。父庭芝，與儀同被誅，婉兒時在襁褓，隨母配入掖庭。及長，有文詞，明習吏事。則天時，婉兒忤旨當誅，則天惜其才不殺，但黥其面而已。自聖歷以後，百司表奏，多令參決。〔註 36〕

武后對上官婉兒的寬大，除了源於她身爲政治家的雍容大度外，還表現出她對文學的興趣與對人才拔識的不遺餘力。

〔註 34〕王夢鷗《初唐詩學著述考》第 3 章、第 3 節（台北：台灣商務印書館，1977 年），頁 88～97。

〔註 35〕同註 34，第 3 章，頁 80～102。崔融《新定詩體》之說，多承襲自元兢與上觀儀，如《文鏡秘府論・東卷》所列之 29 種對中，本於崔氏《評詩格》者，爲第 26「切側對」，此對明顯承襲自元兢「聲對」、「側對」與上官儀「正名對」（正名對又名切對）增益而來。再如《文鏡秘府論・西卷》第 13 種「齟齬病者」其下有：「崔氏是名不調。不調者，謂五字之內除第一字、第五字，於三字用上去入聲相次者，平聲非病限，此是巨病。」其說與上官儀論此病時云：「犯上聲是斬刑，去入亦絞刑。」、元兢論此病云：「平聲不成病，上去入是重病。」意見相同。據上述幾例可知，崔融《新定詩體》之九對、十體與聲病說，多承襲自上官儀、元兢。

〔註 36〕見（後晉）劉昫《舊唐書》，卷 51〈上官婉兒傳〉（台北：鼎文出版社，1976 年），頁 2175。

在高宗與武后政治上的援引與支持下，使得上官體得以在宮廷中開始受到重視，間接的加速了新體詩的律化程度，而其後沈、宋二人得以將近體詩之詩律完成，其原因與契機當與此有密不可分的關係。

二、《三教珠英》的編纂

武周盛歷二年（698），武后設置了控鶴府，其目的除召集文士修書外，也提供宮中宴飲時，賦詩取樂之用。《舊唐書》云：

> 聖歷二年，置控鶴府官員，以易之爲控鶴監、內供奉，餘官如故。久視元年，改控鶴府爲奉宸府，又以易之爲奉宸令，引辭人閻朝隱、薛稷、員半千并爲奉宸供奉。每因宴集，則令嘲戲公卿以爲笑樂。若內殿曲宴，則二張、諸武侍坐，樗蒲笑謔，賜與無算。時諛佞者奏云，昌宗是王子晉後身。乃令被羽衣，吹簫，乘木鶴，奏樂于庭，如子晉乘空。辭人皆賦詩以美之，崔融爲其絕唱，其句有「昔遇浮丘伯，今同丁令威。中郎才貌是，藏史姓名非。」〔註37〕

由上面這段記載可以得知，當時的控鶴府（或後來的奉宸府）爲辭人聚集之處，這些文人在府中常有宴集之事，並於席間飲酒、奏樂與賦詩，且賦詩都帶有競賽性質。崔融於席間所賦之詩，題名爲〈和梁王眾傳張光祿是王子晉後身〉，〔註38〕本詩文辭流暢，用典合宜，且對偶、聲律和諧，兩聯間已相黏，是一首完全合律的五言律詩，無怪當時要被稱爲「「絕唱」。除崔融外，這些被召入控鶴府（或奉宸府）中的文人，在新體詩的創作上，大多律化程度頗高。但比較起編纂《三教珠英》時的文士，還要略遜一籌。《舊唐書》中云：

> 以昌宗丑聲聞于外，欲以美事掩其跡，乃詔昌宗撰《三教珠英》于內。引文學之士李嶠、閻朝隱，徐彥伯、張說、宋之問、崔湜、富嘉謨等二十六人，分門撰集。成一千三

〔註37〕見（後晉）劉昫《舊唐書》，卷78〈張易之、張昌宗傳〉（台北：鼎文出版社，1976年），頁2706。

〔註38〕見《全唐詩》卷68（北京：中華書局，1960年），頁767。

百卷，上之。〔註39〕

張昌宗、張易之兄弟本皆武則天之內寵，因此頗受物議，武則天爲了掩飾醜行，故令他們集合文士編纂《三教珠英》以爲掩飾，而此書之編纂，卻間接的爲新體詩的聲律完成，提供了良好的機會。

《三教珠英》的編纂雖以張昌宗爲撰者，然實際編纂者卻是李嶠與當時諸多知名的文士。《舊唐書・文苑中・閻朝隱傳》中云：

> （閻）朝隱修《三教珠英》時，成均祭酒李嶠與張昌宗爲修書使，盡收天下文詞之士爲學士，預其列者，有王無競、李適、尹元凱，并知名於時。〔註40〕

李嶠爲著名的「文章四友」之一，《唐詩紀事》卷十中說他：

> 爲兒時，夢人遺雙筆，自是有文詞。十五通五經，二十擢進士第，與駱賓王、劉光業齊名，相中宗。其仕也，初與王勃、楊盈川接踵，中與崔融、蘇味道齊名，晚諸人沒，獨爲文章宿老，一時學者取法焉。〔註41〕

李嶠少有文名，爲武則天所重，《舊唐書》本傳中即稱武則天「朝廷每有大手筆，皆特令嶠爲之」，可知其文章爲當時所重。根據今人杜曉勤的研究發現，李嶠現存新體詩聯間相黏的情況很高，超過了許多同期詩人，詩歌律化的程度很高。〔註42〕李嶠既精於詩律，因此經他遴選出來的文士，對詩歌聲律技巧的運用，一定具有相當的水準。而這些文士因編書之故，有機會長時期且經常性的接觸，透過彼此唱和、相互切磋交流詩藝的方式，當使諸文士在詩律方面的造詣日益精進，進而提升了新體詩的律化程度。這點我們經由對《全唐詩》的考

〔註39〕見（後晉）劉昫《舊唐書》，卷78〈張易之、張昌宗傳〉（台北：鼎文出版社，1976年），頁2706。

〔註40〕同註39，〈閻朝隱傳〉卷190，頁5026。

〔註41〕（宋）計有功《唐詩紀事》，卷10〈李嶠〉條（台北：台灣中華書局，1970年），頁145。

〔註42〕杜曉勤《齊梁詩歌向盛唐詩歌的嬗變》一書之第9章《從永明體到沈宋體》中云：「就李嶠現存新體詩分析，他的新體詩不但數量最多（185首），且其律化程度（黏式律佔93.51%）亦超過了與之齊名的諸詩人，遑論一般文士。」（台北：商鼎出版社，1996年），頁61。

察可以發現，在當日編纂《三教珠英》的二十八位文士中，他們在新體詩的作品中，聯間相黏，通篇合律的比例相當高。除上述的李嶠外，其他如魏知古有新體詩作品四首，四首聯間皆相黏；王無競有新體詩二首，聯間相黏的有一首；于季子有新體詩五首，聯間相黏的有三首；閻朝隱有新體詩五首，聯間相黏的有二首；崔湜有新體詩二十三首，聯間相黏的爲二十一首；宋之問有新體詩一百三十五首，聯間相黏的有一百二十四首；徐彥伯有新體詩十四首，聯間皆相黏；沈佺期有新體詩九十四首，聯間相黏的有八十六首等。〔註43〕茲根據上述，將參與過《三教珠英》編纂，且有新體詩作品收入於《全唐詩》之十三位詩人，其作品中聯間相黏的情形表列如下：

作者姓名	新體詩數量	聯間相黏作品數量	佔全部作品之百分比
張昌宗	2	0	0%
李　嶠	164	156	95.12%
員半千	1	0	0%
王　適	4	4	100%
王無競	2	1	50%
于季子	5	3	60%
薛　曜	2	0	0%
魏知古	4	4	100%
宋之問	135	124	91.85%
沈佺期	94	86	91.48%
崔　湜	23	21	91.30%
閻朝隱	5	2	40%
徐彥伯	14	14	100%
總　計	455	415	91.20%

〔註43〕以上三教珠英詩人之新體詩聯間黏對數目，乃根據杜曉勤《齊梁詩歌向盛唐詩歌的嬗變》之〈初唐詩人新體詩發展統計表〉而來。（台北：商鼎出版社，1996年），頁82～92。

根據表列可知，當時編纂《三教珠英》的諸文士，他們多數的作品（91.20%）已能注意到聯間黏、對的問題，可見他們對新體詩的調聲方式（即元兢的「換頭」術），已有了比較全面的認識，並將之純熟的運用在創作中，以致通篇黏對和諧的律體形式開始普遍出現。因此《三教珠英》的編纂，無疑地提供了近體詩詩律成型的良好契機。

三、沈、宋在詩壇上的影響力

沈佺期、宋之問二人，均於武周聖曆年間參與過《三教珠英》的編纂工作，二人在當時便已是知名的文士。但他們眞正得以在詩壇享有盛名，則要到了中宗神龍、景龍年間，而近體詩的格律定型與「律詩」名稱的出現，也正在那個時期，因此後世多以沈、宋二人爲近體詩律體的完成者。其中如《新唐書・文藝中》云：

> 魏建安後迄江左，詩律屢變，至沈約、庾信，以音韻相婉附，屬對精密。及之問、沈佺期，又加靡麗，回忌聲病，約句准篇，如錦繡成文，學者宗之，號爲「沈宋」。語曰「蘇李居前，沈宋比肩」，謂蘇武、李陵也。〔註44〕

再如《詩藪》亦云：

> 五言律體兆自梁、陳，唐初四子靡縟相矜，時或拗澀，未堪正始。神龍以還，卓然成調。沈、宋、蘇、李合軌於先，王、孟、高、岑並馳於後，新製迭出，古體攸分，實詞章改變之大機，氣運推遷之一會也。〔註45〕

又如嚴羽《滄浪詩話》云：

> 風雅頌一變而爲離騷，再變而爲兩漢五言，三變而爲歌行雜體，四變而爲沈宋律詩。〔註46〕

王世貞《藝苑卮言》則云：

〔註44〕（宋）歐陽修《新唐書》，卷202〈宋之問傳〉（台北：鼎文書局出版，1998年10月），頁5751。

〔註45〕（明）胡應麟《詩藪》收《明詩話全編》卷4（南京：鳳凰出版社，1997年），頁5484。

〔註46〕（宋）嚴羽《滄浪詩話・詩體》（台北：金楓出版社，1986年），頁43。

> 五言至沈宋史可稱律，律爲音律法律，天下無嚴於是者，知虛實平仄而法明矣，二君正是敵手。〔註47〕

趙翼《甌北詩話》亦云：

> 自古詩十九首以五言傳，柏梁以七言傳，於是才士專以五七言爲詩，然漢魏以來尚多散行，不尚對偶。自謝靈運輩，始以屬對爲工，已爲律詩開端，沈約輩又分別四聲，創爲蜂腰、鶴膝之說，而律體始備，至唐初沈宋諸人，益講求聲病，於是五七律遂成一定格式，如圓之有規，方之有矩，雖聖賢復起，不能改易矣。〔註48〕

由上述引文可知，後世學者多以爲五言律體之能「回忌聲病」、「約句准篇」、「卓然成調」以至於成爲律體，沈、宋二人實功不可沒。但對於這個說法，也有學者提出不同的看法。如王夢鷗先生便認爲：

> 崔融《新定詩體》一書，雖莫見其全，但以其敢稱「定體」，再以當時沈佺期、宋之問之詩體竅之，實包括元兢所發明之原則，因疑崔氏嘗歸納八病三術以定唐代律詩之聲調形式；而此形式，行之千載不衰，然其創始之功，恆爲沈宋所冒代，不亦冤乎？〔註49〕

王夢鷗先生以爲在沈、宋之前，崔融早將上官儀與元兢的詩學理論加以歸納，尤其是元兢的調聲術，解決了自齊、梁以來人們追求詩歌通篇聲韻和諧的期望。因此崔融才是使律體格律定型之人，而後世以沈、宋爲創始者，並不合宜。和王夢鷗先生持相同意見的尚有鄺健行，他以元兢早在高宗上元、儀鳳年間，就提出了「換頭」之術，說明了元兢已識聯間黏綴的法則，因此律詩的格律自此就已完成，不需待沈、宋之後。此外，他以沈、宋二人的作品合律程度爲依據，認爲二人作品中句聯的對、粘合律程度，甚至不及同時期的其他作家，因

〔註47〕（明）王世貞《藝苑卮言》收《明詩話全編》第四冊（南京：鳳凰出版社，1997年），頁4236。

〔註48〕（清）趙翼《甌北詩話》卷12（台北：廣文書局，1971年），頁1～2。

〔註49〕王夢鷗《初唐詩學著述考》之〈總論〉（台北：台灣商務印書館，1977年），頁9。

此若以沈、宋二人為律體的完成者，其實並不合理。〔註 50〕

對於王、鄺二氏之說法，本人以為律體之格律或許早在沈、宋以前便已有了大致的雛形；但那只說明了初唐時期，人們已開始將注意力由語意的組織，逐漸轉向語音的組織，因此開始探討起新體詩的調聲法則，並研究出接近其後定型律體具有之黏對法則，但近體詩的格律並未因此而完成。至於律體何以非待沈、宋才能在格律上定型的原因有三；其一為政治上的因素：上官儀被誅後，導致上官體之詩學成為禁忌，未避免受到政治上的牽連，元兢之「調聲三術」因此未被重視與發揚。其二，元兢之學說不能發揚，與他本人有意祕而不宣有關。《文鏡秘府論．東卷》中所引元兢《詩髓腦》八種「切對」之說後另有一段按語云：

> 以前八種切對，時人把筆綴文者多矣，而莫能識其徑路。于公義藏之於篋笥，不可垂示於非才，深祕之！深祕之！〔註 51〕

可見元兢對此發明深為自矜，並視之為不可傳之秘術。除此之外，可能正如杜曉勤的推論，調聲三術之一的「換頭」術，當中所舉之例為元兢詩作〈蓬州野望〉，據此詩意當為他因坐上官儀黨，被貶蓬州所作，則可推《詩髓腦》可能亦完成於此時，在此政治敏感之際，他刻意將其說祕而不宣，也是可以理解的事。〔註 52〕其三，沈、宋當時在詩壇上的地位；歷來每一種新的詩體和詩學得以受到重視，皆與倡導者在詩壇上的地位有關，永明時期沈約的理論受到重視與推廣即為一例。唐初科舉本沿隋代舊法，有秀才、明經、進士諸科。但到了武后之後，秀才一科漸非定制，明經科則因簡易而不受尊崇，因

〔註 50〕見鄺健行〈初唐五言律體律調完成過程之考察〉收《唐代文學研究》第 3 輯（桂林：廣西師範大學出版社，1992 年），頁 515～516。

〔註 51〕（日）遍照金剛《文鏡秘府論．東卷》（台北：金楓出版社，1987 年），頁 133。

〔註 52〕杜曉勤《齊梁詩歌向盛唐詩歌的嬗變》一書之第 10 章（台北：商鼎出版社，1996 年），頁 64。

此士子所競逐者，乃進士一科，而進士科三試，又以詩賦一試最爲關鍵，爲此士子均視詩賦爲重要的晉身之階。而評定詩賦的優劣與否，則決定於主事者的審美觀念，沈、宋二人既爲詩壇領袖，而其中沈佺期曾三任考功員外郎，主持選舉，因此促使當時後進詩人對「沈宋體」的仿效。而由仿效「沈宋體」進而使元兢之說得以發揚，這不能不說是沈、宋二者之功。根據上述三項因素可以說明，一種格律的完成若無法普及、實踐與推廣，則不可謂之完成，律體的格律亦是如此。正因爲如此，前人才以爲沈、宋爲律體的完成者。本人以爲不論律詩的格律是否眞爲沈、宋二人所定，但至少在律體格律的發揚與推廣上，此二人實有不可抹滅的功勞。至於鄺健民所指沈、宋二人作品中合律者不及同期詩人一論，這在前面對沈、宋等參與《三教珠英》編纂工作文士所作新體詩聯間黏、對統計表可知，鄺氏的說法恐怕有待商榷。

第三節　制定近體詩格律之成果

近體詩之形成，起源於齊永明年間沈約、周顒的「聲律說」，而這個發現，使文人逐漸重視起聲律與聲病的運用技巧，加上受到六朝樂府清商曲（吳歌、西曲）的影響，小詩這類的體式也開始勃興。這個發展，直到六朝末葉，絕句與律詩的雛形便開始出現了。入唐後，詩壇初承齊梁餘風，以「綺錯婉媚」見長的上官體大爲風行，而上官儀的六對、八對說，乃至元兢調聲術的出現，都替律詩的定型提供了必要的準備。到了中宗神龍、景龍年間，經過沈佺期、宋之問二人的整理與推廣，律詩的格律自此完成，而稍後絕句的形式也隨之完成。近體詩自此格律大備，且歷經宋、元、明、清而行之不墜，甚至影響了詞、曲體制的形成，此可謂沈、宋二氏對中國詩歌之貢獻。以下茲依近體詩之用韻、調譜與拗救方式、對仗、句法分述於後，以說明沈、宋所定近體詩格律之成就。

一、近體詩的用韻

唐詩以律詩所佔的數量較多，因此首先討論五、七言律詩。唐之律詩，格律極爲嚴謹，因此錢木庵《唐音審體》中曾說：

> 律詩始自初唐，至沈宋，其格始備。律者六律也。謂其聲之協律也。如用兵之紀律，用刑之法律，嚴不可犯也。齊梁體二句一聯，四句一絕，律詩因之，加以平仄相儷，用韻必雙，不用單韻。〔註53〕

律詩之所以稱「律」，錢木庵的說法提供了很好的解釋。至於押韻的標準，在六朝以前，由於缺少韻書，詩人們只得求其近似，審音並不精密。其後李登、呂靜、夏侯該雖皆有韻書的編纂，但由於皆爲私人著述，因此未能產生很大的影響力。直到隋、陸法言《切韻》一出，因爲收錄完備，後出轉精，遂成爲唐代官方認可之韻書，其後再經修定，改名《唐韻》，自此大家才開始有了比較明確的用韻標準。

唐韻分平聲五十七韻、上聲五十五韻、去聲三十四韻、入聲三十四韻，共計二百零六韻。但其中有些韻在唐代可以「通用」，因此只要是「通用」的二、三個韻，詩人便視其爲一韻，故實際只有一百一十二韻。其中，「支、脂、之」三韻依《唐韻》的規定可通押，但詩人多習慣依當時口語，將「支、脂」二韻通押，而將「之」韻獨立出來。由於有了標準韻書的出現，因此參加科舉考試時，於用韻處須特別仔細，絕不能一字出韻，一旦詩作出韻，將被視爲嚴重的瑕疵，即令文采、內容如何佳妙，都不能稱善。唯初唐時，江、陽二韻混用，元、先與山、先通押的情形仍時有所見，大約是其時距六朝未遠，因此習慣的依循六朝舊習的關係。

在近體詩用韻的疏密度方面，除首句外（首句可押可不押），其餘皆採隔句押韻的形式。這種情形當和永明聲律論提出「四聲八病」後，詩人爲避忌「上尾」病（即第五字不得與第十字同韻），而律詩

〔註53〕（清）錢木庵《唐音審體·唐詩五言論》收入丁福保編《清詩話》（台北：明倫出版社，1971年），頁781。

以兩句爲一聯，故一聯之中，出句句末與對句句末不得同韻。久之遂引申爲各聯皆然，於是形成隔句押韻的現象。至於近體詩的用韻，一般而言唐人創作之近體詩多用平聲韻，當然也有押仄韻者，只不過數量上非常少。今人葉桂桐認爲這與平聲韻的韻質宜於表達平和、歡樂、娛悅的情緒有關。因自南朝到初唐，文人詩歌多用於宮廷，平聲韻的韻質適合表現宮廷宴樂與歌舞昇平的內容。〔註 54〕除了因爲平聲韻的韻質平和、節拍較長，用於句末，可以使聲音更顯悠揚，有餘音繞樑之感，因此適於吟詠誦讀外，也因爲平聲韻的數量比較多，詩人可以有較多的選擇。

此外，近體詩用韻時必須整首詩一韻倒底，不可換韻，不可通假，就如上一段所說，出韻是絕不可犯的錯誤，可謂詩家大忌，因此即便用險韻、窄韻，也不可混用它韻字替代。唯一例外的是首句的用韻：近體詩首句可以鄰韻作爲韻腳，所謂的鄰韻是指韻書中，韻目排列相鄰又音近的韻，如東冬、支微、魚虞、佳灰、眞文、元文、寒刪、刪先、先元、蕭肴豪、庚青蒸、覃鹽咸等。另外如江陽、佳麻、蒸侵也可算是鄰韻，錢大昕《十駕齋養新錄》稱這種情形叫「借韻」，他說：

> 五七言近體詩，第一句借用鄰韻，謂之借韻。〔註 55〕

謝榛《四溟詩話》云：

> 七言絕律，起句借韻，謂之孤雁出羣。宋人多有之。〔註 56〕

沈德潛《說詩晬語》亦云：

> 律詩起句不用韻，故宋人以來，有入別韻者。然必於通韻中借入。〔註 57〕

〔註 54〕葉桂桐《中國詩律學》第 6 章〈近體詩爲何只押平聲韻〉（台北：文津出版社，1998 年），頁 313～324。

〔註 55〕（清）錢大昕《十駕齋養新錄》卷 16（台北：商務印書館，1956 年），頁 383。

〔註 56〕（明）謝榛《四溟詩話》收丁福保撰《歷代詩話續編》（台北：木鐸出版社，1983 年），頁 1143。

〔註 57〕（清）沈德潛《說詩晬語》收入王夫之等撰《清詩話》（上海：古籍

這種借韻的情形如李商隱〈深宮〉：

金殿香銷閉綺籠，玉壺傳點咽銅龍。
狂飆不惜蘿陰薄，清露偏知桂葉濃。
斑竹嶺邊無限淚，景陽宮裏及時鐘。
豈知爲雨爲雲處，只有高唐十二峯。〔註 58〕

本詩爲平起首句入韻式，除第一句押「東」韻外，其餘第二、四、六、八句均押「冬」韻，因爲「東」、「冬」爲鄰韻，因此首句可借押東韻，此即稱爲借韻。再如杜甫〈秋野〉五首之一：

秋野日疏蕪，寒江動碧虛。繫舟蠻井絡，卜宅楚村墟。
棗熟從人打，葵荒欲自鋤。盤飧老夫食，分減及溪魚。
〔註 59〕

杜甫這首詩第一句押「虞」韻，其餘二、四、六、八句皆押「魚」韻。「虞」、「魚」爲鄰韻，因此可以通押，這便是借韻。

至於，何以有此例外，可能是因首句依律可押韻亦可不押韻，所以對於首句的要求比較寬鬆。總之，唐人近體詩用韻多能嚴格的遵守格律，其審音的精密程度，較之六朝時期已有了很大的改變。

二、近體詩的調譜與拗救方式

唐人將四聲分爲兩組，即平與仄。除平聲外，仄聲包含了上、去、入三聲，四聲之區別，首以「音高」爲主，其次則爲音的長短與升降。平聲音較長，不升不降，而上聲升高，去聲降下，入聲則較短促。最早關於四聲的解釋當推唐釋神珙所引《元和韻譜》而云：

平聲者哀而安，上聲者厲而舉，
去聲者清而遠，入聲者質而促。

而《四聲歌訣》亦云：

出版社，1978 年），頁 552。

〔註 58〕（清）聖祖御敕，王全等點校《全唐詩》卷 540（北京：北京中華書局，1960 年），頁 6189。

〔註 59〕（唐）杜甫著，（清）仇兆鰲注《杜詩詳注》卷 20（北京：北京中華書局，1985 年），頁 1732。

平聲平道莫低昂，上聲高呼猛烈強，

去聲分明哀遠道，入聲短促急收藏。

根據以上兩種說法，似乎平、去二聲較輕，而上、入二聲較重。由於聲調的高低長短不同，因此爲形成一種節奏美感，則必須平仄遞用。至於合格的律詩必須包含幾個條件：

△字數：五絕每句五字，凡四句共二十字；七絕每句七字，凡四句二十八字；五律每句五字，凡八句四十字；七律每句七字，凡八句五十六字。

△押韻：凡偶數句須押韻，而首句則可押可不押，唐人近體詩多押平聲韻。

△對仗：頷聯（第三、四句）、頸聯（第五、六句）必須兩兩對仗。

△平仄：五、七絕、律各依其一定的平仄譜，若不合譜者，稱爲「拗體」。律詩中不可將兩仄聲字中間夾一平聲字，否則即犯「孤平」，亦是律詩大忌。

△黏對：近體詩每聯出句的第二字、第四字、第六字（五言則二、四字）與對句的第二字、第四字、第六字（五言則二、四字）的平仄必須相反（平對仄）稱之爲「對」，否則稱爲「失對」。而下聯出句第二字、第四字、第六字與上聯對句第二字、第四字、第六字（五言則二、四字）之平仄相同，稱爲「黏」，若平仄相反則爲「失黏」。失對或失黏爲近體詩之大忌，是爲「變體」。

根據上列近體詩格律而將近體詩之調譜臚列於下：

（一）首句入韻之平起式

（按：●表平仄雖可不拘，但在同一句中，此二字須有一字爲平聲，以避免「孤平」。▲表平仄不拘。○表押平聲之字。△表不須押韻之仄聲字。）

1. 五言絕句

●　●　○　▲　　　○
平平仄仄平，仄仄仄平平。
▲　　　△　●　●　○
仄仄平平仄，平平仄仄平。

例如：花明綺陌春，柳拂御溝新。
為報遼陽客，流芳不待人。　（王涯〈閨人贈遠〉）

2. 七言絕句

●　●　　　○　▲　　　▲　○
平平仄仄仄平平，仄仄平平仄仄平。
▲　▲　　　△　●　●　　　○
仄仄平平平仄仄，平平仄仄仄平平。

例如：去年今日此門中，人面桃花相映紅。
人面不知何處去，桃花依舊笑東風。
（崔護〈題昔所見處〉）

3. 五言律詩

●　●　○　▲　　　○
平平仄仄平，仄仄仄平平。
▲　　　△　●　●　○
仄仄平平仄，平平仄仄平。
▲　　　△　▲　　　○
平平平仄仄，仄仄仄平平。
▲　　　△　●　●　○
仄仄平平仄，平平仄仄平。

例如：悽涼寶劍篇，羈泊欲窮年。
黃葉仍風雨，青樓自管絃。
新知遭薄俗，舊好隔良緣。
心斷新豐酒，銷愁斗幾千。　（李商隱〈風雨〉）

4. 七言律詩

●　●　　　○　▲　　　▲　○
平平仄仄仄平平，仄仄平平仄仄平。
▲　▲　　　△　●　●　　　○
仄仄平平平仄仄，平平仄仄仄平平。

●　●　　　△　▲　　　▲　○

平平仄仄平平仄，仄仄平平仄仄平。

▲　▲　　　△　●　●　　　○

仄仄平平平仄仄，平平仄仄仄平平。

例如：紫泉宮殿鎖煙霞，欲取蕪城作帝家。

玉璽不緣歸日角，錦帆應是到天涯。

於今腐草無螢火，終古垂楊有暮鴉。

地下若逢陳後主，豈宜重問後庭花？

（李商隱〈隋宮〉）

（二）首句入韻之仄起式

1. 五言絕句

●　●　○　●　●　○

仄仄仄平平，平平仄仄平。

▲　　　△　▲　　　○

平平平仄仄，仄仄仄平平。

例如：寥落古行宮，宮花寂寞紅。

白頭宮女在，閒坐說玄宗。　　（元稹〈古行宮〉）

2. 七言絕句

▲　　　▲　○　●　●　　　○

仄仄平平仄仄平，平平仄仄仄平平。

●　●　　　△　▲　▲　　　○

平平仄仄平平仄，仄仄平平仄仄平。

例如：銀燭秋光冷畫屏，輕羅小扇撲流螢。

天階夜色涼如水，臥看牽牛織女星。

（杜牧〈秋夕〉）

3. 五言律詩

▲　　　○　●　●　○

仄仄仄平平，平平仄仄平。

▲　　　△　▲　　　○

平平平仄仄，仄仄仄平平。

▲　●　△　●　●　○

仄仄平平仄，平平仄仄平。

▲　　　△　▲　　　○
平平平仄仄，仄仄仄平平。

例如：戍鼓斷人行，邊秋一雁聲。
露從今夜白，月是故鄉明。
有弟皆分散，無家問死生。
寄書長不達，況乃未休兵。（杜甫〈月夜憶舍弟〉）

4. 七言律詩

●　●　▲　○　●　●　　　○
仄仄平平仄仄平，平平仄仄仄平平。

▲　●　●　△　▲　●　●　○
平平仄仄平平仄，仄仄平平仄仄平。

●　●　　　△　●　●　　　○
仄仄平平平仄仄，平平仄仄仄平平。

●　●　　　△　▲　●　●　○
平平仄仄平平仄，仄仄平平仄仄平。

例如：永巷長年怨綺羅，離情終日思風波。
湘江竹上痕無限，峴首碑前灑幾多。
人去紫臺秋入塞，兵殘楚帳夜聞歌。
朝來灞水橋邊問，未抵青袍送玉珂。

（李商隱〈淚〉）

（三）首句不入韻之平起式

1. 五言絕句

▲　　　△　▲　　　○
平平平仄仄，仄仄仄平平。

▲　　　△　●　●　○
仄仄平平仄，平平仄仄平。

例如：鳴箏金粟柱，素手玉房前。
欲得周郎顧，時時誤拂弦。（李端〈聽箏〉）

2. 七言絕句

●　●　　　△　▲　●　●　○
平平仄仄平平仄，仄仄平平仄仄平。

▲　▲　　　△　●　●　　　○
仄仄平平平仄仄，平平仄仄仄平平。

例如：曾經滄海難爲水，除卻巫山不是雲。

取次花叢懶回顧，半緣修道半緣君。

（元稹〈離思〉）

上面這首詩的第三句之「懶」、「回」二字與第四句未相對，是爲拗句。

3. 五言律詩

▲　　△　▲　　○
平平平仄仄，仄仄仄平平。
▲　　△　●　●　○
仄仄平平仄，平平仄仄平。
▲　　△　▲　　○
平平平仄仄，仄仄仄平平。
▲　　△　●　●　○
仄仄平平仄，平平仄仄平。

例如：空山新雨後，天氣晚來秋。

明月松間照，清泉石上流。

竹喧歸浣女，蓮動下漁舟。

隨意春芳歇，王孫自可留。　（王維〈山居秋暝〉）

4. 七言律詩

●　●　　△　▲　●　●　○
平平仄仄平平仄，仄仄平平仄仄平。
▲　▲　　△　●　●　　○
仄仄平平平仄仄，平平仄仄仄平平。
●　●　　△　▲　●　●　○
平平仄仄平平仄，仄仄平平仄仄平。
▲　▲　　△　●　●　　○
仄仄平平平仄仄，平平仄仄仄平平。

例如：舍南舍北皆春水，但見羣鷗日日來。

花徑不曾緣客掃，蓬門今始爲君開。

盤飧市遠無兼味，樽酒家貧只舊醅。

肯與鄰翁相對飲，隔籬呼取盡餘杯。

（杜甫〈客至〉）

（四）首句不入韻之仄起式

1. 五言絕句

▲　　　○　●　●　○
仄仄平平仄，平平仄仄平。

▲　　　△　▲　　　○
仄仄仄平平，平平平仄仄。

例如：嶺外音書絕，經冬復歷春。
近鄉情更怯，不敢問來人。（宋之問〈渡漢江〉）

2. 七言絕句

▲　▲　　　△　●　●　　　○
仄仄平平平仄仄，平平仄仄仄平平。

●　●　　　△　▲　●　●　○
平平仄仄平平仄，仄仄平平仄仄平。

例如：迴樂烽前沙似雪，受降城外月如霜。
不知何處吹蘆管，一夜征人盡望鄉。
（李益〈夜上受降城聞笛〉）

3. 五言律詩

▲　　　△　●　●　○
仄仄平平仄，平平仄仄平。

▲　　　△　▲　　　○
平平平仄仄，仄仄仄平平。

▲　　　△　●　●　○
仄仄平平仄，平平仄仄平。

▲　　　△　▲　　　○
平平平仄仄，仄仄仄平平。

例如：細草微風岸，危檣獨夜舟。
星垂平野闊，月湧大江流。
名豈文章著，官因老病休。
飄飄何所似，天地一沙鷗。（杜甫〈旅夜書懷〉）

4. 七言律詩

▲　▲　　　△　●　●　　　○
仄仄平平平仄仄，平平仄仄仄平平。

●　●　　　　△　▲　●　●　○
平平仄仄平平仄，仄仄平平仄仄平。
▲　▲　　　　△　●　●　　　○
仄仄平平平仄仄，平平仄仄仄平平。
●　●　　　　△　▲　●　●　○
平平仄仄平平仄，仄仄平平仄仄平。

例如：劍外乎傳收薊北，初聞涕淚滿衣裳。
卻看妻子愁何在，漫卷詩書喜欲狂。
白日放歌須縱酒，青春作伴好還鄉。
即從巴峽穿巫峽，便下襄陽向洛陽。

（杜甫〈聞官兵收河南河北〉）

根據以上的調譜可以發現，除了首句用韻的形式外，近體詩的第五字與第十字根本不可能同聲，因此「上尾」一病的定義，到了唐代就變成第五字不得與第十五字同聲，而相鄰兩聯出句的句末聲調一樣，那就算犯了上尾。而連著三聯出句的句末聲調皆同就犯了大病，更甚者，四聯出句的句末的聲調相同，即犯了最嚴重的上尾病。除避免犯病外，唐代的詩人們在詩歌創作時，有時爲求聲韻更加合諧，遂於每句中，輪用平、上、去、入四聲，使詩歌誦讀起來有錯綜變化之妙，顯得特別優美。例如杜審言的〈和晉陵陸丞早春遊望〉便是一例：

（入上去平平　平平入去平　平平入上去　平上去平平）
獨有宦遊人，偏驚物候新。雲霞出海曙，梅柳渡江春。
（入去平平上　平平上入平　入平平上去　平去入平平）
淑氣催黃鳥，晴光轉綠蘋。忽聞歌古調，歸思欲沾巾。

〔註60〕

此詩每聯出句（即一、三、五、七句）輪用了平上去入四聲，因此讀來極盡變化之妙，且音韻合諧，對仗工穩，可見作者不凡的巧思。不過這樣的例子比較特殊，純屬妙手偶得之作，可遇而不可求。不

〔註60〕（清）聖祖御敕，王全等點校《全唐詩》卷62（北京：北京中華書局，1960年），頁734。

過唐代詩人多會盡力避免犯上尾之病，而令各聯出句的末字都有不同的聲調，使句末的排列能有變化，此爲唐代詩人們在創作詩歌上的共識。

至於近體詩中的排律，由於它只是律詩的延長，其格律與律詩相同，不過將律詩的調譜重複數次，即依照調譜的格律排比下去。排律其實就是長篇的律詩，因此又可稱它爲「長律」。理論上來說，排律的句數沒有限制，但習慣上用十韻（二十句）、二十韻（四十句）、三十韻（六十句）、四十韻（八十句）這樣的整數，或用十二韻（二十四句）、二十四韻（四十八句）、三十六韻（七十二句）這樣的數目，唐代有些詩人的排律，如元稹、白居易，甚至寫到百韻（兩百句）之長。排律和普通五、七言律詩一樣，也要講求對仗。原則上，不管多長的排律，除了最後一聯之外，其餘各聯均須對仗，但首聯（第一、二句）不對仗，則是可以通融的。一般而言，排句以五言爲主，七言排律比較少見。排律在唐代主要多應用在考試或應酬場合，文學性比較薄弱。

（五）律詩的拗救方式

凡近體詩中有平仄不依調譜的句子，就叫「拗句」。拗句多出現在五言詩的第三、四字上或七言詩的第五、六字上。因此近體詩所論之拗者，多指五言之第三、四字，七言之第五、六字的平仄不合調譜而言，而其他一些在非節拍所在的字，本是可平可仄的字，不可能形成拗句。

詩中出現拗句，有時可以採取補救的辨法，即在本句或鄰句中改變其他字的平仄安排。這種方式及稱爲「拗救」。凡拗句經過拗救，就算合律。而拗救的方式，分當句救與對句救兩種：

1. 當句救

當句救是指在出現拗句的本句中即採取措施，以爲補救，故又稱「自救」。方法是將本句中之適當位置選出一個字，把這個字的平仄聲相應的改變，即是原來用平聲字者，改爲仄聲字，反之亦然。這樣可使全詩的音調仍高低起伏，不因出現拗字而影響聲律的和諧。但這個補救方式不可用在句末，因爲拗句如出現在出句上，此句的末一字必是仄聲字，不能改爲平聲字；如拗句出現在對句上，句末必是平聲韻腳，不可改爲仄聲字。例如：唐、李嘉祐的五律〈送裴五歸京口〉中之末兩句：

還歸五陵去，只向遠峰看。〔註61〕
（平平仄平仄，仄仄仄平平）

其中上句依標準格式當爲「平平平仄仄」，第四字依律當用仄聲，但卻用了平聲的「陵」字，因此必須把原應是平聲的第三字，改爲仄聲的「五」字，以做爲補救。再如張籍的七絕〈涼州詞〉中之末二句：

邊將皆承主恩澤，無人解道取涼州。〔註62〕
（平仄平平仄平仄，平平仄仄仄平平）

此詩前一句依調譜當爲「仄仄平平平仄仄」，但此詩爲「平仄平平仄平仄」，即第六字當用仄聲，卻用了平聲「恩」字。爲求拗救，便將第一句中該用平聲的第五字，改用仄聲「主」字。

上述這種句式，在唐人的近體詩中常見，因此被研究律詩的學者稱爲「拗律句」，被視爲特定的一種平仄格式。之所以會形成這種格式，可能是詩人在內容與格律的兩相權衡下，不願以律害意遷就格律所產生的結果。而這種補救的方式，只要在本句適當的位置上稍作拗救，以全句看來也未造成平、仄字數的失衡，且並未因此而造成末三仄或末三平（末三平比末三仄更嚴重）的情形，基於表達內容的需要，並不迴避採用這種句式，此爲拗救方式中，當句形式之一。

〔註61〕（清）聖祖御敕，王全等點校《全唐詩》卷206（北京：北京中華書局，1960年），頁2145。

〔註62〕同註61，卷386，頁4357。

2. 對句救

所謂對句救，就是出現拗句的當句，沒有條件進行補救，只好在下一句中找尋適當的位置進行補救的方式。凡用「對句救」的句子，都是上句中出現拗字，但本句無條件可自救，而要在下句進行補救；下句爲了救上句之「拗」，不得不破壞原有之格律，使得下句也成爲拗句。這樣拗救的結果，便形成了兩個句式對稱的拗句。例如唐、溫庭筠五律〈商山早行〉中之五、六句：

槲葉落山路，枳花明驛牆。〔註 63〕
（仄仄仄平仄，仄平平仄平）

本詩依格律原本出句當是「仄仄平平仄」，但因第三字當用平聲者，卻用了仄聲「落」字，因此全句只出現了一個平聲。而對句依格律當爲「平平仄仄平」，卻出現了「仄平平仄平」的形式；本來第一字是可平可仄的，而第三字本亦如此，但由於出句用了「仄」聲字，對句爲拗救這種情形以免失對，所以將第三字改爲平聲。這樣對句拗救的形式，也是唐詩裏常用的方式。

3. 不補救之拗句

如上述兩種拗救的方式，在近體詩當中常可以發現，但也有一部份詩，雖發生了拗句的問題，卻未採取拗救。例如：韋應物的五律〈淮上喜會梁州故人〉之頷聯：

浮雲一別後，流水十年間。〔註 64〕
（平平仄仄仄，平仄仄平平）

這首詩此處的格律本當是「平平平仄仄，仄仄仄平平」，此聯出句的第三字卻用仄聲「一」，形成句末仄三聯的情形。但本句或對句都未採取拗救，這是因爲如果對句在第三字做拗救時，會形成句末的平三聯，而近體詩中平三聯比仄三聯更爲詩家所忌，因此詩人不做拗救。

〔註 63〕（清）聖祖御敕，王全等點校《全唐詩》卷 581（北京：北京中華書局，1960 年），頁 6741。
〔註 64〕同註 63，卷 186，頁 1898。

再如杜甫七律〈寄杜位〉之頷聯：

逐客雖皆萬里去，悲君已是十年流。〔註 65〕

（仄仄平平仄仄仄，平平仄仄仄平平）

此詩出句的平仄本應爲「仄仄平平平仄仄」，句中第五字卻用了仄聲「萬」，形成了句末的仄三聯，詩人未進行拗救的原因，亦是擔心對句末會形成平三聯的形式，因此並不進行拗救。

（六）關於「一、三、五不論」

「一、三、五不論、二、四、六分明」的說法，不知起於何時？元、劉鑑《經史正音切韻指南》於其後曾提及此說，世人視之爲作詩的口訣。對此王夫之《薑齋詩話》中以爲不可恃爲典要。這是因爲一、三、五不論，易犯「孤平」，所以只有在有拗救或不犯孤平的情形下，這個口訣才可以行得通。〔註 66〕簡單的說，所謂「一、三、五不論」，是指七言近體詩中，凡第一、三、五字平仄可以不硬性要求，可平亦可仄，而近體詩之五言詩則是「一、三不論」，因第五字爲用韻處，不可不論，不過正如前文曾說的，這個理論須在不犯孤平或可以拗救的情形下使用。至於「二、四、六分明」則指七言近體詩之第二、四、六字必須嚴格的依照格律，不可改變，五言近體詩則爲「二、四分明」，即第二、四字平仄當依格律。

三、律詩的對仗

中國字爲單音節，因此便於對仗，這在第二章已論述過，此處不再贅述。而文人對仗的方式，也隨著時代而日趨精密。自陸機開始刻意屬對，到謝靈運、謝朓諸人時，對仗的手法開始愈來愈精細。接著梁·劉勰提出四對，唐·上官儀論及六對、八對，其後元兢有六對說，崔融則有三對說，到了皎然又提出八對的主張。而對仗的理論與方

〔註 65〕（唐）杜甫著，（清）楊倫注《杜詩鏡銓》卷 8（台北：天工書局，1994 年），頁 360。

〔註 66〕參考簡明勇《律詩研究》第 2 章、第 2 節（台北：文史哲出版社，1990 年），頁 31。

式，也隨著各家的研究愈發精巧。唐代律詩承襲了前代之詩歌理論而生，故特重對仗，而對仗也成爲律詩中必要的條件之一。

律詩的對仗的位置，多用在頷聯（三、四句）和頸聯（五、六句），但是也有前三聯（前六句）均對仗者，在唐人詩中這種類型的數量還不少，但多出現在五律，這或許是五律首句多不用韻，易於對仗之故。在七律方面，如果是首句不用韻的格式，也多半在首聯就開始對仗。另外，唐人律詩有時也會有首聯不對仗，而尾聯對仗的情形，例如杜甫〈聞官兵收河南河北〉的首聯並未對仗，但尾聯二句「即從巴峽穿烏峽，便下襄陽向洛陽」卻是對仗的。只不過這樣的情形在唐人律詩中並不多見罷了。總之，頷聯、頸聯一定必須對仗，此乃通則。雖初唐、盛唐時期有些詩人承襲古詩遺風，習於只有頸聯對仗之單聯對仗形式，但後世創作律詩時，仍須恪守頷聯、頸聯對仗的格律，此爲創作律詩之規則。

至於對仗的方式，唐詩裡有許多不同的講究，其中最常便是以詞性來分類，這是律詩對仗的基本法則。但由於古人對詞性的審查不精，因此詞性僅分虛、實二類而已。所謂虛詞，指的是副詞、連介詞、助詞。而實詞則包括名詞、代名詞、動詞、形容詞。對仗時，須以相同詞性的字來屬對，名詞對名詞，動詞對動詞，不可混淆。除此之外，唐詩中還有以字音或字義來分類屬對者。總之，唐詩中的對仗方式有許多的變化與講究，不過正如張夢機所說：

> 屬對的種類，不外兩端：一是「體」；一是「用」……所謂「體」，是取虛字實字，雙聲疊韻，配辭作偶，說明裁對的基本矩矱，如上官儀所創六對、八對，便是著例……所謂「用」，是指當偶句的體裁既合於裁對的基本規矩之後，更注意其對意虛實反正的變化及其運用的方法。〔註 67〕

以下參考王力《漢語詩律學》、簡明勇《律詩研究》與張夢機《古典

〔註 67〕張夢機〈對偶的體與用〉收入《古典詩的形式結構》中（台北：駱駝出版社，1997 年），頁 142～155。

詩的形式結構》等各家對對仗之說法，分別說明如下：

（一）依詞性對仗

1. 實詞（含名詞、代名詞、動詞、形容詞）

（1）名詞對

舉凡姓名、地名、朝代名、書籍名、器具、天文、地理、時令、宮室、服飾、食品、形體、倫職、動植物、干支、方位等均屬此項。例如：

雲霞出海曙，梅柳渡江村。

（杜審言〈和晉陵陸丞早春遊望〉）〔註68〕

遶郭荷花三十里，拂城松樹一千株。

（白居易〈餘杭形勝〉）〔註69〕

漠漠水田飛白鷺，陰陰夏木囀黃鸝。

（王維〈積雨輞川莊作〉）〔註70〕

（2）代名詞對

舉凡我、吾、余、予、爾、汝、他、君、子、彼、其、之、孰、誰、何、者、人、自、己等。例如：

老去爭由我，愁來欲泥誰。　（白居易〈新秋〉）〔註71〕

百戰今誰在？三年望汝歸。　（杜甫〈憶弟二首〉）〔註72〕

〔註68〕（清）聖祖御敕，王全等點校《全唐詩》卷62（北京：北京中華書局，1960年），頁734。

〔註69〕同註68，卷443，頁4961。

〔註70〕同註68，卷128，頁1298。

〔註71〕同註68，卷441，頁4917。

〔註72〕（唐）杜甫著，（明）楊倫注《杜詩鏡銓》卷5（台北：天工書局，1994年），頁212。

顧我無衣搜藎篋，泥他沽酒拔金釵。

（元稹〈遣悲懷〉）〔註73〕

（3）形容詞對

凡新、舊、大、小、方、圓、冷、暖、深、淺，遠、近、乾、低、斷、多、少、各種顏色等。例如：

近淚無乾土，低空有斷雲。　（杜甫〈別房太尉〉）〔註74〕

水落魚梁淺，天寒夢澤深。

（孟浩然〈與諸子登峴山〉）〔註75〕

關城樹色催寒近，御苑砧聲向晚多。

（李頎〈送魏萬之京〉）〔註76〕

（4）動詞對

凡有、無、出、入、進、出、別、離、啼、鳴、催、逼、照、浮、掃、開、關等。例如：

白髮催年老，青陽逼歲除。

（孟浩然〈歲暮歸南山〉）〔註77〕

孤燈寒照雨，濕竹暗浮煙。

（司空曙〈雲陽館與韓紳宿別〉）〔註78〕

〔註73〕（清）聖祖御敕，王全等點校《全唐詩》卷404（北京：北京中華書局，1960年），頁4509。

〔註74〕（唐）杜甫著，（明）楊倫注《杜詩鏡銓》卷11（台北：天工書局，1994年），頁510。

〔註75〕同註73，卷160，頁1644。

〔註76〕同註73，卷134，頁1363。

〔註77〕同註75，頁1652。

〔註78〕同註73，卷29 2，頁3317。

花徑不曾緣客掃，蓬門今始爲君開。

（杜甫〈客至〉）〔註79〕

2. 虛詞（含副詞、連介詞、助詞）

（1）副詞對

舉凡不、未、只、但、尚、仍、更、可、初、方、復，再、宜、皆、況、豈、惟、空等。例如：

青山空向淚，白月豈知心。

（劉長卿〈赴新安別梁侍郎〉）〔註80〕

惟將遲暮供多病，未有涓埃答聖朝。

（杜甫〈野望〉）〔註81〕

鴻雁不堪愁裏聽，雲山況是客中過。

（李頎〈送魏萬之京〉）〔註82〕

（2）連介詞對

舉凡爲、因、與、和、共、同、並、於、而、則、于、還、且、更、等。例如：

江湖深更白，松竹遠還青。（杜甫〈泊松滋江亭〉）〔註83〕

羌婦語還哭，胡兒行且歌。　　（杜甫〈日募〉）〔註84〕

〔註79〕（唐）杜甫著，（明）楊倫注《杜詩鏡銓》卷8（台北：天工書局，1994年），頁342。

〔註80〕（清）聖祖御敕，王全等點校《全唐詩》卷147（北京：北京中華書局，1960年），頁1486。

〔註81〕同註79，卷8，頁374。

〔註82〕同註80，卷134，頁1362。

〔註83〕同註79，卷18，頁910。

〔註84〕同註79，卷6，頁262。

因思桂蠹傷肌骨，爲憶松鵝損性靈。

（皮日休〈病孔雀〉）〔註85〕

（3）助詞對

舉凡之、乎、者、也、矣、焉、哉、歟、耶、爾、然、耳、止等。例如：

去矣英雄事，荒哉割據心。（杜甫〈峽口〉）〔註86〕

賈傅竟行矣，邵公惟泫然。

（張籍〈奉和陝州十四翁〉）〔註87〕

處世心悠爾，干時思索然。（李羣玉〈春寒〉）〔註88〕

以上所列之各種對仗法，都是大致依詞性的虛實，採取同詞性相對的方式屬對，但傳統韻書中，又將名詞刻意細分成各個小類別，例如天文、時令、人名、器物、草木花果、鳥獸蟲蟻、地理、樂具等；形容詞又細分數目、顏色、方位等，實在多不勝數。以下試舉數例：

欲舞定隨曹植馬，有情應濕謝莊衣。

（李商隱〈對雪〉）〔註89〕

此爲姓名對姓名之例。

吳宮花草埋幽草，晉代衣冠成古丘。

（李白〈登金陵鳳凰臺〉）〔註90〕

〔註85〕（清）聖祖御敕，王全等點校《全唐詩》卷613（北京：北京中華書局，1960年），頁7072。

〔註86〕（唐）杜甫著，（明）楊倫注《杜詩鏡銓》卷15（台北：天工書局，1994年），頁718。

〔註87〕同註85，卷384，頁4325。

〔註88〕同註85，卷569，頁6589。

〔註89〕同註85，卷539，頁6169。

〔註90〕同註85，卷180，頁1836。

此爲朝代名對朝代名之例。

笛怨綠珠去，簫隨弄玉來。　　　　（李嶠〈樓〉）〔註91〕

此不但將「笛」與「簫」兩種樂器相對，且「綠珠」與「弄玉」兩個人名也相對，可見詩人的用心。不過這種分類法畢竟太過瑣碎，大大地侷限了詩人的文思，而同類別相對的結果，常形成同義字的相對，這種意簡言繁的現象，乃詩歌創作時之大忌，也是優秀詩人所當竭力避免的。

（二）字音對

1. 雙聲對雙聲

此即爲同聲紐之字，也就是聲母相同字之屬對。如彷彿、騏驥、慷慨、參差等。例如：

參差連曲陌，迢遞送斜暉。　　　（李商隱〈落花〉）〔註92〕

萬籟參差寫明月，一家寥落共清風。

（黃庭堅〈題息軒〉）〔註93〕

田園寥落干戈後，骨肉流離道路中。

（白居易〈自河南經亂，關內阻饑，兄弟離散，各在一處，因望月有感，聊書所懷〉）〔註94〕

2. 疊韻對疊韻

此即爲同韻目之字，也就是韻母相同者字之屬對。如侏儒、童蒙、崆峒、螳螂等。例如：

〔註91〕（清）聖祖御敕，王全等點校《全唐詩》卷59（北京：北京中華書局，1960年），頁705。

〔註92〕同註91，卷539，頁6165。

〔註93〕傅璇琮主編《全宋詩》卷1011（北京：北京大學出版社，1991年），頁11554。

〔註94〕同註91，卷436，頁4839。

●●　　●●
形容真潦倒，答效莫支持。

（杜甫〈夔州書懷四十韻〉）〔註95〕

●●　　●●
悵望千秋一灑淚，蕭條異代不同時。

（杜甫〈詠懷古跡〉五首之二）〔註96〕

●●　　●●
仳離放紅蕊，想像嚬青娥。

（杜甫〈一百五日夜對月〉）〔註97〕

3. 雙聲對疊韻

即同聲母與同韻母字之屬對。例如：

●●　　●●
支離東北風塵際，漂泊西南天地間。

（杜甫〈詠懷古蹟〉五首之一）〔註98〕

此對中，「支離」爲疊韻；「漂泊」爲雙聲。

●●　　●●
細草流連侵坐軟，殘花悵望近人開。

（杜甫〈又送〉）〔註99〕

此對中，「流連」爲雙聲；「悵望」爲疊韻。

●●　　●●
羣公紛戮力，聖慮窅徘徊。

（杜甫〈秋日荊南述懷三十韻〉）〔註100〕

此對中，「戮力」爲雙聲；「徘徊」爲疊韻。

〔註95〕（唐）杜甫著，（明）楊倫注《杜詩鏡銓》卷15（台北：天工書局，1994年），頁709。

〔註96〕同註95，卷13，頁651。

〔註97〕同註95，卷3，頁130。

〔註98〕同註96，頁650。

〔註99〕同註95，頁447。

〔註100〕同註95，卷19，頁929。

（三）字義對

1. 連綿字對

即以合兩字或兩字以上，以成一意者。如葡萄、飛機、駱駝、蚯蚓等。例如：

江上小堂巢翡翠，苑邊高冢臥麒麟。

（杜甫〈曲江〉）〔註 101〕

香稻啄餘鸚鵡粒，碧梧棲老鳳凰枝。

（杜甫〈秋興〉）〔註 102〕

敏捷詩千首，飄零酒一杯。　　（杜甫〈不見〉）〔註 103〕

2. 疊字對

即兩相同之字重疊一處以爲修辭者。如滔滔、默默、蕭蕭、悽悽等。例如：

世事茫茫難自料，春愁黯黯獨成眠。

（韋應物〈寄李儋元錫〉）〔註 104〕

寂寂竟何待，朝朝空自歸。

（孟浩然〈留別王侍御維〉）〔註 105〕

無邊落木蕭蕭下，不盡長江滾滾來。

（杜甫〈登高〉）〔註 106〕

〔註 101〕（唐）杜甫著，（明）楊倫注《杜詩鏡銓》卷 4（台北：天工書局，1994 年），頁 180。

〔註 102〕同註 101，卷 13，頁 648。

〔註 103〕同註 101，卷 8，頁 373。

〔註 104〕（清）聖祖御敕，王全等點校《全唐詩》卷 188（北京：北京中華書局，1960 年），頁 1920。

〔註 105〕同註 104，卷 160，頁 1639。

〔註 106〕同註 101，卷 17，頁 842。

3. 同義字對

即將意義相同之字相互屬對。例如：

桑麻深雨露，燕雀半生成。（杜甫〈屏跡三首〉）〔註107〕

此對中，「桑」、「麻」是同義；「雨」、「露」是同義；「燕」、「雀」是同義；「生」、「成」是同義。

草木變衰行劍外，兵戈阻絕老江邊。

（杜甫〈恨別〉）〔註108〕

此對中，「草」、「木」是同義；「變」、「衰」是同義；「兵」、「戈」是同義；「阻」、「絕」是同義。

歡笑情如舊，蕭疏鬢已斑。

（韋應物〈淮上喜會梁州故人〉）〔註109〕

此對中，「歡」、「笑」是同義；「蕭」、「疏」是同義。

4. 反義字對

即將意義相反之字相互屬對。例如：

江流天地外，山色有無中。（王維〈漢江臨汎〉）〔註110〕

無數蜻蜓齊上下，一雙鸂鶒對浮沉。

（杜甫〈卜居〉）〔註111〕

蕃漢斷消息，死生長別離。（張籍〈沒蕃故人〉）〔註112〕

〔註107〕（唐）杜甫著，（明）楊倫注《杜詩鏡銓》卷9（台北：天工書局，1994年），頁388。

〔註108〕同註107，卷7，頁334。

〔註109〕（清）聖祖御敕，王全等點校《全唐詩》卷186（北京：北京中華書局，1960年），頁1898。

〔註110〕同註109，卷126，頁1279。

〔註111〕同註107，卷7，頁313。

〔註112〕同註109，卷384，頁4325。

5. 同義對反義

即意義相同之字與意義相反之字屬對。例如：

嘹唳塞鴻經楚澤，淺深紅樹見揚州。

（李紳〈宿揚州〉）〔註 113〕

此對中「嘹」、「唳」為同義字；「淺」、「深」為反義字。

重露成涓滴，稀星乍有無。（杜甫〈倦夜〉）〔註 114〕

此對中「涓」、「滴」為同義字；「有」、「無」為反義字。

所向無空闊，眞堪托死生。

（杜甫〈房兵曹胡馬〉）〔註 115〕

此對中「空」、「闊」為同義字；「死」、「生」為反義字。

（四）借對

借對又稱「假對」，即對仗中之詞語，字面上能對而詞義不能對（借義），或對仗字之諧音可對（即借音），但詞義和字面都不可對的對仗，就稱為借對。這也就是《文鏡秘府論》所說的「義不對聲對」、「借義不對本義對」，此為一種變通的方式。以下舉例說明：

白法調狂象，玄言向老龍。

（王維〈黎拾遺昕見過秋夜對雨之作〉）〔註 116〕

此對中以「白法」對「玄言」，以詞義而論，二者絕不能對，但「玄」字另有黑色的意思，所以可以說是「借對」中之「借義」。另外如：

〔註 113〕（清）聖祖御敕，王全等點校《全唐詩》卷 481（北京：北京中華書局，1960 年），頁 5470。

〔註 114〕（唐）杜甫著，（明）楊倫注《杜詩鏡銓》卷 10（台北：天工書局，1994 年），頁 465。

〔註 115〕同註 114，卷 1，頁 6。

〔註 116〕同註 113，卷 126，頁 1275。

竹葉於人既無分，菊花從此不須開！

（杜甫〈九日五首〉）〔註 117〕

這首詩中「竹葉」與「菊花」二詞，字面上看來相對，但其實其中的「竹葉」爲竹葉酒的簡稱，並不能與菊花相對仗。這也是一種「借義」，爲「借對」的一種。除上述外，還有一種字面看來不相對，但同音的另一個字，卻是相對的，於是便借這個字來對仗，例如：

草肥蕃馬健，雪重拂廬乾。

（杜甫〈送揚六判官使西蕃〉）〔註 118〕

此對中以「蕃馬」對「拂廬」，「蕃馬」是指吐蕃馬，而「拂廬」指的是吐蕃部落居住的帳蓬。以物對馬雖不夠工整，但因唐代「廬」與「驢」同音，皆屬上平聲「七虞」這個韻目。再如：

廚人具雞黍，稚子摘楊梅。

（孟浩然〈裴司士員司户見尋〉）〔註 119〕

上面這首詩中，「雞黍」是二種東西，而「楊梅」卻是一種水果，本來是不可相對的。但「楊」與「羊」同音，因此借以和「雞」字相對，所以可以說是「借對」中之「借音」。

（五）倒挽

所謂倒挽即將上下兩句的順序刻意倒置，形成一種特別意趣之對仗方式。例如：

此日六軍同駐馬，當時七夕笑牽牛。

（李商隱〈馬嵬〉）〔註 120〕

〔註 117〕（唐）杜甫著，（明）楊倫注《杜詩鏡銓》卷 17（台北：天工書局，1994 年），頁 841。

〔註 118〕同註 117，卷 3，頁 151。

〔註 119〕（清）聖祖御敕，王全等點校《全唐詩》卷 160（北京：北京中華書局，1960 年），頁 1651。

〔註 120〕同註 119，卷 539，頁 6177。

更爲後會知何地，忽漫相逢是別筵。

（杜甫〈送路六侍御入朝〉）〔註 121〕

迴日樓臺非甲帳，去時冠劍是丁年。

（溫庭筠〈蘇武廟〉）〔註 122〕

上述幾例，皆依倒敘的方式書寫，但卻皆能成對，較之順敘的方式，反形成一種特殊的趣味。不過倒挽詩的作法比較困難，因此唐人詩歌中並不多見。

（六）流水對

流水對的意義恰好與倒挽對相反，這種對仗方式乃二句一氣呵成，語意一貫相承，有一定的先後順序，且上下句不可對調，有如水之流動，且非得兩句合看，才能得其意義之屬對方式。例如：

行到水窮處，坐看雲起時。　（王維〈終南別業〉）〔註 123〕

情人怨遙夜，竟夕起相思。

（張九齡〈望月懷遠〉）〔註 124〕

別來滄桑事，語罷暮天鐘。

（李益〈喜見外弟又言別〉）〔註 125〕

流水對的特徵即在詞義流暢，在唐人的作品中俯拾皆是，但要做得行雲流水，圓暢流動，仍需具備良好的技巧。

（七）交錯對

即指出句的詞語和對句的詞語本可相對，但不是在同一個位置上而是錯開的，稱之爲「交錯對」、「錯落對」、「錯綜對」、「參差對」，過去也有人稱爲「蹉對」。例如：

〔註 121〕（唐）杜甫著，（明）楊倫注《杜詩鏡銓》卷 10（台北：天工書局，1994 年），頁 439。

〔註 122〕（清）聖祖御敕，王全等點校《全唐詩》卷 582（北京：北京中華書局，1960 年），頁 6749。

〔註 123〕同註 122，卷 126，頁 1276。

〔註 124〕同註 122，卷 48，頁 59。

〔註 125〕同註 122，卷 283，頁 3217。

倚杖柴門外，臨風聽暮蟬。

（王維〈輞川閑居贈裴秀才迪〉）〔註 126〕

于今腐草無螢火，終古垂楊有暮鴉。

（李商隱〈隋宮〉）〔註 127〕

裙拖六幅湘江水，鬢聳巫山一段雲。

（李群玉〈同鄭相並歌姬小飲戲贈〉）〔註 128〕

第一首詩的出句「倚杖」與對句的「臨風」二詞，皆以動詞修飾名詞，對得很工整。但後面三字：「柴門外」與「聽暮蟬」以詞組的位置看來卻不能相對。因爲「外」是方位詞，用以修飾「柴門」故置於「柴門」一詞之後；「聽」乃動詞，修飾賓語「暮蟬」一詞。因此如要使對仗必須將「柴門外」改爲「外柴門」以對「聽暮蟬」或將「聽暮蟬」改爲「暮蟬聽」以對「柴門外」，但如此一改卻使得平仄與韻腳都不能合律，而且也不合語法規則。詩人爲解決不合律的問題，遂利用交錯的放式把對應的詞語錯開來補救，因此形成了這種特殊的屬對形式。以上述可知，「交錯對」大概都是在詞語對仗安排上與格律發生矛盾時所產生的「不拗救」形式。而第二首詩的出句末兩字和對句末兩字乍看之下也不能對仗；原本應該以「火」對「暮」；以「螢」對「鴨」才工整，但詩人將其詞語顛倒，除和上述所說爲遷就平仄、韻腳外，卻也替詩句增添了特殊的意趣。至於第三首李群玉的詩；當中「六幅」本應對「一段」，「湘江」本該對「巫山」。但若將原詩的位置改變，便不合平仄格律，故將詞句參差一下，既不影響詩意，亦使平仄得以協合。

〔註 126〕（清）聖祖御敕，王全等點校《全唐詩》卷 126（北京：北京中華書局，1960 年），頁 1266。

〔註 127〕同註 126，卷 539，頁 6161。

〔註 128〕同註 126，卷 569，頁 6602。

（八）扇對

即指律詩中對仗的句子中，使其上一聯與下一聯參差相對，也就是將兩聯四句的第一句和第三句相對仗；第二句和第四句相對仗，稱爲「扇對」，又叫做「隔句對」。例如：

莫悲建業荊榛滿，昔日繁華是帝京。
莫愛廣陵臺榭好，也曾蕪沒作荒城。

（韋莊〈雜感〉）〔註 129〕

白鷺洲前月，天明送客回。青龍山後日，早出海雲來。

（李白〈送殷淑三首〉之二）〔註 130〕

此二詩皆爲上聯的第一句和下聯的第一句對仗；而上聯的第二句和下聯的第二句對仗，而上聯與下聯本身的上、下兩句卻不可對仗，此即稱爲「扇對」。

（九）雙擬對

《文鏡秘府論》云：「一句之中，所論假令第一字是秋，第三字亦是秋，下句亦然，如此之類，名爲雙擬對。」此即指於同句中，使用不連接的同一字。例如：

●　●　　　●　●
自來自去梁上燕，相親相近水中鷗。

（杜甫〈江村〉）〔註 131〕

●　●　　　●　●
鳥來鳥去山色裏，人歌人哭水聲中。

（杜牧〈題宣州開元寺水閣閣下宛溪夾溪居人〉）〔註 132〕

（十）合掌

唐代近體詩的對仗方式很多，但其中最爲詩家所忌者爲「合掌」。

〔註 129〕（清）聖祖御敕，王全等點校《全唐詩》卷 697（北京：北京中華書局，1960 年），頁 8023。

〔註 130〕同註 129，卷 176，頁 1802。

〔註 131〕（唐）杜甫著，（明）楊倫注《杜詩鏡銓》卷 7（台北：天工書局，1994 年），頁 320。

〔註 132〕同註 129，卷 522，頁 5964。

所謂「合掌」就是《文鏡秘府論》中說的「正對」，明、胡應麟《詩藪》中云：

> 詩家切忌合掌，近體詩尤忌，而齊梁人往往犯之，如以「朝」對「曙」，將「遠」屬「遙」之類。〔註 133〕

這類的對仗方式如：

> 風塵催白首，歲月損紅顏。
>
> （駱賓王〈在軍中贈先還知己〉）〔註 134〕

上面這首詩中，「催白首」與「損紅顏」意義相同。再如：

> 蠶屋朝寒閉，田家晝雨開。（耿湋〈贈田家翁〉）〔註 135〕

上面這首詩中，「朝」與「晝」二字亦爲合掌。可見「合掌」意即同義詞之相對，此對仗方式過於繁複，易形成意簡言繁的弊病。正如《文心雕龍》所云：「反對爲優；正對爲劣。……反對者，理殊趣合者也；正對者，事異義同者也。」〔註 136〕在近體詩的對仗中不但同義字當盡力避免，且同一首詩，兩聯的對仗方式也盡可能不要雷同。不過在初唐時，可能由於詩人對於對仗的方式，仍在摸索與嘗試中，因此同詩中，兩聯對仗方式相同的情形仍時有所見。但到了盛唐時，詩人於構句、對仗在技巧上都有了很大的進步，同一首詩中兩聯對仗方式相同者已大爲減少，因此遣詞構句都更爲新奇活潑，可以看出近體詩的發展到了盛唐，無論在技巧與內容變化上都已更臻完美。

〔註 133〕（明）胡應麟撰《詩藪・內編》（台北：廣文書局，1973 年），頁 204。

〔註 134〕（清）聖祖御敕，王全等點校《全唐詩》卷 79（北京：北京中華書局，1960 年），頁 856。

〔註 135〕同註 134，卷 268，頁 2983。

〔註 136〕（梁）劉勰著《文心雕龍・麗辭篇》（台北：金楓出版社，1988 年），頁 289～290。

四、近體詩的句法

（一）近體詩的節奏

一篇成功的詩歌，在於詩人如何的安排他的句式，而好的句式決定於於節奏設計。近體詩中平、仄格律的設計，便是要令詩歌誦讀時，產生一種抑揚頓挫的美感，而詩歌中停頓的設計，卻可使詩歌的節奏更爲明顯且詞義更爲穩定。此由於詩句中停頓處不同，詞義的解讀即產生很大的歧異，故如何設計詞句的停頓節奏，對於詩歌的創作極爲重要。以下茲以五、七言近體詩的節奏設計分述如下。

1. 五言詩

（1）上一下四式

例如：

行、到水窮處，坐、看雲起時。

（王維〈終南別業〉）〔註 137〕

名、豈文章著，官、應老病休。

（杜甫〈旅夜書懷〉）〔註 138〕

勢、分三足鼎，業、復五銖錢。

（劉禹錫〈蜀先主廟〉）〔註 139〕

（2）上二下三式

露重、飛難進，風多、響易沉。

（駱賓王〈在獄詠蟬〉）〔註 140〕

不才、明主棄，多病、故人疏。

（孟浩然〈歲暮終南山〉）〔註 141〕

〔註 137〕（清）聖祖御敕，王全等點校《全唐詩》卷 126（北京：北京中華書局，1960 年）頁 1276。

〔註 138〕（唐）杜甫著，（明）楊倫注《杜詩鏡銓》卷 12（台北：天工書局，1994 年），頁 570。

〔註 139〕同註 137，卷 357，頁 4016。

〔註 140〕同註 137，卷 78，頁 848。

〔註 141〕同註 137，卷 160，頁 1652。

雨中、黃葉樹，燈下、白頭人。

（司空曙〈喜外弟盧綸見宿〉）〔註 142〕

（3）上三下二式

野火燒、不盡，春風吹、又生。

（白居易〈賦得古原草送別〉）〔註 143〕

五更疏、欲斷，一樹碧、無情。（李商隱〈蟬〉）〔註 144〕

泉聲咽、危石，日色冷、青松。

（王維〈過香積寺〉）〔註 145〕

（4）上四下一式

尋覓詩章、在，思量歲月、驚。（元稹〈遣行〉）〔註 146〕

少婦今春、意，良人昨夜、情。（沈佺期〈雜詩〉）〔註 147〕

雲霞出海、曙，梅柳度江、春。

（杜審言〈和晉陵陸丞早春遊望〉）〔註 148〕

2. 七言詩

（1）上二下五式

黃鶴、一去不復返，白雲、千載空悠悠。

（崔顥〈黃鶴樓〉）〔註 149〕

花徑、不曾緣客掃，蓬門、今始謂君開。

（杜甫〈客至〉）〔註 150〕

〔註 142〕（清）聖祖御敕，王全等點校《全唐詩》卷 293（北京：北京中華書局，1960 年），頁 3334。

〔註 143〕同註 142，卷 436，頁 4836。

〔註 144〕同註 142，卷 539，頁 6147。

〔註 145〕同註 142，卷 126，頁 1274。

〔註 146〕同註 142，卷 410，頁 4554。

〔註 147〕同註 142，卷 96，頁 1035。

〔註 148〕同註 142，卷 62，頁 734。

〔註 149〕同註 142，卷 130，頁 1329。

〔註 150〕（唐）杜甫著，（明）楊倫注《杜詩鏡銓》卷 8（台北：天工書局，1994 年），頁 342。

春水、船如天上坐，老年，花似霧中看。

（杜甫〈小寒食〉）〔註151〕

（2）上三下四式

嶺樹重、遮千里目，江流曲、似九迴腸。

（柳宗元〈登柳州城樓寄汀封連四州刺史〉）〔註152〕

落木雲、連秋水渡，亂山煙、入夕陽橋。

（王安石〈九日登東山寄昌叔〉）〔註153〕

（3）上四下三式

琴詩酒伴、皆抛我，雪月花時、最憶君。

（白居易〈寄殷協律〉）〔註154〕

晴川歷歷、漢陽樹，芳草萋萋、鸚鵡洲。

（崔顥〈黃鶴樓〉）〔註155〕

春蠶到死、絲方盡，蠟炬成灰、淚始乾。

（李商隱〈無題〉）〔註156〕

（4）上五下二式

五更鼓角聲、悲壯，三峽星河影、動搖。

（杜甫〈閣夜〉）〔註157〕

永夜角聲悲、自語，中天月色好、誰看？

（杜甫〈宿府〉）〔註158〕

孤城背嶺寒、吹角，獨戍臨江夜、泊船。

〔註151〕（唐）杜甫著，（明）楊倫注《杜詩鏡銓》卷20（台北：天工書局，1994年），頁1018。

〔註152〕（清）聖祖御敕，王全等點校《全唐詩》卷351（北京：北京中華書局，1960年），頁3935。

〔註153〕傅璇琮主編《全宋詩》卷561（北京：北京大學出版社，1991年），頁6664。

〔註154〕同註152，卷448，頁5046。

〔註155〕同註152，卷130，頁1329。

〔註156〕同註152，卷539，頁6168。

〔註157〕同註151，卷15，頁722。

〔註158〕同註151，卷11，頁540。

（劉長卿〈自夏口至鸚鵡洲夕望岳陽寄源中丞〉）〔註 159〕

近體詩以平仄來構成音節，故句式所構成之音節，當與平仄相同。在平仄譜中，以兩個字爲一個音節，故五言詩的句式以上二下三、上四下一的句式較多；而上一下四或上三下二的句式相對地比較少。而七言詩的句式中，則以上二下五、上四下三的比例較高；而上三下四，上五下二的例子較少。明、胡震亨《唐音癸籤》就曾云：

> 五字句以上二下三爲脈，七字以上四下三爲脈，其恆也。有變五字句上三下四者，如韓退之「落以斧引以墨徽」又「雖欲悔舌不可捫」之類，皆蹇吃不足多學。只此五七字疊成句，萬變無窮，如人面只眼耳口鼻四爾，不知如何位置來無一相肖者。〔註 160〕

胡震亨將上二下三、上四下三視爲常格；上三下二、上三下四以爲變格。他以爲常格讀來順暢圓潤，變格讀來則常感艱澀吃力。而上三下四的句法，又被前人稱爲「折腰句」，如韋居安《梅磵詩話》中云：

> 七言律詩，有上三下四格，謂之折腰句。白樂天守吳門日，〈答客問杭州〉詩云：「大屋簷多裝雁齒，小航船亦畫龍頭。」歐陽公詩云：「靜愛竹時來野寺，獨尋春偶到溪橋。」（〈退居述懷寄北京韓侍中〉二首之二）盧贊元〈雨〉詩云：「想行客過溪橋滑，免老農憂麥隴乾。」劉後村〈衛生〉詩云：「采下菊宜爲枕睡，碾來芎可入茶嘗。」〈胡琴〉詩云：「出山雲各行其志，近水梅先得我心。」皆此格也。〔註 161〕

雖然上三下四或上三下二的句式被視爲變格，但透過詩人的匠心

〔註 159〕（清）聖祖御敕，王全等點校《全唐詩》卷 151（北京：北京中華書局，1960 年），頁 1569。

〔註 160〕（明）胡震亨《唐音癸籤》卷 4 收吳文治等編《明詩話全編》（南京：鳳凰出版社，1997 年），頁 6853。

〔註 161〕（宋）韋居安《梅磵詩話》收丁福保輯《歷代詩話續編》（台北：木鐸出版社 1983 年），頁 545。

獨運，這些「變格」詩讀來十分流暢，未顯拗口，可見詩人如在句式上苦心經營，還是可以克服句式上的劣勢，創作出流利優美的詩句。

此外，句式制定的原則有二；一是詩人必須使出句的句式與對句相同，其中尤以頷聯、頸聯爲然。二是各聯的句式使用宜求變化，切忌重複，如此才能使詩歌讀來更具美感。

（二）近體詩中的倒裝修辭方式

近體詩的創作中，尤其是律詩的創作，有時也會使用倒裝的修辭法。主要的目的在使平仄合律，此外也可使意境突出，增加詩歌的趣味性。黃永武《中國詩學》中提到倒裝詩時曾云：

> 倒裝詩中文句的次第，或倒裝詩句中文字的次第，往往能增強語勢，構成豪邁的筆力。像高巖上逆生的奇松，像急灘中回折的波瀾，足以成其壯觀、強化聲勢。〔註 162〕

一般而言，倒裝的方式有兩種：一爲倒裝句，二爲倒裝聯。

倒裝句的使用，本來在散文中即已有之，但多爲有條件之倒裝，而唐詩中倒裝句的使用，遠比散文來的自由，數量上也較散文多。至於倒裝句的運用，有時是爲了合律，即爲了平仄、或韻腳上的合諧而作。例如：

> 山光悦鳥性，潭影空人心。
>
> （常建〈題破山寺後禪院〉）〔註 163〕

此兩句依意應爲「鳥性悅山光，人心空潭影」，但本詩押「侵」韻，如不倒裝便不能押韻，且意境上也不如倒裝後好。再如：

> 香稻啄餘鸚鵡粒，碧梧棲老鳳凰枝。
>
> （杜甫〈秋興〉）〔註 164〕

〔註 162〕 黃永武著《中國詩學——設計篇》中〈倒裝的字句〉（台北：巨流圖書公司，1977 年），頁 114。

〔註 163〕 （清）聖祖御敕，王全等點校《全唐詩》卷 144（北京：北京中華書局，1960 年），頁 1461。

〔註 164〕 （唐）杜甫著，（明）楊倫注《杜詩鏡銓》卷 13（台北：天工書局，

此二句依意應爲「鸚鵡啄餘香稻粒，鳳凰棲老碧梧枝」。但如不倒裝，杜甫詩中的象徵美感就不復存在了，故這兩句詩的倒裝，主要目的爲製造警句，產生一種特殊的詩趣。又如：

片雲天共遠，永夜月同孤。　　（杜甫〈江漢〉）〔註165〕

此二句依意應爲「片雲共天遠，永夜同月孤」。但如不倒裝，不但平仄不合律，也有「失對」的弊病。又如：

白日依山盡，黃河入海流。

（王之渙〈登鸛鵲樓〉）〔註166〕

這兩句詩的後一句「黃河入海流」，依意本應爲「黃河流入海」。而詩人特意將詞序顚倒，使動詞「流」置於句末，致使聲音因此拉長，形成一種極爲宏亮的聲勢，將黃河滾滾滔滔的氣勢生動的表現了出來，較之倒裝前，反予人一種極爲蒼勁有力的感受。

至於倒裝聯，其實就是前文論對仗法時所說的「倒挽」，這種形式可以增添詩趣，製造一種特殊的美感。除前文例舉之外，又如：

花近高樓傷心客，萬方多難此登臨。

（杜甫〈登樓〉）〔註167〕

這兩句依意思的先後順序，原應爲「萬方多難此登臨，花近高樓傷心客」，而詩人將此聯倒裝，反增添了詩趣。

倒裝句或倒裝聯（倒挽）的運用在唐詩中的數量很多，或許本來詩人並沒有刻意要使用這樣的修辭方式，但卻偶然發現這種修辭法，既可補救平仄、韻腳等格律上的問題，且用的得宜尚可製造警句，增加詩的趣味性，因此這樣的句法就被詩人頻繁的使用，成爲唐詩句法的一種特色。

1994年），頁648。

〔註165〕（唐）杜甫著，（明）楊倫注《杜詩鏡銓》卷19（台北：天工書局，1994年），頁935。

〔註166〕（清）聖祖御敕，王全等點校《全唐詩》卷253（北京：北京中華書局，1960年），頁2849。

〔註167〕同註165，卷11，頁520。

（三）近體詩的鍊字與密度

詩歌受限於字數，創作時必須特別注意鍊字，而近體詩更由於格律的約束，因此在用字遣詞方面，只要不影響詩意，作者可以自由省略語詞（省字）、改變詞性（轉品）或以加入虛詞的方式，使詩句顯得更加凝鍊，令人反覆咀嚼品味，益發增加了詩歌的可誦性。〔註 168〕例如：

入簾殘月影，高枕遠江聲。　　（杜甫〈客夜〉）〔註 169〕

「入簾」與「殘月影」、「高枕」與「遠江聲」間，以語法來看，其實並不能夠連接起來，但詩人將兩個不具連接性的語詞放在一起，完全沒有影響讀者閱讀上的困難，反而因此引發人無限的想像空間，使人低迴不已。又如：

伯仲之間見伊呂，指揮若定失蕭曹。

（杜甫〈詠懷古跡五首〉之五）〔註 170〕

本詩中的「伊呂」指的是伊尹、呂尚，「蕭曹」則指蕭何、曹參。詩中省略了全名的使用，讀來沒有滯重之感，也並不造成詞意的隔閡。再如：

山名天竺堆青黛，湖號錢塘瀉綠油。

（白居易〈答客問杭州〉）〔註 171〕

這二句裡各省略了一個平行語——「如」字，因此正確的語法當是「山名天竺如堆青黛，湖號錢塘如瀉綠油」，但省去一字，詩意並未改變。再如：

心知洛下閒才子，不作詩魔即酒顛。

（劉禹錫〈春日書懷寄東洛白二十二揚八二庶子〉）〔註 172〕

〔註 168〕 參考方瑜著《唐詩形成的研究》第 2 章、第 4 節〈近體詩的語法〉（台北：嘉新水泥公司文化基金會研究論文），頁 39～43。

〔註 169〕 （唐）杜甫著，（明）楊倫注《杜詩鏡銓》卷 9（台北：天工書局，1994 年），頁 416。

〔註 170〕 同註 169，卷 13，頁 653。

〔註 171〕 （清）聖祖御敕，王全等點校《全唐詩》卷 447（北京：北京中華書局，1960 年），頁 5021。

〔註 172〕 同註 171，卷 360，頁 4060。

本聯中的對句省略了一個「作」字，完整的語法當為「不作詩魔即作酒顛」，雖省略一字，卻不減詩意，反添增節奏上的明快。

除「省字」外，唐人近體詩中還習慣將詞品（詞性）轉化，使某一類的詞轉化成另一類的詞來使用，這種方式稱為「轉品」。例如：

感時花濺淚，恨別鳥驚心。　　（杜甫〈春望〉）〔註 173〕

此詩中的「濺」、「驚」都是不及物動詞作及物動詞用。又如：

雲霞出海曙，梅柳渡江春。

（杜審言〈和晉陵陸丞早春遊望〉）〔註 174〕

本詩中之「春」、「曙」二字，均以名詞作形容詞。再如：

渡頭餘落日，墟里上孤煙。

（王維〈輞川閑居贈裴迪秀才〉）〔註 175〕

本詩之「餘」、「上」二字，皆以形容詞當動詞用。由以上這些例子可知，「轉品」的作用在於使詩歌顯得更加簡潔生動、新鮮活潑。

唐詩的另一個現象便是虛字入詩，這些虛字如卻、底、了、爭、無那、耐可等，既可當疑問詞，有時亦可用作副詞，用以加強語氣，這也是唐代近體詩比較特別的風格。例如：

卻看妻子愁何在，漫卷詩書喜欲狂。

（杜甫〈聞官兵收河南河北〉）〔註 176〕

這裡的「卻」字，以虛詞當副詞用。

〔註 173〕（唐）杜甫著，（明）楊倫注《杜詩鏡銓》卷 3（台北：天工書局，1994 年），頁 128。

〔註 174〕（清）聖祖御敕，王全等點校《全唐詩》卷 62（北京：北京中華書局，1960 年），頁 734。

〔註 175〕同註 174，卷 126，頁 1266。

〔註 176〕同註 173，卷 9，頁 433。

見說白楊堪作柱，爭教紅粉不成灰。

（白居易〈燕子樓〉）〔註 177〕

此處的「爭」字，則以虛字做疑問詞用。

除對語詞的靈活運用外，近體詩由於字數少，即令律詩也不過八句而已，而在短短幾十個字中要表達詩人的全部的情意，就不得不在詩的密度上下功夫。技巧高明的詩人，能在有限的字數中，表達多層次的意涵，提供讀者一個玩味不盡的美感經驗。例如杜甫的兩首律詩〈登高〉與〈野望〉。二詩僅一聯，便有八或十層意涵，密度之大，堪稱獨步。其中〈登高〉之頸聯為：

萬里悲秋常作客，百年多病獨登臺。〔註 178〕

此聯共有十層意涵，「作客」為第一層；「常作客」為第二層；「秋常作客」為第三層；「悲秋常作客」為第四層；「萬里悲秋常作客」為第五層；「登臺」為第六層；「獨登臺」為第七層；「病獨登臺」為第八層；「多病獨登臺」為第九層；「百年多病獨登臺」為第十層。至於〈野望〉一詩的頷聯兩句為：

海內風塵諸弟隔，天涯涕淚一身遙。〔註 179〕

此聯根據業師張仁青先生《唐詩采珍》引清代文學評論家鴛湖散人的說法，可知有八層意涵。「遙隔」為第一層，此為本聯之主旨。「諸弟遙隔」為第二層；「風塵諸弟遙隔」為第三層，此指戰爭中，兄弟被迫離散，音訊全無。「海內風塵諸弟遙隔」為第四層，指國內烽火漫天，詩人擔心諸弟之安危。「天涯」為第五層；「遙落天涯」為第六層；「一身遙落天涯」為第七層，此指孤身漂泊天涯，心中倍感悽涼。「一身遙落天涯而垂淚」為第八層。〔註 180〕短短十四字，竟能有如

〔註 177〕（清）聖祖御敕，王全等點校《全唐詩》卷 438（北京：北京中華書局，1960 年），頁 4870。

〔註 178〕（唐）杜甫著，（明）楊倫注《杜詩鏡銓》卷 17（台北：天工書局，1994 年），頁 842。

〔註 179〕同註 178，卷 8，頁 374。

〔註 180〕張仁青《唐詩采珍》（高雄：前程出版社，1991 年），頁 172～175。

此多層之意涵，鍊句如此精密，杜甫實不愧爲詩聖。

上述這些特殊的語法，如省略字數、改變詞性或以虛詞加強語句的創作手法，看得出唐朝詩人已爲近體詩發展出一套特別的語法，而這些語法的形成，原因是多重的。原因之一爲近體詩講求格律，故有時必須改變原有的散文語法以求詩歌得以合律。但隨著這些特殊語法的運用，除了使詩歌的音韻和諧外，且透過詩人的巧思，反給予讀者於誦讀之際有一種驚喜的趣味。而句法的多層次設計，也令詩人於短短十數字中，得以表達深刻的情思，像杜甫的〈登高〉一詩，即在一聯中表達了多層之意涵。這些凝鍊的語法與高密度的豐富意涵，或許正是唐詩於千載以下，猶能使人咀嚼吟詠，低迴不已的原因。

第六章　結　論

唐朝是中國詩歌的黃金時代。單以當時並存的詩歌形式觀之，則無論古體、律體、五言、七言等各種形式，都能在唐代得到良好的發展，並由完備而逐漸趨於全盛，眞可謂百花齊放。除形式外，唐詩的題材、內容之豐富與風格、派別之多樣，亦爲其凌駕前朝、傲視後世的偉大成就。宋、計有功所纂之《唐詩紀事》共收錄了當時詩家凡一千一百五十家，而到了清代乾隆年間所纂之《全唐詩》，凡九百卷，所錄詩人達二千二百餘家，詩作凡四萬八千九百餘首之多，而以上二書所錄者還並非全數。今人王重民、孫望等人，又根據敦煌寫卷，輯有《全唐詩外編》以收《全唐詩》所遺。〔註 1〕在唐詩的創作者方面，這些詩家的身分頗雜，大抵從帝王、將相，朝士、布衣到童子、婦人、緇衣（和尚）、羽客（道士）等都是詩歌的創作者。其人才之盛，作品之眾，實令人嘆爲觀止，可見詩歌在唐代是多麼普及的文學形式。

〔註 1〕參見王重民、孫望、童養年輯錄《全唐詩外編》，本書〈序〉中曾說明該書是以王重民《補全唐詩》所補 104 首敦煌寫卷爲底本，又經劉修業女士整理資料，重新發現李翔〈涉道詩〉28 首，敦煌人作品〈敦煌二十詠〉21 首和詠敦煌詩 3 首，共計增加 52 首，加上王梵志佚詩 111 首所編輯而成。（台北：木鐸出版社，1983 年），頁 1～2。

在唐代眾多形式的詩歌中，五、七言律詩與絕句當爲最能代表唐人精神之詩歌形式，後世爲將其與古體詩作區分，因此通稱這種形式的詩歌爲近體詩。詩歌的發展至此，無論在格律、內容、題材與境界各方面，可謂至矣盡矣，已難再有所改革與創新。至於近體詩何以成立於唐代，追本溯源，則與六朝自由唯美之文風與齊梁時期聲律說之昌盛有密切的關係。

自晉室東渡後，由於偏安之勢已定，加以北伐無望，內亂頻仍，士大夫早已不存復國之望。他們在亂世中相率苟安，並將全副精力，揮灑在文藝的創作上。尤其到了南朝齊梁時期，由於江南物資豐饒，風景秀麗，一時間人才畢集，形成了許多人文薈萃的大都市。加以南朝時期之朝代更迭，皆以禪讓的形式，因此政治上相對比較安定，於是形成了一些短暫小康的治世時代。這些政治、經濟較爲穩定的時期，十分有利於文藝的發展，尤其齊梁時期之帝室王侯，多爲文學的愛好者；他們不但是文學的創作者，亦是文學的贊助者。就在帝室王侯的大力支持下，南朝許多重要的文學集團都在此時蓬勃發展，沈約等人所倡導的聲律論便在此一時期提出。

由於古詩發展到了南朝，早已別無新意，因此逐漸失去了維繫詩壇的魅力。反觀當時的樂府民歌卻發展的十分蓬勃，這種新聲歌謠，其實早在晉末便已非常風行。〈大子夜歌〉說：「歌謠數百種，子夜最可憐。慷慨吐清音，明轉出天然。」這種內容清新，音韻和諧，用語活潑自然的小詩，同樣受到士人的喜愛，他們紛紛開始擬作這種樂府小詩，如王融的〈自君之出矣〉、蕭衍的〈子夜冬歌〉、謝朓的〈玉階怨〉、梁簡文帝的〈烏棲曲〉、江總的〈怨詩〉等，這些五、七言的小詩，經過六朝時期的蘊釀，其後便發展成唐代的五、七言絕句。

律體的發展在齊梁時期也十分昌盛，自沈約、王融等人提出聲律說後，文人在創作詩歌時，已開始有了比較具體的規則，雖然此說在當時並未被全面的接受，其中如梁武帝、鍾嶸、陸厥、甄琛、劉勰、裴子野等人，都曾提出詰問與反對的意見，但其影響所及，甚至已達到「士流景慕」的盛況。聲律論的出現，令詩人逐漸開始注意到句子的平仄和諧與各聯的黏、對的問題。當時出現許多五言八句形式的詩，如沈約的〈洛陽道〉、范雲的〈巫山高〉等。而梁簡文帝文集中的宮體詩，更幾乎全爲五言八句的律體詩。至於七言律體的發展較遲，在六朝成就遠不如五律，直到庾信的〈烏夜啼〉，才出現略具唐人七律的雛型。

總之，由於樂府民歌的流行與聲律論的出現，文人遂總結了前代對詩歌的創作理論，除將樂府民歌加以律化外，也將駢體文之對仗與隔句押韻的形式，運用在詩歌創作上，因此創造出一種新型的詩歌體式，這便是後世所稱之新體詩（永明體）。新體詩的出現，爲近體詩格律的制定提供了基礎的準備工作，因此聲律論的興盛與近體詩的成立，有其密不可分的關係。

詩歌的發展到了隋至唐初這一百多年，風格承續南朝餘風，這種競采辭華、講求聲病與隸事的齊梁體，雖然用字精美、韻律和諧，極盡唯美之能事，卻忽略了詩歌的實質內容，爲此引來衛道人士的嚴厲撻伐。如隋代王通之《中說・事君篇》云：

> 子謂文士之行可見：謝靈運小人哉，其文傲；君子則謹。沈休文小人哉，其文冶；君子則典。鮑照、江淹，古之狷者也，其文急以怨。吳筠、孔珪，古之狂者也，其文怪以怒。謝莊、王融，古之纖人也，其文碎。徐陵、庾信，古之夸人也，其文誕。或問孝綽兄弟？子曰，鄙人也；其文淫。或問湘東王兄弟？子曰，貪人也，其文繁。謝朓，淺人也，其文捷。江總，詭人也，其文虛。皆古之不利人也。〔註 2〕

王通文中將六朝文士罵遍，這些文士在他眼中全成了狂狷浮誇、貪

〔註 2〕（隋）王通《中說・事君》卷 3 收嚴一萍輯「百部叢書集成」，據（明）程榮、何允中（清）王謨輯紅杏山房「漢魏叢書本」影印（台北：藝文印書館，1967 年），頁 15。

鄙瑣碎、一無是處的罪人。其中僅顏延之、王儉、任昉三人，尚「有君子之心焉，其文約以則。」〔註3〕王通的論點主要還是圍繞在文以載道的理念上，認爲「古君子至於道，據於德，依於仁，而後藝可游也。」〔註4〕以爲文章只要簡約通達即可，根本無須窮逐文辭之華美。持平而論，王通之說，實過於偏激，因自魏晉以降，整個六朝時期，乃中國文學之自覺時代。文學既獨立於經學之外，又受到當時朝廷的提倡與重視，文學創作已被視爲一項專長，早已不再是壯夫不爲的雕蟲小技。況一個時代之文風，乃一代精神之表現，六朝文士處於斯，焉能置身於時代之外？再者，文學的功能豈獨載道爾？正如《詩大序》所云：「詩者，志之所之也，在心爲志，發言爲詩。」又如鍾嶸《詩品序》云：「氣之動物，物之感人，故搖蕩性情，形諸舞詠。」文學本爲情感之投射，人既有喜怒哀樂等諸情感，藉著文學形式表達情感並無不妥。再則，人類除了物質生活外，精神層面也同樣需要得到滿足。今以文學美化人生，充實精神生活，則何必事事皆以載道爲唯一目的。

到了初唐時期，當時士人雖不若王通這般激進，但對六朝文學仍有許多批評。其中如魏徵《隋書・文學傳》中云：

> 梁自大同之後，雅道淪缺，漸乖典則，爭馳新巧。簡文、湘東，啓其淫放：徐陵、庾信，分路揚鑣。其義淺而繁，其文匿而采。詞尚輕險，情多哀思。格以延陵之聽，蓋亦亡國之音乎！〔註5〕

魏徵對六朝文學的評論，足以代表唐初史學家的態度，其他如李百藥、令狐德棻等，幾乎口徑一致認同六朝那種唯美的文風，實爲「亡國之音」。雖然這些史學家見解，與文學評論沒有直接的關係，但這

〔註3〕（隋）王通《中說・事君》卷3收嚴一萍輯「百部叢書集成」，據（明）程榮、何允中（清）王謨輯紅杏山房「漢魏叢書本」影印（台北：藝文印書館，1967年），頁15。

〔註4〕同註3，頁14。

〔註5〕（唐）魏徵撰《隋書・文學傳》卷76（台北：洪氏出版社，1974年），頁1730。

類對六朝文學的論調，卻成爲以後復古運動的重要依據。〔註6〕

細論隋代及唐初士人對六朝詩風的詬病與非難大約分爲爲二種心態：第一種爲受儒學影響較深的學者，這類人士以王通爲代表，他們以儒家的觀點論詩，自然對於六朝這類唯美文學嗤之以鼻。第二種爲撰史之貞觀重臣，這類人即以上述之魏徵、令狐德棻、李百藥、姚思廉爲代表。不過，這些士人的態度是可以理解的，因爲通常一個新王朝建立以後，總會對前代的歷史提出批評，其目的不外乎記取前朝教訓以爲殷鑑。隋代國祚僅三十六年而亡，這對唐人而言，大唐帝國如同建立在南朝的廢墟之上，南朝覆亡之教訓，著實令人驚心。因此他們在面對六朝文學時，所考慮的並非文學本身之發展，而是政治上的教訓，這是因爲六朝唯美文學的發展與世族門閥的糜爛生活實有其密切之關連。

即便如此，初唐的詩歌的發展，卻並未與六朝全面的切割，反而將承襲自六朝的新體詩研究改良，並制定了近體詩的格律，使此一詩歌形式，成爲唐人的代表文學。這期間的文學發展，與帝王在政治上的支持有關。如魏徵雖受到唐太宗的信任，但在對文學的態度上，太宗採取的是一種比較開明、折衷的態度。他揚棄傳統儒家宣稱文學影響政治的理論，而以更積極、實際的政策來反對淫樂，卻不反對文學。《大唐新語》卷三中記載太宗嘗作一首宮體詩，並命群臣賡和，虞世南諫以「體制非雅」、「恐致風靡」而拒絕奉詔之事。〔註7〕這段記載反映了兩件事，一、唐初詩風仍籠罩在六朝之下；二、當時君臣對六朝淫靡的詩風與生活方式是反對的。

影響唐初詩歌發展的另一個時期，爲高宗到武后稱帝的這段時間。高宗調露二年四月（680），考功員外郎劉思立奏請進士科加試雜

〔註6〕此論參照盧清青《齊梁詩探微》第5章、第1節（台北：文史哲出版社，1984年），頁232。

〔註7〕（唐）劉肅撰，許德楠、李鼎霞點校《大唐新語》卷3〈公直〉（北京：中華書局，1984年），頁41～42。

文，〔註 8〕到了永隆二年八月（681），武后正式下詔，進士加試雜文二首，「識文律者，然後令試策」。〔註 9〕此詔書一下，將文學與仕途合而爲一，自此詩歌的優劣高下，便成爲衡量政治與社會地位的標準了。武后秉政後，對文士的援引不遺餘力，除了她在政治上的考量外，也與她本人對詩歌的愛尙有關。當時一些著名的宮廷詩人，如上官婉兒、李嶠、崔融、元兢、閻朝隱、杜審言、宋之問等人，都曾受到武則天的援引。他們將齊梁時期的新體詩與上官儀的屬對說、元兢的換頭術加以改革，使詩歌的格律，逐漸由句與聯的和諧，發展至通篇和諧，進而由沈、宋二人整理歸納而制定出「回忌聲病，約句準篇」的近體詩格律。

唐初近體詩之格律制定以後，士人的反應不一，其中如李白便採取反對的態度。他在〈古風〉詩的首章便說：

> 大雅久不作，吾衰竟誰陳。王風委蔓草，戰國多荊榛。
> 龍虎相啖食，兵戈逮狂秦。正聲何微芒，哀怨起騷人。
> 揚馬激頹波，開流蕩無垠。廢興雖萬變，憲章亦已淪。
> 自從建安來，綺麗不足珍。聖代復元古，垂衣貴清眞。
> 羣才屬休明，乘運共躍鱗。文質相炳煥，眾星羅秋旻。
> 我志在刪述，垂暉映千春。希聖如有立，絕筆於獲麟。
>
> 〔註 10〕

李白之爲人崇尙自然且性格飄逸不群，因此他想藉浪漫的風格，以改變古典詩歌的氣息，本無可非議。但他爲了倡導復古，而以爲「自從建安來，綺麗不足珍」的忽視藝術美感，未免持論太過，矯枉過正。

繼李白之後，對六朝文風提出批評的還有元稹、白居易。白居易在〈與元九書〉中提到「餘霞散成綺，澄江靜如練」與「歸花先委露，

〔註 8〕（宋）王溥撰《唐會要》卷 75〈貢舉中進士〉（台北：世界書局，1960 年），頁 1379。

〔註 9〕同註 8。

〔註 10〕（清）聖祖御敕，（清）王全等點校《全唐詩》卷 161（北京：北京中華書局，1960 年），頁 1670～1671。

別葉乍辭風」這類的詩，「麗則麗矣，吾不知其所諷焉。」並以爲這種詩不過是「嘲風雪，弄花草」缺乏寄託，毫無意義的文人遊戲。元稹的看法與白居易相仿，在他的〈杜甫墓誌銘〉一文中指出，六朝那種「以風容色澤放曠精清爲高」，而於「意義格力無取焉」的文學，並沒有什麼價值。元、白二氏主張詩歌當平易近人，重視實質的內容，並以禮教作爲衡量標準，並在〈白居易與元九書〉中提出「文章合爲時而著，詩歌合爲事而作」的理論。他們的理論主要是批判六朝詩歌缺乏深刻內容之弊病，此論尙稱公允，但以爲所有詩歌都必須發乎情，止乎禮，則詩歌所能描寫的範圍未免過於狹隘。且古來詩歌中不乏吟詠男女情愛之內容，在這些詩歌被吟詠之初，未必眞的考慮到是否合於事，或合於時，因爲沒有思想上的鉗制，才能創作出許多傳頌千古的好詩，這在《詩經・國風》中可以找到許多例證。〔註 11〕

儘管唐人對六朝文風多所批評，卻不可能不受其影響，此關乎文學之自然演進。正如明代學者張溥便對唐人批評庾信的態度，有感而發的說：

> 夫唐人文章，去徐、庾實近，窮情寫態，模範是出，而敢于毀侮，殆將諱所自來，先縱尋斧歟？〔註 12〕

其實無論唐人對六朝文學的態度爲何？但若非六朝時期對聲律的自覺，與駢文對偶的講求，代表唐人之近體詩便無由成立。以唐代極具代表性的詩人李白、杜甫而論，他們的詩歌除體式外，其藝術精神與創作手法，都深受六朝詩歌與文人的影響。其中李白雖提倡復古，但他對南朝詩人謝朓卻推崇備至，例如他的詩中曾提到：

> 蓬萊文章建安骨，中間小謝又清發。
>
> （〈宣州謝朓樓餞別校書叔雲〉）〔註 13〕

〔註 11〕參見郭紹虞《中國文學批評史》第四篇第一章、第五篇第二章（台北：明倫出版社，1971 年 2 月），頁 98～102、194～196。

〔註 12〕（明）張溥《漢魏六朝百三家集題辭・庾開府集題辭》（台北：木鐸出版社，1982 年），頁 290。

〔註 13〕（清）聖祖御敕，（清）王全等點校《全唐詩》卷 177（北京：北京

解道澄江靜如練，今人長憶謝玄暉。

（〈金陵城西樓月下吟〉）〔註 14〕

聞道金陵龍虎盤，還同謝朓望長安。

（〈答杜秀才五松山見贈〉）〔註 15〕

高人屢解陳蕃榻，過客難登謝朓樓。

（〈寄崔侍御〉）〔註 16〕

誰念北樓上，臨風懷謝公。

（〈秋登宣城謝朓北樓〉）〔註 17〕

除了對謝朓的仰幕外，李白在詩歌的神韻上，也受到謝靈運的影響。張溥〈謝宣城集題辭〉中云：

余讀青蓮五言詩，情文駿發，亦有似玄暉者，知其興歎難再，誠心儀之，非臨風空憶也。〔註 18〕

我們從杜甫對李白詩歌的評論，如「李侯有佳句，往往似陰鏗」（〈與李十二白同尋范十隱居〉）、「清新庾開府，俊逸鮑參軍」（〈春日憶李白〉），便可知李白之詩歌，無論在風格與神韻上都受到六朝詩人的影響。

至於詩聖杜甫，他受六朝詩人的影響更深。他的詩中也對六朝詩人多所推崇，例如：

庾信文章老更成，凌雲健筆意縱橫。

今人嗤點流傳賦，不覺前賢畏後生。

（〈戲爲六絕句〉）〔註 19〕

中華書局，1960 年），頁 1809。

〔註 14〕（清）聖祖御敕，（清）王全等點校《全唐詩》卷 166（北京：北京中華書局，1960 年），頁 1720。

〔註 15〕同註 14，卷 178，頁 1819。

〔註 16〕同註 14，卷 173，頁 1777。

〔註 17〕同註 14，卷 180，頁 1839。

〔註 18〕（明）張溥《漢魏六朝百三家集題辭．謝宣城集題辭》（台北：木鐸出版社，1982 年），頁 196。

〔註 19〕（唐）杜甫著，（明）楊倫注《杜詩鏡銓》卷 9〈戲爲六絕句〉（台北：天工書局，1994 年），頁 397。

陶冶性靈存底物，新詩改罷自長吟。

孰知二謝將能事，頗學陰何苦用心。　　（〈解悶〉）〔註 20〕

從杜甫的詩中可以看出，他對文學的態度十分開明，他既取法六朝文學對辭藻之運用，又能去其浮華，重新揉合成新的風貌。而他對音律的態度，則以爲「遣詞必中律」〔註 21〕，可見他認同音律對詩歌美感的重要性，因此他在〈遣悶戲呈路十九曹長〉中說：「晚節漸於詩律細，誰家數去酒杯寬。」仇滄柱對其詩注云：「即所謂意愜關飛動也。」〔註 22〕就因爲誦讀詩歌時，如要達到精微飛動的聲音，便必須配以合宜之音律，所以杜甫對於音律是十分講求的。

杜甫對詩歌的理論在他的〈戲爲六絕句中〉表達得很明確：

不薄今人愛古人，清詞麗句必爲鄰。

竊攀屈宋宜方駕，恐與齊梁作後塵。　　（其五）〔註 23〕

未及前賢更勿疑，遞相祖述復先誰。

別裁僞體親風雅，轉益多師是汝師。　　（其六）〔註 24〕

杜甫反對時人貴古賤今的心態，主張既要「別裁僞體」，又要廣泛學習，這既是他的文學史觀，也是他能創作出傑出詩篇，被後世尊爲律聖的原因。

總之，即便歷代學者對六朝綺靡詩風多所抨擊，但平心而論，若非六朝時期對文學之自覺與對聲律之講求，就不會有其後波瀾壯闊的唐代詩歌。換言之，近體詩之得以形成，其無論在體制、聲律、對偶、用字遣詞乃至精神風格上都深受六朝詩歌的啓發，因此六朝文學對於後世文學的發展，實具有承先啓後之功勞與地位。

〔註 20〕（唐）杜甫著，（明）楊倫注《杜詩鏡銓》卷 7〈戲爲六絕句〉（台北：天工書局，1994 年），頁 817。

〔註 21〕同註 20，卷 3〈橋陵詩三十韻詩〉，頁 98～100。

〔註 22〕同註 20，詩題下引仇滄柱注，頁 740。

〔註 23〕同註 20，頁 398～399。

〔註 24〕同註 20，頁 399。

參考文獻

一、專書（以下文獻依書名之筆劃順序排比）

1. 《十駕齋養新錄》，（清）錢大昕著，台北：台灣商務印書館，1956年。
2. 《八代詩選》，（清）王闓運，台北：廣文書局，1970年。
3. 《二十二史劄記》，（清）趙翼撰，杜維運考證，台北：華世出版社，1977年9月。
4. 《七言詩之起源與發展》，李立信著，台北：新文豐出版公司，2001年。
5. 《三國新紀》陳健夫編著，台北：新儒家雜誌社，1979年。
6. 《三國志》，（晉）陳壽撰，（宋）裴松之注，台北：鼎文書局，1980年。
7. 《大唐新語》，（唐）劉肅撰，許德楠、李鼎霞點校，北京：北京中華書局，1984年。
8. 《山水田園派詩研究》，葛曉音著，瀋陽：遼寧大學出版社，1993年。
9. 《士族與六朝文學》，程章燦著，哈爾濱：黑龍江出版社，1998年。
10. 《文選》，（梁）蕭統編，（唐）李善注，台北：啓明書局，1960年。
11. 《中國地方行政制度史》，嚴耕望著，台北：中研院歷史語言研究所，1961年。
12. 《中說》，（隋）王通著，嚴一萍輯，台北：藝文印書館影（明）《漢魏叢書》本，1967年。

13. 《切韻考》（清）陳澧著，台北：台灣學生書局，1967 年。
14. 《中國文學批評史》，郭紹虞著，台北：明倫出版社，1969 年。
15. 《中國詩論史》，（日）鈴木虎雄著，洪順隆師譯，台北：台灣商務印書館，1972 年。
16. 《中古文學史》，劉師培撰，台北：文海出版社，1972 年。
17. 《中國詩學——鑑賞篇》，黃永武著，台北：巨流圖書公司，1976 年。
18. 《中國詩學——設計篇》，黃永武著，台北：巨流圖書公司，1977 年。
19. 《王子安集注》，（唐）王勃著，（清）蔣清翊注，台北：大化書局，1977 年。
20. 《六朝詩論》，洪順隆師著，台北：文津出版社，1978 年。
21. 《六朝唯美文學》，張仁青師著，台北：文史哲出版社，1980 年 11 月。
22. 《中國學術思想史論叢》，錢穆著，台北：東大圖書公司，1981 年。
23. 《中國詩歌簡史》，張建業著，北京：中國青年出版社，1986 年。
24. 《文鏡秘府論》，（日）遍照金剛撰，台北：金楓出版社，1987 年。
25. 《文心雕龍》，（梁）劉勰，（清）黃淑琳注、紀昀評，台北：金楓出版社，1988 年。
26. 《文鏡秘府論校注》，王利器校注，台北：貫雅文化出版公司，1991 年。
27. 《中國文學批評史》，王運熙、顧易生合著，台北：五南圖書公司，1991 年。
28. 《中國詩史》，陸侃如、馮沅君合著，天津：百花文藝出版社，1991 年。
29. 《中國古代詩歌史》，王竟時著，瀋陽：遼寧教育出版社，1994 年 8 月。
30. 《中國文學史》，葉慶炳著，台北：台灣學生書局，1997 年。
31. 《中國詩律學》，葉桂桐著，台北：文津出版社，1998 年。
32. 《中古五言詩研究》，吳小平撰，南京：江蘇古籍出版社，1998 年 12 月。
33. 《中國文學發展史》，劉大杰著，台北：華正書局 1999 年。
34. 《太平寰宇記》，（宋）史樂撰，北京：北京中華書局，2000 年。

35. 《中國聲韻學通論》，林尹著，林炯陽注釋，台北：黎明文化公司，2000 年。
36. 《中國詩史》，（日）吉川幸次郎著，章培恒譯，上海：上海復旦大學出版社，2001 年。
37. 《文心雕龍札記》，黃季剛撰，新竹：凡異文化事業公司，2002 年。
38. 《太平御覽》，（宋）李昉等撰，石家庄：河北教育出版社，2003 年。
39. 《中國文學批評史大綱》，朱東潤撰，上海：上海古籍出版社，2005 年。
40. 《中國修辭學史》，周振甫著，南京：江蘇教育出版社，2006 年。
41. 《史記》，（漢）司馬遷撰，台北：新陸書局，1964 年。
42. 《玉海》，（宋）王應麟撰，台北：華聯出版社，1964 年。
43. 《玉臺新詠》，（陳）徐陵編，台北：台灣中華書局，1966 年。
44. 《史通通釋》，（唐）劉知幾撰，浦起龍釋，台北：台灣中華書局，1970 年。
45. 《北齊書》，（唐）李百藥撰，台北：鼎文書局，1975 年。
46. 《北史》，（唐）李延壽撰，台北：鼎文書局，1976 年。
47. 《永明文學研究》，劉躍進著，台北：文津出版社，1992 年。
48. 《古典詩的形式結構》，張夢機著，台北：駱駝出版社，1997 年。
49. 《古詩源》，（清）沈德潛編，台北：世界書局，1999 年。
50. 《世說新語校箋》（南朝宋）劉義慶撰，楊勇校箋，台北：正文書局，2000 年。
51. 《四蕭研究——以文學爲中心》，林大志著，北京：北京中華書局，2007 年。
52. 《全唐詩》，（清）聖祖御敕，（清）王全等點校，北京：北京中華書局，1960 年。
53. 《全唐詩話》，（宋）尤袤撰，嚴一萍輯，台北：藝文印書館影明《津逮秘書》本，1967 年。
54. 《全上古三代秦漢三國六朝文》，（清）嚴可均校輯，台北：世界書局，1969 年。
55. 《全唐詩外編》，王重民、孫望、童養年輯錄，台北：木鐸出版社，1983 年。
56. 《全宋詩》傅璇琮主編，北京：北京大學出版社，1991 年。
57. 《先秦漢魏晉南北朝詩》，逯欽立輯校，北京：北京中華書局，1998 年。

58. 《沈氏四聲考》，(清) 紀昀撰，嚴一萍輯，台北：藝文印書館影清《畿輔叢書》本，1967 年。
59. 《宋書》，(梁) 沈約撰，台北：鼎文書局，1975 年。
60. 《初唐詩學著述考》，王夢鷗著，台北：台灣商務印書館，1977 年。
61. 《宋詩話輯佚》，郭紹虞輯，台北：華正書局，1981 年。
62. 《杜詩詳注》，(唐) 杜甫著，(清) 仇兆鰲注，北京：北京中華書局，1985 年。
63. 《杜詩鏡銓》，(唐) 杜甫著，(明) 楊倫注，台北：天工書局，1994 年。
64. 《宋元戲曲史》，王國維著，台北：台灣商務印書館，1994 年。
65. 《杜甫與六朝詩歌關係研究》，吳懷東著，合肥：安徽教育出版社，2002 年。
66. 《李白研究》，周勛初編，武漢：湖北教育出版社，2003 年。
67. 《初唐詩》，(美) 宇文所安著，賈晉華譯，北京：三聯書店，2004 年。
68. 《易餘籥錄》，(清) 焦循著，台北：文海出版社，1967 年。
69. 《近體詩發凡》，張夢機著，台北：台灣中華書局，1978 年。
70. 《周書》，(唐) 令狐德棻等撰，台北：鼎文書局，1980 年。
71. 《近體詩析微》，蔡添錦著，台北：新文豐出版公司，1988 年。
72. 《明詩話全編》，吳文治等編，南京：鳳凰出版社，1997 年。
73. 《周振甫講古代詩詞》，周振甫著，南京：江蘇教育出版社，2005 年。
74. 《音學五書》，(清) 顧炎武著，出版地、出版者不詳，1882 年 (光緒 8 年) 觀稼樓仿刻。
75. 《陔餘叢考》，(清) 趙翼撰，台北：世界書局，1960 年。
76. 《南齊書》，(梁) 蕭子顯撰，台北：鼎文書局，1975 年。
77. 《後漢書》，(南朝宋) 范曄撰，台北：鼎文書局，1981 年。
78. 《封氏見聞錄》，(唐) 封演撰，台北：新文豐出版公司，1984 年。
79. 《律詩研究》，簡明勇著，台北：文史哲出版社，1990 年。
80. 《南北朝文舉要》，高步瀛選注，孫通海點校，北京：北京中華書局，1998 年。
81. 《范文瀾全集》，范文瀾撰，石家庄：河北教育出版社，2002 年。
82. 《昭昧詹言》，(清) 方東樹撰，台北：頂淵出版社，2004 年。

83. 《胡雲翼說詩》，胡雲翼著，上海：華東師範大學出版，2004 年。
84. 《唐詩別裁》，(清) 沈德潛撰，台北：台灣商務印書館，1956 年。
85. 《唐會要》，(宋) 王溥撰，台北：世界書局，1960 年。
86. 《翁注困學紀聞》，(宋) 王應麟撰，翁元圻注，台北：台灣中華書局，1966 年。
87. 《唐詩紀事》，(宋) 計有功撰，台北：台灣中華書局，1970 年。
88. 《唐詩形成的研究》方瑜著，台北：嘉新水泥公司文化基金會，1972 年。
89. 《高明文輯》，高明著，台北：黎明文化公司，1978 年。
90. 《晉書》，(唐) 房玄齡等撰，台北：鼎文書局，1980 年。
91. 《唐音癸籤》，(明) 胡震亨著，台北：木鐸出版社，1982 年。
92. 《高僧傳全集》，(唐) 釋慧皎撰，上海：上海古籍出版社，1991 年。
93. 《唐詩采珍》，張仁青師著，高雄：前程出版社，1991 年。
94. 《唐詩學探索》，蔡瑜著，台北：里仁書局，1998 年。
95. 《唐才子傳》，(元) 辛文房撰，台北：金楓出版社，1999 年。
96. 《唐人選唐詩新編》，傅璇琮編，台北：文史哲出版社，1999 年。
97. 《唐詩雜論》，聞一多著，北京：北京中華書局，2004 年。
98. 《通典》，(唐) 杜佑撰，台北：新興書局，1963 年。
99. 《清詩話》，(清) 王夫之等撰，丁福保編，台北：明倫出版社，1971 年。
100. 《梁書》，(唐) 姚思廉撰，台北：鼎文書局，1975 年。
101. 《清詩話》，(清) 王夫之等撰，上海：上海古籍出版社，1978 年。
102. 《清詩話訪佚初編》，杜松柏編注，台北：新文豐出版公司，1987 年 6 月。
103. 《船山全集》，(清) 王夫之撰，北京：北京出版社，1999 年。
104. 《細說兩晉南北朝》沈起煒著，上海：上海人民出版社，2002 年 10 月。
105. 《陳寅恪魏晉南北朝史講演錄》，萬繩楠整理，台北：知書房出版社，2003 年。
106. 《清詩話》，丁仲祜訂，台北：藝文印書館，出版年代不詳。
107. 《隋書》，(唐) 魏徵等撰，台北：洪氏出版社，1974 年。
108. 《隋唐制度淵源略論稿》，陳寅恪著，台北：臺灣商務印書館，1998

年7月。
109. 《庾信研究》，徐寶余著，上海：學林出版社，2003年。
110. 《詩體明辨》，（明）徐師曾撰，台北：廣文書局，1972年。
111. 《詩藪》，（明）胡應麟撰，台北：廣文書局，1973年。
112. 《經典釋文》，（唐）陸德明撰，台北：鼎文書局，1974年。
113. 《詩論》，朱光潛著，台北：漢京文化事業公司，1982年。
114. 《照隅室古典文學論集》，郭紹虞著，上海：上海古籍出版社，1983年。
115. 《滄浪詩話》，（宋）嚴羽撰，台北：金楓出版社，1986年。
116. 《詩史》，李維著，北京：東方出版社，1996年。
117. 《新唐書》，（宋）歐陽修撰，台北：鼎文書局，1998年10月。
118. 《詩國高潮與盛唐文化》，葛曉音著，北京：北京大學出版社，1998年。
119. 《經學歷史》，皮錫瑞撰，台北：藝文印書館，2000年。
120. 《詩品》，（梁）鍾嶸著，台北：三民書局，2003年。
121. 《詩人玉屑》，（宋）沈慶之撰，台北：世界書局，2005年。
122. 《詩詞格律》，王力著，北京：北京中華書局，2005年。
123. 《義門讀書記》，（清）何焯著，台北：台灣商務印書館影清《四庫全書》，出版年代不詳。
124. 《漢魏六朝百三家集》，（明）張溥撰，台北：新興書局，1963年。
125. 《漫堂詩說》，（清）宋犖撰，嚴一萍輯，台北：藝文印書館影清《學海類編》本，1967年。
126. 《漢魏六朝樂府文學史》，蕭滌凡著，台北：長安出版社，1981年。
127. 《漢魏六朝百三家題辭》，（明）張溥撰，殷孟倫輯注，台北：木鐸出版社，1982年。
128. 《齊梁詩探微》，盧清青著，台北：文史哲出版社，1984年。
129. 《漢書》，（東漢）班固撰，台北：鼎文書局，1986年。
130. 《齊梁詩歌向盛唐詩歌的嬗變》，杜曉勤著，台北：商鼎文化出版社，1996年。
131. 《漢語詩律學》，王力著，台北：台灣商務印書館，1999年。
132. 《廣宏明集》，（唐）釋道宣撰，京都：中文出版社，1978年。
133. 《樂府詩集》，（宋）郭茂倩輯，台北：里仁書局，1984年。
134. 《增訂中國文學史初稿》，王忠林、邱燮友師等合著，福記文化圖書公司，1998 年。
135. 《論衡》，（東漢）王充著，台北：鼎文書局，2001 年。
136. 《甌北詩話》，（清）趙翼撰，台北：廣文書局，1971 年。
137. 《鮑參軍集注》，（南朝宋）鮑照著，台北：木鐸出版社，1982 年。
138. 《歷代詩話續編》，丁福保輯，台北：木鐸出版社，1983 年。
139. 《歷代賦彙》，（清）陳元龍輯，北京：北京圖書館出版社，1999 年。
140. 《魏書》，（北齊）魏收撰，台北：鼎文書局，1975 年。
141. 《顏氏家訓》，（北齊）顏之推著，王利器集解，台北：明文出版社，1982 年。
142. 《舊唐書》，（後晉）劉昫撰，台北：鼎文書局，1976 年。
143. 《魏晉南北朝史》，勞榦著，台北：中國文化大學出版部，1980 年。
144. 《魏晉思想》，賀昌羣、容肇祖等合著，台北：里仁書局，1984 年。
145. 《魏晉南北朝史》，王仲犖著，台北：信仲書局，1990 年。
146. 《魏晉六朝文學批評史》，羅根澤著，台北：台灣商務印書館，1996 年。
147. 《魏晉南北朝文學思想史》，羅宗強著，北京：北京中華書局，1996 年。
148. 《魏晉南北朝社會生活史》，朱大渭等著，北京：中國社會科學出版社，1998 年。
149. 《駢文學》，張仁青師著，台北：文史哲出版社，2003 年。
150. 《魏晉南北朝文學思想史》，張仁青師著，台北：文史哲出版社，2003 年 9 月。
151. 《藝概》，（清）劉熙載撰，台北：華正書局，1985 年。

二、單篇論文（以下論文依出版時間先後排比）

1. 〈四聲三問〉，陳寅恪撰，北平：清華大學出版，「景印本」《清華學報》第 9 卷，1934 年 4 月。
2. 〈唐詩淵源〉，羅錦堂撰，臺北：大陸雜誌出版社，《大陸雜誌》第 11 卷第 9 期，1955 年 11 月。
3. 〈六朝律詩的形成〉，（日）高木正一撰，鄭清茂譯，臺北：大陸雜誌出版社，《大陸雜誌》第 13 卷第 9、10 期，1956 年 10 月、1956 年 11 月。

4. 〈論永明聲律學——四聲〉，馮承基撰，臺北：大陸雜誌出版社《大陸雜誌》第 31 卷第 9 期 1965 年 11 月。
5. 〈魏晉南北朝都督與刺史之關係〉，嚴耕望撰，臺北：大陸雜誌出版社《大陸雜誌》第 11 卷第 7 期，1955 年 10 月。
6. 〈論唐詩的「因」與「革」〉，徐韻梅撰，臺北：中華詩學雜誌社，《中華詩學》第 2 卷第 3 期，1970 年 2 月。
7. 〈律詩章法的常與變〉，張夢機撰，臺北：中華詩學雜誌社《中華詩學》第 7 卷第 4 期，1990 年夏季號。
8. 〈初唐五言律體律調完成過程之考察〉，鄺健行撰，桂林：廣西師範大學出版社編《唐代文學研究》第 3 輯，1992 年。
9. 〈詩歌對仗的美〉，黃永武撰，臺北：中華詩學雜誌社《中華詩學》第 10 卷第 3 期，1993 年春季號。
10. 〈魏晉南北朝艷情文學的組成及其評價〉，孫琴安撰，台北：文史哲出版社《魏晉南北朝文學論集》，1994 年 11 月。
11. 〈說「孤平」〉上，何文匯撰，臺北：中華詩學雜誌社《中華詩學》第 13 卷第 4 期，1996 年夏季號。
12. 〈說「孤平」〉下，何文匯撰，臺北：中華詩學雜誌社《中華詩學》第 14 卷第 3 期，1997 年春季號。
13. 〈釋「四聲八病」〉，林家驪撰，臺北：國文天地雜誌社，《國文天地》第 13 卷第 11 期，1998 年 4 月。
14. 〈中古詩歌史的進程〉，王鍾陵撰，臺北：文史哲出版社，東海大學中國文學系主辦《第三屆魏晉南北朝文學國際學術會議研討會論文集》，1998 年 8 月。
15. 〈文學史中的文學集團〉，康莉娟撰，臺北：淡江大學中國文學研究所編，《問學集》第 8 期，1998 年 9 月。
16. 〈初唐詩人與其「八病說」運用〉，（日）加藤聰撰，桂林：廣西師範大學出版社。
17. 傅璇琮主編《唐代文學研究》第 9 輯，2002 年 4 月。
18. 〈聲律與南朝文學〉，陳松維撰，臺北：東吳大學中國文學系編《東吳中文學報》第 10 期，2004 年 5 月。
19. 〈從《文選雜擬詩》談〈三婦艷詩〉與〈自君之出矣〉〉，廖一瑾師撰，北京：學苑出版社，中國文選學研究會編《文選與文選學》，2005 年 5 月。
20. 〈陸機之才學及其對南朝麗辭之影響〉，陳松雄撰，台北：東吳大學中國文學系出版《魏晉南北朝學術研討會論文集》，2005 年 9 月。

21. 〈關於梁朝「貴遊子弟多無學術」之辨析〉，魯同群撰，台北：東吳大學中國文學系出版《魏晉南北朝學術研討會論文集》，2005 年 9 月。
22. 〈梁武帝文學功用析論〉，林宜陵撰，台北：東吳大學中國文學系出版《魏晉南北朝學術研討會論文集》，2005 年 9 月。

三、學位論文（依年代先後排比）

1. 《唐人絕句研究》，黃盛雄撰，台北：台灣師範大學中國文學研究所博士論文，1972 年。
2. 《蕭統兄弟的文學集團》，劉漢初撰，台北：國立台灣大學中國文學研究所碩士論文，1975 年。
3. 《魏晉清談主題之研究》，林麗眞撰，台北：台灣大學中國文學研究所博士論文，1978 年。
4. 《南朝貴遊文學集團研究》，呂光華撰，台北：政治大學中國文學研究所博士論文，1990 年。
5. 《沈約及其作品研究》，梁承德撰，台北：中國文化大學中國文學研究所碩士論文，1991 年。
6. 《五言近體格律形成研究》，林繼博撰，台中：東海大學中國文學研究所碩士論文，1993 年。
7. 《南北朝至初唐五言律詩格律形成之研究》，向麗頻撰，高雄：國立中山大學中國文學研究所碩士論文，1995 年。
8. 《魏晉南北朝詩歌「賦化」現象之研究》，賴貞苓撰，台北：國立台灣大學中國文學研究所碩士論文，1997 年。
9. 《五言律詩聲律的形成》，楊文惠撰，新竹：清華大學中國文學研究所博士論文，2004 年。